BASTEI
LÜBBE
TASCHENBUCH

Weitere Titel der Autorin:

Ausgejodelt
Freudsche Verbrechen (auch als Hörbuch erschienen)
Kaltes Fleisch
Ausgekocht
Mörderisches Idyll
Wein & Tod (auch als Hörbuch erschienen)
Verschieden
Wahlkampf
Millionen Kochen
Russen kommen (auch als E-Book erhältlich)
Leben lassen

Über die Autorin:

Eva Rossmann, 1962 in Graz geboren, lebt im niederösterreichischen Weinviertel. Sie arbeitete als Verfassungsjuristin, dann als politische Journalistin, u. a. beim ORF und bei der NZZ; seit 1994 ist sie freischaffende Autorin und Publizistin. Seit ihren Recherchen für *AUSGEKOCHT* arbeitet sie auch als Köchin in einem Michelin-Lokal im österreichischen Weinviertel. *EVELYNS FALL* ist ihr zwölfter Kriminalroman mit Mira Valensky und Vesna Krajner.

Eva Rossmann

EVELYNS FALL

Ein Mira-Valensky-Krimi

BASTEI LÜBBE TASCHENBUCH

BASTEI LÜBBE TASCHENBUCH
Band 16750

1. Auflage: November 2012

MIX
Papier aus verantwortungsvollen Quellen
FSC® C014496

Vollständige Taschenbuchausgabe

Bastei Lübbe Taschenbuch in der Bastei Lübbe GmbH & Co. KG

Lizenzausgabe mit Genehmigung des FOLIO Verlags, Wien Bozen.

Für die Taschenbuchausgabe wurden einige geringfügige Änderungen vorgenommen.
Lizenzausgabe 2012 by Bastei Lübbe GmbH & Co. KG, Köln
Titelillustration: © getty-images/Mads Toft Frisenette
Umschlaggestaltung: Pauline Schimmelpenninck Büro für Gestaltung, Berlin
Satz: Urban SatzKonzept, Düsseldorf
Gesetzt aus der Adobe Garamond
Druck und Verarbeitung: GGP Media GmbH, Pößneck
Printed in Germany
ISBN 978-3-404-16750-0

Sie finden uns im Internet unter
www.luebbe.de
Bitte beachten Sie auch:
www.lesejury.de

Der Preis dieses Bandes versteht sich einschließlich
der gesetzlichen Mehrwertsteuer.

September Song

Oh, it's a long, long while from May to December.
But the days grow short when you reach September.
When the autumn weather turns the leaves to flame
One hasn't got time for the waiting game.

Kurt Weill/Maxwell Anderson

[1]

Die Küchenkredenz war früher einmal weiß, jetzt ist sie gelb. In der Ecke Spinnweben. Ein kleiner rechteckiger Tisch, eine blau-grün geblümte Plastiktischdecke. Darauf ein beiger Plastikbrotkorb mit einem eingeschrumpelten, ehemals roten Apfel. Und ein weißer Mikrowellenherd, auf seiner Tür ein halb abgelöster Aufkleber. –50 %. Neben dem Tisch ein Tischchen mit einem kleinen Fernseher. Als er gebaut wurde, konnte sich noch niemand vorstellen, dass man TV-Geräte einmal flach an die Wand hängen würde. Vom Fernseher geht ein weißes Kabel zur Decke, es verschwindet in einem viel zu großen Loch. Dieser Raum war ihre Küche. Und ihr Vorraum. Wohl auch ihr Wohnzimmer. Kein Wasser. Auf dem Boden ein brauner Kunststoffbelag mit Parkettmuster. Unter dem Gartenstuhl aus weißem Plastik ein rosa Hausschuh. Ich suche den zweiten und sehe ihn neben der Kredenz. Bequeme Filzlatschen, nur die Farbe und die Größe lassen vermuten, dass sie einer Frau gehören. Gehörten. Das, was geblieben ist: zwei im Raum verteilte Schuhe nach einem plötzlichen Aufbruch. Da war keine Zeit, zu ordnen, zu säubern, alles zu regeln. Wohl auch kein Bedarf. Ich öffne die angelehnte weiße Tür und bin im Nebenraum. Eine Art Badezimmer, auf dem Boden steht eine große Lache. Irgendwas tropft. Hat es schon getropft, als sie noch am Leben war? Ich atme flach. Die Luft ist stickig, Dämmerlicht. Das gekippte kleine Fenster mit der Milchglasscheibe lässt weder viel Licht noch viel Luft herein. In der frei stehenden Badewanne ein Eimer. Die Gastherme wurde offensichtlich erst nachträglich eingebaut, Sorgfalt scheint hier nicht wichtig gewesen zu sein. Die Rohre liegen offen in der Wand, in Löchern, die wie Wunden wirken.

Ich rufe mir ins Gedächtnis, wo ich bin: in Lissenberg, einem Dorf nahe dem Stadtrand von Wien. Dieses Haus – kann ich es »Haus« nennen? – steht nicht irgendwo in der Ukraine oder in Rumänien, es steht zwischen gepflegten Wohnhäusern und Villen und Bauernhöfen. Ich bin durch hohes Gras und einen verwilderten Vorgarten gekommen, habe den Eingang gesucht. Der liegt von der Straße abgewandt, ist eher eine Schuppentür als eine Haustür, Sperrholzplatte mit einem Riegel innen und einem Riegel außen. Was gäbe es da auch zu holen? Zwischen der Küche und dem anderen Raum ist keine Tür, nur ein Türstock, ich bücke mich, unnötig, so niedrig ist der Durchgang doch nicht. Ein Bett mit einem Rahmen aus dunklem Holz. Es gibt Dinge, die sind zwar alt, aber ohne Wert. Hier riecht es noch muffiger als im improvisierten Badezimmer. Der Geruch kommt vom Boden. Kunststoffbelag mit Parkettmuster. Wie in der Küche. Illusion bürgerlichen Wohlstands. In der Ecke hat sich der Boden gelöst, ich schaue darunter: Morsche graue Holzplanken, dazwischen Erde. Lehm. In der Mitte des Raumes ein dunkelroter Teppich mit persischem Muster, an der einen Seite verklebt wie von getrockneter Farbe. Kann es sein, dass es ihr Blut ist? Dass es niemand weggemacht hat? Neben dem Teppich ein schmaler schwarzer eiserner Ofen.

Es war Jana, Vesnas Tochter, die mich gebeten hat herzukommen. Die Mutter ihrer besten Freundin hat hier gelebt. Und ist vor einigen Tagen hier gestorben. Es gibt keinerlei Absperrungen, die Polizei scheint nicht von einem gewaltsamen Tod auszugehen. Der doppeltürige Kasten aus dunklem Holz steht halb offen. Es ist ein beklemmendes Gefühl, so in das Leben eines anderen Menschen einzudringen, ich tue es trotzdem. Ein brauner Mantel, der schwerer wirkt als warm, zwei, drei Jacken, einige gemusterte Blusen. Am Fuß des Kastens eine Schublade. Sie klemmt, ein Quietschen, bei dem ich zusammenzucke, Protest gegen meinen Übergriff, die Lade ist offen. Ich hab die Frau nicht gekannt. Eine hellblaue Decke aus Kunststoff, vergilbte Bettwäsche, einige DVDs, seltsame Mischung: »Der letzte Kaiser«, zwei Kung-Fu-Filme, die Oper »Carmen«. Ein Geräusch an der Eingangstür. Wie ertappt schiebe ich die Lade zu, gehe die paar Schritte durch den Raum, in die Küche. Jana starrt, wie ich Minuten zuvor, auf den einsamen Hausschuh unter dem Stuhl.

»Kann man so leben?« Sie sieht mich an.

Jana ist kein verwöhntes Kind. Meine Freundin Vesna ist mit ihr und ihrem Zwillingsbruder im Bosnienkrieg nach Österreich geflohen. Die ersten Jahre waren nicht gerade einfach. Jetzt studiert Jana Psychologie und Publizistik. Und Vesna hat es von der illegalen Putzfrau zur Chefin eines Reinigungsunternehmens gebracht. Vom zweiten Telefon – für Nachforschungen und Ermittlungen jeder Art – wissen die Behörden allerdings nichts.

»Wie alt war sie?«, frage ich.

»Keine Ahnung, ich habe sie nie getroffen. Céline wohnt zur Untermiete in Wien. Ihre Mutter soll mit dem Kopf gegen einen Eisenofen gekracht sein. Céline glaubt nicht, dass es ein Unfall war, aber . . .«

»Das war kein Unfall!«

Ich drehe mich erschrocken um. Laute, klare Stimme. Mädchen, junge Frau im Alter von Jana. Schlank und groß mit halblangen schwarzen Haaren. Ausgeprägter Mund, ausgeprägte Nase, große Augen, hohe Wangenknochen. Zorniger Blick. He, ich opfere meinen Sonntag nicht, um auch noch angefaucht zu werden.

»Mira Valensky«, sage ich, strecke ihr die Hand hin, versuche meine Überlegenheit durch Manieren zu beweisen und lächle, als ob ich etwas zu verkaufen hätte.

Céline hat einen festen Händedruck, sie sieht mich entschuldigend an. »Céline Maier. Sorry. Aber ich hab es so satt, dass alle Mutters Tod als Unfall sehen.«

»Alle?«

»Na, alle bei der Polizei eben. Sie sagen, sie haben die bei einem überraschenden Todesfall üblichen Untersuchungen gemacht. Und damit sei der Fall erledigt. Keine Anzeichen von Fremdverschulden.«

»Kann es nicht so gewesen sein?«, frage ich vorsichtig.

»Meine Mutter war zweiundvierzig. Sie war gesundheitlich nicht auf der Höhe, das stimmt. Aber warum sollte sie stürzen und ausgerechnet auf den Ofen fallen?«

»Sie haben hier mit ihr gelebt?«

»Hab ich dir doch schon gesagt«, mischt sich Jana ein. »Nein, hat sie nicht.«

Céline schüttelt den Kopf. »Ich hab ein Untermietzimmer in Wien, bei einem älteren Paar.«

»Wer hätte Ihrer Mutter denn etwas antun sollen?«

»Keine Ahnung. Aber ihr Mobiltelefon ist verschwunden.«

»Keiner begeht einen Mord, um ein Mobiltelefon zu stehlen, das man ganz legal gratis bekommt«, werfe ich ein.

»Weiß ich schon«, erwidert Céline ungeduldig. »Aber sie hatte es immer in ihrer Nähe. Es war quasi ihr Begleiter. Es ist total peinlich, sie hat es ›Liebling‹ genannt. Sie hat andauernd kleine Filme gedreht, ihr Mobiltelefon konnte das. Ich hab ihr Speicherkarten geschenkt.«

»Was für Filme?«

»Nur Quatsch. Sie ist damit herumgegangen und hat gefilmt, wie sie isst und wie sie fernsieht, wie sie Wäsche wäscht. So als ob es nicht nur ihre Augen, sondern auch die Augen ihres ›Lieblings‹ gäbe.«

»Und was wollte sie damit?«

Céline zuckt mit den Schultern. »Ich hab sie gefragt, sie hat gesagt: ›Natürlich nichts. Man schaut ja auch einfach, ohne etwas zu wollen.‹«

Jana nimmt Céline am Arm. Sie ist einen halben Kopf kleiner als ihre Freundin. Zart, aber ganz schön zäh. Sagt zumindest ihre

Mutter. »Und was, wenn sie etwas gefilmt hat, das sie nicht hätte filmen sollen?«

Céline schüttelt den Kopf. »Unwahrscheinlich. Alles, was ich gesehen habe, hat sich hier im Haus abgespielt.«

»Hast du der Polizei davon erzählt?«, will ich wissen.

»Klar, aber die haben gesagt, dass Mama das Telefon wohl einfach verloren hat. Als ob solche wie sie auf nichts achtgeben könnten.«

»Solche wie sie?« Ich sehe Céline an.

»Sie hat von der Sozialhilfe gelebt. Sie hat chronische Gelenkbeschwerden gehabt und Bluthochdruck, und zum Schluss hat sie deutlich über hundert Kilo gewogen. – War Roger schon da?«

»Wer?«

»Mein Halbbruder. Ich hab ihm gesagt, er soll herkommen. Aber auf ihn ist einfach null Verlass. Ich hab kaum Kontakt zu ihm.«

»Hat er hier gewohnt?«, will ich wissen.

»Wo denn?«, fragt sie zurück. »Er wohnt in Wien. Bei seinen Kumpels in der Siedlung, in der wir aufgewachsen sind.«

Ich höre, dass vor dem Haus ein Auto hält. Die Fenster sind irgendwann einmal ausgetauscht worden, Fenster mit weißem Plastikrahmen, sie scheinen dennoch nicht gut zu schließen. Ich halte es hier drinnen nicht mehr aus, ich gehe an Céline und Jana vorbei ins Freie. Verwilderte Idylle, hohes Gras und Holunderbüsche zwischen Haus und Schuppen, daneben ein Eingang, der in ein Kellergewölbe führen könnte. Vesna steht vor dem Haus und mustert es. Ich gehe zu ihr und nicke ihr zu. Die Wangenküsserei heben wir uns für gesellschaftliche Anlässe auf. Irgendwie kennen wir einander zu gut, um diese Bussi-Bussi-Sache zu brauchen.

»Unglaublich, dass da wer gewohnt hat«, murmle ich in ihre Richtung.

»Warum unglaublich? Ist Haus, hat Fenster und Dach. Sie

schicken Leute in Kosovo zurück, die haben kein Dach und keine Fenster.«

»Das da ist nicht der Kosovo. Schau erst einmal, wie es drinnen aussieht.«

Vesna betrachtet den primitiven Türriegel, macht die Tür zu, legt ihn vor, macht die Tür wieder auf. »War nur gegen den Wind«, sagt sie dann.

»Hallo, Mama, das ist Céline.«

»Céline? Hat das was mit Céline Dion zu tun?«, fragt Vesna und mustert die Freundin ihrer Tochter.

Céline grinst etwas schief. »Hallo, Frau Krajner. Ich bin auf die Welt gekommen, als Céline Dion für die Schweiz den Eurovision Song Contest gewonnen hat. Meine Mutter war hingerissen von ihr. Sie hat vor Urzeiten selbst in einer Band gesungen.«

Meine Güte, so lang kann der Song Contest doch nicht her sein. Ich erinnere mich daran, fast als ob es gestern gewesen wäre. Nicht dass mich die Heulboje sehr beeindruckt hätte. Da braucht es mehr als eine starke Stimme und weiche Schnulzen.

»Nicht ganz mein Stil«, redet Céline weiter. »Ich mache eine klassische Ausbildung und will mich dann auf die Musik des 20. und 21. Jahrhunderts spezialisieren.«

»Sie studiert Gesang und nebenbei mit mir Psychologie«, erklärt Jana. Vesna geht durch die Räume wie ein Hund, der Witterung aufnimmt. Vor dem Teppich im Schlafraum verharrt sie, beugt sich schließlich hinunter. »Blut.« Sie steht wieder aufrecht und sieht Céline an. »Hat es keiner weggemacht?«

Céline hat die Arme um ihren Körper geschlungen. Sie schüttelt den Kopf. Vesna betrachtet den Eisenofen. »Da sieht man nur mehr kleine Spuren.«

Die kleine Kolonne bewegt sich ins Bad.

»Schlimm, nicht?«, flüstere ich.

»Muss man abdichten, die tropfende Leitung. Aber schlimm?

Das gibt es in bosnischen Dörfern auch. Manche Menschen, sie haben kein Geld und sind auch nicht geschickt.«

»Wir sind in Österreich«, erinnere ich Vesna.

»Ha, als ob die zwei Länder so weit voneinander weg sind. Ich werde alles gründlich absuchen. Polizei war wahrscheinlich nicht sehr genau. Besser, ihr geht inzwischen nach draußen. Ich rufe, wenn ich Fragen habe.«

Ich nicke und bin froh, das Haus verlassen zu können. An sich habe ich an diesem Sonntag endlich einmal so richtig faulenzen wollen. Meine letzte Story fürs »Magazin« hat einige Wellen geschlagen. Es ging um parlamentarische Mitarbeiter des Dritten Nationalratspräsidenten, die bisweilen bei einem Nazi-Internet-Versand einkaufen. Für ihn so etwas wie »Lausbubenstreiche«. Vermutlich haben die Jungs ja nur schauen wollen, was so ein Versand denn liefert. Aber der Herr Präsident ist ja selbst bei einer ultrarechten Burschenschaft. Die großen Parteien haben ihn dennoch gewählt. Zum Kotzen. Ausspannen im Liegestuhl auf Oskars wunderbarer Dachterrasse, Septembersonne, meine Katze Gismo in Streichelreichweite, Oskar, der in der Küche steht und etwas Feines für den Abend zubereitet. So hätte mein Sonntag aussehen sollen. Aber dann musste Oskar ohnehin in seine Kanzlei, Telefonkonferenz mit seiner Partneranwaltskanzlei in Frankfurt, es ist irgendein Problem bei einer deutsch-österreichischen Fusion aufgetaucht. Und Vesna hat mich gefragt, ob ich nicht ins Weinviertel kommen könnte. Bei »Weinviertel« denke ich an meine Freundin Eva Berthold und ihr großartiges Weingut, an sanfte Hügel, an das wunderbare Restaurant »Apfelbaum«. Ist auch alles gar nicht so weit von hier. Und doch Lichtjahre entfernt.

Céline erzählt Jana leise von ihrer Mutter. »Sie war nicht immer so kaputt. Sie hat selbst jetzt noch gut gesungen, sie muss als junge Frau sehr gut gewesen sein. Mit ihrer Band hat sie vor allem Schlager gesungen, aber ich weiß, dass sie auch Weill gemocht hat. Das Populärere halt, sie hat ja nicht viel gekannt. Mackie Messer und so.«

»Und warum hat sie aufgehört?«

»Ich weiß es nicht. Sie hat nie darüber gesprochen. Sie hat nur gesagt, es hätte nichts mit uns Kindern zu tun, sie wollte nicht mehr. Ich kann mich erinnern, dass sie dauernd irgendwelche Hilfsjobs hatte. Sie war nicht besonders stark, viel kleiner als ich. Als Packerin hat sie sich wohl die Gelenke ruiniert. Außerdem hat sie immer mehr zugenommen. In Wien ging es noch, da waren die Wege nicht so weit. Aber da ... sie hat fast nur noch vor dem Fernseher gesessen.«

»Und warum ist sie hierhergezogen?«

Céline lächelt traurig. »Man hätte sie in Wien delogiert. Sie hat einfach alle Zahlungstermine ignoriert. Nie etwas getan, damit sie Aufschub bekommt, und dann war es zu spät. Das Haus gehört einer Cousine von ihr. Sie hat es von ihrer Mutter geerbt. Die hat bis zum vergangenen Jahr hier gelebt.«

»Und ist ...«

»Nein, die ist nicht da gestorben. Sie ist in ein Pflegeheim gekommen, und dort war es dann mit ihr vorbei. Sie wollte nicht weg von hier.«

»Kann man sich kaum vorstellen«, murmelt Jana, das Stadtkind.

»Sehe ich auch so. Aber die Großtante, die hat ihr Leben lang in Lissenberg gewohnt. In das kleine Haus ist sie gezogen, als der Sohn die Wirtschaft übernommen hat und ihr Mann gestorben ist.«

»Es gibt nicht einmal ein Klo.«

»Es gibt ein Plumpsklo gleich hinterm Haus. Meine Tante lässt sich für die Bruchbude auch noch zahlen. Einmal in der Woche musste meine Mutter bei ihr putzen und bügeln – anstatt einer Miete. Meine Mutter hat es gehasst, aber es war ihre einzige Chance auf ein Dach über dem Kopf.«

»Gibt es nicht so etwas wie Wohnungsbeihilfe?«, werfe ich ein.

Die beiden scheinen erst jetzt zu merken, dass ich ihnen zugehört habe.

Céline seufzt. »Ich glaube, ich bin inzwischen Expertin, was Sozialleistungen betrifft. Aber so einfach ist das alles nicht. Sie wollte keine ›Almosen‹, wie sie es genannt hat. Andererseits war sie unfähig zu einer regelmäßigen Arbeit. Das haben auch Ärzte bestätigt. Aber sie hat kaum Versicherungszeiten gehabt, und für Wiedereingliederungsprogramme älterer Arbeitnehmer war sie zu jung. Ich hab dafür gesorgt, dass sie ihre Sozialhilfe bekommt, das war schwieriger, als man glauben möchte. Der Bürgermeister muss unterschreiben, und der hat alles Mögliche versucht, dass meine Mutter ihren Hauptwohnsitz nicht nach Lissenberg verlegen kann. Wer will schon Sozialhilfeempfänger? Noch dazu, wo die Gemeinde ein Drittel zahlen muss.«

Wir lehnen an der Tür zum Schuppen, grüne Wildnis auf dem schmalen Streifen zwischen Haus und Nebengebäuden. Weiße Wolken ziehen rasch, es ist angenehm warm für Anfang September. Eine Zeit lang sagt niemand etwas.

»Handy ist wirklich verschwunden«, ruft Vesna, und ich zucke zusammen. Sie steht im Hauseingang. »Ist es wirklich so wichtig?«, fragt sie dann in Célines Richtung.

»Es war so etwas wie ihr bester Freund. Und den verliert man nicht einfach. Psychologisch würde man es wohl Ersatz für Sozialkontakte nennen.«

»Und wie hat sie sich das leisten können?« Vesna streicht sich eine Spinnwebe aus den Haaren.

»Sie hat nicht viel telefoniert. Es war ein Wertkartentelefon. Ich habe ihr sogar eine Solaraufladestation geschenkt. Sie hatten ihr den Strom abgedreht, Mama war komplett verzweifelt. Nicht wegen des Lichts und nicht einmal wegen des Fernsehers, sondern wegen des Telefons. Ich hab das mit dem Strom dann geregelt, die Caritas hat ihr eine Überbrückungshilfe gegeben. Ich hab ihr auch immer Speicherkarten geschenkt, sie wollte nichts löschen, was sie aufgenommen hatte, und einen Computer gibt es ja nicht.«

»Habe ich keine einzige Speicherkarte gesehen«, sagt Vesna nachdenklich.

»Es sind so Minikarten, die hat die Polizei mitgenommen.«

»Also ermitteln sie doch«, werfe ich ein.

»Sie haben gesagt, dass sie ihre Ermittlungen schon abgeschlossen haben.«

»Und wie reagiert dein ... Ihr Bruder auf den Tod der Mutter?«

Céline sieht mich an und lächelt ein wenig. »Mir ist das Du sehr recht. Mein Halbbruder? Keine Ahnung. Ich habe ihn angerufen. Er hat irgendetwas gefaselt, dass er das mit ihrem Tod nicht glaube, und dann ›so eine Scheiße‹ oder so gesagt. Und gestern hab ich ihn angerufen und ihm eingeschärft, dass er heute herkommen soll. Na ja. Er scheint es vergessen zu haben.«

»War er öfter hier?«, will Vesna wissen.

»Ganz selten. Ich bin ihm zum letzten Mal zu Weihnachten begegnet. Ich hab Mama eine günstige Satellitenanlage gekauft, er hat sie montiert. Er ist an sich ziemlich geschickt, hat Elektriker gelernt, aber er hat die Lehre nicht fertig gemacht. Der Betrieb hat ihm gekündigt. Er hat gesagt, der Chef ist ein ... ist ein sehr unangenehmer Mensch. Aber ich weiß nicht ...«

»Er ist jünger als du?«

»Nein, er ist zweiundzwanzig, ein Jahr älter als ich.«

»Wo finden wir ihn? Wo wohnt er?« Vesna kramt in ihrer Tasche.

»Weiß ich nicht. Das ändert sich auch immer wieder. Irgendwo in unserer Siedlung, in Floridsdorf. Man kann ihn anrufen.«

Das Café ist Teil einer Einkaufspassage in einer der Massensiedlungen am Stadtrand von Wien. Vielleicht würde ich doch lieber in der Bruchbude mit Plumpsklo leben als eingepfercht zwischen Tausenden in so einer Satellitenstadt. Die paar mickrigen Bäume machen das Fehlen von Grün und Luft erst so richtig sichtbar. Eine unzureichende Entschuldigung für die zubetonierte Landschaft. Luft scheint hier aber ohnehin keiner zu wollen. Zumindest keiner, der im Café »End« sitzt. Hier wird geraucht, und wie. Einen merkbaren Abzug gibt es nicht. Schlimmer ist allerdings der Geruch, den die vielen Spielautomaten und ihre Benutzer zu verströmen scheinen. Elektroangstschweiß. Bis auf ein dürres Mädchen in einem viel zu großen Pullover sind wir die beiden einzigen weiblichen Wesen da. Trotzdem schaut uns keiner an. Die, die nicht spielen, sind alle so cool, dass sie selbst King Kong nicht beachten würden. Na gut. Vielleicht würde der dunkelhaarige Typ mit der Bomberjacke dort hinten auf King Kong deuten und in die Runde murmeln: »Is' ein Kumpel von mir.« Ist er Célines Bruder? Nein, Halbbruder. Darauf scheint sie Wert zu legen. Ein massiger hellhaariger Mann steht auf und kommt auf uns zu. Ich schlucke. Vesna hebt das Kinn. Aus den schlecht eingestellten Lautsprecherboxen dröhnt etwas Punkiges, das klingt wie: »Fuck wonderful world«, ich kann mich aber auch verhört haben.

»Is' Céline nicht da?«, fragt der massive Mann. Er sieht viel älter aus als zweiundzwanzig. Tätowierte Unterarme. Die Oberarme verbirgt ein reichlich enges Lederhemd.

»Roger Maier?«, frage ich zurück.

Er nickt bloß und deutet auf einen freien Tisch.

Er holt sein halb ausgetrunkenes Bierglas, und ich bemerke, dass uns seine Freunde beobachten. Na ja. In dieser Umgebung sind wir ganz schön exotisch. Roger bereichert mit seinem Bier den roten Kunststofftisch um eine weitere Pfütze. Nicht dass es darauf noch ankäme.

»Gibt's einen Gespritzten?«, frage ich. Vesna entscheidet sich für ein Cola, und Roger schnipst einem Mann um die vierzig zu, der aussieht, als würde er in seiner Freizeit Raubmorde begehen.

Ich koste vorsichtig. Erstaunlicherweise schmeckt der gespritzte Weißwein ausgezeichnet. Sehr gesprächig scheint Roger nicht zu sein. Also versuche ich die Konversation in Schwung zu bringen, indem ich den Gespritzten lobe.

»Berts Bruder ist Winzer«, erklärt Roger und deutet auf den mutmaßlichen Raubmörder.

»Ich bin Mutter von guter Freundin von Céline«, erklärt Vesna. »Sie glaubt, dass Ihre Mutter ermordet wurde. Ich mache so Nachforschungen.«

»Eine Ausländerin«, sagt Roger in meine Richtung.

Ich funkle ihn an.

»Ich hab nichts gegen Ausländer, einer meiner besten Kumpels ist ein Türke«, fährt er fort und glotzt auf seine Tätowierungen.

»Ich bin Österreicherin«, faucht Vesna.

»Das sagt mein Kumpel auch immer.«

Besser, wir wechseln das Thema. »Glauben Sie auch, dass Ihre Mutter ermordet wurde?«

Roger zuckt mit den Schultern. »Woher soll ich das wissen? Die Bullen haben mit mir geredet. Da hab ich auch nichts sagen können. Und weil Céline auf der Sache mit dem Handy so herumreitet: Klar kann sie das verloren haben. Meine Mutter war nicht besonders fit.«

»Wann haben Sie sie zum letzten Mal gesehen?«

»Zu Weihnachten. Das heißt am Tag vor Weihnachten. Ich hab ihr so eine Satellitenschüssel besorgt und sie montiert.«

»Céline hat besorgt«, wirft Vesna ein.

»Mann. Ich hab sie besorgt, Céline hat sie gezahlt. Ist das wichtig?« Ich schüttle beschwichtigend den Kopf und trete Vesna unter dem Tisch auf den Fuß. Sie muss den Kleinen ja nicht lieben, aber wenn sie ihn provoziert, erfahren wir gar nichts. »Das ist fast ein Dreivierteljahr her ...«, sage ich vorsichtig.

»Jaa.« Er scheint nachzudenken, grinst dann. »Die Zeit rast.«

Ganz nüchtern ist er nicht mehr, habe ich das Gefühl. »Haben Sie ab und zu mit ihr telefoniert?«

»Klar, das schon. Es ist nicht so, dass mir das mit dem Tod meiner Mutter nicht leidtut. Sie war immerhin meine Mutter. Aber man kann Tote nicht wieder lebendig machen.«

Aus den Lautsprechern kreischt etwas wie: »Zombies rockt auf, Zombies rückt auf, greift zu den Waffen.« Ich muss auf die Box gestarrt haben.

»Scheiß schwachsinniger Song«, murmelt Roger fast entschuldigend.

»Haben Sie musikalisches Talent von Mutter geerbt?«, fragt Vesna, und ich bin mir nicht sicher, ob das eine neue Provokation sein soll.

»Das hat Céline. Die hat mich schon als Kind krank gemacht mit ihrer Singerei. Klar, dass sie Mamas Liebling war. Aber ich hab ein gutes Gehör. Wollte Elektriker werden und danach, wenn's geht, Soundtechniker.«

»Kennen Sie Leute, mit denen Ihre Mutter Kontakt hatte? Freundinnen? Freunde?« Ich habe das auch schon Céline gefragt, sie konnte mir niemanden nennen.

Roger schüttelt den Kopf. »Die hat keinen gehabt, nur uns. Die Großeltern sind tot, aber mit denen hat sie sowieso nie was zu tun haben wollen, waren total durchgeknallt, bei irgendeiner Sekte. Ich kann mich erinnern, mich wollten sie als Kind in irgend so einen Tempel schleppen, aber da hat sich meine Mutter total gewehrt. Und gewonnen. Die Tante kann man auch nicht Freundin nennen. Die hat sie immer nur schikaniert, dieser Trampel.«

»Sie meinen die Cousine Ihrer Mutter, der das Haus gehört?«

»Sie hat die Bruchbude von ihrer Mutter geerbt. Und meine Mutter musste ihr den ganzen Haushalt machen, damit sie dort wohnen durfte. Die Tante nutzt alle nur aus. Mich hat sie auch übers Ohr gehauen. Ich hab ihr die Heizung hergerichtet, und sie hat mich dann nicht bezahlt, einer anderen hätte ich ein paar

Kumpels vorbeigeschickt, aber in dem Fall, wegen Mutter ... Ich hab mir nur geschworen, für die mach ich keinen Handgriff mehr.«

»Und was arbeiten Sie sonst so?«, wirft Vesna ein.

»Was ist das? Ein Verhör? Jobs gibt es genug, für einen Tag oder für eine Woche. Passt schon. Ich komm durch.«

Eine Stunde später stehe ich in Oskars Dachterrassenwohnung. So langsam sollte ich mir angewöhnen, sie als unsere zu bezeichnen. Aber es ist eben seine, er hat sie gekauft und eingerichtet, und ich bin nach einigen Jahren als Pendlerin zwischen meiner und seiner Wohnung in seine gezogen. War eine schwere Entscheidung. – Was für ein Luxus, sich entscheiden zu können: Nette, wenn auch nicht noble Wiener Altbauwohnung oder Dachterrassenwohnung in der Wiener Innenstadt. Meine Wohnung gibt es noch, sie ist nicht einmal vermietet. Warum? Weil ich es immer wieder vergessen habe. Keine Zeit. Andere haben ganz viel Zeit. Zu viel Zeit. Célines Mutter konnte nicht einmal zwischen einer Billigsozialwohnung und einem Substandardhaus wählen. Gehört wirklich den Tüchtigen die Welt? Oder gehört sie einfach denen, die Glück gehabt haben?

Oskar ist noch nicht zurück. Natürlich arbeitet er eine Menge für sein Geld, aber: Er hat sich seinen Beruf aussuchen können. Und wenn er wollte, könnte er mit weniger Klienten auch ganz gut leben. Gewisse Zwänge gibt es überall. Worum es geht, ist die Möglichkeit, sich immer wieder neu zu entscheiden. Ich kann mir nicht vorstellen, dass diese zweiundvierzigjährige kaputte Frau es sich ausgesucht hat, die Tage in Gesellschaft ihres Mobiltelefons vor dem Fernseher zu verbringen. Gismo umschleicht mich. Ich streife durch den großen, offenen Raum mit der Glasfront hin zur Dachterrasse. Platz und Licht. Gismo maunzt ungehalten. Ja, gleich gibt es Abendessen. Vielleicht ist sie es, die es am besten hat. Sie fordert Essen und bekommt es. Sie hat Platz und tut, was sie möchte. Und sie hat kein schlechtes Gewissen, wenn es anderen beschissen geht. Mitten in unserem reichen Land. Vom schlechten Gewissen kann keiner abbeißen. – Was soll das sein? Eine Entschuldigung dafür, dass ich heute lieber nicht mehr an Plastikfußböden mit Lehm darunter denken möchte? Dass ich darüber nachdenken möchte, was ich Oskar heute Abend koche? Oder ob wir lieber auswärts essen?

Ich gehe zur Stereoanlage und schalte sie ein. Céline scheint sich befreit zu haben. Was ist der Preis? Hätte sie sich mehr um ihre Mutter kümmern müssen? Sie hat ihr zumindest bei den Behördenwegen geholfen. Vesna glaubt eher nicht an Mord, hat sie mir vor dem Café »End« gesagt. Céline habe ein schlechtes Gewissen, sie wolle nicht einsehen, dass ihre Mutter mit zweiundvierzig Jahren einsam und körperlich am Ende auf den Eisenofen gefallen und verblutet ist. Ich weiß nicht, was ich denken soll. Im Radio quatscht einer über Brecht und Weill und die politische Relevanz von Musicals in den Dreißigerjahren. Und dass es so etwas heute nicht mehr gäbe. Sie spielen etwas aus »Aufstieg und Fall der Stadt Mahagonny«. Ich mag diese Musik. »Oh show us the way to the next whisky bar ...« Da treffen sich Oskars und mein Musikgeschmack. Und bei gewissen Jazzstandards. Der Moderator setzt wieder zu wichtigen Worten an, ich gehe zur Küchenzeile und füttere Gismo. Sie frisst schnurrend, den Schwanz ganz gerade aufgerichtet. Am Wochenende gibt es Hühnerherzen. Ihr Lieblingsessen. Eine ihrer vielen Lieblingsspeisen, die alle noch übertroffen werden von schwarzen Oliven. Wenn sie die bloß riecht, knallt sie durch. Der Typ im Radio hört auf zu reden. September Song. Lotte Lenya, melancholisch, mit ihrem deutschen Akzent, der nach Sehnsucht klingt. »Oh, it's a long, long while from May to December.«

Ob für Evelyn Maier auch einmal Mai war?

[2]

Eigentlich dürfte ich wirklich nicht mehr zu spät kommen. Seit ich bei Oskar wohne, brauche ich nur zu Fuß durch ein Stück Wiener Innenstadt zu laufen, dann über die Donaukanalbrücke, und schon bin ich im »Magazin«. Und trotzdem: Heute ist es mir beinahe wieder gelungen. Ich keuche, als das Gebäude aus Beton und Stahl und Glas vor mir auftaucht. »LESEN SIE DAS!« prangt in Riesenlettern an der Außenfassade. Zurückhaltend ist unsere Wochenzeitung nicht eben. Drei Minuten vor zehn renne ich am Empfangstisch vorbei, winke Marion, die immer noch von einer Modelkarriere träumt, springe in den Aufzug, in dem Menschen stehen, die ich nicht kenne. Seriös wirkende Anzugträger mit gesenktem Blick. Sie werden unser »Magazin« doch nicht an irgendein ausländisches Konsortium verkaufen wollen? Ein klein wenig scheinen mir diese Anzugträger von Aasgeiern zu haben. Die dünnen Hälse, der faulige Geruch, den auch das feinste Rasierwasser nicht überdecken kann. Sie fahren in die Managementetage, ganz nach oben, ich steige im zweiten Stock aus dem Lift, eile ins Sitzungszimmer. Alle Ressortleiter und die paar Streber, die freiwillig an der Wochen-Redaktionssitzung teilnehmen, starren mich an. Du lieber Himmel, ich hab es komplett verdrängt: Der Chronikchef ist interimistischer Chefredakteur! Er liebt es überpünktlich. Vielleicht mag ich ihn auch deswegen nicht. Unser Chefredakteur ist für vier Wochen auf Urlaub in den USA. Ich sage: »Guten Morgen!«, versuche meinen Atem unter Kontrolle zu halten. Sie brauchen wirklich nicht zu wissen, dass ich gerannt bin. Ich setze mich. Ich bin zwar keine Ressortleiterin, aber ich habe einen Sondervertrag als Chefreporterin. Bin zuständig für die großen Reportagen. Und zur Teilnahme an dieser wöchentlichen Sitzung verpflichtet. Wir werden die Sache mit den Nazi-Buben im Umfeld des Dritten Nationalratspräsidenten weiterverfolgen, aber das muss nicht ich tun. Der einsame Tod von Evelyn Maier ist keine Story, die das »Magazin« interessiert. Außer ich drücke voll auf die Tränendrüse. Und finde zwei Politiker, die übereinander herfallen. Am besten einen, der gegen jegliche Sozialhilfe ist und verkündet, es sei eben immer schon so gewesen, dass nur die Starken durchkommen. Und als Gegenpart einen, der unser Steuergeld auf jene umverteilen möchte, die sonst nichts haben. Gibt es solche Politiker überhaupt noch? Was übrig bliebe, ist klar: ein tragischer Einzelfall, schön traurig wie eine Soap im Vormittagsprogramm, und neues Geschwätz übers angeblich zu knappe Geld. Leben wir nicht in einem der reichsten Staaten? Oskar sollte mehr Steuern zahlen. Zahlt er nicht ohnehin viel? Jedenfalls zahlt er mehr als ich.

Ich habe nicht aufgepasst. Alle sehen mich an. Offenbar bin ich an der Reihe. Ich räuspere mich. Droch grinst. Da gibt es nichts zu grinsen, mein alter Freund. Ich schlage eine Reportage über Armut in Österreich vor, quasi ein anderes Gesicht der Wirtschaftskrise. Ich erzähle von dem Häuschen, das man eher in der Ukraine oder in Rumänien vermuten würde, und sage, dass man dort sicher fotografieren könne. Denke ich zumindest. Evelyn macht es jedenfalls nichts mehr aus. Mehr noch, sie scheint die Dokumentation ihres Alltags geliebt zu haben.

Der Chronikchef sieht mich betont gelangweilt an und reibt seine Fingernägel. »Und?«, fragt er in die Runde. »Was haltet ihr davon?«

Schweigen. Na super. Dann räuspert sich ausgerechnet der Sportchef und sagt: »Das mit den Fotos klingt ...«

Der Chronikchef unterbricht ihn. »Unsinn. Die Wirtschaftskrise ist vorbei. Aber unsere Anzeigen sind noch nicht auf dem alten Niveau. Die Auflage muss steigen. Wer will in Zeiten wie diesen etwas über eine Substandardhütte lesen? Wollen die Leute das? Wenn wir keinen Skandal bieten können, dann sollten wir darüber nachdenken, wie wir unsere Leser aufmuntern können. Positives Denken ist gefragt! Und da kein Sexreport in Sicht ist ...«, er sieht auffordernd in die Runde, aber keiner lacht, »... werden wir auf eine andere Art munter machen. Mir schwebt eine Reportageserie vor: Die Gewinner der Krise. Leute, die aus der Krise etwas gemacht haben, Betriebe, die florieren, Menschen, die Geschäftsideen genau jetzt umgesetzt haben, so etwas. Sie werden die Leute schon finden, Frau Valensky. Da bin ich mir sicher.« Er sieht mich mit einem Blick an, der so was von eindeutig sadistisch ist, dass ich ihm am liebsten ins Gesicht springen würde. Er mag mich genauso wenig wie ich ihn. Ich sehe meinen alten Freund Droch an. Er ist einer der wenigen seriösen Journalisten beim »Magazin«, weit über unsere Redaktion hinaus angesehen, ein unabhängiger und treffsicherer politischer Kommentator. Und mein bester Freund hier, auch wenn wir in beinahe allem unterschiedlicher Meinung sind. Den Mist kann er nicht hinnehmen. Er sieht auch nicht besonders begeistert aus. Aber er schweigt. Scheint in sich versunken. Nahe dem Nirwana. Ich versuche ihn mit Blicken zum Sprechen zu bringen. Leider sitzt er zu weit weg, als dass ich ihn stoßen könnte. Abgesehen davon sind seine Beine so gut wie gefühllos, Folge eines Kriegsreportereinsatzes in jungen Jahren. Seither sitzt er im Rollstuhl. Wie viel hat der Rollstuhl zu seinem Mythos als Topjournalist beigetragen? Mira, ein Unglück bleibt ein Unglück. Dennoch: Ich hätte in diesem Moment gute Lust, die wahre Geschichte seines Unfalls zu erzählen. Ich bin eine der ganz wenigen, die sie kennen. Er ist kein Kriegsheld – wenn es so etwas überhaupt gibt –, sondern er war ein junger, dummer Reporter, der in einen fernöstlichen Hotelswimmingpool gesprungen ist, in dem kein Wasser war. Das hatten sie rationiert. Hotelpools galten auch damals nicht als überlebensnotwendig. Nein, würde ich nie erzählen. Ich würde sein Vertrauen nie missbrauchen.

»Vielleicht gibt es ja ehemalige Manager, die jetzt Sozialhilfe kassieren. Oder andere Promis«, überlegt der Sportchef. »Wenn man das mit so einer Armutsgeschichte koppelt ...«

»Bisher gab's nur dieses Schauspielerpaar, das ohnehin dauernd in den Klatschspalten ist ... Wie heißen die beiden gleich? ... Die haben Sozialhilfe beantragt ... Aber das war schon vor der Krise«, ergänzt der Wirtschaftschef.

Nun durchbohre ich Droch schon fast mit meinem Blick. Er blinzelt mir kurz zu, wie frisch erwacht. »Valensky kann ja über Armut recherchieren. Neben der Serie über die Krisengewinner. Wenn ihr das wichtig ist«, sagt er dann. Nicht gerade die Hilfe, die ich erwartet habe. Recherchieren kann ich sowieso alles. Wenn ich Zeit dazu habe.

»Seien wir ehrlich«, doziert der Chronikchef. »Bei uns findet jeder Arbeit, der arbeiten will.«

Ich sehe ihn schon mit Eimer und Besen und fröhlichem Gesicht Bürohäuser wie dieses hier putzen. Dummerweise sage ich es auch. Jetzt habe ich zwar die Lacher auf meiner Seite, aber endgültig eine nervtötende Geschichte am Hals: Meine erste Reportage über die Krisengewinner soll von einer Nobelsecondhandladenbesitzerin handeln, einer »Superfrau«, laut Chronikchef. Ihr Erfolg hat sicher nichts damit zu tun, dass sie mit dem Eigentümer der größten Baumarktkette liiert ist. »Finden Sie heraus, wer in Zeiten wie diesen bei ihr einkauft und wer verkauft. Das müsste Ihnen doch liegen?« Ich habe den miesen Kerl unterschätzt. Ich stelle ihn mir noch einmal mit Besen und Eimer vor, aber jetzt halte ich den Mund. Ab und zu ist das einfach besser. Vielleicht werde ich langsam weise. Oder nur älter? Aus Schaden klug?

»Was hätte ich tun sollen?«, grinst Droch, als wir beim Türken ums Eck unsere gemischte Vorspeisenplatte für zwei zu uns nehmen. Ich muss höllisch aufpassen, dass er nicht alle Sigara Börek stibitzt, die mag er ebenso gern wie ich.

»Du hättest ihnen einen Vortrag über Armut in Österreich halten können«, überlege ich.

»Da hätten sie sich aber gewundert.«

»Na und?«

»Außerdem glaube ich, dass es in jedem Land Armut gibt. Und dass sie sich nicht restlos bekämpfen lässt, wenn man in einer Demokratie lebt.«

»Unsinn«, fahre ich auf.

»Sonst gibt es zu viele Vorschriften. Zu viel Bevormundung. Zu viele Einschränkungen. Selbst in der UdSSR haben sie das nicht geschafft, ein Land ohne Armut.«

»Im jetzigen Russland ist es schlimmer.«

»Gehörst du jetzt etwa zu den Sowjetnostalgikern …?«

Es ist eines unserer üblichen Geplänkel. Er will mich ärgern, indem er den alten Reaktionär spielt, und ich liebäugle mit irgendeiner Weltrevolution. In Wirklichkeit ist er ganz schön aufgeschlossen, und ich bin … ich bin wohl zu faul für eine Weltrevolution. Nein, ich glaube einfach nicht daran. Aber den Glauben an die Machbarkeit von Reformen, den will ich mir nicht nehmen lassen. Ich habe Droch von Evelyn und ihren so unterschiedlichen Kindern erzählt. Und von dem Häuschen mit Plumpsklo. »Ich bin mit einem Plumpsklo aufgewachsen – hat es mir geschadet?«, hat er gespottet. Was das angeht, liegt wohl wirklich eine Generation zwischen uns. Ich kann mir so etwas bestenfalls auf Berghütten vorstellen. Und ich weiß schon, warum ich das Meer lieber habe als die Berge.

Am Nachmittag werde ich Zuckerbrot treffen. Er ist Chef der Mordkommission 1. War vor einigen Jahren sogar interimistischer Leiter der Wiener Polizei, aber auf Dauer wollte er eine solche Position nicht. Zu viele Sitzungen. Zu viel Politik. Zuckerbrot ist ein Uraltfreund von Droch. Sie haben zusammen studiert. Und sie treffen einander einmal die Woche zum Essen – ohne über Berufliches zu reden, wie beide regelmäßig betonen. Üblicherweise hat es Zuckerbrot nicht so gerne, wenn ich mich um Fälle kümmere, die sich mit seinen kreuzen. Aber heute am Telefon hatte er kein Problem damit. Was bedeutet, dass er den Tod von Evelyn Maier nicht als Kriminalfall betrachtet. Oder als völlig unwichtigen.

Droch sieht mich forschend an: »Du murmelst etwas vor dich hin, du wirst schrullig, weißt du das?«

Ich lächle so süß wie möglich. »Du würdest mir ohnehin nur widersprechen, also rede ich lieber zu mir selber.« Oh, wie ich unsere harmlosen Schlachten zu gar nicht harmlosen Themen liebe!

»Also: Was hast du gesagt?«

»Seit wann bist du neugierig?«

»Hellhörig. Das ist etwas anderes. Ich bin trotz meines hohen Alters hellhörig. Ich hab da was von ›Kriminalfall‹ gehört.«

»Dann hast du nur halb gehört. Ich hab gesagt: ›Eine tote Sozialhilfeempfängerin ist keine Story. Und kein Kriminalfall.‹«

»Klingt so, als würdest du beides daraus machen wollen.«

Ich sehe ihn an: »Nur wenn es doch einer ist.«

Ich sitze in Zuckerbrots Büro. Er sieht immer weniger aus, wie man sich den Leiter einer Mordkommission vorstellt. Noch weniger wie ein Hofrat, das ist der Titel, den er eigentlich trägt. Doch seitdem uns die deutschen und amerikanischen Krimiserien überschwemmt haben, sind alle Polizeibeamten Kommissare oder Ober- oder Hauptkommissare oder so etwas. Zuckerbrot hat sich daran wie die meisten seiner Kollegen längst gewöhnt, hat er mir erzählt. Zuckerbrot ist ohnehin nur noch selten dort, wo ein Kriminalfall passiert ist. Er hat einzuteilen und zu verwalten. Auch die Polizei hat sich spezialisiert.

Zuckerbrots neue Sekretärin heißt Grün. Und sie hat tatsächlich sein Büro begrünt. Es ist ein wahrer Pflanzenwald. Dort ein Ficus, da eine Zimmerpalme, beim Aktenschrank ein Philodendron, der an das Monster in meiner Büroecke heranreicht. Sein Freund Zuckerbrot schätze das gar nicht, aber gegen die umtriebige Rothaarige habe er keine Chance, hat Droch grinsend erzählt. Frau Grün war Chefsekretärin in einem großen Möbelhaus, das in Konkurs gegangen ist. Als Polizeivorzimmerdame überqualifiziert, aber ihre Leidenschaft für Krimis jeder Art hat sie hierhergetrieben. Zuckerbrot, der Grünpflanzen exakt gar nichts abgewinnen kann, bezeichnet sich laut Droch seither als »Krisenopfer«. Aber er tut es liebevoll. Ich finde seine Frau Grün großartig, ich hab mit ihr in ihrem Büro über Krimis und Philodendren geplaudert. Na ja. Vielleicht finde ich sie auch bloß so großartig, weil sie ein Fan meiner Reportagen ist. Sie scheint jeden Fall zu kennen, den ich für das »Magazin« aufgeklärt habe. Aber ich fürchte, wenn es hart auf hart geht und ich wieder einmal etwas von Zuckerbrot brauche, was er mir nicht geben will, steht sie eisern zu ihm.

Zuckerbrot lehnt im abgenutzten Fauteuil seiner Besprechungsecke und bemüht sich, den Kontakt mit dem riesigen Ficus Benjamini zu vermeiden. Ich sitze in einem anderen Fauteuil und führe Small Talk. Wir reden über seine Sekretärin und über Droch und seine unmögliche alte Strickjacke. Langsam scheine ich ihm unheimlich zu werden. Kann es sein, dass ich heute tatsächlich nichts von ihm will? Oder plane ich einen besonders heimtückischen Angriff auf seine polizeiliche Verschwiegenheit? Irgendjemand hat ihn einmal als den Philosophen unter den Kriminalbeamten bezeichnet. Tatsächlich sieht er mit seiner Cordjacke, den etwas zu langen Haaren und den Kaufhausjeans eher wie ein Philosophieprofessor aus als wie ein Topkriminalist. Man soll sich allerdings nicht täuschen lassen. Er ist gut. Das weiß ich. Und er kann ganz schön wütend werden, wenn man sein Spiel sabotiert.

»Haben Sie sich den Fall Evelyn Maier angesehen?«, frage ich.

Er wirkt richtiggehend erleichtert. »Was für einen Fall?«, fragt er zurück. »Das ist kein ›Fall‹.«

»Das heißt, Sie haben ihn sich angesehen und sind zu dem Schluss gekommen, dass ihr Tod ein Unfall war.«

Er sieht mich beinahe belustigt an. »Korrekt.«

Ich seufze. »Könnten Sie ein bisschen mehr darüber sagen? Wo es doch ohnehin kein ›Fall‹ ist?«

Zuckerbrot spielt mit dem Kugelschreiber, der auf dem kleinen Tisch zwischen uns liegt. »Da gibt es nicht viel zu sagen. Die Frau hat hundertzehn Kilo gehabt, eine Krankengeschichte wie eine Achtzigjährige, unter anderem Zucker, der in letzter Zeit nicht mehr behandelt worden ist. So etwas kann Schwindelgefühl auslösen. Sie ist gegen den Eisenofen gefallen, hatte eine offene Schädelfraktur, wäre wohl ohnehin daran gestorben, ist aber verblutet.«

»Gab es eine Autopsie?«

»Gab es nicht. Das können unsere Gerichtsmediziner auch so feststellen. – Was interessiert Sie an der Frau? Ist doch nicht der klassische Fall für eine ›Magazin‹-Geschichte, oder?«

»Sie ist die Mutter einer Freundin von Vesna Krajners Tochter. Vesna . . .«

»Ich weiß, wer Vesna Krajner ist. Wer wüsste das nicht, der sich neben ihr um die Aufklärung von Verbrechen bemüht?«

»Sie hat ein Reinigungsunternehmen«, widerspreche ich.

Zuckerbrot lächelt. »Die Mafia hatte Waschsalons.«

Ich will schon auffahren, aber er fasst mich beruhigend am Arm. »Nichts gegen Ihre Freundin. Aber das ist kein Fall. Es gibt einfach kein Motiv. Wir haben mit der Tochter und dem Sohn und der Cousine geredet. Viel mehr Menschen scheint Evelyn Maier nicht gehabt zu haben. Traurig so etwas. Aber kein Fall.«

»Ihr Mobiltelefon ist verschwunden. Céline, die Tochter, sagt, dass es so etwas wie der einzige Vertraute ihrer Mutter war.«

»Das hat sie uns auch erzählt. Wir haben uns sogar die Speicherkarten angesehen, sie scheint andauernd mit dem Telefon filmend herumgelaufen zu sein. Hätte ja sein können, dass sie etwas aufgenommen hat, was sie nicht hätte sehen sollen. Nichts. Trauriger Alltag einer einsamen Frau.«

»Die keinen interessiert.«

Zuckerbrot schüttelt den Kopf. »Die meisten, die aus ungeklärter Ursache ums Leben kommen, haben in der Realität viel mehr mit Evelyn Maier zu tun als mit irgendwelchen TV-Opfern aus bester Familie. Wir schauen nicht weg, nur weil vor dem Tod ein ›patschertes Leben‹ war, wie man in Wien sagt.«

»Und ihr verschwundenes Telefon?«

»Sie war offenbar etwas wirr. Kann mit der Einsamkeit, aber auch mit der Diabetes zusammengehangen haben. Seit sie von Wien weggezogen war, hat sie keine Medikamente mehr geholt. Sie wird das Telefon irgendwo verloren haben.«

»Wo? So groß ist das Haus nicht.«

»Sie ist einmal die Woche nach Wien gefahren. Wien ist groß.«

»Kann ich die Speicherkarten haben?«

Zuckerbrot schüttelt langsam den Kopf. »Das sollten Sie wissen. Sie sind keine nahe Angehörige. Ich kann die Karten für die Tochter oder den Sohn freigeben. Wir schicken sie zurück an das zuständige Kommissariat in Niederösterreich.«

»Die Karten sind hier in Wien?«

»Wir haben sie kommen lassen. Und nachdem Sie mich angerufen haben, hab ich kurz hineingesehen. Nichts Bemerkenswertes, wirklich.«

Ich weiß ja selbst nicht, ob Céline recht hat. Ich überlege. Wen kenne ich, der mir die Speicherkarten herausrücken könnte ...?

Wenn sie für die Polizei ohnehin ohne Bedeutung sind ... Wie schade, dass Verhofen nicht da ist. Zuckerbrot muss Gedanken lesen können. »Sinnlos, es hintenherum zu probieren. Meine Sekretärin ist, abgesehen von ihrer Grünpflanzenmanie, eine Perle. Und genauso verschlossen wie die Auster rundherum. Und Verhofen ist auf Urlaub in Afrika.«

Ich nicke möglichst harmlos. »In Zimbabwe. Wo er für die UNO Polizeioffiziere ausgebildet hat.« Ich weiß, warum er damals zurück nach Österreich gekommen ist. Wegen einer Frau, einer Uni-Dozentin, die sich in Harare für einen heimischen Politiker entschieden hatte. Ob er es noch einmal bei ihr probiert? Ob sie ihn gerufen hat? Und warum gibt mir der Gedanke einen kleinen Stich? Nur weil wir uns gut verstanden haben? Ich bin glücklich mit Oskar. Und ob. Aber es war schon nett, ein wenig von Verhofen umgarnt zu werden.

»Was murmeln Sie?«, fragt Zuckerbrot.

Fange ich etwa wirklich an, in Gegenwart anderer vor mich hin zu reden? Er ist der Zweite, der mir das heute sagt. Mira, so etwas sollte nicht zur Gewohnheit werden, nicht vor deinem neunzigsten Geburtstag.

»Er soll stellvertretender Polizeikommandant werden, nicht wahr?«, lenke ich ab.

»Richtig. Also werden Sie ihn schön in Ruhe lassen. Eine ... Freundschaft mit einer ziemlich umtriebigen Reporterin ist das Letzte, was seiner Karriere zuträglich wäre.«

»Sie sind doch auch mit Droch befreundet.«

»Das ist erstens etwas anderes, und zweitens will ich nicht Karriere machen.«

»Das ist nichts anderes«, entgegne ich streitlustig. »Ein guter Freund. Er ist ein guter Freund.«

Zuckerbrot grinst.

Ich sehe ihn bittend an. »Kann ich die Speicherkarten mitnehmen, wenn ich verspreche, dass Céline eine Vollmacht schickt?«

Der Kriminalbeamte in der Cordjacke schüttelt den Kopf. Dabei kommt ihm ein Ast des Ficus in die Quere. Er duckt sich.

»Sie mögen keine Grünpflanzen, nicht wahr?«

»Nicht im Büro. In der freien Natur finde ich Grün sehr nett. Wissen Sie, was meine Sekretärin behauptet? Ich brauche Sauerstoff zum Denken, und Pflanzen produzieren Sauerstoff. Ich habe die letzten Jahrzehnte ganz ohne zusätzlichen Sauerstoff eine Menge Fälle gelöst. Wenn Sie ihr das klarmachen könnten, dann kriegen Sie die Speicherkarten.«

Man muss wissen, was aussichtslos ist. Ich schüttle den Kopf und verhandle weiter: »Wenn Céline herkommt, kann sie dann die Speicherkarten mitnehmen, oder muss sie zum zuständigen Kommissariat nach Niederösterreich?«

Zuckerbrot überlegt. »Meine Güte. In diesem Fall ... der kein Fall ist ... wenn sie kommt, dann lasse ich die Sachen von Evelyn Maier zum Portier schaffen, und dort kann sie sie gegen Unterschrift abholen. Ich weiß allerdings nicht, ob das Kommissariat noch mehr hat, was abzuholen ist.«

Ich wähle bereits Célines Nummer. Gut möglich, dass hinter dem Tod der Sozialhilfeempfängerin tatsächlich nichts weiter als eine traurige Geschichte steckt. Aber die Speicherkarten möchte ich mir doch ansehen. Ich erreiche Céline an der Musikuniversität, in einer Stunde kann sie da sein.

»Ich würde ja so gerne noch lange mit Ihnen plaudern, ist ja selten genug, dass wir ein so nettes Gespräch führen, aber ab und zu muss ich doch auch noch ein bisschen arbeiten«, sagt Zuckerbrot.

»Ein interessanter Fall?«, frage ich neugierig. Vielleicht wartet hier eine Story, die so gut ist, dass ich die Secondhandladenbesitzerin vergessen kann.

Zuckerbrot nickt ernst. »Könnte man so sagen.«

Ich hänge an seinen Lippen. Ich darf kein Wort überhören. Viel wird er nicht rauslassen.

»Eine wichtige Besprechung, sogar der Polizeipräsident kommt.« Kunstpause. »Die Reformierung der Dienstabzeichen.«

Ich schreie empört auf, der Kerl hat mich drangekriegt. Zuckerbrot lacht. Ich lache auch.

»Nein«, sagt er dann, momentan gebe es keine spektakulären Fälle. Taten der Trostlosen. Totschlag zwischen Saufkumpanen. Raub mit Todesfolge. Mann bringt Frau um, weil sie sich von ihm trennen will.

Ich setze mich auf eine Bank vor dem Präsidium und denke nach. Gibt es irgendetwas, das Evelyn Maier gesehen haben und das ihr zum Verhängnis geworden sein könnte? Irgendetwas, das den Polizeibeamten vielleicht nicht aufgefallen ist? Wie sollte es dann uns auffallen?

Céline eilt von der U-Bahn-Station auf mich zu. In Bewegung wirkt sie noch attraktiver. Sängerinnen, die den ganz großen Durchbruch schaffen wollen, müssen heute auch gut aussehen. Dass Célines Augen, Lippen, Nase prägnant sind, ist bei Bühnenauftritten wohl ein zusätzlicher Vorteil. Ich ziehe den Bauch ein. Ich war schon dicker, fünfundsiebzig Kilo sind bei einer Größe von etwas über eins siebzig ganz in Ordnung. Sagt zumindest meine Waage, die neben dem Gewicht auch Körperfett, Wasser und Body-Mass-Index misst. Ich traue ihr nicht restlos. Vor allem dann nicht, wenn sie überraschenderweise ein Kilo mehr anzeigt, wo ich doch kaum etwas gegessen habe. Wenigstens bekomme ich noch keine grauen Haare. Eigentlich ein Wunder, meint meine Friseurin. Seit sie meine dunklen Haare fransig kurz schneiden darf, vergisst sie auch nie zu betonen, dass mich das jünger macht. Hm. Wenn derartige Statements nötig scheinen, dann ist man definitiv nicht mehr jung. Pfeif drauf, Mira. Und vergleiche dich nicht mit einer einundzwanzigjährigen Schönheit, die auch noch singen kann.

Besonders glücklich sieht meine Schönheit ohnehin nicht aus. Nach einer kurzen Begrüßung – wir nicken einander zu, dann strecke ich ihr doch die Hand hin, ein Händedruck, der seltsam förmlich wirkt – meint Céline, dass sie ziemlich rasch zur Probe zurück müsse, ihre Kollegen nervten total. Die könnten zwar das klassische Liedgut, aber eine vernünftige Begleitung zu Weill brächten sie einfach nicht zustande. Und sie hätten ihr nahegelegt, etwas zu singen, bei dem ihre Stimme besser zur Geltung käme. Irgendwas von Strauß. Oder Mozartarien. »Das macht doch jedes Provinzgürkchen«, faucht Céline.

Sie wird ihren Weg machen, ich bin mir sicher.

»Also okay, holen wir die Speicherkarten.«

Ich komme mir vor, als täte sie mir einen Gefallen. Was soll's. Wir werden die Videos ansehen und dann den Tod ihrer Mutter in unserer Erinnerung vergraben. Ich gehe mit ihr zum Portier, es ist einer, den ich kenne.

»Was ausgefressen?«, grinst er. Es ist ein altes Spiel zwischen uns.

»Zum Glück haben sie die Todesstrafe abgeschafft«, antworte ich.

Céline sieht uns entgeistert an. Diese Sorte von Humor ist eine Sache des Alters. Vielleicht ist es Galgenhumor.

Ich erzähle dem Portier, warum wir hier sind, er nickt. Er habe die »persönlichen Gegenstände« von Evelyn Maier da. Er bittet uns in sein verglastes Minibüro und legt einen Plastiksack mit der Werbeaufschrift einer großen Supermarktkette auf den kleinen Tisch. »Sehen Sie die Dinge bitte durch und unterschreiben Sie dann hier«, sagt er zu Céline und schiebt ihr ein Formular hin. Vierzehn Speicherkarten in einer kleinen Plastiktüte. Ein Paar Turnschuhe, ausgetreten, billig. Eine dünne Halskette aus Gold oder etwas, das aussieht wie Gold, daran zwei Anhänger: eine Gitarre und ein Herz. Reisepass, es ist noch einer von den alten grünen. Céline hat alles auf dem Tisch ausgebreitet, Stück für Stück. Ich sehe, dass ihre Augen feucht sind. Eine Träne fällt auf die Spitze des rechten Turnschuhs.

»Die Kleidung ...«, sagt der Portier, »wir nehmen an, Sie legen keinen Wert auf die Kleidung ... sie ist ...«

Céline schüttelt den Kopf und deutet auf die Kette mit den zwei Anhängern. »Die hat sie getragen, seit ich denken kann. Sie hat sie nie verloren.«

Auf der Bank vor dem Polizeigebäude versuchen wir die Speicherkarten auf unseren Mobiltelefonen abzuspielen. In das von Céline passen die Karten nicht, in meines passen sie zwar, aber das Telefon erkennt sie nicht, kann sie nicht öffnen. Was so ein Telefon heutzutage alles können soll. Trotzdem ärgere ich mich. Man wird ein Mobiltelefon besorgen müssen, das dem von Evelyn entspricht. Oder ... Fran, Vesnas computertechnisch hochbegabter Sohn, hat doch so ein Programm gebastelt, mit dem fast alle mobilen Anwendungen auf dem Laptop lesbar werden. Ich rufe Vesna an, während Céline die Kette ihrer Mutter in der Hand hin und her schiebt.

»Bin ich in Stress«, sagt Vesna. »Es ist wichtig?«

Ich erzähle ihr, dass ich Fran oder zumindest einen Laptop brauche, auf den er das Programm gespielt hat. »Fran ist diese Woche auf Exkursion in Schweden. Schrecklich teuer. Habe gesagt, er muss es abarbeiten. Ich muss Truppe aufstellen, die große Fabrikhalle ganz sauber putzt, war Feuer dort, und übermorgen soll zwanzigjähriges Firmenjubiläumsfest sein. Und Chef vermutet, das Feuer hat Mitarbeiter gelegt, der gekündigt ist. Aber sind dreißig gekündigt worden vorigen Monat. Ich soll nachsehen, was da war.«

»Kann ich mir deinen oder Frans Laptop ausborgen?«

»Wenn du Laptop von Fran nimmst, er frisst dich, weiß ich aus Erfahrung. Meinen habe ich mit. Wir können uns sehen am

Abend. Nachtbewachung mache ich nicht selbst, nur vorher muss ich herumfragen, als Chef-Putzfrau sozusagen. Aber ehrlich: Ich weiß nicht, ob wir was finden.«

»Wo?«

»In Halle nicht und bei Célines Mutter nicht.«

»Ich will mir wenigstens noch die Speicherkarten ansehen. Ich könnte was kochen. Geht es ab neun?«

»Wunderbar. Bin da.« Und schon hat sie aufgelegt, das ist so ihre Art.

»Niemand glaubt, dass Mama ermordet worden ist«, sagt Céline. »Würde ich die Speicherkarten durchsehen wollen, wenn es so wäre?«, frage ich. »Hast du Zeit? Wir können sie uns heute Abend ansehen.«

Céline schüttelt den Kopf. »Ich muss zurück zur Probe. Keiner weiß, wie lang die dauert. Und dann muss ich noch etwas für meinen Vermieter fertig machen. Er war Direktor einer Versicherung und macht im Ruhestand noch so einiges. Ich erledige für ihn die Computerarbeit und Ähnliches wie früher seine Sekretärin. Dafür zahle ich keine Miete. Uni und Proben und Mamas Tod und die Arbeit für ihn gehen sich fast nicht aus. Dabei sollte ich ausreichend schlafen. Das ist wichtig für die Stimme.«

Bei aller Trauer über den Tod ihrer Mutter: Sieht so aus, als wäre die Stimme das Wichtigste für Céline. Unter den gegebenen Umständen wohl ganz gut so.

Ich gönne mir einen Umweg über den Brunnenmarkt. Seit einiger Zeit ist er mir deutlich lieber als der Naschmarkt. Der wird immer mehr zu etwas für Touristen. Auf dem Naschmarkt werden die meisten Stände inzwischen von denselben Großhändlern beliefert. Auf dem Brunnenmarkt ist das noch anders. Die Stände sind individueller, das Gemüse wirkt frischer, jedenfalls aber ist es billiger. Und in die kleinen Läden und Lokale zu gehen, die rund um den Markt entstanden sind, hat etwas von einem Kurzurlaub. Ostanatolien neben marmeladigem Altösterreich und daneben Istrien. Ich betrete das kleine istrische Spezialitätengeschäft. Ich habe nicht viel Zeit, zu kochen, und sehe mich um. Der Ziegenkäse sieht hervorragend aus. Vor allem aber haben sie hier dieses großartige istrische Trüffelöl, keine chemische Aromakomposition, sondern eines, das tatsächlich etwas mit Trüffeln zu tun hat. Ich weiß schon, was es heute Abend geben wird: warmen Ziegenkäse auf Fladenbrot, Trüffelnudeln, danach ein Stück rosa gebratenes Lamm mit Kirschparadeisern und schwarzen Oliven.

In der türkischen Fleischhauerei sind sie leider beinahe ausverkauft. Lammkoteletts gibt es keine mehr, auch keinen Lammschlögel. Dafür aber ein Stück Kalbsfrikandeau. Okay, umdisponieren. Kalb statt Lamm, Beilagen gleich, zum Würzen noch einen großen Strauß frischen Rosmarin. Ich nehme ein Taxi und lasse mich und meine Einkäufe bequem nach Hause fahren.

Dort angekommen, füttere ich zuallererst Gismo mit einigen schwarzen Oliven. Anders hätte ich auch keine Ruhe. Oliven versetzen sie in Entzücken, und sie merkt immer, wenn ich welche mitbringe. So gut verpackt können sie gar nicht sein.

Dann brate ich das Kalbsfrikandeau in Oskars schwerer Pfanne rundum gut an, gebe gegen Ende einige Rosmarinzweige dazu. Das Rohr ist auf siebzig Grad vorgeheizt. Angebratenes Kalbfleisch mit dem Rosmarin, ganzen Kirschparadeisern und großen schwarzen Oliven in eine Porzellanform geben, mit grobem Salz und Pfeffer würzen. Jetzt kann ich den Braten für die nächsten Stunden im Rohr vergessen. Er wird langsam rosa durchziehen. – Wie Evelyn wohl gegessen hat? In ihrer improvisierten Küche, die gleichzeitig Vorraum und Esszimmer war, hat nur ein Mikrowellenherd gestanden. Kein Backofen, keine Herdplatte. Ich koche gern auch für mich allein, aber die Vorstellung, tagein, tagaus allein zu essen: deprimierend. Ich kann mir denken, dass so ein Alltag jede Kraft raubt. Jeden Glauben, dass Träume Realität werden können. Den Glauben, dass es noch etwas zum Träumen gibt.

Oskar kommt gegen halb neun, er freut sich über den Duft aus der Küche und darüber, dass Vesna zum Essen kommt. Dass wir uns die Speicherkarten ansehen wollen, freut ihn weniger, aber wir haben gelernt, unsere Kompromisse zu finden. Wohl die beste Voraussetzung für eine Beziehung, die länger halten soll als einen kurzen Lebensabschnitt. Zuerst das Essen, dann der Fall der toten Sozialhilfeempfängerin, meint Oskar. Ich stimme zu. Könnte auch auf den Appetit schlagen, diese einsamen Handyvideos zu sehen. Sollte Evelyn doch umgebracht worden sein: Warum hat der Täter die Speicherkarten nicht mitgenommen? Wusste er, dass ihm das Mobiltelefon mit der letzten Karte reichte? Ist es ein Zeichen dafür, dass es gar nicht um diese Aufnahmen ging?

Als Vesna mit ihrem Laptop kommt, haben Oskar und ich schon ein erstes Glas Weißburgunder getrunken. Ist an sich nicht meine Lieblingsweinsorte, aber dieses Jahr ist Eva Berthold da etwas ganz Besonderes gelungen. Oh ja, heute könne ihr ein Glas Wein nicht schaden, stöhnt Vesna. Es sei ein irrer Tag gewesen. Lieber Rotwein für sie? Nein, nein, ihr sei auch weißer recht. Wir stehen beim Esstisch, Oskar füllt unsere Gläser, und Vesna trinkt schneller, als ich sie jemals habe Wein trinken sehen.

»Sache mit diesem Brand in der Firma nervt total«, erklärt sie. »Dazu kommt neue schlechte Nachricht: Sie wollen das Haus, in dem ich wohne, abreißen.«

Eine Bewilligung zum Abbruch gibt es seit Jahren, aber weder Vesna noch die anderen Mieter haben geglaubt, dass es irgendwann tatsächlich passieren könnte.

»Besitzer will das Haus verkaufen, und der Neue will nicht Haus, sondern nur Platz. Müssen dagegen kämpfen.«

Oskar sieht sie nachdenklich an. »Wenn er einen gültigen Abbruchbescheid hat, habt ihr wenig Chancen.«

»Der Bescheid ist alt, wir werden dagegen kämpfen. Sie können nicht Leute einfach auf die Straße setzen.« Vesna nimmt noch einen großen Schluck.

Ich verziehe mich an die Küchenzeile. Essen hilft gegen Krisen aller Art. Davon bin ich überzeugt. Ich habe einen der großen dünnen türkischen Brotfladen in drei Teile geschnitten, verfrachte das Kalbsfrikandeau nach ganz unten im Rohr, drehe die Grillfunktion an. Ich grille die Brotfladen knusprig, lege Stücke vom Ziegenkäse darauf, dann kommt alles für ein, zwei Minuten noch einmal unter den Grill. Fladen mit warmem Käse auf Teller legen, frischen Rucola darüber, Salz und Pfeffer aus der Mühle und zum Abschluss mit bestem Olivenöl beträufeln.

Oskar und Vesna loben meine Variante einer Ziegenkäsepizza, und Gismo döst zufrieden nach viel zu vielen Oliven auf dem Stuhl neben Oskar. Zuckerbrot sei sicher, dass an dem Fall nichts dran ist, erzähle ich Vesna, auch um sie von ihren eigenen Problemen abzulenken. Oskar wirft mir einen strafenden Blick zu. Zuerst das Essen, dann der Fall. Das war ausgemacht. Aber Vesna scheint mir ohnehin nicht zugehört zu haben.

»Das Dumme ist, dass Brandstifter wahrscheinlich wirklich gekündigte Mitarbeiter waren«, sagt sie. »Würde mir besser gefallen, wenn es aufgeblasener Juniorchef gewesen ist, aber der hat keinen Grund.« Jana sei hinter ein paar weiteren Zeugen her, die ehemalige Mitarbeiter zum Tatzeitpunkt in der Nähe der Halle gesehen haben sollen. »Manchmal ihr macht diese Arbeit mehr Spaß als studieren«, fügt Vesna rasch hinzu. »Und Gefährliches lasse ich sie nie machen.«

Ich gehe zurück in die Küche und werfe die Nudeln ins kochende Wasser. Ich habe auf dem Markt frische Pappardelle gekauft, sie brauchen bloß drei Minuten. In einer kleinen Stielkasserolle Butter zergehen lassen, viel grob geschnittenen Petersil dazu. Irgendwann bin ich zu der Überzeugung gekommen, dass sich frischer Petersil hervorragend mit Trüffelöl versteht. Nudeln abseihen, dann zurück in den Topf. Mit reichlich Trüffelöl, der Butter und dem Petersil vermischen, auf im Rohr vorgewärmten Tellern anrichten. Ein Duft, der mir immer wieder das Wasser im Mund zusammenlaufen lässt. Klar wäre eine frisch darüber geriebene Trüffel das Tüpfelchen auf dem i, aber dafür ist es noch zu früh im Jahr. Und wenn ich an die armselige Behausung von Célines Mutter denke, weiß ich gar nicht, ob ich wirklich eine möchte.

»Bei uns kann sich keiner einen guten Anwalt leisten – bis auf mich vielleicht«, erklärt Vesna Oskar soeben. »Und ich bin nicht das Problem. Ich kann mir andere Wohnung suchen. Oder doch zu Valentin gehen. Aber die anderen ... die haben gar kein Geld, so wie ich am Anfang.«

»Ich werde mir etwas einfallen lassen«, erwidert Oskar und sagt dann: »Mhm, das duftet!« Und für einige Minuten vergessen wir unsere Probleme und essen und widmen uns ganz der Frage, ob Chili mit Trüffel zusammenpasst und in welcher Form.

Heute ist mir wirklich alles gelungen, wir vertilgen das ganze große Stück Kalbsfrikandeau, Gismo erbettelt ein paar weitere, diesmal warme Oliven. Wir trinken einen leicht gekühlten fruchtigen jungen Zweigelt und sind danach eigentlich schon zu müde, um uns noch die Speicherkarten anzusehen. Mit einem Mal kommt mir die ganze Geschichte sehr weit weg vor. Seltsamerweise ist es Oskar, der uns daran erinnert, was wir eigentlich vorhatten. Er hingegen will schlafen gehen, er muss morgen mit einer Frühmaschine nach Frankfurt. Das Taxi für sechs Uhr ist schon bestellt.

In einer Ecke des großen Raumes, ganz nahe an der Glasfront zur Dachterrasse, steht seit Kurzem mein alter Esstisch. Ich habe ihn vor Urzeiten ersteigert, als Möbel im »Biedermeierlandhausstil«.

Keine Ahnung, ob es so einen Stil je gegeben hat. Ist mir auch egal. Der schwere Eichentisch mit der beinahe zehn Zentimeter dicken Platte, die ohne einen einzigen Nagel auf dem Untergestell ruht, ist mein Lieblingsstück aus meiner Wohnung. Auf ihm kann man essen und arbeiten und auch dösen. Jetzt ist er zu einer Art Schreibtisch geworden, ich wollte endlich einen eigenen Schreibplatz in Oskars Wohnung. Meine eigene Ecke. Wer hat mich kürzlich eigenbrötlerisch genannt? Was soll's. Vesna und ich sitzen eng beieinander, vor uns zwei Gläser mit Rotwein und der Laptop. Ich schiebe die erste Karte in das Lesegerät. Kein Problem. Vier Videos sind darauf gespeichert, alle vom Mai dieses Jahres.

»Wir sollten Aufzeichnungen der Zeit nach ansehen«, meint Vesna. »Früheste zuerst.« Sie ist die Systematikerin von uns. Vielleicht hat Fran sein Talent für Computer und Mathematik von ihr. Er will seinen Master in »Computational Logic« machen. Was immer das ist.

Wir schieben eine Karte nach der anderen ein und beschriften sie mit dem Permanentstift, den ich in Oskars Schublade gefunden habe. An sich wühle ich nicht in seinen Schubladen, jeder braucht seine Privatsphäre, finde ich. Die Videos beginnen im August vergangenen Jahres. Wir werden Céline fragen, wann ihre Mutter in Lissenberg eingezogen ist. Im Schnitt hat sie pro Monat eine Speicherkarte verbraucht. Wir starten das erste File.

Das Bild ruckt hin und her. Es führt uns durch die Küche. Der Sessel, der Tisch, sogar der Plastikbrotkorb waren damals schon da. Auf dem kleinen Fernseher steht eine Zimmerantenne. Mikrowelle gibt es noch keine. Zumindest nicht auf dem Tisch. »Liebling, es ist Zeit, zu essen«, hören wir undeutlich. Sie muss das Telefon einfach in ihrer Hand gehalten haben. Jetzt lehnt sie es an eine Tasse, wir hören, wie sie sich schwerfällig setzt, dann sehen wir ihr Gesicht. Verschwommen und von der Seite. Jetzt erst wird mir bewusst, dass wir bisher kein Bild von ihr gehabt haben. Die Frau kann unmöglich Anfang vierzig sein. Das Gesicht ist aufgedunsen, die halblangen hellen Haare – schwer zu sagen, ob sie blond oder grau sind – werden von einem Gummiring zusammengehalten. Am Hals Fettwülste, dennoch scheint mir, als wäre er ehemals schön gewesen, lang und biegsam. Wir sehen Teile ihres Oberkörpers, sie trägt ein blaues T-Shirt, ihr rechter Oberarm wirkt monströs, aber das macht vielleicht auch die Perspektive. Sie dreht sich um, ist nicht mehr zu sehen, nimmt wohl im Sitzen etwas von der Kredenz. Dreht sich ächzend wieder um und legt ein Schneidbrett auf den Tisch. Auf dem Brett ein großes Stück billig aussehende rosa gefärbte Wurst, ein weiches weißes Brot, ein Messer. »Extrawurst«, hören wir die Frau murmeln. »Die magst du doch so gern.« Dann schneidet sie eine dicke Scheibe ab, schmatzendes Geräusch. Als sie durch das Stück Wurst durch und auf dem Brett ist, überlautes Kratzen. Der Sound erinnert mich an bestimmte Jacques-Tati-Filme, nur dass hier nicht die Moderne dokumentiert wird, sondern zeitlose Einsamkeit. Wir beobachten, wie sie sich ein Stück Brot abschneidet, die Wurst auf das Brot legt und zu kauen beginnt. Die nächsten Minuten über kaut sie und schneidet wieder Wurst ab und wieder Brot und legt wieder beides übereinander und kaut wieder und sagt nichts. Wahrscheinlich gibt es nichts zu sagen. Das Auge ihres Aufnahmegeräts leistet ihr Gesellschaft. Irgendwann einmal, ganz unvermittelt, kommt eine Hand auf das Mobiltelefon zu, groß, größer, rosa, ähnlich der Wurst, sie füllt alles aus, und damit ist der Film zu Ende.

»Gibt einen schnelleren Durchlauf«, meint Vesna.

»Okay.«

Wir sehen mit Evelyn Maier fern, verschwommene Bären toben über eine verschwommene Felslandschaft. Wir frisieren uns mit Evelyn Maier die Haare. Wir legen uns sogar mit Evelyn Maier schlafen. Sie steigt ins Bett, sie legt das Telefon neben sich, man sieht die Decke und den Teil einer Lampe, die aus mehreren

Armen mit nackter Elektrokerze besteht. »Gute Nacht, Liebling«, sagt sie. Das Bild bleibt. Das Kameraauge starrt an die Decke, man hört Evelyn im Schlaf schnaufen und murmeln. Irgendwann reißt der Film ab. So als ob nun auch die Kamera eingeschlafen wäre. Kein Speicherplatz mehr.

Ich reibe mir die Augen. Ich kann nicht mehr. Céline hatte recht. Ihre Mutter hat das Mobiltelefon als Begleiter gebraucht. Da ging es nicht darum, etwas zu dokumentieren, sondern sie wollte, dass jemand die Dinge, die sie sah, auch sieht. Es ist einiges nach Mitternacht. Vor uns liegen die letzten fünf Speicherkarten.

»Ich weiß nicht, ob wir es noch schaffen. Ich muss morgen um sieben Putzarbeiten einteilen«, murmelt Vesna. Darüber, was wir gesehen haben, sprechen wir nicht. Wie auch? Was auch? »Ich sage Fran, er soll Programm auf deinen Laptop spielen. Oder ich nehme Karten mit und sehe sie an. Geht aber erst morgen oder übermorgen.«

»Ich will nur noch in die letzte Karte hineinsehen«, antworte ich müde.

»Letzte Karte fehlt, ist in Telefon«, gibt Vesna zurück.

»Nur kurz.«

Vesna nickt, und ich schiebe die Karte vom heurigen August ein, gehe gleich auf das letzte File. Evelyn Maier schlurft durch die Küche, sie scheint noch dicker geworden zu sein. »Du willst mich singen hören, Liebling?«, sagt sie. »Ich weiß nicht, ob ich das noch kann. Hab so lange nicht gesungen.« Das ist mehr an Text, als auf den meisten anderen Videos war. »Aber sieh mich nicht an dabei, ich bin nicht mehr schön«, sagt sie und lehnt das Aufnahmegerät so an den Fernseher, dass es zum Schlafzimmer schaut. Ein Räuspern. Undeutlich. »Du meinst das Lied, das er so gern gehabt hat? Dafür braucht man auch keine Musikbegleitung. Die hab ich nicht mehr. Ich probiere es.« Stille. Blick auf den Türrahmen. Und dann, von ganz weit entfernt: »Oh Lord, won't you buy me a Mercedes Benz ...« Eine Stimme, klar und gebrochen zugleich.

[3]

Ich stehe vor dem noblen Secondhandladen und überlege. Soll ich mich einfach, quasi undercover, im Laden umsehen, schauen, ob er wirklich funktioniert, vielleicht etwas kaufen, vielleicht Promis entdecken, die ich für meine Story brauchen könnte? Als ob es über nichts Wichtigeres zu berichten gäbe als darüber, ob dieser dumme Laden erfolgreich ist. Seine Lage ist jedenfalls hervorragend, am Ende der Kärntner Straße. Wenn ich mich recht erinnere, war hier einmal eine Buchhandlung. Die Stücke, die ich in der Auslage sehe, sind gar nicht billig. Bluse: achtzig Euro, Jeans: neunzig Euro, Jacke: hundertzwanzig Euro. So teuer kaufe ich selbst Ungetragenes selten ein. Allerdings sieht alles wie neu aus. Und neben den Preisen steht auch ihr Grund: Versace, Fendi, Gucci, Valentino. Die Jacke könnte mir gefallen: schwarz, weit geschnitten, Cordsamt. Genau. So werde ich es anlegen. Ich kaufe mir die Jacke, vorausgesetzt, sie passt, und dann frage ich nach der Chefin. Ich möchte ohnehin keinen Sonderrabatt auf ihre gebrauchten Kleider.

Neben mir sind nur noch zwei Kundinnen im Geschäft. Die eine hat sich in ein hautenges Paillettenkleid gezwängt und sieht aus wie eine Wurst in Faschingsverpackung. Die andere stößt spitze Entzückensschreie aus und umtanzt sie.

Ich sehe mich nach einer Verkäuferin um. Eine Frau um die vierzig, schlank, elegant, in einem schmalen Hosenanzug, der sicher auch von einem Designer stammt. Sie steht hinter einem Marmortisch mit einer alten, sehr schönen Registrierkasse. Wenig später drehe auch ich mich im Spiegel. Die Jacke passt wunderbar. Sie ist sogar etwas zu groß, was aber überhaupt nichts macht, ich trage ohnehin lieber weitere Sachen, und dass sie Größe sechsundvierzig ist, tut meiner guten Laune keinerlei Abbruch. Man weiß ja, wie klein diese italienischen Designer schneiden.

»Sie ist aus Valentinos Serie für die ›Frau mit Format‹«, flüstert mir die Verkäuferin zu. »Entzückend.«

Die »Frau mit Format«: Das heißt wohl so viel wie: Mode für Mollige. Eigentlich ist die Jacke gar nicht so schön. Und viel zu weit. Und zu teuer. Wenn auch wie neu.

»Ist Frau Schönfeld da?«, frage ich.

Die Verkäuferin sieht mich verwirrt an. Oder ist sie selbst die Chefin? »Ist etwas nicht in Ordnung?«, flüstert sie mit einem Seitenblick auf die beiden anderen Kundinnen.

»Was soll denn nicht in Ordnung sein?«, frage ich zurück.

»Eben. Nein, es ist sicher alles in Ordnung mit der Jacke. Es sind gebrauchte Originalstücke. Und wir haben bei jedem Kleidungsstück den Namen der Vorbesitzerin. Bei uns gibt es weder gefälschte noch gestohlene Ware.«

Spannend, darauf wäre ich gar nicht gekommen.

Ich lächle die Verkäuferin beruhigend an. »Aber sicher. Es geht um etwas ganz anderes. Ich komme vom ›Magazin‹ und mache eine Reportage über Leute, die aus der Wirtschaftskrise etwas gemacht haben. Die Gewinner der Krise sozusagen.«

»Ich könnte Frau Schönfeld anrufen«, sagt sie zögerlich.

»Sie ist nicht hier?«

»Nicht ständig. Sie wohnt ganz nahe.« Die Verkäuferin hebt das Kinn ein wenig. »Ist ja nicht so, dass sie selbst als Verkäuferin arbeiten muss.«

»Sie waren auch nicht immer Verkäuferin, oder?«

»Tja, die Zeiten werden härter. Mein Mann war Ingenieur bei Siemens. Jetzt ist er arbeitslos. Wenn wir unseren Lebensstandard halten wollen, dann muss ich eben dazuverdienen.«

Es soll Leute geben, bei denen es um mehr als um einen gehobenen Lebensstandard geht.

Barbara Schönfeld, wie ich diversen Internet-Klatschspalten entnommen habe, Barbie genannt, kommt nur zehn Minuten später. Wer wäre ich, um mich über Menschen mit Wohnung in der Wiener Innenstadt zu mokieren? Tatsächlich hat sie etwas von einer Barbiepuppe. Allerdings vom Original. Ist das nicht gerade fünfzig geworden? Perfekt gepflegte blonde lange Haare, Topfigur, lange Beine, Busen wie vom Fachmann gefertigt. Ob sie auch sprechen kann? Sie lächelt und gibt mir die Hand.

»Es war eine naheliegende Geschäftsidee«, sagt sie, als wir im kleinen, aber feinen Hinterzimmer sitzen. Echter Teppich, Glastisch, schlichte rote Ledersessel. »Ich kenne einige gute Secondhandläden in Deutschland. Wiesbaden, Frankfurt. Warum sollte so etwas in Wien nicht funktionieren?«

»Und? Es funktioniert?«

Sie nickt und lächelt leicht. »Wenn Sie übrigens glauben, dass ich mir von meinem Lebensgefährten habe helfen lassen, dann täuschen Sie sich.«

Barbie kann nicht nur sprechen, sondern auch denken. Schon wieder ein Vorurteil zertrümmert. »Und wer kommt und kauft hier ein? Wer kommt und verkauft?«

Barbie schüttelt den Kopf. »Da sind wir natürlich sehr diskret. Aber es ist auch weniger spektakulär, als Sie denken. Es gibt genug Menschen mit viel Geld, die keiner aus den Klatschspalten kennt. Die wenigsten hier müssen ihre Kleidung verkaufen. Sie wollen sie einfach nicht öfter als einmal oder nur wenige Male tragen, und sie können rechnen. Also kaufe ich ihnen die Teile ab, und sie kaufen sich etwas Neues.«

»Kann es sein, dass hin und wieder gefälschte Ware bei Ihnen landet?«

»Auszuschließen ist nichts. Manche Imitate sehen frappierend echt aus. Aber wenn Sie meinen, dass wir neues Gefälschtes kaufen und als getragenes Echtes verkaufen: sicher nicht. Ich bekomme genug Originale rein.«

»Früher einmal war hier eine Buchhandlung«, sage ich möglichst neutral.

»Als ich erfahren habe, dass dieser Standort frei wird, wollte ich ohnehin zuerst eine Buchhandlung aufmachen. Eine, in der es auch Cocktails und kleine Happen zum Essen gibt und Tische, an denen man lesen kann, so lange man möchte. Ich liebe so etwas. Ich hab es in Paris gesehen und in New York. Ich war Model.« Sie schneidet eine Grimasse und grinst. »Im vorigen Jahrtausend.«

Hätte ich nie angenommen, aber die Frau ist sympathisch. »Und? Warum dann doch keine Buchhandlung?«

»Vernünftige Menschen haben es mir ausgeredet. Als ich das Geschäftslokal übernehmen konnte, war gar keine Buchhandlungseinrichtung mehr da. Die letzten zwei Jahre war es ein Mobiltelefonshop gewesen. Und, ich gebe es zu, leider verstehe ich von Klamotten weit mehr als von Büchern. Und dann hat noch meine Lieblingsbuchhändlerin eine Filiale gleich hinter dem Stephansdom eröffnet. Die ist um so vieles besser als ich …«

»Ich glaube, wir haben die gleiche Lieblingsbuchhändlerin«, lächle ich.

Wir verabreden uns für morgen Vormittag, ich werde mit einem Fotografen kommen. Die Geschichte der Frau ist interessant, allemal. Eine, die aus ihrem Leben etwas gemacht hat. Mit wie viel Glück? Auch Schönheit muss nicht immer Glück bedeuten. Ich denke an die später so voluminöse Frau, ihren Arm, der immer wieder zur Extrawurst greift und noch ein dickes Stück abschneidet. Ihr Liebling hat sie dabei beobachtet. Ich werde noch einmal zu diesem Haus fahren. Ich werde Fotos machen. Draußen, drinnen, ich glaube nicht, dass ihre Kinder damit ein Problem haben. Wo sonst, wie sonst ließe sich Armut mitten in Österreich besser darstellen? Ich will eine Reportage über das

Elend hier bei uns machen. Das versteckte Elend. Vielleicht kann das ein kleiner Beitrag sein, damit sich etwas ändert. Damit gewisse Menschen nachzudenken beginnen. Ha, die edle Mira. Ich höre schon, wie Droch spottet. Aber ich weiß ja, dass er es nicht so meint. Jedenfalls nicht ganz so. Und Oskar ist es mit Sicherheit lieber, ich kümmere mich um dieses Thema, als ich hetze irgendwelchen dubiosen Russen oder geschäftstüchtigen Gurus hinterher. Soziales Engagement – ist doch perfekt für die Gattin des geschätzten Wirtschaftsanwaltes. Wo sich doch auch die Frau, die ich immer nur an ihren dicken Lippen erkenne, jetzt »Charity-Lady« nennt. Brrr. – Kein Grund, zynisch zu sein, Mira. Telefon. Es ist Jana.

Mein Laptop ist in meinem Auto. Mein Auto ist auf meinem Tiefgaragenplatz im 1. Bezirk. Ich schlage vor, dass wir uns in einem Kaffeehaus in der Nähe treffen. Jana meint, sie könne das Leseprogramm ihres Bruders auch gleich in der Tiefgarage auf meinen Computer spielen. Kein Problem, das dauere nur zwei, drei Minuten. Offen gestanden habe sie es ziemlich eilig. Schon fast so gehetzt wie ihre Mutter, denke ich. Ja, in einer halben Stunde in der Tiefgarage.

Es dauert tatsächlich nur wenige Minuten, und das Programm ist installiert. Ich erzähle Jana kurz von den Handyvideos und meine, es sei besser, wenn sich Céline nicht alle Aufzeichnungen ansehe.

»Sie studiert Psychologie. Das hält sie schon aus.«

»Evelyn war ihre Mutter.«

Zum Glück habe ich meine gute Kamera im Auto. Digitalgerät mit Spiegelreflexobjektiv. Damit müsste ich fürs »Magazin« brauchbare Bilder schießen können. Ich stehe auf der schmalen Straße vor

Evelyns letzter Behausung und überlege. Von hier sieht sie eigentlich nicht so schlimm aus. Gut, der Putz bröckelt etwas, die beigegraue Fassade wirkt auch nicht eben anziehend. Die Plastikfenster sind eine Katastrophe, aber derartige Fenster gibt es überall. Ich werde in meiner Reportage keine Namen nennen, nicht sagen, wer hier gewohnt hat. Ich habe drinnen schon Fotos gemacht, vom Plastikgartensessel vor dem Tisch mit der Mikrowelle, vom kleinen Fernseher mit dem Kabel, das in einem viel zu großen Loch in der Decke verschwindet. Von der Lache im Badezimmer, die inzwischen noch größer geworden ist. Das meiste Wasser scheint freilich im Boden zu versickern. So gesehen hat ein Lehmboden mit etwas Plastik darauf auch seine Vorteile. Wieder hatte ich das Gefühl, nicht ausreichend Luft zu bekommen. Hat das mit dem Unbehagen zu tun, in ein anderes Leben einzubrechen? Es ist kein Leben mehr. Das macht es allerdings nicht besser. Die behelfsmäßige Eingangstür, grünes Gestrüpp, das Plumpsklo im späten Nachmittagslicht. Noch einige Fotos von der Vorderfront mit dem verwilderten Gärtchen, dann werde ich die Gelegenheit nützen und meine Winzerfreundin Eva in Treberndorf überraschen. Es liegt höchstens zwanzig Autominuten von hier. Ich weiß, dass auch ihr Leben kein idyllisches ist, aber ab und zu ist es zumindest nahe dran. Bei einem Glas Wein im Innenhof sitzen, ihren freundlichen Schäferhund Reblaus zu unseren Beinen …

»Die is' tot! Was woll'n S' da?«, schreit eine Frauenstimme und reißt mich aus meinen Träumen. Vor dem Nachbarhaus, auch bei Weitem keine Villa, aber ein solides Haus mit sorgsam gepflegtem Garten, steht eine alte Frau in einer braun geblümten Kleiderschürze. Sie hat die Hände in die Hüften gestemmt. Die Nachbarn. Dass wir daran nicht gedacht haben. Auf der einen Seite des Häuschens ist ja auch nichts als ein verwachsenes Stück Land. Und vis-à-vis steht ein hoher Holzzaun. Ich gehe auf die Frau zu.

»Wollen Sie das Haus kaufen? Da tät ich Ihnen dringend abraten.«

»Na ja. Ich überlege noch. Natürlich müsste man es abreißen«, erwidere ich.

»Das geht aber nicht so einfach. Das da ist eine ruhige Gegend. Wir brauchen keinen Baulärm.«

Charmante Person. »Ich glaube ohnehin nicht, dass ich es kaufen werde. Wie war denn Ihre Nachbarin so?«

Ich habe die Frau richtig eingeschätzt. Sie öffnet den Mund und holt tief Luft. »Man soll ja über Tote nichts Schlechtes sagen ...«

Ich nicke verständnisvoll. »Aber ...«

Das reicht. »... aber das war eine, die braucht keiner als Nachbarin. Nur eingesperrt hat sie sich. Kein Wunder, die war eine... ich kenn ja nicht einmal das Wort dafür, eine mit Männerbesuch, wenn Sie verstehen. Und gesoffen hat sie auch, davon war sie so dick. Keine muss so dick sein, sage ich immer. Noch dazu, wo mir die Frau, die mir das ›Essen auf Rädern‹ bringt, erzählt hat, dass sie von der Sozialhilfe gelebt hat. Hat wahrscheinlich alles verfressen, nichts für ungut.«

»Männerbesuch?«, frage ich. Gut möglich, dass mit der Alten nur die Fantasie durchgeht, jedenfalls wär mir nicht aufgefallen, dass drüben im Haus Flaschen mit Alkohol stehen. Leere Billigcolaflaschen gibt es eine Menge hinter dem Plumpsklo. Ich werde aber sicherheitshalber noch einmal nachsehen, nehme ich mir vor.

»Natürlich Männerbesuch. Einer ist sogar mit einem Riesenauto gekommen, einem Mercedes oder so etwas, aber einem ganz großen. Und auch ein Junger war da. Total tätowiert war der.«

Besser, ich bremse die Alte etwas ein. Vielleicht erinnert sie sich dann an etwas, das mit der Realität zu tun hat. »Und Sie haben genau gesehen, dass es Männer waren? Der Junge könnte ihr Sohn gewesen sein.«

»Wer das glaubt … Natürlich waren es Männer. Nur Männer. Das heißt bis auf die Frau in dem Geländewagen. Ich hab sie nicht gekannt, vielleicht war sie von so einer Organisation, die sich um Verwahrloste kümmert. Da gibt's reiche Frauen, die machen so etwas ehrenamtlich, haben ja auch genug Zeit dafür. Oder sie war auch eine … Jedenfalls: Seit die Wienerin da eingezogen ist, habe ich immer abgesperrt bei mir. Ich lebe ja allein, mein Mann hat mich schon vor Jahren verlassen.«

Kein Wunder, denke ich, merke dann aber, wie sie verträumt nach oben blickt.

»Richtung …« Ich deute zum Himmel.

»Natürlich, was glauben Sie denn? – Früher hat man bei uns nie absperren müssen.« Sie sieht mich vorwurfsvoll an.

»Die Tante Ihrer Nachbarin war von hier. Sie ist vor etwas mehr als einem Jahr gestorben, oder?«

»Das war doch nie im Leben ihre Tante. Pauline war eine ordentliche Person. Arm, aber ordentlich. Ich hab ihr auch immer das Obst abgekauft und die Paradeiser, die sie gezogen hat. Jetzt ist alles verwildert.«

»Am Tag, an dem Ihre Nachbarin gestorben ist: Hat sie da auch Besuch gehabt?«, versuche ich sie wieder zurückzuleiten.

»Ja, hat sie. Der Polizist hat mich das schon gefragt. Der Tätowierte war da. Es soll ja auch Junge geben, denen … na denen eben dicke Frauen gefallen. Ich hab davon gelesen.«

Ich will schon fragen, wo sie das denn gelesen habe, lasse es aber lieber bleiben.

»Und dann ist die Postbotin gekommen. Und die hat sie gefunden. Weil sie ja nicht einmal einen Briefkasten gehabt hat, hat sie ihr die Post immer hineingebracht. Dabei hat sie eh so viel zu tun.« Die Nachbarin bekreuzigt sich.

»Sie sehen häufig aus dem Fenster?«, frage ich vorsichtig.

»Was denken Sie denn? Dass ich nichts Besseres zu tun habe, als Leute zu beobachten? Natürlich nicht. Wenn ich was sehe, ist es nur Zufall. Dabei hätte es da nebenan sicher noch viel mehr zu sehen gegeben. Aber ich bin eine anständige Frau.«

»Natürlich«, sage ich so überzeugt wie möglich. »Bevor die Postbotin die Tote gefunden hat: Haben Sie da zufällig länger aus dem Fenster gesehen? Wann war der Tätowierte da?«

»So genau kann ich das nicht sagen. Sind Sie auch von der Polizei? Wahrscheinlich hat sie etwas ausgefressen. Und der Tätowierte auch. War das gar ihr ... Zuhälter, wie man so sagt? Ich arbeite gern mit der Polizei zusammen, ich habe nichts zu verbergen. Das mit dem Hauskauf war nur ein Trick, nicht wahr?«

Soll sie ruhig glauben, dass ich von der Polizei bin. »Und deswegen muss ich wissen, was Sie in den Stunden, bevor die Postbotin die Leiche entdeckt hat, gesehen haben.«

Sie schaut mich bedauernd an. »Die Post kommt jetzt ja immer so spät. Da war schon die Barbara-Kärlich-Show im Fernsehen. Unglaublich, wie die Welt heute ist. Die reden da über Sachen, die hätten wir uns nicht einmal zu denken getraut.«

Ich sage es laut und langsam: »Wer war da? Wann war der Tätowierte da? Hatte er ein Fahrzeug? Welches?«

»Das hat mich Ihr Kollege auch schon gefragt. Ja, der Tätowierte war da.«

»Wann?«

»Das weiß ich nicht genau.«

»Sind Sie sicher, dass es an diesem Tag war?«

Sie zögert. »Aber natürlich«, sagt sie dann und funkelt mich an. »Oder glauben Sie mir etwa nicht?«

»Haben Sie ein Fahrzeug gesehen?«

»Fahrzeug ... eigentlich nicht ...«

Ich seufze und verabschiede mich. Nur noch ein rascher Blick ins Haus. Damit ich weiß, was ich von dem halten soll, was die Nachbarin von sich gegeben hat. Wenn der Tätowierte Roger war und wenn er am Tag, an dem seine Mutter ums Leben gekommen ist, wirklich hier war, dann hat er gelogen. Welchen

Grund hätte er gehabt, zu lügen? Inzwischen ist es dämmrig geworden. Keine Ahnung, ob das Licht funktioniert. Sicherheitshalber hole ich die Taschenlampe aus dem Auto. Ich suche in der Küchenkredenz. Keine Weinflasche, keine Bierflasche, kein Schnaps. Ich suche im Kasten, hinter den Kleidungsstücken. Nichts. Auch Céline hat nichts von einem Alkoholproblem gesagt. Ich sehe sogar unter dem Bett nach. Nur noch spärlich dringt Licht herein. Der Kasten, der Ofen, bedrohliche dunkle Objekte. Mir kommt es vor, als wäre ich nicht allein. Ich glaube nicht an Geister. Was mache ich hier? Unter dem Bett ist eine kleine Kiste. Flaschen gehen da keine hinein. Ich ziehe sie vor, greife in Spinnweben, unterdrücke einen Schrei. Schuhschachtel. Das abgebildete Modell lässt darauf schließen, dass die Schachtel so alt ist, wie sie wirkt. Siebzigerjahre, tippe ich. Ich öffne sie. Fotos. Es sind nicht viele, vielleicht zwanzig.

Ich trage alles in die Küche, hier ist es noch etwas heller und nicht so beklemmend. Das beste Licht ist beim Tisch. Zuerst Kinderfotos. Das müssen Céline und Roger sein. Roger mit rundem Gesicht und staunendem Blick in einem roten Autodrom-Auto. Céline, dünn und mit riesigen Augen in einem Erstkommunionkleid. Zwei Passbilder, die eine dickliche Frau mit blonden langen Haaren zeigen, die einmal schön gewesen sein muss. Von ihr bis zu der Evelyn auf den »Liebling«-Speicherkarten war es allerdings noch ein weiter Weg. Dann ältere Bilder. Eines, das wohl ein Profifotograf gemacht hat. Promotionfoto für eine Band. Im Hintergrund ein eher schmächtiger Schlagzeuger. Im Vordergrund ein Keyboardspieler mit langen Haaren und Schnurrbart. Und eine schlanke Frau mit langen blonden Haaren, die eine Gitarre umgehängt hat und lacht. Evelyn Maier. Jung und schön. Eine, die das Leben noch vor sich hat, die große Karriere, das Glück. Ich drehe das Foto um. Vielleicht stehen Namen auf der Rückseite. Nichts.

Ich nehme das nächste Foto. Es zeigt Evelyn mit dem Keyboardspieler. Sie stehen vor dem Riesenrad und lächeln einander an. Sie strahlend, er verhaltener. Im Hintergrund, mit Zuckerwatte in der Hand, der Schlagzeuger. Dann ein Solobild von Evelyn. Kokett, voller Leben. Hier steht etwas auf der Rückseite. »Weil du bist, wie du bist ...« Wofür stehen die Punkte? »... liebe ich dich«. Ich will es glauben, ich kann es glauben. Ich fühle mich beinahe getröstet. Auch Evelyn hatte also ihre guten Jahre. Die restlichen Bilder: Aufnahmen von Proben der Band, wieder ohne irgendeine Beschriftung. Jetzt ist es so gut wie finster geworden. Zeit, zu gehen. Die Fotos nehme ich mit. Ich werde sie Céline geben. Ob sie die Bilder kennt? Ich klemme mir den Karton unter den Arm, gehe nach draußen, drücke die Behelfstür zu, hänge den Riegel ein. Mein Blick fällt auf die Tür zum Schuppen vis-à-vis. Mir kommt vor, die Brettertür ist zu gewesen, jetzt steht sie einen Spalt weit offen. Unsinn, wer sollte in den Schuppen wollen? Aber wenn sich der Wind hebt ... Jedenfalls eine gute Idee, auch hier noch einen Blick reinzuwerfen. Wozu habe ich meine Taschenlampe mit? Vielleicht hat Evelyn im Schuppen Schnapsflaschen versteckt. Vor wem hätte sie die Flaschen verstecken sollen? Ich öffne die Tür und schaue in den spinnwebenverhangenen muffigen Raum. Ich ziehe die Lampe aus meiner Hosentasche. Ich kneife die Augen zusammen, dort drüben ist ein alter Arbeitstisch. Da war etwas. Ein Geräusch. Mira, bitte. Das war eine Maus. Vor Mäusen fürchtest du dich nicht. Ich fingere an der Taschenlampe, finde den Schaltknopf nicht gleich. Ein Scharren. Das ist ein größeres Tier. Endlich. Das Licht der Hochleistungstaschenlampe. Der Tisch erstrahlt wie eine Theaterkulisse im Scheinwerferlicht. Noch einmal ein Geräusch. Ich fahre herum. Am Boden Stroh, gleißend wie im Feuer, und Sekundenbruchteile später ein dumpfer Schlag auf meinen Kopf und kein Licht mehr.

Als ich wieder zu mir komme, brennt mein Mund. Ich versuche zuerst, die Finger zu bewegen. Sie greifen in etwas Stechendes,

Raues, beinahe Stachliges. Stroh. Hat es nicht gebrannt? Das war das Licht meiner Taschenlampe. Irgendjemand hat mich niedergeschlagen. Ich versuche mich aufzurappeln, spüre an der Stirn ein dumpfes Pochen. Ich knie am Boden, im Staub, im alten Stroh und greife mir vorsichtig an den Kopf. Kein Blut. Aber eine enorme Beule, die jederzeit platzen kann. So fühlt sie sich jedenfalls an. Durch die Ritzen der aus groben Brettern gezimmerten Tür dringt ein schwacher Lichtschein. Das Licht der Nacht? Oder ist das Licht dafür zu hell? Wartet da draußen jemand auf mich? Einer, der mich endgültig fertigmachen will? Was bedeutet es, dass mich jemand niedergeschlagen hat? Dass auch Evelyn Maier ermordet worden ist? Habe ich etwas entdeckt, das ich nicht hätte sehen sollen? Was? Und wieso hat man mich dann leben lassen? Oder hat man geglaubt, dass ich tot bin? Ich hab einen harten Schädel. Wenn er bloß nicht so brummen würde. Wie lange war ich bewusstlos? Sekunden? Minuten? Stunden? Ich will schlucken, spucke einen Strohhalm aus. Der Hals ist wie aus Sandpapier. – Ganz leise. Ich muss ganz leise sein. Hier drinnen ist keiner mehr. Und der da draußen soll nicht wissen, dass ich schon wieder bei mir bin. Ich hocke mich langsam hin, im Kopf Düsenjets, die nicht landen können. Ich hasse es, wenn es so finster ist. Finsternis macht mir Angst. Es gibt Konkreteres, vor dem du dich fürchten solltest, Mira.

Ich taste nach meinem Mobiltelefon. Ich will wissen, wie spät es ist. Und ich muss Vesna eine SMS schicken. Und der Polizei. Kann man der Polizei SMS schicken? Ich bleibe jedenfalls hier drinnen, finster oder nicht, und Vesna und die Polizei werden kommen und klären, ob draußen wer lauert. Und was, wenn der zu mir hereinkommt? Nachschauen kommt, ob ich am Leben bin? Düsenjets im Kopf, bitte landen!

Wo ist mein Mobiltelefon? In der Jackentasche ist es nicht. In den Hosentaschen ist es auch nicht. Mein Autoschlüssel, der ist da. Wenigstens der. Aber wie komme ich zum Auto? Ich hatte eine Taschenlampe. Wo ist die? Ich taste so lautlos wie möglich den Strohboden ab, rutsche auf den Knien vorwärts, greife etwas Weiches, kann im letzten Moment verhindern, dass ich aufschreie. Beruhige dich, Mira. Das ist ein staubiger alter Stofffetzen. Ich befehle mir, ihn vorsichtig anzufassen. Wer weiß, was darunter steckt. Was, wenn es sich nicht um Stoff, sondern um eine halb verweste Tierleiche handelt? Ich atme auf. Es ist nichts weiter als ein spinnwebenüberzogenes Tuch. Wie schnell man sich an den Griff in Spinnweben gewöhnt. Mein Mobiltelefon scheint verschwunden zu sein, meine Taschenlampe auch. Evelyns Mobiltelefon ist auch verschwunden. Nicht dass ich meines als »Liebling« bezeichnen würde, momentan jedoch wäre es mir ein sehr willkommener Begleiter. Ich lausche nach draußen. Ganz selten ein vorbeifahrendes Auto. Ein Käuzchen ruft. Ansonsten Stille. Wie lange soll ich hier drinnen bleiben? Bis es Morgen wird? Das halte ich nicht aus. Ich werde rausgehen. Ich muss hier drin irgendetwas finden, das man zur Not als Waffe verwenden kann. Aber ich erinnere mich nur an den Arbeitstisch. Im gleißenden Licht, bevor es um mich Nacht geworden ist. Ich taste weiter und stoße auf etwas aus Eisen, spitz, eine Zinke, noch eine Zinke, noch eine. Eine Mistgabel. Das sollte als Bewaffnung reichen. Ich stehe ganz vorsichtig auf, der Kopf ist auf Ballongröße gewachsen, eine einzige Beule, er kann mich ganz leicht umhauen, ist zu schwer für meinen Hals, meinen Körper. Ich muss mich konzentrieren, um die Balance zu halten. Ich umfasse den Stiel der Mistgabel, stütze mich darauf, hole so leise und so tief wie möglich Luft, tappe ganz langsam, Schritt für Schritt, zur Tür. Halte die Luft an. Drücke vorsichtig dagegen. Sie gibt nicht nach. Man hat mich eingesperrt. Oder habe ich nur nicht genug Kraft, die Tür zu öffnen? Ich drücke fester. Nichts. Will man mich festhalten und verhungern lassen? Hier kann wochenlang keiner vorbeikommen. Unsinn. Wenn ich schreie, hört mich zumindest die Nachbarin. Und sie ist zu neugierig, um nicht nachzusehen, was da los ist. Außerdem wird auch diese Tür nur durch einen einfachen Riegel verschlossen. Ich muss bloß einen schmalen Gegenstand zwischen Tür und Holzwand nach oben schieben und den Riegel aus seiner Verankerung heben. Ich seufze. Wo finde ich einen solchen Gegenstand, hier im Finstern? Die Fotos. Die Fotos sind auch verschwunden. Hatte es jemand auf sie abgesehen? Nachdenken, Mira. Ich habe den Karton vor dem Schuppen abgestellt. Womit bringe ich den Riegel nach oben? Ich taste mich zurück zum Arbeitstisch. Greife auf etwas, das sich anfühlt wie eine CD, nur massiver. Und – au! – außen herum ist die Scheibe messerscharf. Ich habe mich geschnitten. Egal. Das ist eine großartige Waffe, wenn es hart auf hart geht. Ich brauche den alten Fetzen. Ich habe das Gefühl, jetzt etwas besser zu sehen, gehe zu dem schemenhaften Relief, greife hin, kann einen Aufschrei nicht ganz unterdrücken. Das ist nicht das Tuch, das ist ein Tier. Mit glattem kurzem Fell. Es bewegt sich nicht. Also ist es tot. Ich kneife die Augen zusammen, es ist zu groß für eine Maus. Ich versuche es zu erriechen. Aber da ist nur der Geruch nach Moder und Spinnweben und Staub und altem Stroh. Ich zwinge mich, es noch einmal anzufassen. Das glatte Fell geht in einen regenwurmähnlichen Schwanz über. Es stellt mir die Nackenhaare auf. Eine tote Ratte. Ich habe eine tote Ratte berührt. Da hat wohl irgendjemand Gift gestreut. Man hört so viel von Leichengift. Bin ich vergiftet? Ich wische mir die Hände, so gut es geht, an den Jeans ab. Mir ekelt. Ich wusste nicht, dass ich mich vor Ratten ekle. Eine Schulfreundin hatte eine weiße Ratte namens Leo, ich hab sie recht nett gefunden. Ich habe eine tote Ratte angefasst. Mein Kopf ist am Zerplatzen. Vielleicht gibt ihm dieser Gedanke den Rest. Ich mache noch eine Erhebung im Strohboden aus, weiter drüben. Jetzt greife ich den Gegenstand nicht an, ich stupse mit dem Fuß dagegen. Das scheint das Tuch zu sein. Ich hebe es auf, tappe zurück zum Arbeitstisch, taste nach der Sägescheibe oder was immer das ist, finde sie, schneide mich dabei noch einmal. Offene Wunde und Leichengift. Keine Zeit für Hysterie. Durchatmen. Ich packe die scharfe Scheibe vorsichtig zur Hälfte in das Tuch, gehe wieder Richtung Tür. Ich versuche die Scheibe zwischen Tür und Bretterwand zu zwängen. Es geht. Die Scheibe blitzt im Mondlicht auf. Langsam nach oben schieben. Mein Herz rast. Wenn da einer ist ... vielleicht ist er eingeschlafen ... und ich habe die scharfe Scheibe. Ich muss sie ihm ins Gesicht stoßen. Ohne nachzudenken. Kann ich das? Wenn ich es tun muss, um zu überleben ... vielleicht. Ich werde es tun. Ich werde es tun. Ein Widerstand. Ich scheine beim Riegel angekommen zu sein. Mit äußerster Konzentration drücke ich fester nach oben. Ich spüre, wie er sich mit der Scheibe nach oben bewegt. Ein leises Schaben, als der Riegel aus der Verankerung gleitet. Gleichzeitig geht die Tür eine Handbreit auf. Mondlicht. Ich spähe nach draußen. Hohes Gras und ein verwilderter Holunderbusch. Die Haustür ist zu. Ich halte die Scheibe fest umklammert und öffne die Holztür etwas weiter, sehe in die andere Richtung. Noch mehr Büsche. Der verwachsene Eingang zum Weinkeller. Ich schlüpfe aus dem Schuppen. Da ist keiner. Neben der Tür steht die Schuhschachtel mit den Fotos. Hat er sie übersehen? Hatte sie für ihn keine Bedeutung? Musste er fliehen?

Ich packe die Schachtel und renne in Richtung Auto, stolpere über eine Wurzel, kann mich gerade noch fangen, ein Brennen. Das sind nur Brennnesseln. Und dann stehe ich in der schwach beleuchteten Gasse. Meine Kehle ist staubtrocken, meine Lunge rasselt wie nach einem Marathonlauf, an das Pochen der Beule habe ich mich beinahe schon gewöhnt. Kann man sich an alles gewöhnen? Mit zitternden Fingern drücke ich den Knopf des automatischen Türöffners. Zwei Finger bluten. Es sind Kratzer. Nicht mehr. Ich stelle den Schuhkarton auf den Beifahrersitz und merke erst jetzt, dass ich die scharfe Scheibe mit der linken

Hand noch immer umklammere. Ich werfe Scheibe und Tuch einfach in den verwilderten Vorgarten, schließe die Tür, starte. Es ist dreiundzwanzig Uhr. Noch nicht einmal Mitternacht.

Wo ist die nächste Wache? Ich habe kein Telefon, um den Polizeinotruf zu wählen. Der, der mich niedergeschlagen hat, ist längst weg. Es macht keinen Unterschied, ob heute Nacht oder morgen früh nach Spuren gesucht wird. Vesna. Mist. Ohne Mobiltelefon ist man von aller Welt abgeschnitten. Wie war es zu der Zeit, als es noch keines gab? Es ist gar nicht so lange her. Aber ich kann es mir kaum noch vorstellen. Die Wunden auf meinen Fingern beginnen zu schmerzen. Reagiere ich schon auf das Leichengift? Quatsch. Die Ratte hatte ein Fell. Das Fell war trocken. Wo soll da Leichengift sein? Ist das nicht eine Flüssigkeit? Heim. Ich will heim. Ich fingere in meiner Handtasche. Zum Glück habe ich sie im Wagen gelassen. Teebaumöl. Ich werde mir die Finger mit Teebaumöl desinfizieren. Und was tue ich gegen die Beule? Am besten auch Teebaumöl. Außerdem habe ich sonst nichts. Im Fahren schraube ich den Verschluss des Fläschchens ab, träufle mir Öl über die Finger, es brennt und tut gleichzeitig wohl, dann tropfe ich etwas vom Öl in die Hand und fahre damit vorsichtig über meine Beule. Die Flüssigkeit rinnt mir die Stirn herunter, ein Tropfen kommt zum linken Auge, ich kann ihn nicht mehr rechtzeitig wegwischen. Das Auge brennt wie Feuer, ich kneife es zu, komme beinahe auf die andere Straßenseite. Was für ein Glück, dass hier kaum noch Verkehr ist. Ich taste in meinem Handschuhfach nach einem Taschentuch, es ist schon gebraucht, egal, ich presse es gegen das Auge. Heim. Weiter. Das Auge wird aufhören zu brennen, die Beule wird aufhören zu pochen, die Finger werden aufhören zu schmerzen.

[4]

Bei Tageslicht sieht alles ganz harmlos aus. Ich stehe in der Septembersonne und beobachte die zwei Polizisten, die lustlos Schuppen und Haus durchsuchen. Sie haben es mir unmissverständlich dargelegt: unwahrscheinlich, dass sie einen Hinweis auf den Täter finden. Wenn sie könnten, würden sie abstreiten, dass mich jemand niedergeschlagen hat. Aber da gibt es die eindrucksvolle Beule an meiner Stirn. Ich habe gestern Abend zwei Aspirin genommen, ein halbes Wasserglas von meinem Lieblingswhiskey Jameson getrunken und danach acht Stunden tief und traumlos durchgeschlafen. Jetzt ist es Mittag. Die Beule pocht noch immer, aber ich kann wieder annähernd klar denken. Die Kratzer an den Fingern waren nicht tief, um den Zeigefinger habe ich mir ein kleines Pflaster geklebt. Mehr war nicht nötig. Zwischen Schuppen und Tür zum Weinkeller führt ein schmaler, verwachsener Pfad die Böschung hinauf, er war mir bisher gar nicht aufgefallen. Ob der, der mich niedergeschlagen hat, auf diesem Weg geflohen ist? Würde bedeuten, dass einer nicht nur von der Straße her, sondern auch von der Rückseite ins Haus hätte gelangen können. Ich sehe auf die Uhr. In einer Stunde soll ich Vesna nach ihrem Lauftraining in der Praterallee treffen. Nervtötend, wenn man kein Mobiltelefon hat. Ich muss mir noch heute ein neues besorgen. Und eine Ersatz-SIM-Karte. Es hat beinahe zwei Stunden gedauert, bis die beiden Polizisten gekommen sind. Frische Spuren gebe es ja keine mehr, und was ich denn glaube, ob sie sonst nichts zu tun hätten? Viel zu wenige Kollegen und viel zu viele Autoeinbrüche, Hauseinbrüche, Fahrraddiebstähle.

Ich versuche auf dem Pfad nach oben zu klettern, finde eine

überwucherte Stiege aus Stein, hieve mich nach oben, finde keine Stufe mehr, hätte mich beinahe an einem Wildrosenast festgehalten, greife in letzter Sekunde nach einem Holunderast, ziehe mich weiter nach oben. Jetzt stehe ich auf der Böschung hinter dem Haus. Von hier oben wirkt es fast noch armseliger. Zwei Meter von mir entfernt ein Drahtzaun, davor eine Menge wilder Holunder. Trotzdem: Wenn man will, kommt man hier drüber. Ich spähe auf die andere Seite. Eine Wiese mit halbhohem Gras, sie geht noch einige Meter bergauf, dann eine Kuppe. Ich rieche Mist. Dung. Seit wann düngt man so eine Wiese? Dann entdecke ich zwei Kuhfladen. Ich mache mich wieder an den Abstieg, besser, die Beamten nicht zu lange allein zu lassen, für den Fall, dass sie doch etwas finden. Bergab ist der steile Pfad noch schwieriger zu bewältigen, die Beule an der Stirn pocht wieder heftiger. Ich rutsche ab, greife in den nächsten Holunderbusch, fange mich wieder. Hinter dem Holler, fast über dem Eingang zum Weinkeller, liegt etwas. Ich ziehe mich hoch, klettere ein Stück nach links. Mein Mobiltelefon. Meine Taschenlampe. Ein doppelt gutes Gefühl. Vertraute Kommunikationshilfe in Sehweite. Und: Ich habe sie gefunden, nicht die Polizei. Anfassen sollte ich die beiden Gegenstände aber wohl nicht. Fast euphorisch steige ich nach unten.

»Nichts«, sagt der Beamte mit den braunen Haaren und zupft sich eine Spinnwebe vom Sweatshirt.

»Da drinnen war eine tote Ratte«, sagt der Beamte mit den grauen Haaren.

»Ich weiß«, erwidere ich und kann nicht verhindern, dass ich Gänsehaut bekomme.

»Das Wahrscheinlichste ist, dass ein Obdachloser hier übernachten wollte. Sie sind in den Schuppen gekommen, er ist erschrocken und hat Ihnen mit einem Brett gegen den Kopf gehauen«, fasst der braunhaarige Beamte die Tatermittlungen zusammen.

»Und warum hat er mir dann Telefon und Taschenlampe abgenommen?«, will ich wissen.

»Er hat sie eben mitgehen lassen«, meint der Grauhaarige und fügt hinzu: »Schauen Sie: Wir wissen natürlich nicht, wie es war. Und Sie wissen nichts, als dass Ihnen jemand eins über den Schädel gezogen hat.«

»Und dass hier vor einer Woche eine Frau gestorben ist. Und dass ihre Tochter meint, es war kein Unfall.«

Der Grauhaarige seufzt. »Wer hätte die arme Frau denn umbringen sollen? Sie ist gegen den Ofen gefallen.«

»Mein Mobiltelefon ist übrigens da«, sage ich. »Es liegt dort oben.« Die beiden Beamten sehen an meinem Finger entlang zum Holunderbusch.

Der Braunhaarige seufzt. »Damit Sie nicht glauben, uns ist das alles egal: Wir werden es spurentechnisch behandeln.«

Mit einem Schlag wird mir klar, dass sie mein Mobiltelefon mitnehmen werden und dass ich mir das selbst eingebrockt habe. Der Braunhaarige holt aus seinem Aktenkoffer dünne Kunststoffhandschuhe und stopft sie in die hintere Hosentasche. Dann steigt er hinauf, deutlich leichtfüßiger als ich, und birgt die beiden mutmaßlichen Spurenträger.

»Krieg ich wenigstens meine SIM-Karte?«, will ich wissen.

Ja, die könne ich haben.

Ich kaufe mir bei Elektro Haas ein neues billiges Mobiltelefon, lege meine SIM-Karte ein und rufe Vesna an. Die keucht. Ja, sie sei noch am Laufen. Da ich nicht gekommen sei, habe sie eine Runde drangehängt. Wenn ich sie am Ende der Hauptallee abholen könne, wäre das großartig. »Aber ich schwitze«, warnt mich meine Freundin. Da habe ich in letzter Zeit schon Schlimmeres überstanden.

Vesna steht im Bademantel und mit einem Handtuch um die nassen Haare vor mir. Nicht besonders groß, aber drahtig. Unglaublich, dass sie bald fünfzig wird.

»Du hast keine Ahnung, wer das war?«, fragt sie.

»Nein, habe ich nicht.«

»Auch nicht, ob es Mann oder Frau war?«

Ich seufze. »Ich hab es dir schon am Telefon gesagt: Ich bin hinein in diesen Schuppen, dann war da ein Geräusch, und schon habe ich eins über den Kopf bekommen.«

»Ein Geruch?«, probiert es Vesna noch einmal.

Ich schüttle den Kopf. Ich hab mir ohnehin schon das Gehirn zermartert. Aber da war kein Geruch. Abgesehen von dem nach Staub und Moder und altem Stroh.

»Obdachlose riechen meistens nicht gut«, erklärt meine frisch geduschte Freundin.

»Ich habe da drin nicht einmal die tote Ratte gerochen, so muffig war es. Was soll das außerdem? Glaubst du etwa auch, es war ein Landstreicher?«

»Musst nicht wieder anfangen von dem ekligen Vieh. Will es mir gar nicht vorstellen: mit einer Ratte eingesperrt!« Vesna rubbelt sich die Haare, wie um Gedanken an Ratten und Ähnliches zu vertreiben. Sieh an, es gibt also etwas, vor dem Vesna graust.

»Mit einer toten Ratte.« Ich weiß ja selbst nicht, was ich glauben soll. Es gibt die eigenartigsten Zufälle. Ich mag die Theorie, dass unsere ganze Welt und ihre Entwicklung auf seltsamen Zufällen beruhen. Sonst hätte ein Gott bei der Planung und Ausführung doch ziemlich viele Fehler gemacht. Ist so jemand dann ein Gott? Ich fasse mir an die Beule. Au, besser nicht.

»Seltsam ist es schon: Zuerst stirbt Mutter von Céline und dann du wirst niedergeschlagen«, überlegt Vesna. »Vielleicht hat dein Telefon ja Spuren. Oder die Taschenlampe.«

Besonders interessiert scheint meine Freundin an dem Fall

trotzdem nicht zu sein. »Man hätte mich beinahe umgebracht«, erinnere ich sie etwas gekränkt.

»Da braucht es schon mehr«, erwidert sie ungerührt. »Ich gehe mich anziehen.«

»Was ist los?«, frage ich. »Ist es der Hausabbruch, der dir im Kopf herumgeht?«

»Wie du würdest reagieren, wenn sie deine Wohnung, dein Büro einfach wegreißen wollen und du nichts tun kannst?«

Ich sehe mich in der Küche um. Gemütlich ist es hier. Die Einbaukästen sind Ikea-Standardausführung, der Tisch eine stinknormale längliche Holzplatte auf vier Beinen mit einem roten Leinentischtuch, alles einfach, aber zum Wohlfühlen. Absurd, dass da die Bagger drüberfahren sollen.

»Und es ist noch etwas«, murmelt Vesna und sieht auf den Herd, als würde ein Topf Milch übergehen. »Valentin. Irgendetwas hat er. Er verheimlicht mir etwas. Ich kann es nicht sagen. Vielleicht spinne ich auch bloß. Wahrscheinlich ich hätte ihn längst heiraten sollen.«

»Glaubst du, dass das was ändern würde?«

»Vielleicht braucht er es. Er ist ein attraktiver Mann. Der findet andere, die ihn gleich heiraten.« Sie starrt noch immer auf den Herd.

Ich will die Stimmung lockern und sage: »Kannst ihm ja eine deiner Putz-Detektivinnen nachschicken.«

Vesna starrt mich empört an. »Nie würde ich so was tun!«

»Aber gib zu, daran gedacht hast du schon.«

»Na ja«, sagt Vesna so kleinlaut, wie ich es gar nicht von ihr kenne. »Weißt du, was? Wir sollten uns Cousine von Mutter von Céline ansehen. Immerhin ist es in ihrem Haus geschehen.«

Doris Hampel wohnt in derselben Siedlung, in der Roger lebt. Allerdings können Jahre vergehen, bis man sich hier zwischen den Wohntürmen einmal begegnet. Am ehesten wohl in der Einkaufspassage am Rand der Häuseransammlung. Viel zu viele Menschen auf engem Raum. Aber ich sollte daran denken: Jede Wohnung hat fließendes Wasser, Dusche, WC, eine funktionierende Heizung und Kabelfernsehen. Ich sage es Vesna, die die ganze Zeit außergewöhnlich ruhig neben mir gesessen hat, und sie erwidert: »Wo sonst sollen die vielen Menschen hin, die nicht viel Geld haben?« Evelyn Maier hat sich nicht einmal hier eine Wohnung leisten können.

Wir haben Glück und parken per Zufall ganz in der Nähe des richtigen Hauseingangs. Die Tür steht offen, ein Keil ist eingeklemmt. Zwei Männer stehen mit einem Kleiderschrank vor dem Aufzug und fluchen, weil er nicht hineingeht.

»Wissen Sie, wo Doris Hampel wohnt?«, frage ich.

»Keine Ahnung. Ich wohn' im fünften Stock, da wohnt sie nicht.«

Vesna und ich machen uns an den Aufstieg. Sieben Stockwerke hat das Haus. Meine Beule pocht schon im ersten Stock. Vesna ist einen Treppenabsatz voraus. Aber sie macht ja auch ihr Lauftraining. Okay, keiner hindert mich, das ebenso zu tun. Ich keuche weiter.

»Da ist es«, ruft Vesna.

Noch einmal Glück gehabt. Zweiter Stock. Wir haben die Cousine nicht angerufen. Wenn sie so ein Ekel ist, wie Evelyns Kinder ausnahmsweise übereinstimmend meinen, dann ist es besser, sie zu überraschen. Es ist kurz vor fünf. Keine Ahnung, welchen Job sie hat. Vesna läutet. Wir hören ein Geräusch im Vorzimmer. Gut möglich, dass uns da jemand durch den Türspion beäugt. Der Hausflur wirkt geradezu steril, nur zwischen zwei der vielen Wohnungstüren hat jemand mit pinker Neonfarbe ein Herz hingesprayt. »Love« ist darunter zu lesen. Es gibt schlimmere Botschaften. Was sollen wir tun? Vesna läutet noch einmal. Wieder ein Scharren hinter der Tür.

Ein Schlüssel dreht sich im Schloss. Dann noch einer. Die Tür geht einen Spaltweit auf, eine Sicherheitskette ist vorgelegt.

»Wir kommen …«, beginne ich.

»Ich kaufe nichts, und wenn Sie von einer Sekte kommen, verschwenden Sie bei mir nur Ihre Zeit.«

»Ermitteln im Fall Evelyn Maier«, sagt Vesna mit lauter, möglichst amtlicher Stimme.

Die Tür geht zu, dann geht sie wieder auf. »Ich habe schon gesagt, dass ich nichts weiß«, sagt die Cousine. Sie trägt einen roten Jogginganzug, in der rechten Hand hält sie eine halb gerauchte Zigarette. Billig gefärbte blonde Haare, auch die kurzen Locken wirken so, als hätte da jemand der Natur nachgeholfen.

Ich habe eine Idee. »Es geht ums Erbe«, sage ich, und jetzt dürfen wir ins Vorzimmer.

Hellbrauner Einbaukasten mit integrierter Garderobe und Sitzbank. Nur eine Jacke am Haken. Alles blitzsauber, dafür stinkt es nach kaltem Rauch. Und das nicht wenig.

»Können Sie sich ausweisen?«, fragt Doris Hampel.

Was soll ich anderes tun? Ich halte ihr meinen Presseausweis hin.

»Magazin«, liest sie beinahe ehrfürchtig. »Sagen Sie nicht, dass meine Cousine doch ermordet worden ist.«

»Warum?«, frage ich.

»Na weil sich das ›Magazin‹ sicher nur um sie kümmert, wenn sie ermordet worden ist.« Mit einem Blick auf Vesna: »Sie haben von ›Erben‹ geredet. Die hat ja nichts gehabt, oder?«

»Man kann nie wissen«, murmelt Vesna. Zum Glück scheint die Cousine nicht darauf zu bestehen, auch Vesnas Ausweis zu sehen.

Oje. Da fragt sie schon: »Und Ihr Ausweis?«

Vesna kramt in ihrer Tasche und zieht eine Visitenkarte heraus, die mir sehr bekannt vorkommt. Es ist eine von Oskars Rechtsanwaltskanzlei. »Habe leider nur unsere allgemeine mit. Dr. Krajner. Sie können natürlich anrufen und nachfragen.«

Das will die Cousine dann doch nicht.

»Sie sind einer der ganz wenigen Menschen, die Kontakt zu Evelyn Maier hatten und die sie seit Langem kannten. Erzählen Sie uns von ihr. Bitte«, sage ich und versuche ein Lächeln.

»Kommt das dann im ›Magazin‹?«

Jetzt sollte ich erraten, ob ihr das recht wäre oder ob sie nicht in die Zeitung will.

»Wird man sehen. Wenn Sie nichts wissen ...«, erwidert Vesna, bevor ich etwas sagen kann.

»Über sie gibt es nicht viel zu wissen.« Die Cousine dämpft ihre Zigarette im Aschenbecher aus, der auf der Vorzimmersitzbank steht, greift in die Hosentasche, will sichtlich eine Zigarettenpackung herausnehmen, scheint es sich dann aber anders zu überlegen und lehnt sich gegen den Einbauschrank. »Sie war selbst schuld an ihrem verpfuschten Leben, das sage ich ganz deutlich. Das habe ich auch ihr immer wieder gesagt. Das kommt von den überheblichen Plänen. Ich gebe zu, sie war ganz hübsch und sie hat eine gute Stimme gehabt, aber auf so etwas kann man kein Leben aufbauen.«

»Sie hat in einer Band gespielt«, helfe ich ihr weiter.

»Band ... na ja. Sie war siebzehn und hat ihre Schneiderlehre abgebrochen wegen der dummen Band. Dabei war die Band ein Witz. Ein Mechaniker und ein Student haben mit ihr gespielt. Sie hat geglaubt, ganz groß rauszukommen. Beinahe wären sie auch einmal im Fernsehen gewesen, aber vorher ist etwas passiert.«

»Was?«

»Keine Ahnung, jedenfalls hat sich die Band aufgelöst. Sie hat dann bei einer anderen Gruppe mitgetan, als Sängerin, das war so eine Gruppe, die auf Zeltfesten und Bällen und in Discos gespielt hat.«

»Sie wissen nicht, warum sich die erste Band aufgelöst hat?«, hake ich nach. Ich denke an die Fotos, an Evelyn, die den Keyboardspieler anstrahlt. War das der Mechaniker oder der Student?

»Ich glaube, einer hatte einen Unfall. Mit der nächsten Gruppe ist sie durch halb Europa getingelt. Wie hat sie sich vorgestellt, dass das weitergehen soll? Jedenfalls hat sie einen arbeitslosen Kellner kennengelernt, der wollte ein eigenes Lokal aufmachen und hat ihr versprochen, dass sie dort singen wird, er hat ihr alles versprochen, und dann hat sie mit neunzehn mit einem Kind dagestanden, und der Kellner war weg. Sie ist immer wieder auf die falschen Männer reingefallen.« Der Satz kommt ohne Mitleid, eher mit Genugtuung. Ich sehe die Cousine an. Ich glaube nicht, dass sie jemals hübsch gewesen ist, dass sie jemals Grund zu hochfliegenden Träumen hatte.

»Dann hatte sie sogar einen Jugoslawen. Von dem ist die Tochter, Céline. Er hat wenigstens fleißig gearbeitet, aber dann ist in Jugoslawien jemand aus der Verwandtschaft gestorben, kann sein der Vater, und er ist zurückgegangen. Sie ist mitgegangen, aber sie hat sich dort nicht zurechtgefunden, wie man sich vorstellen kann.« Schwer zu sagen, ob das jetzt ein Vorwurf gegen Evelyn oder gegen das frühere Jugoslawien und die dortigen Lebensverhältnisse ist.

»Sie haben sie in Ihrem Haus wohnen lassen«, sage ich.

»Sie hat mir doch irgendwie leidgetan, wäre ja delogiert worden, weil sie sich um nichts mehr gekümmert hat und die Kinder auch nicht mehr da waren. Das Haus war leer. Ich gebe zu, es ist kein Palast, aber es hat eine Heizung und ein Dach. Sonst wäre sie auf der Straße gelandet.«

»Dafür hat sie bei Ihnen einmal in der Woche geputzt«, erinnert Vesna sie.

»Glauben Sie, dass der Prinzessin ein wenig Putzen geschadet hat? Hat ohnehin viel zu wenig Bewegung gemacht. Zum Schluss war sie richtig fett.«

»Hat sie … irgendetwas über ihr Leben in letzter Zeit erzählt?«, frage ich.

Die Frau schüttelt ihre falschen blonden Locken. »Ich habe sie auch nicht danach gefragt. Ich arbeite in einer Spedition. Von sieben bis drei. Weil sie nicht so früh hat aufstehen können, bin ich jeden Donnerstag um zehn in die Wohnung gelaufen, hab ihr aufgesperrt und sie dann allein gelassen. Nach der Arbeit bin ich dann wieder in die Wohnung. Geputzt hat sie nicht gut, aber eines muss man ihr lassen: Ehrlich war sie. Gestohlen hat sie nicht, so wie ihr Sohn.«

Vesna will schon ansetzen, ich komme ihr zuvor: »Der stiehlt?«, frage ich möglichst harmlos.

»Der hat schon einiges an Vorstrafen. Auch wegen Sachbeschädigung und Körperverletzung. Er ist ein Herumtreiber. Er hat mir die Heizung gerichtet, und dann hat er alles Mögliche mitgehen lassen.«

»Er sagt, Sie haben nicht bezahlt«, fährt Vesna dazwischen. Im Vergleich zur Cousine scheint ihr Roger richtig lieb zu sein.

»Lügner!«, kreischt Doris Hampel. »So ein unverschämter Lügner!« Dann sieht sie uns mit einem misstrauischen Blick an: »Woher wissen Sie das überhaupt?«

»Was wird mit dem Haus passieren?«, lenke ich ab.

»Ich kann es nicht brauchen. Wollen Sie es kaufen? Die Lage ist großartig, und wenn man ein bisschen …«

Das hätte mir gerade noch gefehlt.

»Wir könnten es mieten. Was kostet Monat?«, sagt Vesna.

Wie bitte? Was bitte?

Die Cousine versucht abzuschätzen, wie viel sie aus uns rausholen kann. »Siebenhundert für den Monat und für diesen angefangenen Monat fünfhundert.«

»Ich brauche es nur diesen Monat. Und vielleicht nächsten«, erwidert Vesna. »Zweihundert für diesen Monat, und dann sehen wir weiter.« Sie wird doch nicht dort einziehen wollen, für den

Fall, dass das Haus, in dem sie wohnt, tatsächlich abgerissen wird?

»Gut«, sagt die Cousine überraschend schnell. Wahrscheinlich ist ihr klar, dass sie für die Bruchbude eigentlich überhaupt nichts zu erwarten hat.

Mir fällt noch etwas ein. »Wissen Sie, ob Ihre Cousine mit den Mitgliedern der ersten Band noch Kontakt hatte? Können Sie sich an Namen erinnern?«

Die Frau schüttelt den Kopf. »Ich weiß nur, dass der eine einen Vater hatte, der ein hohes Tier war. Ein Politiker. Oder sonst ein Prominenter. Aber Namen ...«

Das Café, in dem wir uns vor Kurzem mit Roger getroffen haben, liegt ganz in der Nähe. Wenn er tatsächlich an dem Tag bei seiner Mutter war, an dem sie ums Leben gekommen ist ... Wir haben das Auto in der Parklücke nahe dem Hauseingang von Doris Hampel stehen lassen und gehen zu Fuß in Richtung Einkaufspassage. Eigentlich sind hier erstaunlich wenig Menschen unterwegs. Ein paar Jugendliche hocken auf Schaukeln, die deutlich zu klein für sie sind. Sie schauen uns an, nicht aggressiv, eher passiv, abwartend. Würden zwei Elefantenkühe vorbeitraben, sie würden vermutlich nicht anders dreinsehen. Aus einem Fenster dringt laute Musik. Irgend so ein volkstümliches Gedudel. »Berge«, kann ich verstehen und: »Schmerz«.

Zwei jüngere Frauen schieben ihre schwer bepackten Fahrräder und reden miteinander. Die eine lacht auf, die andere schüttelt den Kopf. Offenbar waren sie gerade einkaufen.

Im Café »End« sind heute nur zwei Tische belegt. An einem sitzen drei dunkeläugige, schwarzhaarige Männer, trinken Cola und rauchen. Am anderen ein Paar, das aussieht, als würde es hier schon seit dem Frühstück trinken. Beide haben ein halb volles Glas Rotwein vor sich. Die Musik ist heute etwas leiser, vielleicht wirkt es aber auch nur so, weil mir die Nummer gefällt. Joe Cocker. »Unchain my heart.« Kein Roger. Pech gehabt.

»Wir trinken wunderbaren Gespritzten«, sagt Vesna und zieht mich zu dem Tisch, auf dem kein voller Aschenbecher steht. In dieser Gegend scheinen die zahlreichen Nichtraucherkampagnen nicht im Geringsten gewirkt zu haben. Der raubmörderartige Bruder des Winzers erkennt uns wieder und versucht ein Lächeln. Wahrscheinlich ist er ohnehin ein sanfter und netter Mensch, und wenn er nicht danach aussieht, dann ist das in diesem Café nur von Vorteil.

»Vielleicht ist Roger zu seiner Mutter gekommen. Sie haben gestritten, er hat sie gestoßen. Sie ist gegen den Ofen gefallen. Er ist abgehauen«, überlegt Vesna.

Ich schüttle zweifelnd den Kopf. Evelyn Maier scheint keine gewesen zu sein, mit der man streiten konnte. Zu passiv. Und sie scheint auch keine gewesen zu sein, von der irgendjemand etwas wollte.

»Die Cousine ist jedenfalls wirklich Kotzbrocken«, fährt Vesna fort.

»Wir haben ganz vergessen zu fragen, wo sie gestern Nacht war«, erinnere ich mich.

»Wenn sie dich geschlagen hätte, dann hätte sie nicht Tür aufgemacht«, überlegt Vesna.

Ich nicke. Es war schon dunkel. Aber wer auch immer mich niedergeschlagen hat, muss mich gesehen haben. Ich hatte mit der Taschenlampe in Richtung Tisch geleuchtet.

»Sie sind hergezogen?«, fragt der Kellner mit der gefährlichen Physiognomie.

»Nur auf Besuch«, lächelt Vesna. »Haben Sie Evelyn Maier gekannt? Die hat hier bis vor einem Jahr gewohnt.«

»Hier wohnen Tausende Menschen. Wie hat sie denn ausgesehen?«

»Die Mutter von Roger«, helfe ich nach.

»Die aufgeschwemmte Blonde?«

Wir nicken beide.

»Die war ganz selten hier, hatte, glaube ich, auch nicht viel Geld, und Alkohol hat sie sowieso keinen getrunken. Bis auf die drei Türken dort hinten sind die meisten Stammgäste welche, die ganz gern etwas trinken. Was ist mit ihr?«

»Sie war früher Sängerin, haben Sie das gewusst?«

Der Mann schüttelt den Kopf. »Ihre Tochter singt. Das weiß ich. Sie ist in der Siedlung groß geworden. Bei den Siedlungsfesten hat sie immer gesungen, auch wie sie noch ein halbes Kind war. Eine Bombenstimme. Aber die ist weg von hier. Und Rogers Mutter auch.«

Ich probiere es weiter. »Roger ... was ist das für ein Typ?«

Das Gesicht des Mannes verschließt sich. »Ich rede nicht über meine Gäste. Ist das klar?«

»Ihnen gehört das Lokal?«, fragt Vesna rasch.

»Ich hab es gepachtet. – Noch einen Gespritzten?«

Wir lehnen dankend ab und zahlen. Heute kein Roger. Und lieber nicht zu neugierig sein. Nicht hier. Die Tür ist offen, wir gehen ins Freie. Ich bleibe stehen und überlege, wo wir das Auto geparkt haben. Mein Orientierungssinn ist nicht eben der beste. Vesna packt mich am Arm. Da vorne ist Roger, er kommt uns direkt entgegen. Man kann nicht sagen, dass er sich freut, uns zu sehen.

»Wir waren bei Tante«, erklärt Vesna. »Die Sie so mögen.« Sie grinst.

»Warum?« Er sieht uns unfreundlich an. »Übermorgen ist das Begräbnis. Man soll Tote ruhen lassen.«

»Sie waren am Tag, an dem Ihre Mutter gestorben ist, in Lissenberg«, fordere ich ihn heraus.

»Sagt die Tante das?«, kommt es scharf zurück. Er trägt heute ein schwarzes Sweatshirt, die Ärmel über den Ellbogen hinaufgeschoben. Er scheint seine Tätowierungen schön zu finden. Kringel und Drachen und seltsame Zeichen.

»Das sagt die Nachbarin in Lissenberg«, erwidere ich.

»Die redet immer Unsinn. Das ist eine alte Frau.«

»Und wo waren Sie gestern Nacht?«, will Vesna wissen.

Er starrt uns an. »Warum gestern Nacht? Ich war da. Im ›End‹. Und dann haben wir noch eine Spritztour gemacht.«

»Nach Lissenberg?«, fragt Vesna.

»Was sollte ich dort wollen? Lassen Sie mich in Ruh, ich hab genug.« Roger drängt sich an uns vorbei und stapft in Richtung Café »End«.

»Aus dem kriegen wir nichts raus«, stelle ich fest.

»Aber er lügt. Und eigenartig, dass er nicht will, dass wir herausfinden, wie das mit Tod von Mutter war«, murmelt Vesna.

»Er hat gesagt, die Nachbarin sei doch eine alte Frau. Er scheint Lissenberg besser zu kennen, als er vorgibt«, überlege ich.

»Er kann sie natürlich einfach gesehen haben, als er Satellitenschüssel auf das Dach gepfuscht hat«, schwächt Vesna ab. »So ungleiche Geschwister. Fran und Jana sind auch verschieden und sind sogar Zwillinge, aber wenn man Céline und Roger vergleicht …«

Ich tue mich noch etwas schwer mit meinem Ersatztelefon, außerdem habe ich die meisten Nummern nicht auf der SIM-Karte, sondern auf dem Telefon gespeichert. Célines Nummer finde ich jedenfalls nicht mehr.

»Da ist Auto«, sagt Vesna. Wir steigen in meinen Allrad-Honda, und ich bemerke, wie viele SUVs hier parken. Als wolle man beweisen, dass gleich hinter der überdimensionalen Stadtrandsiedlung Freiheit und Abenteuer warten. Es ist Vesna, die mit Céline telefoniert. Sie habe jetzt gleich den zweiten Teil ihres Einzelgesangsunterrichts, aber wir könnten uns danach vor der Musikuniversität treffen, erzählt Vesna, während sie ihr Telefon wieder in der Jackentasche verstaut. Und dass sie zugesagt habe. Das habe ich mitbekommen. Eigentlich bin ich todmüde. Was mache ich da? Ich sollte mich erholen und dann an meine Story fürs »Magazin« denken. Die Gewinner der Krise – total harmlos.

Ja, übermorgen sei das Begräbnis, bestätigt Céline. Wir lehnen an meinem Auto. Jetzt am Abend wird es empfindlich kalt. Oder habe ich Fieber? Quatsch, ich bin lediglich ein wenig angeschlagen, aber lange noch nicht ausgezählt.

»Keine Chance mehr auf eine Obduktion«, sagt Céline und schüttelt den Kopf. »Vielleicht hat mein Halbbruder ausnahmsweise recht, und man sollte alles auf sich beruhen lassen.«

Ich zeige ihr meine Beule und erzähle die Geschichte von gestern Nacht. Céline sieht mich entsetzt an.

»Wir haben Roger gefragt, wo er gestern Nacht war«, ergänzt Vesna. »Zuerst im Café und dann auf ›Spritztour‹. – Du kannst dir vorstellen, er war es?«

Céline schüttelt langsam den Kopf. »Warum? Ich sehe keinen Grund.«

»Die Nachbarin hat Roger gesehen. Am Tag, an dem deine Mutter ums Leben gekommen ist. Er sagt, die Frau redet Unsinn.«

»Da hat er ausnahmsweise recht. Mama ... sie hatte nichts. Und sie hat ihm nie etwas verboten, schon früher nicht. Sie hat immer gesagt, er ist der Mann in der Familie.«

»Er sagt, der Liebling warst immer du«, murmle ich.

»Da kann schon etwas dran sein. Ich hab mich auch nicht geprügelt. Wegen mir musste sie weder in die Schule noch auf die Polizei.«

»Die Nachbarin redet auch davon, dass deine Mutter ständig Männerbesuch hatte. Und dass sie getrunken hat.«

Céline lacht traurig auf. »So ein Unsinn. Mama hat keinen Tropfen Alkohol getrunken, nie. Sie war da ganz eigen, hat immer gesagt, vom Alkohol komme alles Unglück. Es hat schlimme

Streitereien zwischen ihr und Roger gegeben, nachdem er zum ersten Mal angetrunken heimgekommen war.«

»Weißt du, warum sie da so strikt war?«, frage ich.

»Keine Ahnung. Ich hab mir damals zusammengereimt, dass es mit meinem Vater zu tun hat. Er ist ja Bosnier. Er ist Moslem. Und soviel ich mich erinnern kann, hält sich seine Familie an das Alkoholverbot.«

»Du hast Kontakt mit deinem Vater?«, fragt Vesna.

Céline schüttelt den Kopf. »Schon lange nicht mehr. Ich weiß, dass wir ein halbes Jahr oder so in Bosnien gelebt haben, aber ich habe so gut wie keine Erinnerung daran. Ich war damals drei. Das war knapp vor dem Krieg. Und auch noch vor dem Krieg hat er eine Frau von unten geheiratet. Seine Familie wollte keinen Kontakt mehr mit uns, hat zumindest Mama gesagt.«

»Er geht dir nicht ab?«, fragt Vesna, und ich denke, wie wenig ich nach wie vor über Vesnas Familie in Bosnien weiß. Ich muss sie einmal ganz gezielt danach fragen. Andererseits: Wenn sie davon erzählen wollte, hätte sie es längst getan.

Céline schweigt. »Manchmal schon«, sagt sie dann. »Ich wollte ihn auch über Mamas Tod informieren, aber ich weiß nicht . . .«

»Das wäre gute Idee«, sagt Vesna fest.

»Keine Ahnung, ob er noch in Banja Luka ist.«

»Das kann ich feststellen. Und übersetzen kann ich auch. Ich bin sicher, er ist stolz auf seine talentierte Tochter.«

»Keine Ahnung, ob er sich noch an mich erinnert.« Das klingt jetzt eindeutig traurig. Dann sieht Céline auf die Uhr. »Ich hab eine Theoriestunde. Sie geht in zehn Minuten los.«

»Kann es sein, dass deine Mutter in letzter Zeit doch hin und wieder Männerbesuch hatte?«, frage ich vorsichtig.

»Sicher nicht, sie hatte genug von den Männern. Total. Sie hat mir wenig mitgegeben, aber sie hat immer gesagt: ›Heirate auf keinen Fall, bevor du dreißig bist. Und lass dir kein Kind machen.‹ Ich war als Halbwüchsige beleidigt, weil ich gedacht habe, sie spricht von uns und hat uns nicht gewollt. Sie hat uns mit neunzehn und einundzwanzig bekommen.« Céline löst sich vom Auto, sieht uns an, schweigt, will gehen. Es gab eine Zeit, da scheint ihre Mutter glücklich und verliebt gewesen zu sein. Was ist aus dieser Liebe geworden?

»Ich hab im Haus Fotos gefunden, auch von der Band. Kannst du dich erinnern, wie die beiden anderen aus ihrer Band geheißen haben?«, will ich wissen und denke an den Keyboarder mit den langen Haaren. »Einer der beiden soll einen prominenten Vater gehabt haben, sagt deine Tante.«

Céline schüttelt den Kopf. »Mama wollte über diese Zeit nicht sprechen. Sie hat es nur ganz selten getan und dann ziemlich allgemein. Sie hat gesagt, dass auch sie einmal jung und schön gewesen sei und dass ihre Band großartig war. Den Namen der Band weiß ich noch: ›Three Friends‹. Aber die Namen der beiden anderen Musiker ... Sie hat von der Band gesprochen wie vom Paradies. Und ähnlich unwahrscheinlich ist mir auch alles vorgekommen. Damals muss sie jünger gewesen sein, als ich jetzt bin. Die Fotos von der Band ... ich wusste nicht, dass sie welche hatte. Ich würde sie gerne haben. Es gibt so wenig, was von Mama geblieben ist.«

Ich fahre mit Vesna durch den Wiener Abendverkehr.

»Vielleicht liegt Grund für Evelyns Tod in der Vergangenheit«, sagt Vesna unvermittelt. »Aber sieht so aus, keiner weiß viel über ihr früheres Leben.«

»Wir haben die Fotos und den Namen der Band. Vielleicht kann man in Zeitungsarchiven etwas finden«, überlege ich.

»Waren nicht besonders bekannt, glaube ich«, überlegt Vesna. »Jetzt natürlich hätten sie Homepage, und alles ist kein Problem. Man muss schauen, ob sie eine Platte aufgenommen haben.

Vielleicht eine Single. Und Tonkassetten hat es damals auch gegeben.«

Mir scheint, als redete Vesna von einer Epoche, die Jahrhunderte zurückliegt. Und doch: Ich bin in dieser Zeit groß geworden. Mein Kopf pocht. Das ist jetzt nicht mehr nur die Beule, die schmerzt, es ist der ganze Kopf. Ich habe sehr selten Kopfweh. Ob ich doch zum Arzt gehen sollte? Morgen ist Redaktionsschluss. Den Fototermin mit der Secondhandladenbesitzerin habe ich auf morgen früh verlegt. Ich habe noch viel zu wenig Material für meine Story. Vesnas Telefon läutet.

»Nein, kannst morgen sicher nicht frei haben. Wir haben Stress mit Reinigung von Industriehalle. Und Zara ist krank. Wirklich krank. Basta.« Vesna schüttelt den Kopf. »Nichts als Probleme. Zu viele Aufträge. Das ist an sich gut. Aber zu wenig Leute. Und Valentin ... ich habe ihn heute gar nicht erreicht.«

»Oskar ist in Frankfurt«, sage ich, wie um sie zu trösten. Er ist schon zum zweiten Mal in diesem Monat in Frankfurt. Vielleicht ist es Zeit, dass wir uns um unsere eigenen Angelegenheiten kümmern.

[5]

Ich sitze an meinem massiven Arbeitstisch und starre auf den Bildschirm des Laptops. Ich versuche den ersten Teil der Reportage über die Secondhandladenbesitzerin zu schreiben, aber ich komme einfach nicht weiter. Gismo liegt neben dem Laptop und döst. Ich sollte schlafen gehen. Doch das Kopfweh ist noch schlimmer geworden. Ich stehe auf und hole meine Allheilmittel: Aspirin und Whiskey. Als ich mir Jameson einschenke, scheint das Geräusch im ganzen riesigen Wohnraum widerzuhallen. Wenn Oskar nicht da ist, wirkt er leer. Ich nehme einen Schluck, setze mich wieder vor den Computer. In einem kleinen Plastiksack liegen die Speicherkarten von Evelyns Mobiltelefon. Soll ich sie Céline geben? Nur wenn sie danach fragt. Sie muss diesen Teil des Lebens ihrer Mutter nicht sehen. Sie soll die alten Fotos ansehen, Bilder aus der Zeit, in der Evelyn glücklich war.

Vier Speicherkarten haben wir noch nicht durchgesehen. Mit der Reportage wird es heute ohnehin nichts mehr. Ich schicke das wenige, das ich habe, per E-Mail an meine Redaktionsadresse. Dann lege ich die Karte vom Mai ein. Frans Programm funktioniert auch auf meinem Laptop. Ich wähle den Schnelldurchlauf. In der Mikrowelle wird Reis gewärmt. Dann schüttet eine dicke, rosa Hand jede Menge Ketchup darüber. Der Fernseher läuft. Positionswechsel im Plastiksessel, Vierteldrehung weg vom Tisch hin zum Fernsehbild. Ein sozial engagierter Experimentalfilmer könnte aus diesem Material eine Menge machen, überlege ich. Nächstes File. Diesmal im schmalen Garten zwischen der Hinterfront des Hauses und dem Schuppen. Evelyn und ihr Liebling scheinen einfach auf und ab zu wandern. Oder suchen sie etwas? Was?

Letztes File auf der Mai-Speicherkarte. Evelyn geht mit ihrem Liebling wieder einmal durch die Küche, bleibt diesmal beim Fenster zur Straße stehen. Das Videoauge sieht durch das Fenster auf den verwachsenen Tannenbaum, auf ein Stück Straße dahinter. Evelyn sagt etwas, es ist im Schnelldurchlauf nicht zu verstehen. Am Straßenrand scheint ein Auto geparkt zu sein. Das Videoauge wendet um 180 Grad, sieht in die Küche, sucht, findet die Fernbedienung, Drehung um 90 Grad hin zum Fernseher. Nachrichten laufen. Verschwommener Sprecher vor einer verschwommenen Weltkarte. Meine Kopfweh-Therapie scheint zu wirken. Ich werde schlafen gehen. Stopp, Mira, noch einmal zurück zum Tannenbaum. Da war was. Großes Auto vor dem Haus. Die Nachbarin hat von »Männerbesuch« mit ganz großem Auto gesprochen. Was, wenn zumindest ein Teil von dem, was sie erzählt hat, doch stimmt? Ich starte das File noch einmal, diesmal in Originalgeschwindigkeit. Langsam schlurfen Evelyn und ihr Liebling zum Fenster. Da, halb vom windschiefen Tannenbaum verdeckt, steht das Auto. Mercedes könnte passen, sieht aus, als wäre es einer von den ganz luxuriösen. Was sollte jemand in einem solchen Auto mit Evelyn zu tun haben? Vielleicht hat er sich einfach verirrt. Evelyns Stimme, verwaschen wie immer: »Den brauchen wir nicht, den nicht.« Dann wenden sich die beiden vom Fenster ab und wieder dem Fernseher zu. Ich bin mit einem Schlag deutlich munterer. Ich sehe mir die Sequenz mit dem Auto in Zeitlupe an, stoppe dort, wo es am besten zu erkennen ist. Drei Bilder drucke ich aus. Die Automarke kann ich nicht erkennen, auch nicht, wer in dem Auto sitzt. Die Scheiben sind verspiegelt. Der Wagen scheint schwarz zu sein, aber selbst das ist durch das Grünzeug davor und das schräge Licht nicht genau zu sehen. Trotzdem: Autofans könnten erkennen, was das für ein Gefährt ist. Dass es teuer ist, sehe sogar ich. Ich lege die nächste Speicherkarte ein. Schnelldurchlauf. Evelyn zieht eine Jacke an, nimmt den Mantel vom Haken, hängt ihn wieder auf, sie sucht ihre Handtasche, findet sie in der Küchenkredenz, öffnet die Tür, steht im Freien. Das Ganze dauert in Echtzeit mehr als zehn Minuten. Evelyn steht im verwilderten Gras und sagt etwas. Ich spule zurück. Ich muss den Teil in normaler Geschwindigkeit abspielen. Vielleicht sagt sie, wohin sie möchte. Vielleicht nennt sie einen Namen. Den Namen der Person mit dem dicken Auto. Unwahrscheinlich. »Den brauchen wir nicht«, hat sie gesagt, als sie zehn Tage davor aus dem Fenster gesehen hat. Jetzt sagt sie: »Doris ist eine fette Kuh.« Ich seufze. Sie scheint auf dem Weg zu ihrer Cousine zu sein. Nächste Speicherkarte. Kein dickes Auto im Juni zu sehen. Nur viel einsames Leben. Nächste Speicherkarte. Im dritten File sitzt Evelyn am Tisch und trinkt Cola und schält einen großen, matschig wirkenden Kuchen aus einer Cellophanverpackung. Auf der Packung ein deutlich sichtbarer roter Aufkleber. –50 %. Evelyn stößt an ihr Mobiltelefon, es fällt um, sie lehnt es offenbar wieder an den Brotkorb, nun ist es auf das Fenster gerichtet. Und: draußen wieder das große Auto. Zufall kann das keiner sein. Zweimal verirrt man sich nicht hierher. Man sieht Evelyns Gesicht im Profil, sie muss das Auto genau in diesem Moment bemerkt haben, ihr Hals wird lang, sie murmelt etwas, das ich beim besten Willen nicht verstehen kann, dann verschwindet sie aus dem Blickwinkel der Kamera, der Stuhl scharrt am Plastikboden, sie scheint aufzustehen, ich höre, wie sie die Tür nach draußen öffnet. Warum, verdammt noch einmal, nimmt sie ihren Liebling nicht mit? Von ganz weit weg höre ich sie kreischen: »Verschwinde! Verschwinde!« Sie hat noch immer eine weittragende Stimme.

Ein Schatten hinter dem Baum, die Fahrertür scheint auf- und wieder zuzugehen. Aber es kann auch bloß ein Lichtreflex sein. Ohne Laut fährt der Wagen weg. Ein Scharren, ein Schlurfen, eine dicke, fleischige Hand, und der Film ist aus.

Es ist halb zehn am Vormittag. Das Fotoshooting mit der Nobelsecondhandladenbesitzerin geht zum Glück sehr rasch. Man merkt, dass sie als Model gearbeitet hat. Und es scheint ihr Spaß zu machen, als Geschäftsfrau zu posieren. Nebenbei versuche ich etwas über ihre prominenten Kunden herauszufinden. Barbie ist zwar in die Jahre gekommen, aber dafür gewitzt. Sie verrät nichts. Mist. Ich muss in die Redaktion, und die Geschichte ist noch verdammt dünn. Warum gebe ich mir eigentlich solche Mühe? Ich wollte die Story nicht. Wenn nicht dieser dumme Ehrgeiz wäre. Okay, freundlich formuliert könnte man ihn auch Professionalität nennen. Ich sehe gerade einige Blusen durch, als neue Kunden das Lokal betreten. Ein jüngerer Mann und eine noch jüngere Frau. Ihn meine ich schon einmal gesehen zu haben. Leider habe ich ein ziemlich schlechtes Personengedächtnis. Ich kann nicht verstehen, was Barbie Schönfeld mit ihnen redet. Dann aber kommt sie auf mich zu und lächelt: »Die haben nichts dagegen, wenn sie in Ihrer Story vorkommen.« Sie nennt mir den Namen eines Fußballers, den sogar ich kenne. Ich bin für alles dankbar. Wir machen noch ein paar Fotos vom Fußballer und seiner Freundin, die einen Versace-Mantel anprobiert. Die Verkäuferin, die schon beim letzten Mal hier war, schwirrt um die beiden herum. Als sie einige Kleider holt, die an einem Ständer direkt neben mir hängen, flüstert sie mir zu: »Der Mantel, der ist von einer Ministerin.«

Ich flüstere zurück: »Von welcher?«

»Na, wir haben doch nur eine, die da reinpasst.«

Herzlichen Dank. Unternehmerin Barbie wird mir verzeihen, wenn ich diese Information nicht für mich behalte. Ich hätte mir ja auch die Mühe machen und Politikerinnen befragen können, ob sie ihre getragenen Klamotten verkaufen. Was ja eigentlich hoch vernünftig wäre. Hoppla. Und was, wenn sie auf Staatskosten gekauft worden sind? Für offizielle Anlässe? Nach der Aufregung über die private Nutzung von Dienstautos eine neue nette

Privilegiengeschichte. Andererseits: Unsere versammelte Neidgesellschaft geht mir ziemlich auf den Geist.

In einer halben Stunde werde ich die Fotos haben, das hat mein Fotograf versprochen. Ich rufe vom Schreibtisch in der Redaktion aus das Büro jener Ministerin an, von der ich vermute, dass sie in den Mantel passt, werde ohne große Probleme zu ihr durchgestellt. Ich habe mit ihr bislang nicht viel zu tun gehabt, finde sie aber ganz sympathisch. Kompetent und unaufgeregt, vielleicht ein wenig trocken.

Natürlich könne ich schreiben, dass sie ihre getragenen Haute-Couture-Stücke verkaufe, sagt sie. »Ich habe den Tipp von einer Managerin bekommen. Ich habe mich, bevor ich Ministerin wurde, wenig um meine Garderobe gekümmert. Sie hat mir gesagt, wo ich schnell etwas Passendes finde, und als ich bei den Preisen fast in Ohnmacht gefallen bin, hat sie ganz cool gemeint: ›Wozu gibt es Secondhandläden?‹«

»Sie haben ein eigenes Budget für Ihre Garderobe?«

»Ach so, daher weht der Wind. Nein, habe ich nicht. Ich würde es auch nicht in Anspruch nehmen. Und ob Sie es glauben oder nicht, ich kann meine Garderobe auch nicht als Dienstkleidung von der Steuer absetzen. Dabei schwöre ich: Privat reichen mir No-Name-Jeans, und nie würde ich ein noch so gut geschnittenes Designerkostüm tragen.«

Ich frage sie, ob sie noch andere kenne, die an Barbie Schönfeld verkaufen. Sie überlegt und nennt mir drei Namen. Zwei Bankmanagerinnen und die Frau eines Theaterdirektors. Allemal. Meine Story wächst.

Am frühen Nachmittag bin ich fertig. Ich biege die Blätter des Riesenphilodendrons vor meinem Schreibtisch zur Seite und gehe durch das Großraumbüro zu Droch. Einige meiner Kollegen arbeiten noch hektisch, andere genießen schon das gute

Gefühl, die Wochenarbeit abgeschlossen zu haben. Sie stehen herum, reden. Droch hat das Privileg eines, wenn auch kleinen, Einzelzimmers. Droch weiß eine Menge, vor allem wenn es um vergangene Jahrzehnte geht. Er hat ein hervorragendes Gedächtnis. Aber bei meiner Frage schüttelt er bloß den Kopf. »›Three Friends‹? Nie gehört.«

»Im Internet habe ich leider auch nichts über sie gefunden«, erzähle ich ihm bedauernd. »Eines der Bandmitglieder hat einen prominenten Vater gehabt. Einen Politiker oder so.«

Droch schüttelt wieder den Kopf. »Mitte der Achtzigerjahre, sagst du? Das ist doch viel eher deine Zeit. Ganz abgesehen davon, dass mich Pop und Rock nie besonders interessiert haben. Mit Ausnahme der Stones vielleicht.«

Ich grinse Droch an. Fällt mir ziemlich schwer, zu glauben, dass Droch ein Stones-Fan war. Aber stimmt schon, als die Stones jung waren, war auch Droch jung. Ich war Mitte der Achtziger in New York, mit einem abgeschlossenen Studium der Rechtswissenschaft und wild entschlossen, mir die Welt anzusehen, bevor ich entscheide, was ich endgültig tun will. Als Journalistin Berichte nach Österreich und Deutschland zu schicken erschien mir damals am naheliegendsten.

Ich erzähle Droch von Céline und ihrer Gesangsausbildung.

»Die kenne ich«, sagt er überraschenderweise. »Sie hat letztes Jahr einen wichtigen Nachwuchswettbewerb gewonnen.«

»Du hörst dir so etwas an?«

»Um ehrlich zu sein: Meine Frau liebt Musikwettbewerbe, und ab und zu kann ich ihr ja auch einen Gefallen tun. Céline Maier war übrigens beeindruckend. Sie hat nicht nur eine der Standardarien gesungen, sondern auch Lieder von Schönberg und Krenek.«

»Und sie ist ziemlich attraktiv«, ergänze ich.

Droch lacht etwas spöttisch. »Was selbst mir Oldie nicht entgangen ist.«

»Du bist nicht alt«, rufe ich spontan und meine es auch so. Droch ist zwar etwas über sechzig, aber er sieht verdammt gut aus. Irgend so ein Werbetyp hat ihn vor gar nicht langer Zeit für eine Kampagne buchen wollen. Man brauche ohnehin nur sein Gesicht, hat er klargestellt. Droch hat abgelehnt, aber geschmeichelt war er doch irgendwie, hatte ich den Eindruck.

»Was hast du da?«, fragt mein Freund mit dem markanten Gesicht.

Ich habe die Fotoausdrucke des großen Autos vor dem Haus von Evelyn in eine Klarsichthülle gesteckt. Droch ist nicht eben ein Autonarr, ich wollte damit eigentlich zu Fred von der Wirtschaftsredaktion und jedenfalls in die Sportredaktion. Ich erzähle ihm kurz von den Speicherkarten und ihrem Inhalt. Droch sieht die Fotos aufmerksam an. »Keine Ahnung«, sagt er. Dann schaut er mir ins Gesicht. »Hat deine Beule vielleicht auch etwas damit zu tun?«

Ich dachte, ich hätte meine Stirnfransen gekonnt darüberfrisiert. Aber heute leuchtet sie grünlich blau und lässt sich offensichtlich durch nichts verbergen.

»Vielleicht«, murmle ich.

In der Wirtschaftsredaktion und in der Sportredaktion löse ich mit meinen Fotos heftige Diskussionen aus. Fred hält das Auto für das Luxusmodell von Audi, Else glaubt an einen Mercedes der E-Klasse. Der Sportchef stellt als Einziger die Frage: »Was macht das Auto dort?« Da kann ich ihm allerdings auch nicht helfen. Ich lasse die angeblichen Autoexperten zurück und mache mich auf den Weg in die Fotoredaktion.

Die Bilder von Barbie Schönfeld sind gut geworden, sie ist enorm fotogen, sieht um zehn Jahre jünger aus. Und auch auf dem Foto, auf dem sie – ganz Geschäftsfrau – mit Lesebrille vor dem Computer sitzt, wirkt sie wie aus einem A-Movie. Ich bedanke mich bei meinem Fotografen für die schnelle und gute Arbeit. Er ist noch nicht lange beim »Magazin«, ich habe heute zum ersten Mal mit ihm gearbeitet. Jürgen freut sich sichtlich über mein Lob.

»Was hast du da?«, fragt er wie auch schon Droch.

Ich zeige ihm die Fotos. Er dreht eines nach dem anderen hin und her, legt sie unter eine Lampe.

»Miserable Qualität«, murmelt er.

Als ob es darum ginge. Ich will sie schon wieder einsammeln, da sagt er: »Das ist ein Maybach.«

Noch nie gehört. »Ein was?«

»Ich bin mir ganz sicher. Ich sehe es an einigen Details. Maybach, eines der teuersten Autos, die existieren, wird erst seit kürzerer Zeit wieder in Kleinserie gefertigt. Die historischen Maybach stammen aus den Vierzigerjahren. Auch irgendwelche Nazi-Bonzen haben einen Maybach gefahren, glaube ich.«

»Und warum kennst du dich da so gut aus?«, will ich wissen.

»Ich hab dem Angerer, einem wirklichen Topfotografen, bei einem Fotoband assistieren dürfen. Wir haben tagelang nichts getan, als einen Maybach zu fotografieren.«

»Und wem hat der Maybach gehört?« Mir klopft das Herz.

»Einem deutschen Industriellen. Ein Freund von ihm hat das Buch gesponsert.«

»War der vielleicht in Österreich unterwegs?«

»Unwahrscheinlich. Wir sind nach Düsseldorf gefahren, um zu fotografieren.«

Ich seufze. »Und wie viele Maybach, schätzt du, gibt es in Österreich?«

»Nicht mehr als eine Handvoll. Das Auto kostet neu mehr als fünfhunderttausend Euro. Und jedes Extra geht zusätzlich ins Geld.« Dann müsste sich doch herausfinden lassen, wer da mit seinem Luxusschlitten vor dem desolaten Haus gestanden hat. Und in welcher Beziehung er zu Evelyn Maier stand. Die Sozialhilfeempfängerin und der Millionär. »Verschwinde!«, hat sie geschrien.

Ich versuche im Internet einen Händler zu finden, der Maybach verkauft. Die Seiten, auf die ich komme, haben aber großteils mit Autonachbildungen zu tun. Spielzeugautos, Miniaturautos für Freaks. Oder es handelt sich um Einträge von Leuten, die über Superreiche herziehen, die sich ein solches Auto kaufen, während andere vor die Hunde gehen. Dann endlich entdecke ich einen Mercedeshändler, der angibt, auch Maybach besorgen zu können. Dass man sich so etwas nicht auf Lager legt, kann ich mir denken. Ich rufe dort an, tue erst gar nicht so, als wollte ich einen Maybach kaufen – keine Ahnung, was das für Leute sind –, und bitte, mit dem Chef sprechen zu können. Ich werde verbunden. Der Autohändler lacht freundlich, als ich ihn vorsichtig frage, ob er denn wisse, wer in Österreich einen Maybach fahre. »Wer so ein Auto hat, dem ist Diskretion ganz wichtig. Es ist kein Protzschlitten, er fällt nicht so auf wie zum Beispiel ein Ferrari, aber er ist etwas ganz Besonderes. Den kaufen Leute, die echte Perfektion genießen wollen.«

Und die das nötige Kleingeld haben. »Haben Sie schon einen verkauft?«, will ich wissen.

»Zwei. Einer davon ging aber nach Russland. Der neue Besitzer hat bar bezahlt.«

»Und der andere?«

»Sorry, Frau Redakteurin, kein Kommentar.«

»Wissen Sie, wie viele Maybach es in Österreich gibt?«

»Drei, soviel ich weiß. – Warum sind Sie daran so interessiert? Eine Story über die Superreichen?«

»Sie werden es nicht glauben, es geht um eine Sozialhilfeempfängerin.«

»Klingt mehr nach einem Märchen, das Sie mir auftischen wollen«, meint er.

»Die enden doch alle glücklich.«

»Ja, weil sie aufhören, bevor das eigentliche Leben beginnt.«

Am Abend kommt Oskar aus Frankfurt zurück. Ich bin rechtzeitig heimgefahren, um etwas Besonderes für ihn zu kochen. Gefüllte Ente. Seit Kurzem gibt es in der Nähe der Redaktion ein Geflügelgeschäft, das biologisch gezüchtetes Geflügel aus dem Semmering-Gebiet verkauft. Ich habe die Ente, wie ich es einst von Billy gelernt habe, hohl ausgelöst. Der Körper soll ganz bleiben. Von Unterkeulen und Flügeln abgesehen, werden alle Knochen von innen entfernt. Dazu fährt man mit einer Hand vorsichtig in die Ente und ertastet die Rippenenden, sie lassen sich mit kräftigen Fingern relativ leicht vom Fleisch trennen. Dann nehme ich mein kleines, aber sehr scharfes Gemüsemesser und fange an, Rippe für Rippe am Brustbein entlang mit dem Messer vom Fleisch zu lösen. Gismo beäugt mich neugierig. Als ich fluche, weil ich das Schlüsselbein nicht richtig erwischt und ein Loch durch die Haut der Ente gestochen habe, maunzt sie, als wollte sie mir sagen: »Das Tier kann man doch auch viel einfacher fressen ...«

Nach einer halben Stunde aber stehe ich stolz vor dem entbeinten Entenkörper. Er ist in sich zusammengefallen, wirkt eher wie ein Sack aus Haut und Fleisch. Die Füllung wird seine Statur wieder beleben.

Ich habe einige Scheiben Toscanabrot in grobe Würfel geschnitten. In einer Pfanne brate ich reichlich Zwiebel und fein gehackten frischen Ingwer an. Während ich Knoblauch schäle, überlege ich: Wer kauft sich einen Maybach? Kann so viel Geld halbwegs ehrlich erworben sein? Kann es sein, dass ein Maybachbesitzer Grund hat, die mittellose, kaputte Evelyn Maier umzubringen? Vielleicht war der Fahrer ja gar nicht der Besitzer des Maybach. Ich gebe Knoblauchscheibchen in die Pfanne und röste sie mit. Allerdings ist er mindestens zweimal mit diesem Luxusschlitten gekommen. Mehr als fünfhunderttausend Euro für ein Auto. Evelyn hatte nicht einmal so viel, dass sie ihre Sozialwohnung behalten konnte. Aus dem Tiefkühler nehme ich zwei Chili. Tiefgefroren bleiben sie knackig und scharf, und ich habe so immer einen beruhigenden Vorrat. Ich schneide sie fein und röste auch sie kurz mit.

Evelyn dürfte zumindest im letzten Jahr nie mehr richtig gekocht haben. Zeug aus der Mikrowelle, billige Wurst, billiges Weißbrot. Ihre Tochter ist unterwegs in eine bessere Zukunft. Sie scheint tatsächlich ein großes Talent zu sein. Ob sich in ihrer Biografie eine Sozialhilfeempfängerin als Mutter gut machen würde? Céline ist sehr attraktiv. Was, wenn sie einen stinkreichen Freund hat, einen mit einem Maybach? Nur weil einer reich ist, bringt er noch keine Leute um, bloß weil sie nicht ins Leben seiner Freundin passen. Hoffe ich jedenfalls. Ich schneide eine Mango in kleine Würfel, vermische sie mit dem Brot und viel frischem Thymian, gebe den Inhalt der Pfanne dazu, mixe drei Eier mit Salz und Neugewürz und hebe alles mit einem kräftigen Schuss karibischem Kokosrum vorsichtig unter die Masse. Das Ganze ist noch etwas zu weich. Aber es schmeckt gut. Schön exotisch scharf. Zwei Handvoll Brösel dazu, und dann passt die Konsistenz.

Morgen ist das Begräbnis von Evelyn. Ob jemand aus ihrer Vergangenheit auftaucht? Vesna und ich werden jedenfalls dort sein. Junge Sängerin mit großen Plänen. Und dann der Abstieg. Wodurch? Können da nur missglückte Beziehungen schuld sein? Sie hatte keine abgeschlossene Ausbildung. Sie hatte zwei kleine Kinder. Wollte sie wirklich nicht mehr singen, oder hatte sie keine Zeit mehr dazu?

Ich bestreiche den großen Glasbräter, den ich zu Oskar importiert habe, mit Olivenöl, streue ein wenig von diesem wunderbaren groben Meersalz darüber. Dann gebe ich das schlappe Tier hinein – hat nicht auch Evelyn ein wenig so gewirkt, als habe man ihr das Rückgrat genommen? – und fülle es Löffel für Löffel, bis es prächtig prall in der Pfanne sitzt. Die beiden Öffnungen stecke ich einfach mit ein paar kleinen Metallspießen zu, etwas Olivenöl, etwas Fleur de Sel über die Ente. Dann ab ins Rohr, das ich auf 220 Grad vorgeheizt habe. Ich stelle die Herduhr. In einer Viertelstunde werde ich die Hitze auf 150 Grad reduzieren. Und in einer Stunde auf 90 Grad. Danach kann Oskar, wann auch immer, kommen, und sein ganz besonderes Willkommensessen ist fertig. Er hat in seiner Wirtschaftsanwaltskanzlei und bei Gericht immer wieder auch mit den wirklich Reichen zu tun. Vielleicht kennt er ja einen, der einen Maybach fährt.

Ich stehe mit Vesna und Jana vor der Aufbahrungshalle. Auf dem Wiener Zentralfriedhof wird einem bewusst, dass der Tod alle trifft. Unvorhergesehen: »Aus unserer Mitte gerissen« heißt das dann auf dem Partezettel. Oder absehbar: »Nach langem schwerem Leiden«. Oder: »Nach kurzem schwerem Leiden«, wie auch zu lesen steht. Der Tod ist hier kein unfassbarer Einzelfall, keine individuelle Katastrophe, sondern Endstation derer, die leben. Grüppchen von Menschen in schwarzer oder zumindest dunkler Kleidung. Auto einer Gärtnerei, auf der Ladefläche verdorrte Kränze. Ich zähle über fünfzig Menschen, die zusammenstehen und miteinander flüstern, als könnte der Tod sie sonst hören. Kommen sie alle zu Evelyns Begräbnis? Oder sind wir bei der falschen Halle?

»Sind richtig«, sagt Vesna.

Wir gehen hinein. Da steht nicht nur ein Sarg, da stehen mehrere Särge, jeder in einer Nische. Céline sieht in Schwarz wie eine junge Krähe aus. Roger trägt ein zu kleines Sakko, dazu schwarze Jeans. Doris Hampel ist auch gekommen, sie steht etwas abseits und hat eine beinahe professionelle Leichenbittermiene aufgesetzt, so als wäre ihr die verstorbene Cousine der liebste Mensch auf Erden gewesen. Jetzt muss sie wieder selbst putzen. Noch weiter weg steht eine Frau um die vierzig, kurze braune Haare, dunkle Jacke, dunkle Hose. Ist also doch jemand aus Evelyns Vergangenheit gekommen? Wer weiß überhaupt von ihrem Tod? Vesna hat Célines Vater in Banja Luka ausfindig gemacht. Sie hat mit seiner Frau gesprochen, und die hat so getan, als kenne ihr Mann keine Evelyn Maier aus Österreich. Partezettel sind keine gedruckt worden, also hat Vesna Célines Vater einen kurzen Brief geschickt. Aber der ist wohl noch gar nicht angekommen.

Vor dem Tor zum Zentralfriedhof haben wir uns nach einem Maybach umgesehen. Keine von uns hat wirklich geglaubt, dass der Luxuswagen tatsächlich dastehen würde, dass der Pate aussteigt, uns ansieht und sagt: »Sie wusste zu viel über mich, wir mussten sie eliminieren.« Das Leben spielt meist anders.

Der Sarg ist aus einfachem hellem Holz. Er scheint mir zu schmal für die voluminöse Frau. Hat man sie hineingequetscht? Mira, was für ein pietätloser Gedanke! Ein kleines Blumengesteck mit verschiedenfarbigen Rosen auf dem Sarg. »In Liebe Deine Kinder.« Daneben ein Blumenstrauß wie die um zwei neunzig vom Hofer und eine einzelne weiße Lilie. Ich gehe vor und lege den kleinen Kranz mit Astern dazu. Céline nickt zur Begrüßung. Ich versuche Begräbnisse, wann immer es geht, zu meiden, also weiß ich auch nicht, ob ich jetzt zu ihr hingehen soll. Aber da kommt schon der Geistliche und flüstert auf Céline ein. Er stellt sich auf, bespritzt den Sarg und uns mit Weihwasser und erzählt dann in sehr gebrochenem Deutsch etwas von der »Güte des Herrn«. Hört sich an wie »Güterherrrr«. Scheint ein Pole zu sein, aus dem Land, in dem die Priester wachsen. Wäre der Herr wirklich gütig, dann hätte er Evelyn ihre Sozialwohnung gelassen, lästere ich lautlos. Aber so einfach ist die Sache wohl nicht, nicht einmal für »den Herrn«. Nur einige Minuten, dann ein Gebet und Ende. Wenige Minuten später zieht unser bescheidener Leichenzug zwischen den Grabsteinreihen des Zentralfriedhofs auf das Grab zu. Einige Gassen weiter ein Leichenzug mit viel mehr Menschen. Hundert müssen es sein, vielleicht auch zweihundert. Eine beliebte Person ist ums Leben gekommen, vielleicht auch nur eine Person mit hohem Bekanntheitsgrad oder mit Vermögen. Ein Wagen führt unseren Sarg, dahinter der Geistliche, dahinter gehen Céline und Roger, dahinter die Cousine, dahinter die unbekannte Frau und ganz zum Schluss Vesna, Jana und ich. Ich sehe mich immer wieder unauffällig um. Bei dem Grabstein mit dem Engel, da steht einer und beobachtet unseren Zug. Welchen Grund hat er, nicht mitzugehen? Dann beugt sich der Mann nach unten, nimmt eine Gießkanne auf und gießt. Er scheint nichts mit uns zu tun zu haben. Ich merke, dass auch Vesna sich umsieht. Aber Evelyn scheint niemanden außer ihre nächsten Angehörigen zu interessieren. Und nicht einmal alle von denen besonders. Wir gehen sicher eine Viertelstunde, kommen an neuen und alten Gräbern vorbei, an reich geschmückten und praktisch bepflanzten, an Namen wie »Freiherr von Stern« und »Oberrittmeister Walther Klein«, an Kindergräbern und Grabsteinen mit den Bildern längst verstorbener Frauen, die aussehen, als hätten sie in ihrem Leben Millionen Gläser Marmelade eingemacht.

Am Grab warten die Bediensteten der Wiener Bestattung bereits, sie sind bestens darauf vorbereitet, wieder einen Sarg in die Erde zu lassen, und entsprechend schnell geht es auch. Ein kurzes Gebet, etwas Weihwasser und ab nach unten. Ein Schäufelchen Erde von jedem von uns, eine weiße Rose von Céline, Euromünzen in die Hand der Totengräber, und vorbei ist das Ganze. Kalt und finster ist es da unten. Ich hasse alles, was kalt und finster ist, ich glaube, ich will eine Feuerbestattung. Noch ist es nicht so weit, Mira. Reden wir in einigen, in vielen Jahrzehnten darüber. Es kann so schnell gehen. Wer warst du, Evelyn?

Wir sitzen in einem der vielen Wirtshäuser, die es rund um den Zentralfriedhof gibt. Unsere Leichenfeier ist nicht besonders eindrucksvoll. Jana musste zu einem wichtigen Seminar und ist schon weg. Roger isst eine Riesenportion Schweinsbraten und beklagt sich, dass das Fleisch zu fett sei. Céline hat einen Salat bestellt, der immer noch nicht gekommen ist. Vesna und ich haben uns für Würstel mit Saft entschieden, da kann am wenigsten schiefgehen. Wir warten auch noch. Die Cousine ist nicht mitgekommen, sie müsse dringend wieder in die Firma, hat sie noch am Grab gesagt, als gehöre die Spedition ihr. Wer die fremde Frau ist, weiß ich inzwischen: Es ist die Postbotin, die Evelyn gefunden hat. Sie sitzt neben mir und stochert in einem Brathuhn, das aussieht wie exhumiert.

»Ganz traurige Sache, das mit Frau Maier«, sagt sie leise. »In den letzten Monaten war sie sehr verloren. Ich hab ihr angeboten, mit der Caritas zu reden, damit die jemanden vorbeischicken und schauen, was man tun kann. Aber sie wollte nicht.«

»Wie war das, als Sie Frau Maier gefunden haben?«, flüstere ich. Zum Glück reden Céline und Roger gerade aufeinander ein, allerdings habe ich nicht das Gefühl, dass es sie einander näherbringt.

»Fürchterlich. Für mich. Sie war ja nur drei Jahre älter als ich. Ich hab den alten Herrn Friedrich gefunden, der ist einfach auf der Bettbank eingeschlafen, er war über neunzig. Aber Frau Maier ... Obwohl man schon sagen muss, dass es ihr gar nicht gut gegangen ist.«

»Was haben Sie gesehen?« Ich weiß nicht, was ich mir von der Frage erwarte, und geniere mich ein wenig dafür.

»Sie hat mit dem Kopf auf dem Teppich gelegen. Der Teppich hat das Blut fast ganz aufgesogen. Ihre Hand war schon kühl, die Polizei meint, sie hat da schon zwei, drei Stunden tot gelegen. Am Ofen hat Blut geklebt. Und Haare. Aber sonst ... nichts. Keine Anzeichen von einem Kampf, nichts war durchwühlt.«

»Ihre Hausschuhe … einer war unter dem Gartensessel und einer bei der Küchenkredenz«, erinnere ich mich.

»Sie ist lieber auf Socken durchs Haus gegangen. Die Hausschuhe hat sie nur angezogen, wenn sie ins Freie gegangen ist, das weiß ich.«

»Wohin ging sie einkaufen?«

»Sie ist ja einmal in der Woche nach Wien gefahren. Die Schnellbahnstation ist nur fünfzehn Minuten entfernt, für sie waren es in den letzten Monaten vielleicht dreißig Minuten, sie hatte große Probleme mit den Knien. Bevor sie in Wien die Schnellbahn zurück genommen hat, hat sie beim Diskonter alles gekauft, was sie für die Woche gebraucht hat. Sie hatte so eine Einkaufstasche auf Rollen.«

Wir bekommen unsere Würstel, der Gulaschsaft riecht eigentlich sehr gut. Ich tunke ein Stück Semmel ein und bin angenehm überrascht: sämig und etwas scharf, aber auch ein wenig süß. Genau so, wie ein Gulaschsaft sein soll.

»Haben Sie ihr Mobiltelefon gesehen?«

»Nein, aber ich hab auch gar nicht besonders darauf …«

»Hören Sie endlich auf!«, knurrt Roger zu mir herüber. Ich habe gar nicht wahrgenommen, dass er nicht mehr mit seiner Schwester diskutiert. »Wir wollen nicht, dass Sie da weiter herumschnüffeln.«

Céline sieht ihn wütend an. »Du willst das vielleicht nicht. Aber du hast dich auch nie um Mama gekümmert.«

Vesna kaut und fragt dann: »Hat eure Mutter irgendjemand mit Maybach gekannt?«

Roger starrt sie an, dann beginnt er zu lachen. »Das ist ein Witz. Das ist ein echt guter Witz von dieser Jugoslawin.«

Céline sieht irritiert von ihm zu Vesna. »Was ist das?«

»Das teuerste Auto der Welt«, keucht Roger. »Die glauben, unsere Mutter hätte einen gekannt, der das teuerste Auto der Welt fährt. Und ist trotzdem in diesem Loch geblieben.«

»Wie kommst du darauf?«, fragt Céline Vesna.

»Es hat zweimal vor ihrem Haus gestanden. Beim zweiten Mal hat sie geschrien: ›Verschwinde‹, und es sieht so aus, als wäre dann einer in den Wagen gestiegen«, antworte ich.

Jetzt starrt Roger mich mit offenem Mund an. »Glauben Sie, dass wir da was erben?«

»Nicht er ist tot, sondern Mutter«, erinnert ihn Vesna.

»Was sollte sie mit so einem zu tun gehabt haben?«, fragt die Postbotin. – Genau das ist die Frage.

Ich muss eine Story über den boomenden Fahrradmarkt schreiben. Quasi als nächsten Teil der Reportage über die Gewinner der Wirtschaftskrise. Ich habe für unsere aktuelle Ausgabe verhindern können, dass die Secondhandladenstory als erste Folge einer Serie bezeichnet wird. Aber dem Chronikchef macht es einfach Freude, mich zu ärgern. Als interimistischer Redaktionsleiter hat er unsere Grafikabteilung inzwischen angewiesen, ein nettes Serienlogo zu basteln. Wo doch die erste Story so interessant geworden sei. Das hab ich jetzt von meinem Ehrgeiz. Es ist Samstag, es reicht vollkommen, wenn ich mit meiner Radgeschichte am Montag beginne. Ich sitze vor meinem Laptop und starre durch die Terrassentür auf die Dächer der Wiener Innenstadt. Oskar ist schon seit zwei Stunden in der Kanzlei. Ich bin froh, wenn diese Firmenfusion, an der er gemeinsam mit seiner deutschen Partnerkanzlei arbeitet, endlich durch ist. Momentan geht es darum, ob der Deal vor die Europäische Wettbewerbsbehörde muss oder nicht. Hätte ich etwas aus meinem Jusstudium gemacht, könnte ich mich jetzt auch mit solchen Dingen beschäftigen. So aber recherchiere ich den angeblichen Fahrradboom und überlege, wie ich das Thema »Armut in Österreich« in eine »Magazin«-taugliche und trotzdem seriöse Geschichte verpacken könnte.

Mein Ersatztelefon. Ich habe mich an den neuen Klingelton noch nicht gewöhnt. Ich habe gestern am späten Nachmittag versucht herauszubekommen, wie lange die Spurensicherung mein Telefon noch braucht. Aber ich habe niemanden erreicht, der mir hätte Auskunft geben können.

Ich drücke die Annahmetaste. Es ist Vesna.

»Ich weiß jetzt, wie viele Maybach in Österreich angemeldet sind. Und wem sie gehören.« Pause.

»Wie hast du das wieder geschafft?« Ich sage es voller Hochachtung und ehrlicher Verblüffung. Es hat nicht danach ausgesehen, als ob sich das so schnell klären ließe.

»Auch Maybach muss angemeldet werden. Und wenn man an der richtigen Stelle jemand kennt, der eine Freundin hat, der man schon einmal geholfen hat ...«

»Und der hat dir unter der Hand die Zulassungsdaten rausgerückt.«

»Genau. Ich habe mit seiner Freundin gesprochen. Die hat vor einem Jahr große Probleme gehabt. Kolleginnen haben sie gemobbt. Und sogar behauptet, sie hat in der Firma gestohlen. Frechheit, nur weil sie aus Türkei stammt. Hat bei uns ein Studium abgeschlossen. Spitzenfrau. Eine Verwandte von ihr hat ein paar Monate bei mir gearbeitet, die hat das mit den Nachforschungen gewusst, auch wenn sie selbst nur putzen gewollt hat. Also ich habe nachgesehen in der Firma und aufklären können. War jemand ganz anders mit den Diebstählen. Eine von Mobberinnen.«

Mir schwirrt der Kopf von Vesnas genialen Querverbindungen durchs Leben. Außerdem hat sich meine Beule noch nicht ganz beruhigt. »Und? Wem gehören die Autos?«

»Einer gehört einem berühmten Dirigent. Einer gehört amerikanischen Manager mit Schloss im Salzkammergut, ist schon in Pension. Und einer gehört Autohändler.«

»Dann bleiben wohl der Dirigent und der Autohändler zur Wahl«, überlege ich.

»Meine ich auch«, sagt Vesna. »Allerdings war Dirigent in den Achtzigerjahren schon weltberühmt, unwahrscheinlich, dass er mit Evelyn zu tun gehabt hat. Noch dazu, wo sie Schlager gesungen hat.«

»Er könnte ihr Freund gewesen sein. Heimlich. Der berühmte Dirigent und die schöne junge Schlagersängerin. Oder ... Einer von der Band war Mechaniker. Und vom Mechaniker zum Autohändler ist es nicht so weit.«

»Habe Adresse schon rausgesucht. Er heißt Hans Tobler, und seine Firma heißt ›US-Speed‹. Sie haben am Samstag bis siebzehn Uhr offen. Wir treffen uns dort?«

Ich verspreche, in einer Stunde in der Wagramer Straße zu sein. Zuerst schaue ich im Internet noch auf die Homepage von »US-Speed«. Als Startseite ein Bohrturm wie aus der Fernsehserie »Dallas«, und dann fahren aus allen Ecken des Bildschirms amerikanische Straßenkreuzer, Geländewagen, Sportwagen über die Seite.

Auf der nächsten Seite lese ich, dass »US-Speed« neben den neuesten Sportwagenmodellen eine riesige Auswahl an amerikanischen Oldtimern hat – und alle nur denkbaren Ersatzteile für solche Wagen. Es folgen Beschreibungen und Detailfotos von Autos. Auf der Kontaktseite, ganz klein, neben denen von Fachmitarbeitern auch ein Bild des Firmenchefs Hans Tobler. Braune Haare, kurz geschnitten, an den Schläfen grau. Brauner Schnurrbart. Er könnte Mitte vierzig sein. Ein eher zierlicher Typ. Keyboarder oder Drummer? Keine Ahnung, er scheint mir mit beiden Männern von den »Three Friends« keine besondere Ähnlichkeit zu haben. Allerdings sind Evelyns Fotos fünfundzwanzig Jahre alt. Außerdem könnte Tobler ja auch ein Fan, ein Freund, ihr Liebhaber gewesen sein. Wenn es überhaupt eine Beziehung zwischen dem Autohändler und der gefallenen Sängerin gibt.

»US-Speed« ist ganz leicht zu finden. Nicht nur durch die

wuchtige Aufschrift oberhalb der riesigen Glasfront, sondern vor allem durch den Bohrturm in Originalgröße, der auf dem Freigelände in die Höhe ragt. Jetzt erst wird mir bewusst, wie oft ich ihn schon beim Vorbeifahren gesehen habe. Vesna steht vor dem Eingang, ihren Wagen muss sie irgendwo anders geparkt haben. Er ist nicht besonders eindrucksvoll. Falls sie uns als potenzielle Käuferinnen eines US-Cars ausgeben möchte, ist es besser, ihren alten, wenn auch flotten Renault im Abseits stehen zu lassen. Anstelle ihrer üblichen Jeans trägt Vesna ein gelbes, eng geschnittenes Kostüm. Bei ihr sieht es zwar ungewohnt, aber gut aus. Ich würde in so etwas wirken wie ein verkleidetes Michelinweibchen.

»Welches Auto hättest du denn gerne?«, sage ich zur Begrüßung.

»Mir schwebt neues Modell vor, mit vielen PS, ich glaube.«

»Ich hab leider nicht an ein entsprechendes Outfit gedacht«, entschuldige ich mich.

»Bei dir das macht nichts, du siehst auch in Jeans und Cordjacke aus wie Frau von reichem Anwalt.«

»Nicht wirklich!«, rufe ich entsetzt.

»Nicht wirklich«, erwidert Vesna grinsend. »Aber schon wie eine, die Geld haben kann. Ehemalige Bosnierin mit Akzent braucht reicheres Outfit«, ergänzt sie ohne jede Wehleidigkeit.

Wir gehen durch das glas- und chromblitzende Foyer zum Empfangsdesk. Links und rechts aufpolierte amerikanische Straßenkreuzer aus den Fünfzigerjahren. Und Menschen, auch welche mit kleineren Kindern, die sie von vorne bis hinten bestaunen. Vielleicht ist das für Autofans auch einfach ein netter Samstagnachmittagsausflug, mutmaße ich. Nicht alle von ihnen sehen aus, als könnten sie sich ein solches Vehikel leisten. Aber was weiß man schon? Wie sieht heutzutage jemand aus, der über viel Geld verfügt?

Eine von mehreren ausgesprochen hübschen Empfangsdamen

wendet sich uns zu. Sie tragen alle hautenge Jeans, ein rotes Halstuch und ein einigermaßen eng geschnittenes kariertes Hemd, das ein ganz schönes Stück weit offen steht. US-Country-Romantik.

»Wir wollen nur einmal schauen«, murmle ich, aber Vesna sagt bestimmt: »Ich interessiere mich für einen Trans Am Firebird, so einen wie Vic Warshawsky in Kriminalromanen hat. Sie kennen sicher?«

»Natürlich«, lächelt die Empfangslady, meint wohl das Auto und nicht die Krimis und greift zum Telefon. Der Mann neben uns erkundigt sich nach dem Auto, das Arnold Schwarzenegger fährt.

»Der fährt viele, und wir haben alle«, antwortet seine Empfangsdame, sie könnte die Schwester von unserer sein. »Sie meinen vielleicht den Hummer?«

Der Mann nickt begeistert. Grauenvoller Wagen. Sieht aus, wie einer Science-Fiction-Serie entsprungen, ein Gefährt, das immer nur von den Schurken gefahren wird. Hätte Darth Vader ein Auto, es wäre ein Hummer. Martialisch und böse.

Unsere Empfangsdame deutet auf einen heraneilenden jungen Mann. Enge Jeans, enges kariertes Hemd, offen bis zur Brust. Goldkette, aber wenigstens nur eine und auch die nicht in Übergröße. »Hello«, sagt er, »mein Name ist Jack. Wenn Sie mir bitte folgen?«

Klingt so, als hätte er einen amerikanischen Akzent. Oder er tut so, als ob.

»Wir wollten Auto und nicht Mann«, zischt mir Vesna zu, als wir hinter seinem Knackarsch in die Abteilung Trans Am gehen. Nachdem er uns alle Vorzüge eines eindrucksvollen schwarzen Firebird erklärt hat, bin ich mir sicher: Sein amerikanischer Akzent ist echt. Mir dämmert, dass man mit diesem Laden wohl tatsächlich den einen oder anderen Maybach verdienen kann.

Wir zweifeln ein wenig und überlegen, ob der Firebird nicht

doch etwas zu auffällig im Wiener Straßenverkehr wäre, und der junge Amerikaner beweist tadellose Manieren. Er versucht uns nicht zu überzeugen, er versucht uns nicht zu drängen, er wird nicht ungeduldig.

»Vielleicht könnten wir ein paar Worte mit Chef sprechen«, schlägt Vesna dann vor. »Mit Herrn Tobler.«

Jack lächelt. »Wenn es um die Finanzierung und solche Dinge geht, da haben wir ein eigenes Team, das auch entscheiden kann. Vielleicht sollte ich Sie an Miss Zumtobel weiterleiten? Oder ich kann auch sehen, ob Mister Genz frei ist.«

Ich schüttle den Kopf und lächle möglichst verbindlich. »Den Chef bitte. Es geht auch noch um etwas anderes ... etwas Privates.«

»Oh, Sie sind Freunde? Hätten Sie gleich sagen sollen. Sicher Sie haben schon mit ihm telefoniert und einen Termin?«

»Wir wollten ihn überraschen«, kontert Vesna.

»Oh, sorry, er ist leider sehr viel beschäftigt«, kommt es zurück. Der Knackarsch ist ganz schön stur.

Ich stelle mein amerikanisches Lächeln ein. »Sie rufen ihn jetzt bitte an und sagen: ›Evelyn. Von der Band ›Three Friends‹.‹«

Er sieht uns irritiert an, entfernt sich einige Schritte, zieht dann ein Mobiltelefon aus der Hosentasche. Wir können nicht verstehen, was er sagt. Vielleicht kommen auch gleich zwei Bodyguards und werfen uns raus. Vesna setzt sich unterdessen noch einmal in den Firebird und kurbelt das Fenster hinunter. »Wäre schon sehr schöner Wagen«, sagt sie.

Zehn Minuten später stehen wir im Büro von Hans Tobler. Sieht ganz danach aus, als würden ihm die »Three Friends« und der Name Evelyn etwas sagen. Ich versuche auf alles gefasst zu sein. Was ist das für ein Typ? Seine Sekretärin, über fünfzig und wesentlich dezenter gekleidet als seine Empfangsdamen, hat uns in sein Büro gebeten und ist dann verschwunden. »Herr Tobler kommt in einer Minute«, hat sie gesagt. Vielleicht kann er uns über eine Videoanlage beobachten? Das Büro ist jedenfalls eindrucksvoll. Der riesige Schreibtisch aus edlem dunklem Holz wirkt wie aus einer amerikanischen Fernsehserie. An der Wand ein Antilopenfell, ein Zebrafell, eine Menge Fotos von Superschlitten mit ihren glücklichen Besitzern. Die Besprechungsecke besteht aus luxuriösen Autositzen, sie dürften aus amerikanischen Straßenkreuzern stammen. Weißes Leder, rotes Leder, einer im Leopardenlook. In der Mitte ein Nierentischchen aus den Fünfzigerjahren. Hans Tobler kommt durch die Tür hinter seinem Schreibtisch. Er ist nicht besonders groß, trägt gut geschnittene Jeans, Polo, Sakko. Wie auf dem Foto: braune, etwas gelockte kurz geschnittene Haare, brauner Schnurrbart. Er kommt um den Schreibtisch herum auf uns zu, wir begegnen einander auf dem riesigen, edlen Teppich. Er betrachtet uns neugierig.

»Mira Valensky«, sage ich. »Und das ist Vesna Krajner.« Ich strecke ihm die Hand hin.

»Hans Tobler.«

Der Autohändler hat einen festen Händedruck. Ohne viel Einleitung fragt er: »Was ist mit ihr? Was ist mit Evelyn?«

Wir haben also richtig getippt. Ich werfe Vesna einen verstohlenen Blick zu. Sie nickt zufrieden. – Weiß der Autohändler wirklich nicht, was mit Evelyn geschehen ist? Wir sollten nicht vergessen: Ein guter Autoverkäufer muss auch ein guter Schauspieler sein.

Vesna sieht ihn an. »Sie ist tot.«

Hans Tobler macht den Mund auf, dann macht er ihn wieder zu. Er schluckt. Sein »Wie ist es passiert?« kommt wie ein Krächzen.

Vesna legt nach: »Ihr Auto ist einige Male vor ihrem Haus gesehen worden. Der Maybach.«

Hans Tobler deutet auf die Besprechungsecke. Es sieht aus, als wäre er nicht sicher auf den Beinen, als wäre er es, der sich dringend setzen sollte. »Sie wollte sich nicht helfen lassen. Sie hat mich nie zu sich gelassen. Mein Gott. War es ihr Herz?«

Vielleicht, vielleicht war es ihr Herz, ein gebrochenes Herz. Wenn der Grund für ihren Fall in der Vergangenheit liegt ...

»Nein, es war Ofen aus Eisen«, erwidert Vesna prosaisch.

»Was ist geschehen?«, fragt er jetzt scharf.

Ich erzähle ihm, dass die Polizei von einem Unfall ausgeht, die Tochter aber nicht sicher ist. Ihr Mobiltelefon sei verschwunden, es war ihr sehr wichtig.

»Ich habe gesehen, wie schlecht es ihr gegangen ist. Meine Güte, ich hätte mich nicht abweisen lassen dürfen, sie hätte mich nicht daran hindern können, ihr zu helfen. Ich habe ja nicht gewusst ...«

»Was?«, fragt Vesna.

»Dass so etwas passieren kann.« Er sieht uns an, Trauer im Blick.

»Haben Sie Keyboard gespielt in der Band?«, frage ich leise.

»Was? Keyboard? Nein, Schlagzeug. Ich weiß nicht, in welcher Verbindung Sie zu Evelyn stehen ... standen ...«

Ich deute auf Vesna. »Vesna Krajner ist die Mutter einer sehr guten Freundin von Evelyns Tochter. Und ich bin ihre Freundin.«

»Hin und wieder wir kümmern uns um Fälle, die sonst niemand angreifen will«, erklärt Vesna. »An sich ich habe kleines Reinigungsunternehmen. Und Mira Valensky ist Journalistin.«

Hans Tobler wirkt, als hätte er sie nur halb gehört. »Evelyn. Sie war so hübsch. Und so begabt.«

»Und sie wäre aus ihrer Sozialwohnung delogiert worden, wenn sie nicht rechtzeitig in die Bruchbude ihrer Cousine gezogen wäre«, ergänze ich. Tut dem Maybachbesitzer ganz gut, so etwas zu hören. Wenn ihm Evelyn so wichtig war, warum hat er ihr nicht doch irgendwie geholfen?

»Wenn Evelyn nicht mit Ihnen reden wollte, sie wird Gründe gehabt haben«, sagt Vesna. »Sie hätten ihr einfach etwas Geld geben können. Damit es gar nicht so bergab gehen kann.«

Hans Tobler schüttelt den Kopf. »Ich habe mit ihr in dieser Band gespielt. Und dann habe ich sie sehr viele Jahre nicht gesehen. Sie ist ins Ausland gegangen, ich wusste nicht einmal, dass sie wieder in Österreich lebt. Vor ein paar Monaten: der Zufall. Ich gehe in so einen Discounter, will mir rasch etwas fürs Abendessen kaufen. Es war ein gutes Fußballmatch im Fernsehen, und meine Haushälterin war auf Urlaub. Und da sehe ich sie: Ich habe sie zuerst gar nicht erkannt, es war ja fast fünfundzwanzig Jahre her, aber dann war ich mir sicher. Ich bin hin zu Evelyn. Ich war entsetzt, wie sie aussah, aber ich war auch einfach happy, dass sie lebt, dass ich sie nach so langer Zeit wiedergetroffen habe. Das damals war eine wunderbare Zeit, müssen Sie wissen.«

»Und Evelyn?«, frage ich.

»Die hat mich sofort wiedererkannt, das habe ich gesehen, aber sie hat gesagt, dass ich sie verwechseln müsse. Ich hab sie richtig angefleht, mich doch nicht so stehen zu lassen, mit mir wenigstens einen Kaffee zu trinken. Sie hat nur den Kopf geschüttelt. ›DIE Evelyn, das bin ich nicht‹, hat sie immer wieder gesagt. Kurz habe ich gedacht, sie ist einfach wirr, verrückt, aber ihr Blick war ganz klar. Ich war zu feige. Wir hatten schon Aufsehen erregt, ich bin dann hinter ihr her, zur Kasse, mit zur S-Bahn. Was hätte ich denn tun sollen? Sie ist eingestiegen und davongefahren.«

»Und woher wussten Sie, wo sie jetzt wohnt?«, will Vesna wissen. Ich weiß nicht, ob wir ihm die Geschichte glauben dürfen, aber irgendwie tue ich es.

»Nachforschungen. Das geht ganz schnell. Ich Idiot wollte ihr zeigen, dass ich inzwischen Geld habe, viel Geld, dass ich ihr helfen kann, dass ich nichts dafür will ... Sie hat mich nicht einmal reingelassen.«

»Was ist damals passiert in der Band?«, murmle ich. »Warum haben Sie aufgehört, die ›Three Friends‹ zu sein?«

Hans Tobler sieht zu Boden. Nach einer Weile sagt er: »Hubert, der Keyboarder hatte einen Unfall. Er ist gestorben.«

»Ich habe Fotos von der Band gefunden. Und eines vor dem Riesenrad. Evelyn mit Hubert, irgendwo dahinter Sie mit Zuckerwatte.«

Der Autohändler seufzt. »Sie hatte diese Bilder noch? Ja. Sie hat ihn geliebt. Leider ihn. Aber er war auch etwas ganz Besonderes. Ich war Mechaniker, Evelyn und ich sind in der gleichen Straße aufgewachsen, ich war beinahe so etwas wie ein älterer Bruder für sie. Wir hatten beide nicht gerade das, was man unter gutem Elternhaus versteht. Ich bin bei meiner Großmutter groß geworden, sie in einer Familie, wo ständig nur gebetet wurde. Ihre Eltern waren bei irgendeiner Sekte. Hubert hat studiert. Volkswirtschaft. Und nebenbei, heimlich, weil es der Vater nicht wollte, Soziologie und Politikwissenschaften. Sein Vater ist damals Minister gewesen, Osthof, Franz Osthof, er war Wirtschaftsminister.«

»Und ... wie ist Hubert ums Leben gekommen?«, frage ich.

Hans Tobler schüttelt den Kopf. »Ganz schlimm«, sagt er dann. »Er ist mit beiden Händen in eine Zerkleinerungsmaschine gekommen, in einen riesigen Häcksler. Keiner war da. Er hatte etwas getrunken. Seine Arme waren komplett zerlegt, er ist verblutet. Evelyn ist mit seinem Tod nicht fertiggeworden. Ich wollte ihr Halt geben, habe ihr gesagt, dass ich für sie da bin, als Freund, auch wenn sie damals wohl schon gemerkt hatte, dass ich sie liebe, aber sie ist einfach abgehauen. Ist mit einer seltsamen Truppe quer durch Europa getingelt, sie haben auf Zeltfesten und Bällen und in Diskotheken gespielt. Ich bin ihr zweimal hinterhergefahren, aber sie hat gesagt, dass sie mit ihrem früheren Leben abgeschlossen hat.«

»Früher sie hatte größere Pläne als Tingelgruppe«, meint Vesna.

»Ja, die hat sie gehabt. Wir waren in der engen Wahl für diese Talenteshow im Fernsehen. Sie hatte eine grandiose Stimme. Hubert und ich, wir waren nicht annähernd so gut wie sie.«

Ich räuspere mich. »Und wie sind Sie zu alldem da gekommen?« Ich schaue auf den Bohrturm, der hinter der Fensterfront steht. »Ein reicher Onkel aus Amerika?«

Er schüttelt den Kopf, traurig. »Ich hatte meine beiden besten Freunde verloren und hatte plötzlich sehr viel Zeit. Ich wollte mich ablenken und habe neben meiner Arbeit in der Autowerkstatt begonnen, nach Ersatzteilen für amerikanische Oldtimer und Luxusschlitten zu suchen und sie zu verkaufen. Das war damals noch gar nicht so einfach, Internet gab es ja noch nicht. Es war eine gute Geschäftsidee. Zwei Jahre später habe ich die Werkstatt meines Chefs gekauft, fünf Jahre später habe ich mit dem Autohandel begonnen. – Wann ist Evelyn nach Österreich zurückgekommen?«

»Zwei Jahre nachdem die Band zerbrochen war. Ein Kellner hat ihr das Blaue vom Himmel versprochen und sie dann mit einem Kind sitzen gelassen.«

Tobler schüttelt den Kopf. »Und wir sind uns die ganzen Jahre nie begegnet.«

»Sie haben nicht nach ihr gesucht?«, will Vesna wissen.

»Nicht mehr. Ich bin ihr einmal in die Schweiz und einmal nach Italien nachgereist. Sie war sehr verletzend: Wenn ich glaube, dass der Weg zu ihr jetzt frei sei, weil Hubert tot ist, dann täusche ich mich, hat sie gesagt. Sie hat mir sogar unterstellt, über den Tod von Hubert froh zu sein. Er war mein bester Freund. Ich habe mich in die Arbeit gestürzt.«

Ich sehe auf dem monströsen Schreibtisch eine Reihe von Fotorahmen. »Und Sie haben eine andere geheiratet.«

»Ja, einige Jahre später. Und ich habe mich wieder scheiden lassen. Und habe wieder geheiratet. Und bin wieder geschieden worden.« Er grinst schief. »Wahrscheinlich hätte ich Evelyn sowieso unglücklich gemacht.«

»So sie war auch nicht besonders glücklich. Jedenfalls nicht in letzter Zeit«, merkt Vesna an.

Er deutet zum Schreibtisch hinüber. »Den habe ich übrigens ersteigert, war in ›Dallas‹ der Schreibtisch von J. R.«

Manche Dinge sind eben doch genau das, was sie zu sein scheinen, wie beruhigend. Der Autohändler steht auf, nimmt eines der Bilder vom Schreibtisch und hält es uns hin. Es zeigt die »Three Friends«. Es ist das gleiche Promotionfoto, das ich bei Evelyn gefunden habe.

»Ich werde ein Detektivbüro beauftragen«, sagt er, stellt das Foto auf den Nierentisch und setzt sich wieder. »Sie haben gesagt, Evelyns Tochter glaubt nicht an einen Unfall. Ich will das geklärt wissen. Wie alt ist sie übrigens?«

»Einundzwanzig. Und angehende Sängerin. Studiert an der Musikuniversität«, sagt Vesna. »Gibt auch noch einen Sohn mit dreiundzwanzig. Wir sind schon einigen Spuren nachgegangen. Neben Reinigungsunternehmen ich mache so Art Nachforschungen. So sind wir auf Maybach vor dem Haus gekommen.«

»Wenn ich ihr Übles gewollt hätte, ich wäre nicht mit dem Maybach gekommen. Ich bin ja kein Idiot. – Ich möchte Sie beauftragen, ist das in Ordnung? Einhundert Euro die Stunde, dafür ordentliche Berichte und saubere Abrechnungen.«

»Ich habe kein offizielles Detektivbüro, nur wegen Klarheit«, sagt Vesna.

»Ich will keine offiziellen Nachforschungen anstellen. Ich brauche auch keine Rechnung für die Steuer.«

»Kann man aber machen«, sagt die Geschäftsfrau Vesna Krajner. »Einfach für Reinigungsarbeiten.«

Tobler schüttelt den Kopf. »Ich hätte mich nicht abweisen lassen dürfen«, murmelt er.

Wir gehen durch die belebten Schauräume, an schicken Autos und schicken Menschen vorbei, passieren inspirierende Empfangsdamen, das Portal aus Glas und Chrom und stehen auf der Straße. »The American Dream« hat eben viele Spielarten.

»Ist es klug, für ihn zu arbeiten?«, frage ich Vesna vorsichtig. Der Auftrag ist jedenfalls sehr gut bezahlt, das ist mir klar.

»Ich denke mir, ist beste Art, um an ihm dranzubleiben. Natürlich er bleibt verdächtig. Er hat Evelyn geliebt, aber sie hat Hubert geliebt. Was, wenn er mit seinem Tod zu tun gehabt hat? Weil er gehofft hat, dass Evelyn dann zu ihm kommt?«

Ich nicke. »Das würde auch erklären, warum sie sich noch nach Jahrzehnten geweigert hat, mit ihm zu reden.«

»Andererseits«, fährt Vesna fort, »was hätte er für Grund, ihr etwas anzutun? Jetzt?«

»Wenn es Mord war ... der ist noch nicht verjährt«, überlege ich. »Aber ausgesehen hat er nicht wie ein Mörder. Er schien wirklich traurig.«

»Nicht ausgesehen wie ein Mörder«, spottet Vesna, »das zählt nicht, er ist sicher gut im Vorspielen, er ist Autoverkäufer. Und vielleicht war es ja ein Unfall. Sie will ihn nicht hineinlassen, er kommt trotzdem ins Haus, sie streiten, sie fällt gegen Ofen ... Kann natürlich auch ganz anders gewesen sein.«

Als ich heimkomme, überrascht mich Oskar mit Karten für den morgigen Abend. Jeunesse-Liederabend im Wiener Konzerthaus. Mit dabei: Céline Maier. Dass ich darauf nicht selbst gekommen bin. Aber für klassische Kultur war bei uns eben immer schon Oskar zuständig. Seine Mutter hat seit Jahrzehnten ein Abo im Musikverein Wien. Mich befallen allein bei der Vorstellung, dort regelmäßig hingehen zu müssen, Gähnkrämpfe. Nicht dass ich etwas gegen klassische Musik hätte, aber die Wiener Art, sie zu zelebrieren, ist einfach nicht meine Sache.

Nach einem ruhigen, faulen Sonntag machen wir uns also auf ins Konzerthaus. Ich bin richtig nervös, fiebere mit Céline mit. Ob die meisten der Besucher irgendetwas mit den Interpretinnen zu tun haben? Schwer zu sagen, aber ich bin mir sicher, dass so manche Tante angereist ist, um Nichte oder Neffen auftreten zu sehen. Der Saal ist jedenfalls bis auf den letzten Platz gefüllt, das Programm angenehm vielfältig. Ein hübscher junger Geiger spielt Paganini, überhaupt scheinen mir die meisten der jungen Musiker und Musikerinnen überdurchschnittlich attraktiv. Wird da womöglich nicht nur nach Talent entschieden? Aber es geht ja nicht um Fernsehkarrieren. Wird wohl bloß Zufall sein, dass alle so gut aussehen. Jetzt tritt Céline auf. Sie trägt ein hellblaues, ganz schlichtes Schlauchkleid, das ihr bis zu den Waden reicht. Es betont ihre schmale Gestalt, die Augen wirken riesengroß. Sie wird nur von einem Pianisten, einem jungen Mann im dunklen Anzug, begleitet. Sie räuspert sich und sagt dann mit klarer, weitreichender Stimme: »Ich werde Ihnen nun drei Weill-Songs vortragen. Den letzten widme ich ganz besonders meiner Mutter.«

Ich sehe, wie viele Leute im Saal den Kopf drehen, herauszufinden versuchen, wo die Mutter denn sitzen könnte. Sie hätte sehr gern hier gesessen, da bin ich mir sicher. Und als Céline mit ganz gerader, sehnsuchtsvoller Stimme, ohne jeden Schnörkel, den September Song singt, werden meine Augen feucht. »Oh, it's a long, long while from May to December …« Ich blinzle, ich hasse es, zu weinen, verstohlen nehme ich ein Taschentuch, tue so, als wäre mir etwas ins Auge geflogen. Und dann brandet auch schon Beifall auf. Céline scheint der Liebling des Abends zu werden.

Wir drängen mit den anderen ins Foyer, Oskar prophezeit Céline eine große Karriere. Wenn nicht etwas dazwischenkommt, denke ich. Ein Unglück. Etwas, das sie nicht verkraften kann. Aber sie wirkt stärker als Evelyn. – Wie kann ich das behaupten? Ich habe ihre Mutter damals nicht gekannt. Mira, du bist ihr überhaupt nicht begegnet. In der Tür ins Freie sehe ich Hans Tobler, er trägt einen dunklen Anzug und Fliege und strebt allein zum nächsten Parkplatz.

[6]

Nach der allzu morgendlichen Redaktionssitzung weiß ich, wie ich zum Thema für meine aktuelle Story gekommen bin: Unser Chronikchef hat zufälligerweise einen guten Freund, der zufälligerweise ein großes Fahrradgeschäft in der Wiener Innenstadt betreibt. »Wenn der Laden gar so gut geht, warum braucht er dann Ihre Hilfe?«, habe ich ziemlich direkt gefragt. Der Chronikchef hat nur verzeihend gelächelt und gemeint, es sei eher umgekehrt: Er sei seinem Freund dankbar, dass er mit mir reden wolle. Da ich ja offenbar bis jetzt nicht imstande gewesen sei, geeignete Unternehmen für den zweiten Teil der Serie zu finden. Droch ist heute nicht in der Redaktion, er ist bei einer Regierungsklausur, zu der nur eine Handvoll Journalisten eingeladen sind. Gern ist er nicht gefahren, das weiß ich, er hasst diesen Anbiederungsrummel rund um politische Elitetreffen. Das Motto der Klausur lautet tatsächlich: »Die Krise meistern, die Wirtschaft stärken und die Menschen entlasten.«

Ich treffe den Fahrradhändler in seinem Geschäft »Gut Rad«. Er ist früher Rennen gefahren, das habe ich im Internet recherchiert. Drahtig, schlank, muskulös. Ob er den neuen Antidopingbestimmungen zum Opfer gefallen ist? Er muss über vierzig sein, wahrscheinlich hat er altersbedingt abgedankt. Ich lasse mich von ihm anschwatzen, stelle wenig ambitionierte Fragen, ärgere ihn mit der Bitte um Bilanzzahlen – immerhin gehe es ja um boomende Unternehmen, und er solle als Vorzeigemann unter den Krisenbewältigern präsentiert werden. Der Radler redet etwas von Betriebsgeheimnis, aber er könne mir jedenfalls sagen, dass seine Umsätze um mehr als dreißig Prozent gestiegen seien. Ich verspreche ihm, morgen einen Fotografen vorbeizuschicken. Eine Praktikantin habe ich gebeten, nach Promis zu suchen, die in Zeiten wie diesen aufs Rad umgestiegen sind. Ich werde den Aufwand für die Story so gering wie möglich halten. Und lieber an der Geschichte über Armut in Österreich arbeiten. Es dauert nicht mehr lange, und unser Chefredakteur ist zurück. Ihm werde ich klarmachen, dass sie fürs »Magazin« sehr spannend wäre.

Manager, die seit der Wirtschaftskrise am Hungertuch nagen, habe ich bei meinen Internetrecherchen allerdings noch keine gefunden. Sieht ganz so aus, als hätte es wieder die getroffen, die ohnehin nichts oder wenig haben. Ich sollte mit jemandem von der Caritas reden. Statements ihrer Direktoren gibt es genug, ich würde lieber bei denen recherchieren, die vor Ort die Arbeit machen. Wo ist eigentlich die Caritasstelle, zu der Lissenberg gehört?

Das grüne Schild: »CARITAS – beraten, betreuen und pflegen« weist mir den Weg. Ich gehe an einem relativ neuen Wohnblock entlang, komme zu einer Glastür, die zur Hälfte mit Plakaten verklebt ist. »Caritas – betreuen und pflegen zu Hause«, »Mobiles Hospiz«, »Caritas – berufliche Integration«, »Job Coaching«, »Arbeitsassistenz«, »Clearing für Jugendliche«. War mir gar nicht bewusst, worum sich diese Einrichtung alles kümmert. Wohl kümmern muss. Ich sehe mich im Foyer um. Ein Mann um die fünfzig wartet vor einer der schmucklosen Türen mit Namensschild. Was er wohl für ein Problem hat? Er ist unauffällig gekleidet, sauberer brauner Pullover, schwarze Stoffhose, er wirkt durchschnittlich, könnte ein kleiner Angestellter sein. – Was glaubst du, Mira? Dass Leute, die Hilfe brauchen, zerlumpt und schmutzig sein müssen? Eine Tür geht auf. Ich zucke wie ertappt zusammen. Die Caritasmitarbeiterin kommt auf mich zu und streckt mir die Hand entgegen. Heute sei ausnahmsweise wenig los, ich könne gleich reinkommen. Frau Kruder führt mich zu einem Schreibtisch mit Computer, das Zimmer hell, freundlich, Grünpflanzen am Fenster. Das Besprechungszimmer sei leider belegt, sagt sie und deutet auf einen Stuhl in der Nähe ihres Schreibtischsessels. Wir setzen uns. Wenn die Caritas in der »Magazin«-Geschichte ausdrücklich vorkomme: Wäre es dann möglich, dass die Pressestelle den Artikel vorab sehen kann? Ich nicke. Kein Problem. Frau Kruder ist Mitte dreißig und hat bis vor einiger Zeit als Pastoralassistentin gearbeitet, erzählt sie mir, während sie Kaffee einschenkt. »Dann ist mir klar geworden, dass meine Stärken weniger in der Seelsorge liegen als in der konkreten Hilfe im Alltag.« Über versteckte Armut könne sie eine ganze Menge berichten, besonders arg sei sie bei alleinstehenden Frauen mit Kindern. Die kämen aus dem Teufelskreis »kein Geld – keine Zeit« nur sehr schwer raus. »Es klingt arg, aber die bedürftigen Alten haben sich damit abgefunden, dass sie fast kein Geld haben. Sie haben es oft ihr ganzes Leben lang nicht anders gekannt. Und arm zu sein war früher lange nicht so eine Schande wie heute.« Die Jungen hingegen, die wollten mithalten können, also verschulden sie sich, bis es schließlich nicht mehr gehe. Raten an Versandhäuser, Handyrechnungen, Möbel, für die man erst später zahlen muss. Ihnen zu helfen sei schwierig, oft genug wollten sie auch keine Hilfe. Und wenn, sei das so eine Sache: Ordentliche Jobs für Alleinerzieherinnen zu finden, die gepfändet werden, sei momentan so gut wie unmöglich. Solche Frauen gälten in jeder Hinsicht als unzuverlässig. Auch wenn das eine Sauerei sei. Als ob nicht gewisse Männer ... Ihre Augen blitzen. Langsam komme ich auf Evelyn Maier zu sprechen: Ob sie die gekannt habe.

»Sie ist vor Kurzem gestorben«, sagt Frau Kruder und nickt. »So etwas spricht sich bei uns natürlich herum. Sie war auch so ein Fall. Einmal hatte ich mit ihr zu tun. Sie hat ihre Stromrechnungen nicht bezahlt, auch keine Mahnungen, da hat ihr die

Energiegesellschaft Strom und Gas abgedreht. Ich glaube, ihre Tochter war es, die mich angerufen hat. Üblicherweise kommen die Leute zu uns, aber in dem Fall bin ich zu Evelyn Maier gefahren und hab mit ihr geredet. Die Rechnung war ohnehin nicht hoch. Wir sind eingesprungen. Wir haben ein gewisses Budget, um Notsituationen zu überbrücken. Und ich habe ihr versucht klarzumachen, dass sie von der Sozialhilfe immer sofort weglegen muss, so viel sie an Fixkosten zu zahlen hat. Ist allerdings nicht so einfach, von der Sozialhilfe etwas wegzulegen, das weiß ich schon.«

»Hätte es keine Möglichkeit gegeben, ihr auf Dauer zu helfen? Sie war erst zweiundvierzig.«

Frau Kruder nimmt einen Schluck Kaffee. »Vielleicht ... wenn man Zeit gehabt hätte ... Ich glaube nicht, dass man einen Menschen jemals aufgeben darf. Aber unsere Möglichkeiten sind sehr begrenzt.« Sie sieht mich an. »Ich weiß, so etwas sagt man nicht mehr, aber: Gott hat auch keine und keinen jemals aufgegeben. Daran glaube ich.«

Ich versuche ein möglichst neutrales Gesicht zu machen. Evelyn hat jedenfalls nicht gewirkt, als hätte sie viel Beistand von oben bekommen. Sie hat sich an ihren Liebling, das Mobiltelefon, gehalten. »Wissen Sie, dass sie in einer Band gesungen hat, als sie jung war?«, frage ich dann.

»Nein«, lächelt Frau Kruder. »Aber ich weiß, dass sie ihre Schneiderlehre abgebrochen hat und dass sie sich seit Jahren nur noch mit Aushilfsjobs über Wasser halten konnte. Wir versuchen Leute ins Arbeitsleben zu integrieren, wäre an sich wohl Aufgabe des Staates, aber es gibt Menschen, die brauchen mehr Hilfe als irgendwelche Arbeitsmarktservicekurse. Ich habe ihr so ein Programm angeboten. Da hat sie mir einen Teil ihrer Befunde gezeigt. Zucker und schwere Gelenkabnutzung und Bluthochdruck und ich weiß nicht, was noch alles. Schlimm. Zu wenig Versicherungszeiten, zu jung für eine Rente. Zu alt, zu krank für den Arbeitsmarkt. So eine, die überall durchfällt.«

»Sie muss einen Arzt gehabt haben. Wer war es?«

Frau Kruder schüttelt den Kopf. »Nicht bei uns. Solange sie in Wien gelebt hat, ist sie ab und zu in ein Krankenkassenambulatorium gegangen. In Niederösterreich scheint sie bei keinem Arzt mehr gewesen zu sein. Das passiert leider häufig. Sozialhilfeempfänger müssen sich einen besonderen Krankenschein holen, alle können erkennen, mit wem sie es zu tun haben. Das ist ganz schön ausgrenzend.«

»Aber sie hatte Zucker. Ist es nicht sehr gefährlich, das nicht behandeln zu lassen?«

Frau Kruder seufzt. »Es scheint sie weniger beunruhigt zu haben als das, was in ihrem Fall nötig gewesen wäre, um zu einem Arzt zu kommen.«

Eigentlich seltsam. Die Caritasfrau hat Evelyn nur einmal besucht. Warum weiß sie dann so viel über ihr Leben? Ich frage sie das. Sie lächelt traurig. »Ich gebe zu, ich habe mir die Unterlagen auch erst genau angesehen, als ich erfahren habe, dass sie ums Leben gekommen war. Wenn eine Zweiundvierzigjährige einsam in einem Substandardhaus stirbt, dann denkt man nach. Hätten wir nicht mehr tun können? Mehr tun müssen? Wer hätte ihr helfen können?«

»Das betrifft uns wohl alle«, murmle ich und meine es auch so. Als ich bereits aufgestanden bin, fällt mir noch etwas ein: »Haben Sie einen Geländewagen?«

Frau Kruder sieht mich verblüfft an. »Nein, einen kleinen Fiat. Warum?«

Ich lächle. »Die Nachbarin scheint eine eher neugierige Person zu sein, sie hat von einer Frau erzählt, die Evelyn Maier besucht hat, sie soll einen Geländewagen gefahren haben. Und sie hat angenommen, dass diese Frau von der Caritas gewesen ist.« Ich erzähle ihr nicht, dass die Nachbarin meint, bei den Mitarbeiterinnen von Hilfsorganisationen handle es sich um wohlhabende Frauen, die ja sonst nichts zu tun hätten.

»Bei uns gibt es keine, die einen Geländewagen hat.«

»Die Nachbarin scheint ohnehin in erster Linie eine blühende Fantasie zu haben«, schwäche ich ab.

Frau Kruder überlegt. »Die Nachbarin ... die bekommt von uns doch ›Essen auf Rädern‹ ... Mir fällt jetzt ihr Name nicht ein ... Ja, die redet gern, dürfte ziemlich einsam sein, wenn auch mit einem beachtlichen Bankkonto. Und sparsam. Unsere Mitarbeiterin, die das Essen ausliefert, hat vor Kurzem erzählt, dass sie sich nicht einmal eine Schiebetruhe kauft, obwohl ihre seit ewig nicht mehr richtig funktioniert. Man fragt sich, wofür sie spart. Verwandte hat man schon lange keine mehr gesehen. Na ja, wenn sie stirbt, werden schon welche da sein.« Sie sieht mich beinahe erschrocken an. »So böse hab ich das nicht gemeint ... Vielleicht gibt es jemanden vom Psychosozialen Dienst, der einen Geländewagen fährt.«

Ich sehe sie fragend an.

»Der Psychosoziale Dienst ist eine Einrichtung des Landes, er kümmert sich um Menschen, die nicht allein mit ihrem Leben zurechtkommen. Die Mitarbeiterinnen reden mit ihnen, machen ihnen Vorschläge. Ich hab damals einen Kontakt hergestellt. Moment, das kann ich gleich klären.« Frau Kruder greift zum Telefon, ein kurzes Gespräch, dem ich wenig entnehmen kann. Sie legt auf, schüttelt den Kopf. »Es war keiner bei ihr. Sie haben versucht einen Termin zu vereinbaren, aber Frau Maier war nicht interessiert. Die Leute vom Psychosozialen Dienst haben mehr als genug zu tun, das muss man verstehen. Tut mir leid.« Ich bedanke mich. Und weil mir die üblichen Floskeln einfach zu wenig zu sein scheinen, füge ich noch hinzu: »Danke für Ihre Arbeit. Es ist ganz großartig, was Sie tun. Und sehr wichtig.« Die Caritasmitarbeiterin lächelt. Ich komme mir ein wenig einfältig vor. Wir geben einander die Hand, und jetzt gehe ich endgültig.

Hätten sich nicht vor allem Céline und Roger mehr um ihre Mutter kümmern müssen? Sie waren die, die am besten gewusst haben, wie es um sie stand. Sie hätten dafür sorgen müssen, dass sie zu einem Arzt geht. Oder dass sie eines der Arbeitsprogramme absolviert. Andererseits: Ist das nicht ein bisschen viel verlangt? Wie sehr ist jeder selbst verantwortlich für sein Leben? Roger kommt schon mit seinem nicht klar, wie es scheint. Seine Startvoraussetzungen dürften allerdings auch keine besonders guten gewesen sein. Céline hat, nach den allgemein geltenden Maßstäben, etwas aus ihrem Leben gemacht: Sie studiert, sie hat die Chance auf eine Karriere als Sängerin. Kann man ihr vorwerfen, dass sie sich um diese Karriere kümmert? Und immerhin hat sie ihrer Mutter bei allen möglichen Behördenwegen geholfen. Was man von ihrem Halbbruder nicht behaupten kann. – Ob er tatsächlich am Tag, an dem seine Mutter gestorben ist, bei ihr war? Was wollte er?

Ich gehe auf den kleinen Parkplatz zu, nur wenige Autos stehen hier. Ich suche in der Tasche nach dem Schlüssel, öffne den Wagen mit der Fernbedienung. Ich habe einen SUV. Ob die Nachbarin wirklich einen klassischen Geländewagen gesehen hat? Oder eines der vielen Allradautos, die unterwegs sind? Ich möchte wissen, wer die Frau war, die in Lissenberg ... Andererseits: Kann man das Gerede der Nachbarin für bare Münze nehmen? Gut, das mit dem dicken Auto hat gestimmt ... das mit dem Alkohol allerdings nicht. Vesna wollte etwas über den Tod von Evelyns Jugendfreund Hubert und über seinen Vater, den Minister Osthof, herausfinden. Ich rufe sie an.

»Wenn du möchtest, dann komm«, sagt sie. Es klingt nicht eben einladend, aber doch so, als ob sie es sei, die möchte, dass ich komme. Besser, man kümmert sich um seine Freunde, solange sie leben.

Ich finde beinahe direkt vor dem Haus von Vesna einen Parkplatz. »Sauber! Reinigungsarbeiten aller Art!« steht auf einem großen Schild an der Hauswand. Gibt es einen Grund, das Gebäude abzureißen? Es gibt viele. Das Dach sieht aus, als wäre es nicht mehr dicht. Die Fassade müsste dringend renoviert werden. Neue Fenster hat Vesna auf eigene Kosten einbauen lassen, die Fenster der anderen Wohnungen sind alt und schließen sicher nicht mehr richtig. Die Gasleitungen gehörten dringend erneuert, das weiß ich von Vesna. Und: Das Grundstück ist inzwischen deutlich mehr wert als das Haus oder gar die daraus zu erzielenden Mieteinnahmen. Eine kleine Gasse mit einem Baum, abgewohnte Häuser rundum, aber immerhin innerhalb des Gürtels und ruhig. »Gute Wohnlage in Innenstadtnähe« könnte es in den Inseraten heißen, mit denen in ein paar Jahren um Käufer für neue, schicke Eigentumswohnungen geworben wird.

Aber noch steht das Haus ja, und die Eingangstür ist wie immer untertags offen. Ich steige zu Vesnas Büro hinauf, das Tür an Tür mit ihrer Wohnung liegt, und läute. Üblicherweise sind gleich darauf ihre Schritte zu hören, aber da ist nichts. Ist etwas passiert? Warum kommt sie nicht? Ich läute noch einmal. Ein leises Summen. Habe ich es nach dem ersten Läuten überhört? Ich drücke gegen die Tür, und sie ist offen. Sieh an, Vesnas Büro wird nobel. Jetzt hat sie sogar schon einen automatischen Türöffner. Ich spähe nach oben. Eine winzig kleine Videokamera in der rechten Ecke des Türrahmens. Jeder, der nicht genau hinsieht, würde sie für ein großes Insekt halten. Ich gehe durch das kleine Vorzimmer und sehe durch die offene Bürotür, wie Vesna am Schreibtisch hinter dem Computer sitzt. Inzwischen ist sie in Computerdingen um einiges besser als ich, aber sie hat auch mit Fran einen hervorragenden Lehrmeister. Nächstes Jahr macht er seinen Bachelor in »Software Engineering«, dann will er mit Computerlogik oder so weitertun. Eine Mutter, die gut drauf ist und ihr kleines Unternehmen immer weiter ausbaut. Zwei Kinder, beide talentiert und auf dem besten Weg, zumindest einen Teil ihrer Ziele umzusetzen. Na gut. Jana schwebt noch immer so etwas wie eine gerechtere Welt vor. Aber wer sagt, dass wir uns die großen Utopien rauben lassen sollen?

Vesna hebt den Kopf und knurrt etwas. Von »gut drauf« ist zumindest im Moment also doch keine Rede. Ich gehe um den Schreibtisch herum und klopfe ihr auf die Schulter.

»Ein bisschen etwas habe ich gefunden zum Tod von Hubert Osthof«, sagt sie. »Es hat damals einige Artikel über den Unfall gegeben, immerhin war er Ministersohn. Es stimmt, was Autohändler erzählt hat. Hubert ist in der Nacht in den Baumzerschneider gekommen.«

»Irgendwelche Andeutungen, dass es kein Unfall gewesen sein könnte?«

»Nicht einmal ein Nebensatz. Er hat einen älteren Bruder, den man kennt: Christian Osthof, diesen Wirtschaftsmeinungsforscher. Ist jetzt oft im Fernsehen.«

Jetzt weiß ich, warum mir der Name so bekannt vorgekommen ist. Hatte nicht nur mit dem Vater zu tun.

»Ich bin gerade auf seiner Homepage.«

Ich sehe Vesna über die Schulter: Osthofs Institut heißt ÖKOPOP. Der vordere Namensteil steht sowohl für Ökonomie als auch für Ökologie, POP steht für Population, lese ich. Man biete zielgerichtete Meinungsforschung und Analysen an, die sich mit sozialen, ökologischen und wirtschaftlichen Themen befassen. Ich habe Osthof immer ganz okay gefunden, vielleicht ein wenig eitel, aber so wirken viele im Fernsehen. Seine Analysen sind prägnant und er ist zumindest keiner, der den Wirtschaftsmagnaten ununterbrochen nach dem Mund redet. Aber allzu sehr interessiere ich mich dann auch wieder nicht für das, was er tut.

Wirtschaftsmeinungsforschung und Analyse. Eigentlich auch ein Bereich, der in meine Serie über die Gewinner der Krise passen würde. Vor dem großen Bankencrash war er viel seltener auf dem Bildschirm und in den Zeitungen vertreten. Alle wollen wissen, wie es weitergeht. Und ob so etwas noch einmal passieren kann.

Vesna faucht, als ich ihr von meiner Idee erzähle. »Ist Schaumschläger. Wenn es wichtig ist, dann redet er immer für die Banken und die Großverdiener. Wenn es nicht wichtig ist, dann tut er so, als wenn er an kleine Leute denkt. Was war, als Regierung bei der geplanten Mindestsicherung die zwei Zusatzmonate gestrichen hat? Osthof hat gesagt, für die Kaufkraft ist das egal. Erstens ist das nicht egal, weil die mit Mindestsicherung können nicht sparen, und zweitens: Darum geht es nicht.«

»Hab ich gar nicht so mitbekommen«, murmle ich.

»Höre ich schon einiges von Tochter Jana. Nicht dass ich ihre radikalen Ansichten teile, aber ...«

»So radikal sind die nicht.«

»Kannst du nicht mitreden, wenn du nicht einmal weißt, was in Politik läuft.«

Meine Güte, was ist Vesna heute über die Leber gelaufen? Ich versuche ruhig zu bleiben. Und sie abzulenken. »Und über seinen Vater, den ehemaligen Minister? Hast du da schon etwas rausgefunden?«

»Du bist schlimmer als dieser Autohändler. Der hat mich heute schon zweimal angerufen und hat gefragt, ob ich Neues habe. Ich weiß, wo der Vater wohnt. Ich weiß, dass er alleine lebt, Frau Osthof ist vor einigen Jahren gestorben. Ich weiß, dass er eine Geheimnummer hat. Ich weiß nicht, ob ich noch heute an ihn herankomme.«

»Klar, so schnell geht das nicht«, beschwichtige ich sie.

»Sagst du, aber jetzt habe ich Auftraggeber. Ich habe ihm schon klargemacht, wenn ich für ihn nicht schnell und gut genug bin, dann soll er sich anderen Detektiv suchen.«

»Und?«

Zum ersten Mal heute grinst Vesna. »Er hat natürlich gesagt, er will mich.«

Wenig später finde ich dann auch heraus, warum meine Freundin gar so übel gelaunt ist. Wir sind hinüber in die Wohnung gegangen, und Vesna hat Kaffee gemacht. Genau so, wie wir ihn beide lieben: ganz stark und schwarz.

»Wie geht es Valentin?«, frage ich, nachdem ich vom Konzert erzählt habe und davon, dass Tobler auch dort war.

Sie rührt in ihrem Espresso, als wollte sie eine Flutwelle erzeugen. Dabei trinkt sie ihren Kaffee ohne Zucker. »Ich habe ihm vorgeschlagen, dass wir probeweise auf ein Monat zusammenziehen.«

»Und?«

»Er hat gemeint, momentan passt das nicht so gut, weil er so viel unterwegs ist, wir sollen warten, bis er mehr Zeit hat.«

»Aber er war es doch, der andauernd mit dir zusammenziehen und dich heiraten wollte.«

»Hat sich offenbar gelegt«, murmelt Vesna. »Habe ich zu lange gewartet.«

»An sich hat er ja recht«, versuche ich sie zu trösten. »Wenn er unterwegs ist, könntet ihr den gemeinsamen Alltag ja gar nicht testen. Du wärst allein in seiner Villa. Und du hättest es weit zu deinem Büro.«

»So etwas hat er auch gesagt, aber ich weiß nicht ... Ich glaube, da steckt anderes dahinter.«

Dann klopft es lautstark an der Tür, und da steht ein Mann, gegen den Oskar mit seinen ein Meter dreiundneunzig ein unterernährter Zwerg ist. Der Typ kann eigentlich nur im Zirkus auftreten, als Eisenbieger oder so. Vesna steht auf und geht mit einem Lächeln auf ihn zu. »Ich hoffe, es war alles zur Zufriedenheit mit Reinigung?«

Was reinigt sie da?

Sie sieht mich auffordernd an. »Schade, dass du wolltest schon gehen. Ich rufe dich an, okay?«

»Ja, schade.« Ich nicke dem Koloss zu, und da ich leider nicht höre, was da gereinigt werden musste, gehe ich tatsächlich. Soll ich überlegen, wie ich mich an Osthof ranmachen kann? Aber Vesna hat den Auftrag, und sie verdient Geld damit. Ich sollte mir lieber Valentin vorknöpfen und herausfinden, was mit ihm los ist.

Valentin ist einigermaßen erstaunt, als ich ihn anrufe und auf einen Drink treffen möchte. »Ist irgendetwas mit Vesna?«, fragt er besorgt. Klingt nicht, als wollte er sie demnächst abservieren. Ich heuchle etwas von einer möglichen »Magazin«-Reportage über neue Fernsehshow-Formate und dass ich da ganz informell Informationen und Anregungen brauchte.

Eine halbe Stunde später treffen wir uns in der Bar des »Intercontinental«. Valentin hat dort ein Meeting, und für mich hat die Hotelbar den Vorteil, dass es unter dem Gebäude eine Tiefgarage gibt. Valentin sieht gut aus wie immer. Schlank und groß, Jeans, sportliches Sakko. Einst hat er Philosophie studiert, seit vielen Jahren aber erfindet er TV-Show-Formate und verkauft sie mit großem Erfolg auch ins Ausland. Seine Anteile an einem Privatfernsehsender hat er gerade rechtzeitig vor den Kurseinbrüchen verkauft. Ein Traummann. Oder was man gemeinhin für einen solchen hält. Ich lächle den Traummann an, er küsst mich auf beide Wangen und fragt, was ich trinken möchte. Eigentlich ist mir vom vielen Kaffee ein bisschen komisch. Der Barkeeper hat uns entdeckt. »Champagner, Herr Freytag? Hausmarke?«

Sieh an, man scheint ihn hier gut zu kennen. Ich erinnere mich nicht, dass Vesna jemals von Ausflügen an die Bar des »Intercontinental« erzählt hätte. Valentin sieht mich fragend an. Der Barkeeper sieht mich fragend an. Ich nicke huldvoll. Champagner, Hausmarke. »Oh, it's a long, long while …« Warum kommt mir die Liedzeile in den Sinn? Céline hat sie gestern gesungen. Welten von hier bis zum desolaten Haus in Lissenberg.

Nichts sei geheimer als Fernsehshow-Formate, die noch nicht auf Sendung seien, erzählt Valentin. Ich nicke. Ist mir bewusst. Aber über Entwicklungstendenzen könne er mir natürlich erzählen, auch ganz offiziell fürs »Magazin«. Alles gehe in Richtung interaktive Shows, Formate, bei denen nicht nur Gäste und Studiopublikum, sondern auch Fernsehzuschauer einbezogen würden. Übers Internet, verstehe sich. Aber auch mit ganz alten, einfachen Methoden. »Schaffen Sie es, dass im ganzen Häuserblock alle für fünf Sekunden das Licht ausschalten? Sie haben zehn Minuten Zeit und können ein Treffen mit dem Superstar gewinnen, der mir hier gerade gegenübersitzt.« Dinge in der Art. Ich lasse mich zu einem zweiten Glas Champagner überreden. Ist ja schon Happy-Hour-Zeit. Und es ist einfach angenehm, mit einem attraktiven, intelligenten Mann zu plaudern. Vesna hat es lange nicht glauben können, dass er sich in sie verliebt hatte. Noch dazu, wo sie ihn zu Beginn nur umgarnt hat, um an Informationen zu kommen. Jetzt sind sie beinahe drei Jahre zusammen. Und Vesna, die immer auf ihrer Unabhängigkeit bestanden hat, macht sich Sorgen.

»In zwei Wochen wird Vesna fünfzig«, versuche ich die Kurve zu kriegen.

Sein Gesicht scheint sich zu verschließen. »Ich habe momentan so viel um die Ohren … Wir werden es natürlich feiern, wobei Vesna ja nicht viel für großes Tamtam übrighat.«

»Warum glaubst du das?« Soweit ich meine Freundin kenne, kann sie bisweilen ziemliche Freude an Tamtam entwickeln.

»Sie hat es immer wieder gesagt«, murmelt Valentin und nippt am Glas.

»Da hat sie von Cocktailpartys mit Leuten gesprochen, die ihren Verstand in der Bluse haben. Höchstenfalls.«

Valentin lacht. »Ich mag diese Partys ja auch nicht, aber bei mir gehören sie hin und wieder zum Geschäft. Und wenn Vesna nicht mit will, respektiere ich das.«

»Sie braucht eben ihre Eigenständigkeit«, erwidere ich und nehme noch einen Schluck. Ups, dieses Glas ist auch schon wieder leer. Fragt sich nur, wie viel sie davon braucht.

Valentin jedenfalls nickt. »Und ich bin ja auch mehr als zehn Jahre älter.«

»Daran liegt es sicher nicht«, beruhige ich ihn. Und so harmlos wie möglich: »Wie steht es eigentlich um eure Pläne, zusammenzuziehen?«

Valentin sieht auf die Uhr. »Ich muss zum Meeting, sorry. Das mit dem Zusammenziehen? Das ist so eine Sache ... Vesna will es ja nicht.«

Da bin ich anders informiert. Zumindest wenn es um eine Probe geht. »Du bist ziemlich viel unterwegs in letzter Zeit«, sage ich, während Valentin zahlt.

»Hat sie sich beschwert? Hat sie etwas zu dir gesagt? Ich habe den Eindruck, sie ist momentan nicht sehr zufrieden mit mir.«

Ich lächle und schüttle den Kopf. »Nur ein Tipp: Lade sie ein zu einem feinen Abendessen zu zweit, macht euch einfach einen schönen Abend.«

»Das ist eine wunderbare Idee.« Valentin küsst mich auf beide Wangen, und ich merke, wie uns zwei jüngere Frauen interessiert beobachten. Mit Valentin kann man sich eben sehen lassen. »Und du und Oskar? Alles okay?«, fragt er dann noch.

Ich nicke. »Alles bestens!« Auch mit Oskar kann ich mich sehen lassen. Ich sollte über all den Beziehungen, die mich beschäftigen, nicht die Pflege meiner eigenen vergessen. Immerhin war auch Oskar diesen Monat schon zweimal in Frankfurt. Na ja, er arbeitet an dieser Fusion, das weiß ich. Es ist halb sieben. Wir könnten essen gehen. Aber eigentlich bin ich zu müde dazu. Und man muss auch nicht immer so viel Geld ausgeben. Mira, seit wann denkst du ans Geld? Unsere Restaurantbesuche zahlt üblicherweise Oskar. Und um seine Finanzen braucht man sich keine Sorgen zu machen. Ein gutes Gefühl. Trotzdem. Ich will kochen. Irgendetwas, das schnell geht. Wenn es später wird, schickt mir Oskar meistens eine SMS. Ich sehe sicherheitshalber nach. Dieses Ersatztelefon nervt. Ich hab es noch nicht so eingestellt, wie ich es haben will. Ich möchte endlich mein Mobiltelefon zurück. Oder hat die Polizei tatsächlich Spuren darauf gefunden? Da, das muss das SMS-Verzeichnis sein. Heißt nur irgendwie anders. Keine SMS. Dann hab ich Zeit bis circa acht. Nicht dass bei Oskar das Essen schon auf dem Tisch stehen müsste. Aber wenn ich ihn überraschen möchte, wäre es doch nett.

Ich eile durch die Hotellobby ins Freie. Wo gibt es hier in der Gegend ein inspirierendes Lebensmittelgeschäft? Oder soll ich noch schnell zum Naschmarkt? Ich bleibe unschlüssig stehen. Auf der anderen Straßenseite beginnt der Stadtpark. Gelbe Rosen, jetzt, Mitte September, in voller Blüte. Es sind sogar solche, die duften. Und das über die Straße hinweg. Ich schnuppere. Wunderbar. Und ich habe eine Idee: Risotto con petali di rose. Ein Rezept, das ich vor Jahren von Armando, meinem Lieblingskoch im Veneto, bekommen habe. Es sollte mir nur gelingen, ein, zwei pralle Rosenblüten zu stehlen ... Ich sehe mich um. Leute, die irgendwohin eilen, die froh sind, weiterzukommen. Ein Stückchen entfernt eine Bushaltestelle, zwei Frauen reden miteinander, ein Mann sieht zu Boden. Ich gehe rasch über den Zebrastreifen. Die Hausdiener vom »Intercontinental«. Sie stehen zu zweit vor dem Portal und starren herüber, als ob sie wüssten, was ich vorhabe. Bitte, lass einen Wagen kommen, flehe ich. Vielleicht hat Frau Kruder ja doch recht und Gott gibt keinen auf. Jedenfalls werde ich erhört und ein dicker BMW gleitet in die Auffahrt des Hotels. Jetzt oder nie. Ich sehe mich rasch um, mein Herz klopft, ich stelle mich möglichst unauffällig vor einen Rosenstrauch, entdecke zwei Prachtblüten. Rupf und rein in meine große Handtasche. Jetzt die zweite. Rupf. Ich reiße, sie lässt sich nicht so leicht vom Stamm trennen, ich schaue gehetzt herum, reiße noch einmal, jetzt aber. Auch sie gehört mir und verschwindet in meiner Tasche. Schweiß rinnt mir über die Stirn. Die Beule ruft sich in Erinnerung. Sie pocht. Ich glaube, für eine Karriere als Diebin bin ich nicht geeignet. Auch wenn dieser Coup geglückt ist. Beschwingt eile ich in die Tiefgarage, staue durch den Abendverkehr und weiß schon, was die Vorspeise sein wird: Im Tiefkühler sind noch Anglerfilets. Sfornato vom Angler mit Birne und Provolone, diesem hervorragenden italienischen Hartkäse.

Zum Glück habe ich die Knochen der gefüllten Ente nicht weggeworfen, sondern daraus einen klaren Fond gemacht. Der steht noch im Kühlschrank. Ich wärme ihn, ergänze ihn mit etwas Süßwein und Wasser und richte alles, was ich vorbereiten kann, her. Den Risotto selbst bereite ich natürlich erst zu, wenn Oskar da ist. Risotto ist nur dann gut, wenn er auf den Punkt gegart ist.

Ich schneide Zwiebel und Knoblauch klein, hole eine Flasche Riesling aus Oskars Weinkühlschrank, fülle einen Viertelliter in einen Messbecher. In eine Kasserolle gebe ich ein großes Stück Butter und etwas Olivenöl. Der Entenfond kocht, ich stelle die Platte auf »warm halten«. Um mir eine Freude zu machen, hat Oskar vor einigen Monaten einen neuen Herd montieren lassen: mit Induktion. Das Beste. Und trotzdem trauere ich manchmal dem uralten Gasherd in meiner Altbauwohnung nach. Offene Flamme: Da sehe ich sofort, wo ich dran bin. Den Provolone für das Sfornato schneide ich in feine Scheiben, er ist etwas angetrocknet, wir haben ihn schon eine Zeit lang im Kühlschrank, aber das macht in diesem Fall nichts. Die Birne, von der ich mir sicher war, dass es sie noch gibt, finde ich allerdings nicht. Oskar muss sie irgendwann einmal zwischendurch gegessen haben. Ich hab mich in den letzten Tagen nicht besonders um unsere Lebensmittelvorräte gekümmert. Muss ich auch nicht. Limette oder Banane? Ich entscheide mich für die Limette, schäle sie mit einem kleinen Messer so, dass nichts von der bitteren weißen Haut auf der Frucht bleibt, und schneide sie dann in dünne Scheiben, die ich mit Salz, Zucker und ganz wenig gemahlenem Chili würze. Die Rosenblätter habe ich inzwischen in eine Schüssel gezupft, sie riechen noch immer betörend. Ich kichere bei dem Gedanken, dass ich für unser Essen Blumen geklaut habe.

Es ist bereits acht vorbei. Ich sollte mir etwas vom Weinviertler Riesling nehmen. Die beiden Gläser Champagner sind längst Geschichte. Und sie waren ja auch nicht eben groß. Warum Evelyn wohl keinen Alkohol getrunken hat? Guten Wein gibt es in ihrer Gegend noch immer zu erstaunlich günstigen Preisen. Kann schon sein, dass das, was für mich günstig ist, für sie unter verzichtbaren Luxus gefallen ist. Nein, sie hat Alkohol grundsätzlich abgelehnt, von ihm komme alles Böse, hat sie Céline gesagt. Ihr Freund soll getrunken haben, bevor er in den Häcksler gekommen ist.

Endlich. Es läutet. Natürlich hat Oskar einen Schlüssel, aber er läutet, bevor er ihn im Schloss dreht. Er findet es höflicher, als quasi mit der Tür ins Haus zu fallen, auch wenn es das eigene ist. Ich halte es ebenso. Ich renne durch den großen Raum ins Vorzimmer, will ihn endlich wieder einmal zur Begrüßung umarmen. Es ist so schön, dass es ihn gibt. Die Tür geht auf, ich strecke die Arme aus – und erstarre. Neben ihm steht jemand. Carmen. Seine Tochter, von der er erst seit einem Jahr weiß. Siebenundzwanzigjährige höchst attraktive Schweizerin. Warum müssen die jungen Mädels alle so hübsch sein? Hätte er mich nicht wenigstens vorwarnen können? Ich lasse die Arme sinken, bemühe mich um einen freudigen Ton und sage: »So eine Überraschung!« Oskar küsse ich kurz auf den Mund, Carmen auf beide Wangen.

»Hast du die SMS nicht bekommen?«, fragt Oskar.

Ich schüttle den Kopf. Dumme Ausrede. Aber ich werde gute Miene zum unerwarteten Spiel machen. Ich habe das Gefühl, dass ich Carmen so einiges schuldig bin. Letztes Jahr habe ich sie in eine Lage gebracht, aus der sie fast nicht mehr lebend herausgekommen wäre. Okay, sie lebt, und sie ist da. Außerdem: Sie ist wirklich sehr nett. Aber der heutige Abend war anders geplant, ganz anders.

Sollten sie merken, dass ich nicht restlos begeistert bin, dann lassen sie es sich wenigstens nicht anmerken. Carmen bestellt Grüße von ihrer Mutter, Oskars Freundin aus Studienzeiten, und erzählt, dass sie, wenn es gehe, immer supergünstige Flüge nütze. Heute habe es einen um zwanzig Franken von Zürich nach Wien gegeben.

»Und wann wird es den nächsten günstigen Flug zurück geben?«, frage ich. Ich kann einfach nicht anders.

Oskar sieht mich strafend an. Ich sollte ihn strafend ansehen, die Sache mit der SMS ist ein Witz.

»Ach, wenn sich da in den nächsten ein, zwei Wochen nichts tut, dann nehme ich den Zug«, sagt Carmen unbeschwert. Man würde nicht glauben, dass sie bereits zwei Studien abgeschlossen hat. Politikwissenschaften und Italienisch. Momentan arbeitet sie an der Uni in Zürich. »Aber ich hab Zeit«, fährt Carmen fort. »Meine Assistenzstelle ist ausgelaufen. Ich überlege, ob ich nicht doch in Wien Umweltmanagement studieren soll. Das würde mich wirklich interessieren. Ist ohnehin nur ein Postgraduate. Und ich hab mich schon erkundigt: Politikwissenschaften als Vorstudium geht.«

Oskar scheint von der Idee angetan zu sein. Meine Euphorie hält sich in Grenzen. Mira, sei nicht eifersüchtig. Sie ist seine Tochter. – Sie würde sicher in meiner Wohnung wohnen wollen. Dort war sie ja auch schon letztes Jahr. Bevor sie gekidnappt wurde. Besser, ich wechsle das Thema: »Ich habe etwas zum Essen vorbereitet. Es reicht auch für drei.«

Carmen sieht mich an. »Du kochst fantastisch. Aber du sollst dir keine Arbeit machen, wir wollten uns Pizza kommen lassen.«

Ha, das ist bei Oskar ja ganz was Neues. Ich sage: »Sfornato vom Angler mit Limette und Provolone, danach Risotto con petali di rose.« Ich komme mir vor wie die perfekte Hausfrau aus den »Desperate Housewives«.

»Wahnsinn!«, ruft Carmen. »Soll ich den Tisch decken?«

Ich gebe zu, ihre Begeisterung besänftigt mich. Ich gehe zur Küchenzeile, und während die beiden plaudern und aufdecken, sehe ich nach, ob der Grill im Backrohr schon auf Höchsttemperatur ist. Er ist es. Ich nehme drei feuerfeste Glasteller, bestreiche sie in der Mitte mit etwas Olivenöl, lege Scheiben vom dünn geschnittenen gefrorenen Angler darauf, bedecke sie mit den gewürzten Limetten, reibe dann Käse darüber. Jetzt für drei Minuten unter die Grillvorrichtung, und fertig ist die Vorspeise.

Auf Oskars großem Esstisch steht sogar der ererbte silberne Kerzenleuchter. Die Kerzen flackern, Carmen und Oskar sehen mich erwartungsvoll an. Und man muss zugeben, das Sfornato ist wirklich gelungen. Carmen verschlingt es mit der Hingabe eines Jungtieres, sie kann offenbar alles, und das in Mengen, essen und bleibt trotzdem schlank. Mit den Jahren wird sich das ändern, denke ich und komme mir mies vor. Freu dich über ihre gute Laune, Mira, heute ist dir noch nicht allzu viel davon begegnet. Ich erzähle von meinem Rosendiebstahl, Oskar zählt die Bestimmungen auf, gegen die ich verstoßen habe, und grinst dabei. Und Carmen sagt, sie finde die Aktion super. »Ich meine, dass du in deinem ...«

»... in meinem Alter?«

»Du hast jedenfalls so gar nichts von Müttern, die ich kenne.«

Da hat sie die Kurve gerade noch einmal gekriegt. »Ich bin ja auch keine Mutter«, erwidere ich. »Das hält jung.«

»Kindisch«, stichelt Oskar.

Bis der Risotto fertig ist, dauert es circa zwanzig Minuten.

Während das Sfornato im Rohr war, habe ich die Zwiebeln in den Topf gegeben und auf ganz kleiner Flamme anschwitzen lassen. Offenbar ist der Herd doch nicht so super. Jetzt sind die fein geschnittenen Zwiebeln am Topfrand nicht mehr hell, sondern dunkelbraun. Ich rühre schnell durch, gebe den Knoblauch dazu, nach einer Minute rühre ich den Reis ein, bis die Körner glasig sind. Mit Weißwein aufgießen, die Induktion auf Maximum stellen. Wenn die Flüssigkeit aufkocht, wieder auf hundert Grad und wenig Watt reduzieren.

Ich drehe mich zu Oskar und Carmen um. Sie haben die Köpfe zusammengesteckt, nehmen mich gar nicht wahr, reden. Was wird da geplant? Carmens Zukunft? Unsere Zukunft? Und ich stehe da und koche Risotto. Der Reis hat den Wein aufgesogen, ich gebe einen großen Schöpfer vom köchelnden Entenfond dazu. Umrühren. Immer wieder umrühren. Und wenn die Flüssigkeit wieder weitgehend aufgesogen ist, noch einen Schöpfer Fond dazu. Und rühren. Rühren. Nichts, von dem man wegrennen sollte, um bei der Zukunftsplanung dabei zu sein. Außer man möchte die Zukunft mit einem angebrannten, trockenen Risotto beginnen. Ich höre die beiden lachen. Vielleicht geht es gar nicht um etwas Wichtiges. Die zwei verstehen sich einfach, ist doch schön. Ich stelle drei tiefe Teller in den Ofen und nütze die verbliebene Wärme. Ich koste den Risotto. Noch ist der Reis eine Spur mehlig, aber in zwei, drei Minuten wird er gerade recht sein: al dente eben. Ich richte Butterflocken und reibe etwas vom Provolone in einen Teller. Ich koste noch einmal. Passt. Flamme abdrehen. Unsinn. Das ist Induktion. Da dreht man ab, und die Platte ist sofort kalt. Magnetwellen. Ich stelle auf »warm halten«. Das entspricht wohl am ehesten der Restwärme eines herkömmlichen Herdes. Dann rühre ich Käse und Butter ein, sehe zu, wie sie schmelzen, würze mit grobem Pfeffer aus der Mühle, nehme von den duftenden Rosenblättern und ziehe sie so sanft wie möglich unter.

Ich verteile den Risotto con petali di rose auf die drei warmen

Teller, garniere ihn mit den schönsten Rosenblättern und bringe die ersten beiden Teller zum Tisch. Teilen lernen. Warum nicht mit Carmen? Ein paar christliche Tugenden können mir gar nicht schaden. Oskar ist aufgesprungen und holt den dritten Teller. Jetzt springt Carmen auf und eilt Richtung Vorzimmer. Was soll das? Ist zwar keine Pizza, aber der Risotto ist auch nicht übel. Oskar sieht ihr erstaunt hinterher.

»Telefon?«, flüstert er.

»Jetzt?«, fauche ich.

Da kommt Carmen zurück. Mit einem Fotoapparat in der Hand. »Das kann man nicht einfach essen. Das muss ich fotografieren und daheim herzeigen.«

Womit sie mich natürlich gewonnen hat. Und irgendwie bringe ich es auch nicht fertig, Nein zu sagen, als sie mich fragt, ob sie während des Studienlehrgangs eventuell in meiner Altbauwohnung wohnen dürfte. Eigentlich wäre es ohnehin das Beste. Die Wohnung steht leer, und Oskars Tochter könnte sie brauchen. »Ich möchte von dir kochen lernen«, sagt sie.

Ich genieße die frühen Vormittagsstunden in Oskars Wohnung. Carmen hat auf dem Sofa übernachtet, sie ist schon fort in Richtung Uni und hat zuvor, ganz brave Tochter, das Bett abgezogen und das Bettzeug in die Waschmaschine gesteckt. Manieren hat sie, muss man ihr lassen. Hat sie die von ihrer Mutter, oder stammen sie doch vom Nobelinternat in St. Moritz? Oskar hat kurz nach seiner Tochter das Haus verlassen, er hat mich besonders lange umarmt und mir gesagt, wie froh er sei, dass ich mich mit Carmen verstehe. An sich mag ich sie ohnehin. Ich habe mir Zeit gelassen, nach dem Duschen einen zweiten Kaffee getrunken, Gismo gestreichelt und mein Gesicht in die Morgensonne gehalten. Jetzt werde ich mich langsam auf den Weg in die Redaktion machen. Mal sehen, ob die Praktikantin Rad fahrende Promis gefunden hat.

Mein Telefon läutet. Oskar hat mir gestern übrigens tatsächlich eine SMS geschickt. Ich war nur zu blöd, um das richtige Verzeichnis zu finden. Carmen hat mir gezeigt, wie es geht. Und sie hat dafür gesorgt, dass neue SMS ab jetzt auf dem Display aufscheinen. Wer weiß, was mit meinem alten Telefon ist. Ich werde heute jedenfalls nachfragen.

»Du hast zu tun, oder du kannst in Stadtpark kommen?«, fragt Vesna.

Für einen Moment wird mir heiß. Ich denke an den Rosendiebstahl und dass jemand dahintergekommen sein könnte. »Ich muss Klient bewachen und nachsehen, wer ihm Böses will, kann erst weg, wenn Jana mich ablösen kommt.«

Ich habe Zeit. Und es ist nicht eben häufig, dass mich Vesna um etwas bittet. Also frage ich erst gar nicht genauer nach, worum es geht. Ich werde durch die Wiener Innenstadt marschieren. Es ist September, wer weiß, wie oft die Sonne noch so wärmt.

»Wenn du beim Park bist, ruf an. Ich sage dann genau, wo ich bin.«

Eine halbe Stunde später erreiche ich den Stadtpark. Mein Spaziergang war schön, beinahe habe ich mich gefühlt, als wäre ich in Wien auf Urlaub. Ich habe die schicken Geschäfte bewundert und die alten Häuser, habe Fiaker vorbeifahren sehen und mir in einer kleinen Bäckerei eine Nussschnecke gegönnt. Ich sehe mich um. Beet mit Herbstblumen. Wie immer ist jemand vom Stadtgartenamt emsig unterwegs, um Unkraut zu zupfen, zu düngen, neu zu pflanzen: Ein junger Mann in grünem Overall hockt in einem Gesträuch mit bunten Astern. Ich sehe genauer hin. Das ist kein junger Mann, das ist Vesna. Ich gehe auf sie zu, bleibe ganz in ihrer Nähe stehen, sehe nicht in ihre Richtung und flüstere: »Was tust du da?«

Vesna gibt weiter vor, Unkraut zu zupfen, und deutet nur mit einer Hand zu einem hohen Baum, der ein Stück weiter steht. Auf dem Baum sitzt etwas. Für einen Vogel ist es deutlich zu groß, das sehe sogar ich, obwohl ich seit Jahren für das, was weiter weg ist, eine Brille haben müsste. Wenn ich wirklich immer alles gestochen scharf sehen wollte. Für mich wirkt das hoch oben am Baum wie ein bunter Bär.

»Ist Klient von gestern Nachmittag«, flüstert nun Vesna. »Ist bester Baumabschneider von Wien. Klettert einfach hinauf und schneidet, was weg soll.«

»Und was gibt es da für dich zu beobachten?«, will ich wissen.

»Irgendeiner mag ihn nicht. Bäume waren schon zweimal angesägt, ganz geschickt, sodass er nichts gemerkt hat. Ist er mit Baum umgefallen. Hat Glück gehabt, nur ein paar Stauchungen.«

Ich muss mir das aus der Nähe ansehen. Ich gehe auf den Baum mit dem bunten Bären zu und halte die Luft an. Rote Hose, blaues Hemd. Dieser Riese steigt den Baum hinauf, mehr oder weniger freihändig. Zehn, zwölf Meter ist er bereits vom Boden entfernt. Er hat einen dicken orangen Gurt um die Mitte geschlungen, offenbar sichert er sich mit einem Seil. Ich werde auch im Zirkus nervös, wenn sie ganz hoch oben turnen. Meine Güte, wenn auch dieser Baum angesägt ist … Aber inzwischen wird er das wohl sehr genau kontrollieren, bevor er auf einen Baum steigt. Er klettert noch höher. Fünfzehn Meter, vielleicht auch achtzehn. In der einen Hand eine knallgelbe Motorsäge, er schwingt sie über seinem Kopf, schneidet einen großen Ast ab. Noch einen. Er erinnert mich an die Serie »Men in Trees«. Aber solche Männer gibt es in Alaska, nicht hier bei uns in Wien. Oder? Plötzlich habe ich das Gefühl, dass sich der Baum zu neigen beginnt. Sicher eine optische Täuschung. Der Riese schaut nach unten, stellt die Motorsäge ab, hängt sie sich rasch über den Rücken, löst das Seil, gleitet ungesichert so schnell wie möglich einige Meter nach unten. Der Baum hat sich tatsächlich geneigt. Ich sehe zu Vesna. Hat sie es bemerkt? Sie ist ein Stück auf den Baum zugerannt, schaut sich um. Nur ein paar Leute, die vorbeigehen und die Vormittagssonne genießen. Der Baum ächzt. »Vorsicht!«, rufe ich einem älteren Mann mit Setter zu. »Weg da!« Er sieht nach oben und beginnt mit seltsam trippelnden Schritten zu rennen. Der Baumschneider ist nun rund zehn Meter vom Boden entfernt. Er klettert mit affenartiger Geschwindigkeit nach unten, wirft die Motorsäge ab. War er zu schwer für den Baum? Der Stamm hat sicher einen halben Meter im Durchmesser, und er scheint nicht angesägt worden zu sein. Die letzten zwei Meter springt der Baumbär, steht neben dem inzwischen reichlich geneigten Baum. Vesna ist neben ihm. Ich bleibe abseits. Er keucht und deutet auf die Wurzeln. Beide gehen in die Knie, untersuchen das Gras, stehen wieder auf, reden aufeinander ein, Vesna nickt, der Riese hat seine Säge aufgehoben, betrachtet sie, schultert sie und geht davon. Als er um eine Wegbiegung verschwunden ist, kommt Vesna zu mir.

»Diesmal haben sie Wurzeln angesägt. Er sagt, dieser Baum ist Flachwurzler, sie haben Wurzeln nahe beim Stamm durchgesägt und das Gras wieder darübergetan. Ich habe leider niemand gesehen.«

»Wer tut so etwas?«

Vesna zuckt mit den Schultern. »Konkurrenz. Er ist der Beste. Er bekommt viele Aufträge von Stadt Wien. Er braucht keinen Kran und all so was. Nur Mut. Er bekommt Drohungen, dass er das nicht machen soll.«

»Es kann doch nicht so viele geben, die im Baumschneidegeschäft sind«, meine ich. Mir schaudert allein bei dem Gedanken, so hoch oben auf Bäumen herumzuturnen.

»Sind schon einige. Außerdem: Er ist Ein-Mann-Firma, er kann nicht zur Polizei nur auf Verdacht hin. Könnte eine Menge Klagen bekommen, wenn es keine Beweise gibt. Ich werde Täter schon finden. Hätte eben gestern Nacht im Park sein sollen, war ich aber nicht. War ich schick essen mit Valentin.« Sie verzieht das Gesicht. »Wäre besser gewesen, ich hätte auf Bäume aufgepasst.«

»Abendessen zu zweit«, sage ich, »klingt doch gut.« Wir waren gestern zu dritt. Hoffentlich hat Valentin ihr nicht erzählt, dass ich ihn auf die Idee gebracht habe.

»Tja. Er hat sogar Meeting vorzeitig verlassen. Und er war sehr aufmerksam. Zu viel aufmerksam, wenn du verstehst.«

»Zu viel?«

»Ist verdächtig. Und dann hat er mir auch noch das hier geschenkt.« Vesna fummelt in ihrer Overalltasche, zieht schließlich einen goldenen Armreif heraus. Schlicht, edel, teuer.

»Ist von Tiffany«, murmelt Vesna. »So was verschenken Männer, die schlechtes Gewissen haben. Tiffany. Bin ich nicht Audrey Hepburn, oder?«

»Ich würde mich darüber freuen. Ich glaube, du täuschst dich in Valentin. Er wollte dir einfach eine Freude machen, dir zeigen, wie sehr er dich mag, auch wenn er momentan nicht so viel Zeit hat.«

Vesna sieht mich an. »Ihr habt miteinander geredet?«

»Du steckst zu sehr in deiner Arbeit«, versuche ich abzulenken. »Kein Wunder bei deinem Job, dass man misstrauisch wird. Wenn sie sogar einem Baumschneider die Wurzeln ansägen.«

»Ist guter Typ«, erzählt Vesna. »Hatte gemeinsam mit Zweitem eine kleine Spedition, die ist aber eingegangen. War immer gern bergsteigen, hat Baumschneiden gelernt und jetzt neues Geschäft. Weißt du, was er gesagt hat? ›Mut kann man nicht kaufen, und das ist gut so. Sonst hätten ihn wieder die, die schon alles haben.‹ Hat mir gefallen.«

Eine Aussage, die auch auf Vesna passt. Und ein neuer Unternehmer, der gut in meine Serie passen würde. Das wäre eine viel bessere Geschichte als die mit den Fahrrädern. Und viel bessere Bilder: Der bunte Bär im Baum.

»Ich habe mehr mit solchen Leuten gemeinsam als mit Valentin und Sternelokalen«, kommt Vesna zum Ausgangspunkt zurück. Nicht schon wieder. Das höre ich jetzt schon seit Jahren.

»Aber du liebst ihn«, stelle ich einfach fest.

»Ist ein großes Wort. Was zählt, ist Alltag. Und ob man sich verlassen kann.«

»Du kannst dich auf dich selbst verlassen. Und auf Valentin auch. Und auf mich sowieso. Und auf deine Zwillinge.« Bevor ich ihr ewige Liebe schwöre, wechsle ich das Thema. »In zwei Wochen wirst du fünfzig, wir sollten ein großes Fest machen. Höchste Zeit, was zu planen.«

»Ist Geburtstag wie jeder andere. Werde ich einfach jeden Tag einen Tag älter. Man muss das vernünftig sehen. Ich will kein Fest.« Vesna sieht über meine Schulter, winkt.

Ich drehe mich um, es ist Jana, die auf uns zukommt. Sie sei leider aufgehalten worden, sorry.

»Ich will kein Fest. Wir können essen gehen. Gemütlich. Natürlich mit Jana und Fran«, bekräftigt Vesna.

»Wir planen gerade Vesnas Geburtstag«, erkläre ich Jana. »Deine Mutter will kein Fest.«

»Wir werden essen gehen. Mira Valensky, meine Zwillinge, ich«, wiederholt Vesna.

Jana räuspert sich. »Geht das am Vorabend auch? Ich wollte es dir ohnehin schon sagen: Genau an deinem Geburtstag ist ein total wichtiges Treffen für das kommende Studienjahr.«

»Geht auch am Vorabend«, meint Vesna und wirkt nicht im Geringsten gekränkt. Oder kann sie das bloß gut verbergen?

Vesna erzählt ihrer Tochter kurz, was beim Baumschneiden geschehen ist. Sie glaubt nicht, dass sich der oder die Attentäter tagsüber im Park herumtreiben. Da sei einfach zu viel los, zu viele Menschen, die spazieren gehen. Am Nachmittag habe der Baumschneider einen Auftrag in einer Kastanienallee. Besser, Jana fahre gleich dorthin.

»Habt ihr was über den Tod von Célines Mutter rausgebracht?«, will Jana wissen.

»Wir haben jemand aus ihrer Vergangenheit gefunden. Und wir wissen, dass ihre Jugendliebe vor fünfundzwanzig Jahren ums Leben gekommen ist«, erzähle ich. »Vielleicht wäre es gut gewesen, Céline hätte sich etwas mehr um ihre Mutter gekümmert.«

Jana sieht ihre Mutter an und dann mich. »Kann schon sein, dass Céline ziemlich auf ihre Ausbildung zur Sängerin konzentriert ist. Aber könnt ihr euch nicht vorstellen, warum? Sie will nicht dort landen, wo ihre Mutter gelandet ist. Eine schöne Stimme allein ist viel zu wenig. Man muss etwas daraus machen. Und nebenbei studiert sie ja auch noch Psychologie. Zur Absicherung, falls das mit der Gesangskarriere doch nichts wird. Und natürlich auch, weil es sie interessiert. – Tut mir leid, dass ich an deinem Geburtstag nicht kann«, sagt sie zu Vesna.

»Ich verstehe das schon«, erwidert Vesna. »Ich werde nicht einsam sein wie Evelyn, und wenn ich es doch einmal bin, einsam und alt und kaputt ...«

Ich lache und klopfe ihr auf die Schulter. »Das kann dir nicht passieren! Du bist ganz anders! Du bist stark!«

Vesna sieht mich ganz seltsam an. »Ist nicht immer leicht, stark zu sein«, sagt sie und beginnt plötzlich zu weinen. Jana sieht sie erschrocken an. »Ich komme an deinem Geburtstag, ich kann absagen.«

Ich nehme meine Freundin in den Arm. Sie schluchzt noch einmal auf und schüttelt mich dann ab. »Blöde Sentimentalität«, knurrt sie. »Diese Rühr-Geschichte mit Sozialhilfeempfängerin und Millionär macht mich ganz dumm im Kopf.«

Ich glaube ja, es ist eher die Geschichte mit Valentin und mit ihrem Geburtstag, die ihr ans Herz geht.

Psychologiestudentin Jana sieht ihre Mutter besorgt an. »Du wirst fünfzig. Vielleicht belastet dich das. Oder ... kann es etwa sein, dass du in die Wechseljahre kommst? Da sind Stimmungsschwankungen …«

Vesna schüttelt wütend den Kopf. »Kein Grund, schwachen Moment aufzubauschen zu Lebenskrise. Wir haben eine Menge zu tun. Jana, du musst zu den Kastanien. Bevor da jemand Gelegenheit hat, zu sabotieren. Und ich muss für ungeduldigen Autohändler mit Familie Osthof reden.«

[7]

Ich habe meine Story über den Radhändler schon einen Tag vor Redaktionsschluss fertig. Ist ja auch keine, die nach Recherche bis zur letzten Minute schreit. Die Praktikantin hat genug Promis ausfindig gemacht, die sich mit Vergnügen auf dem Fahrrad ablichten lassen. Kein Wunder: Radfahren wirkt bescheiden und sportlich zugleich. So werden selbst Minister gerne für die größte Wochenzeitung fotografiert. Aber da unsere jungen Mitarbeiterinnen auch lernen müssen, dass man nicht alles glauben darf, was so schön erscheint, habe ich unsere Praktikantin gestern mit einem Fotografen vor das Bundesamtsgebäude geschickt. Und sieh an: Der Herr Minister nahm für die nicht eben lange Fahrt zwischen Ministerium und Bundeskanzleramt doch den Dienstwagen. So haben wir von ihm ein Foto mit Rad und seinem Statement, wie froh er sei, durchs Radfahren seinen eigenen kleinen Beitrag zu Sparprogramm und Klimaschutz leisten zu können, und ein Foto im Dienstwagen samt recherchierter Route.

Insgesamt also ein netter Bericht. Zwei weitere Storys, die mir aus unterschiedlichen Gründen interessant erscheinen, werde ich in der nächsten Redaktionssitzung anbieten: Christian Osthof, Wirtschaftsmeinungsforscher. Und der Baumschneider, von dem ich allerdings noch nicht viel mehr weiß, als dass er gern bunte Kleidung trägt, beinahe zwei Meter groß ist, sehr schnell auf sehr hohe Bäume steigen kann und dass das jemand anderem nicht passt.

An Exminister Osthof ist Vesna noch immer nicht rangekommen. Seine verstorbene Frau soll zu viel getrunken haben. Das habe man ihr zumindest in dem Delikatessenladen erzählt, in dem die Osthofs seit ewigen Zeiten einkaufen. In seiner Wohngegend gebe es solche Läden noch. Osthof lebe allein, am Vormittag komme eine Frau und mache ihm den Haushalt. Keine Chance, mit ihr ins Gespräch zu kommen, hat Vesna am Telefon gestöhnt. Sie sei arrogant, abweisend und offenbar hinter Osthof her.

Telefon. Es ist nicht der Redaktionsapparat, sondern mein Ersatzmobiltelefon. Das erinnert mich an etwas. Ich muss bei der Polizei nachfragen ...

»Gibt es schon Neues? Ich erreiche Frau Krajner nicht.«

Kein Name. Ich sehe auf das Display. Die Nummer kommt mir nicht bekannt vor. Für einen Moment denke ich an den Baumschneider. Aber woher sollte der von mir wissen?

»Sie hat gesagt, ich bekomme regelmäßig Bericht, und jetzt rührt sie sich nicht. Ist sie seriös?«

Tobler. Der Autohändler. »Seriöser als seriöse Autohändler«, erwidere ich.

Er lacht. »Tut mir leid, ich bin ein ungeduldiger Mensch. Natürlich ist Ihre Freundin in Ordnung.«

»Es ist offenbar nicht ganz einfach, an Exminister Osthof heranzukommen«, meine ich.

»Warum Osthof? Sie meinen, der könnte etwas mit Evelyns Tod zu tun haben?« Pause. »Kann ich mir nicht vorstellen. Sie sollte sich lieber in Evelyns aktuellem Umfeld umsehen.«

»Das hat sie schon getan. Jetzt geht Vesna den Spuren in Evelyns Vergangenheit nach. Gegenwart scheint sie nicht viel gehabt zu haben.« Tobler schweigt. Ich will schon fragen, ob er noch dran ist, als er sagt: »Wenn es ihr nicht gelingt, zu ihm vorzudringen, vielleicht kann ich helfen.«

Er wirkt auf mich eigentlich recht sympathisch. Kann jemand sympathisch sein, der einen Maybach fährt, während anderen der Strom abgedreht wird? Während anderen nur noch ihr Wertkartentelefon als »Liebling« bleibt?

»Was ist, kommen Sie?«

Ich bin irritiert. Ich hab ihm nicht zugehört. »Wohin?«

»Na, zu meiner Party heute Abend. Sie und ihre Detektivfreundin. Die Party ist im Autohaus.«

Vielleicht will er auf der Lifestyle-Seite des »Magazin« vorkommen? Besser, ich stelle da gleich etwas klar. »Meinen Sie privat oder als Journalistin?«

»Quatsch, einfach so, privat. Weil ich Sie beide sympathisch finde.«

Was steckt da dahinter? Steckt da was dahinter? Ich müsse erst Vesna fragen und außerdem klären, ob ich einen Termin verschieben könne, antworte ich.

»Wenn Sie da sind, sind Sie da, und ich freue mich«, antwortet er. Zehn Minuten später bekomme ich per E-Mail eine Einladung. Das PDF zeigt einen großen pinkfarbenen Cadillac.

Ich treffe Christian Osthof in seinem Büro an der Wirtschaftsuniversität. Er betreibt nicht nur sein Institut ÖKO-POP, sondern ist auch außerordentlicher Professor für Wirtschaftskommunikation. Ich stelle ihm eine Menge Fragen über Krisengewinner und Krisenverlierer und darüber, welche Rolle die öffentliche Meinung bei der Überwindung der Wirtschaftskrise spiele. Ich habe nicht den Eindruck, dass er mich besonders ernst nimmt. Eine Journalistin vom »Magazin«, was kann die schon verstehen? Was kann die schon wollen? Aber da unsere Zeitung ziemlich auflagenstark ist, spult er eben seine Standardantworten herunter, routiniert und mediengerecht. Meinen Fotografen habe ich bereits zurück in die Redaktion geschickt. Osthof hat darauf geachtet, dass im Bildhintergrund nicht irgendetwas, sondern seine Bücher zu sehen sind. »Wirtschaft für alle« und: »Meinung Macht Money«.

Dann will ich wissen, wie es denn seinem eigenen Unternehmen momentan gehe. »Gut, nehme ich an?« Ich sehe ihn mit harmloser Freundlichkeit an.

Zum ersten Mal wird sein Blick konzentriert, er überlegt, was ich mit der Frage wollen könnte. Er ist ein Jahr älter als ich, habe ich seiner Biografie entnommen. Seine grauen Haare sind ultrakurz geschnitten, er ist schlank und sieht aus, als würde er sehr auf seine Figur achten, einer von den Typen, die ins Fitnessstudio gehen, squashen und zweimal die Woche das Abendessen streichen. Trotzdem: Unter seinen Augen bilden sich Tränensäcke, die Wangen werden langsam schlaff, und einen Ansatz zum Doppelkinn hat er auch. Ob er Gesichtscreme benutzt? Aber alles können auch Cremes nicht verhindern. Weiß ich ja.

»Ich würde es so formulieren«, sagt er dann. »Ich gehöre zu einer Branche, die antizyklisch Konjunktur hat. Oder um es populärer zu sagen: In einer Zeit, da viele Rat und Erklärungen brauchen, versuchen wir das zu liefern.«

Man sehe ihn jetzt auch häufig im Fernsehen, füge ich an.

»Glauben Sie nicht auch, dass dort allgemein verständliche Erklärungen besonders gefragt sind?« Er lächelt und kommt mit sich überein, dass ich doch harmlos bin.

Ich lächle zurück. »Können Sie sagen, um wie viel der Umsatz von ÖKO-POP im letzten Jahr gewachsen ist?«

Anders als den Fahrradhändler kann man ihn mit solchen Fragen nicht aus der Ruhe bringen. »Kein Problem, aber entscheidend ist der Gewinn. Und natürlich der Wert für die Allgemeinheit. Und die neuen Arbeitsplätze, die wir schaffen konnten. Wenn wir diesen zusätzlichen Nutzenmix mitrechnen wollen, würde ich sagen: Plus fünfzig Prozent im vergangenen Jahr.«

»Und wie errechnen Sie den?«

Er schüttelt den Kopf. »Wäre wohl etwas zu kompliziert für das ›Magazin‹. Jedenfalls beschäftigen wir sieben Mitarbeiter mehr, fünf davon sind übrigens Frauen. Und was die Bedeutung für die Öffentlichkeit angeht, so bin ich einfach überzeugt, dass objektive Information die erste Grundlage zur Überwindung jeder schwierigen Situation ist.«

Gibt es das? Objektive Information? Ich frage es nicht. Ich will keine weitere fernsehtaugliche Antwort. »Und die neuen Mitarbeiterinnen: Sie sind fix angestellt?«

Jetzt runzelt Osthof die Stirn. »Die jungen Frauen, die gerade ein Studium abgeschlossen haben, wollen das gar nicht mehr. Sie wollen Projekte und Flexibilität. Ich zahle gut und beschäftige sie für zeitlich begrenzte Leistungen. Wenn sie entsprechen und weitertun wollen, finden wir eine nächste Aufgabe für sie.«

Ob die jungen Akademikerinnen das ihr Leben lang wollen? Was, wenn sie Kinder bekommen? Natürlich hat sich viel geändert, und auch ich bin ja nicht angestellt, aber ich habe einen außergewöhnlich guten festen Vertrag.

»Ich beschäftige Frauen übrigens sehr gerne. Gerade weil ich sie für die flexibleren Menschen halte. Und für die sozial kompetenteren.«

Was will er von mir? Eine Goldmedaille als Feminist? Ich habe den Verdacht, dass Frauen und Männer im Schnitt gleich viel können. Nur dass es sehr praktisch ist, Frauen noch immer so zu behandeln, als wären sie ein Sonderfall im Wirtschaftsleben und eigentlich für anderes geboren. Hört sich irgendwie nach dem an, was uns Jana immer wieder predigt. Vielleicht steige ich mit ihr irgendwann einmal auf die Barrikaden. Gründe genug gäbe es dafür.

Ich packe mein Aufnahmegerät ein und bedanke mich. Ich könne noch nicht genau sagen, wann unser Gespräch erscheinen werde, aber natürlich bekomme er vorher den Text zur Durchsicht. Er schüttelt mir die Hand. »Wenn Sie noch etwas brauchen ...«, sagt er etwas gönnerhaft.

»Danke. Ach ja, was ich noch sagen wollte: Wir scheinen eine gemeinsame Bekannte zu haben: Evelyn Maier, sie hat mit Ihrem Bruder in einer Band gespielt.«

Er schüttelt langsam den Kopf. »An diesen Namen kann ich

mich leider nicht erinnern. Ist sie … eine gute Bekannte von Ihnen?«

»Wie man es nimmt. Ihre Tochter steht übrigens kurz vor dem Durchbruch als Sängerin.«

»Als Popsternchen?«, kommt es spöttisch zurück.

»Ah, jetzt erinnern Sie sich, oder? Nein, die Tochter studiert an der Musikuniversität.«

»Ich weiß natürlich noch, dass mein Bruder in einer Band gespielt hat. Ich bin einige Jahre älter als er, ich hatte ganz andere Freunde. ›Evelyn‹, sagten Sie …«

»Sie war die Freundin Ihres Bruders.«

»Dann wissen Sie wohl auch, dass mein Bruder damals ums Leben gekommen ist«, kommt es scharf zurück. »Was will sie jetzt, diese Evelyn?«

»Sie will gar nichts mehr. Sie ist vor Kurzem gestorben«, sage ich.

»Dann hat sie fünfundzwanzig Jahre länger gelebt als mein kleiner Bruder.«

Ich sehe ihn interessiert an. Hat er sich zu Beginn tatsächlich nicht an sie erinnert? Der Wirtschaftsmeinungsforscher deutet meinen Blick falsch. Er versucht ein Lächeln. »Tut mir leid«, sagt er so verbindlich wie möglich. »Aber man kommt nie darüber hinweg, wenn der jüngere Bruder stirbt. Und die Band hatte wohl einen gewissen Anteil daran, dass es dazu gekommen ist.«

»Wie meinen Sie das?«

»Die Leute in der Band waren nicht der richtige Umgang für ihn. Der eine war Mechaniker, und sie hatte, glaube ich, gar keine Ausbildung. Hubert hatte alle möglichen sozialromantischen Flausen im Kopf. Ich bin sehr für das Soziale, wie Sie ja wissen. Aber dieses Umfeld hat ihm einfach nicht gutgetan.«

»Er ist an einem Häcksler gestorben, nicht an Sozialromantik.«

»Sie haben geprobt und zu viel getrunken. Vielleicht haben sie auch irgendwelche anderen Substanzen zu sich genommen. Das Probelokal war ganz nahe. Mein Bruder ist durch unseren großen Park heimgegangen, und da ist es dann passiert. Grauenvoll.«

»Kennen Sie Hans Tobler?«

»Warum fragen Sie? Er war der Mechaniker, jetzt hat er einen Autohandel. Mein Vater hat ihm hin und wieder ein Auto abgekauft. Um ihn zu unterstützen.«

Hat für mich nicht so ausgesehen, als hätte Hans Tobler in den letzten zwanzig Jahren Mitleid nötig gehabt. Anders als Evelyn.

»Natürlich ist es tragisch, dass Ihre Bekannte ums Leben gekommen ist. Sie kann noch nicht alt gewesen sein. Ich habe sie seit damals nicht mehr gesehen«, fügt er hinzu. Seltsam, denke ich, er fragt nicht einmal, woran sie gestorben ist.

Chromblitzende amerikanische Straßenkreuzer aus den Fünfzigerjahren. Tobler hat die große Ausstellungshalle extra für heute Abend umgestaltet. Stehtischchen und Barhocker aus den Fünfzigern, poppige Autos aus der damaligen Zeit. Die Kellnerinnen tragen Petticoats, die deutlich über dem Knie enden. Auf den Ladeflächen mehrerer Oldtimer Pick-ups ist angerichtet: US-Fast-Food auf dem einen Wagen: Burger und Hotdogs und Cola und Pizzaschnitten. Auf dem anderen kann man sich mit Hummer und Garnelen und Roastbeef und Champagner verwöhnen. Und auf einem dritten gibt es Wein und Bier und einen Monstergrill: Würstchen und Steaks und Hühnerteile. Um den überlebensgroßen Schokobrunnen mache ich einen Bogen. Allein vom Geruch der warmen Schokolade verklebt sich mein Magen.

Vesna und ich stehen mit Champagnergläsern an einen weißen Mustang gelehnt und beobachten, was sich rund um uns abspielt. Wunderbarer Ausflug in eine Art Auto-Disneyland.

Tobler scheint höchst unterschiedliche Menschen zu kennen. Wir sehen Männer mit zu viel Gold um den Hals und protzigen Uhren. Ist das alles echt? Was macht es für einen Unterschied? Frauen mit zu vielen Gesichtsoperationen, prallen Wangen, großen Augen, altem Hals, hochhackigen Schuhen. Es muss ein anstrengendes Leben sein. Eine ist im Partnerlook mit ihrem Hund erschienen: Sie trägt Stilettos mit Leopardenmuster und eine eng anliegende Jacke aus Leopardenfell. Und wieder die Frage: Ist es echt? Ihr Hund ist winzig, kurzhaarig, hat ebenso dünne Beine wie sein Frauchen und ebenso große Augen in seinem Schrumpfkopf. Er trägt ein Leopardenmäntelchen. So als wollte er sagen: »Ich bin ein wildes Tier!« Nimmt ihm leider keiner ab. Daneben Durchschnittstypen, B-Promis, ein paar Künstler, ein unscheinbarer Mann mit zwei kleiderschrankartigen Männern, die nicht von seiner Seite weichen. »Amerikanischer Botschafter oder Mafiaboss?«, flüstere ich Vesna zu.

»Amerikanischer Staatssekretär«, flüstert sie zurück. Ich lache. »Ist wahr«, sagt sie. »Ich habe heute gelesen, er ist in Österreich. Ich habe ein Bild gesehen.«

Als wir hereingekommen sind, hat Tobler in der Nähe des Eingangs gestanden und hat seine Gäste begrüßt. Freundlich, routiniert. Beiger Leinenanzug, zweifarbige Schuhe, die aussehen wie handgefertigt. Wer sich einen Maybach leisten kann ... Er scheint ein hervorragendes Personengedächtnis zu haben. Kaum einer, den er nicht mit Namen angesprochen hat. Für Vesna und mich gab es Küsschen – sieht so aus, als würde er sich wirklich freuen, uns zu sehen.

Ich treffe jemanden, den ich eigentlich kennen sollte, und finde während unseres Small Talks doch nicht heraus, wer er ist. Mein Personengedächtnis ist eben nicht so toll. Ich sehe mich um. Vesna steht beim Grill-Pick-up. Wer glaubt, dass beim US-Fast-Food weniger Menschen sind als bei den anderen Wagen, der täuscht sich. Die meisten wollen Original-Burger und Hotdogs. Tobler ist auf die Ladefläche eines Oldtimer Lastwagens geklettert und hält eine kurze Begrüßungsrede. Die Party habe nichts weiter zum Anlass, als dass er gerne Freunde einlade. Und er hätte keine weitere Bitte an alle, als dass wir den Abend genießen. Tobler hat viele Freunde, hundertfünfzig sind es sicher. Oder kann es sein, dass da doch der eine oder andere gute Kunde oder Geschäftspartner mit dabei ist? Der Autohändler sagt den Star des Abends an. Ein Entertainer, der angeblich in Las Vegas große Erfolge gefeiert hat. Der alternde Sänger begegnet mir seit einigen Jahren immer wieder: bei der Eröffnung der Flughafenfiliale einer Bäckereikette, auf dem Sommerfest des Bundeskanzlers. Drei junge Männer klettern auf den Lkw, decken ihre Musikinstrumente ab. Dann erscheint der Star: weißer Anzug, weißer Hut. Sie haben ihm ein Treppchen gebracht, die Band setzt ein, und er schreitet auf die Ladefläche des Oldtimers, als wäre er auf der Showtreppe des größten Casinos der Welt. Er macht eine ausholende Geste und legt los. Samtstimme und hie und da ein Ton, der erkennen lässt, dass der Mann doch schon so gegen siebzig sein muss. Ich wippe mit. Egal ob der Typ in Las Vegas oder in Simmering gesungen hat: Er ist gut. Er hat den Swing. Ich habe gar nicht bemerkt, dass Tobler neben mir steht. Er schnippt mit den Fingern.

»Spielen Sie eigentlich noch Schlagzeug?«, rufe ich in sein Ohr.

Er schüttelt den Kopf. »Ich hab es seit damals nicht mehr angerührt.«

»Sie sollten es wieder tun«, sage ich. »Gibt es eigentlich Platten von den ›Three Friends‹?«

»So weit haben wir es nie gebracht. Hubert hatte Tonbänder. Aber sie sind weg, nehme ich einmal an.«

Ein Mann um die sechzig, er wirkt etwas aufgedunsen, steuert auf den Autohändler zu. Neben ihm eine Frau mit blondem Pagenkopf, auch nicht mehr ganz jung, aber jedenfalls deutlich jünger als er und – um es in der Autosprache zu sagen – recht gut erhalten. »Herr General«, ruft Tobler.

»Darf ich dir meine Frau vorstellen?«, erwidert der so Angesprochene. Ist er wirklich ein General? Einer vom Bundesheer oder von der Polizei? Wie soll man einen General in Zivil überhaupt erkennen? Tobler begrüßt die Frau General formvollendet mit Handkuss. In der folgenden Stunde esse ich gemeinsam mit Vesna ein wunderbares T-Bone-Steak, muss feststellen, dass der Wein untrinkbar ist – ich sollte Tobler ganz dringend von meiner Winzerfreundin Eva erzählen –, halte mich an den Champagner, versuche Vesna davon zu überzeugen, dass Austern fantastisch schmecken und spiele weiter munteres Personenraten. Der Star des Abends hat nach einer halben Stunde ausgesungen, jetzt gibt es als Hintergrundmusik amerikanische Hits der Fünfzigerjahre. Es ist ein schräger, ausgelassener, harmloser Abend. Ich fühle mich wohl und habe den Eindruck, dass es den meisten hier so ergeht. Ich verliere Vesna aus den Augen, genehmige mir noch zwei Austern und ein Glas Champagner und finde sie schließlich an eine amerikanische, mit alten Filmplakaten beklebte Litfasssäule gelehnt. Eng neben ihr, direkt neben James Dean in seinem Sportwagen, Hans Tobler. Sie flirten. Eindeutig. Tobler hat ein Champagnerglas mit einer dunklen Flüssigkeit in der Hand, Vesna eines, in dem das drin sein dürfte, was hineingehört. Sie stoßen miteinander an. Kichern ein wenig. Ich sollte meine Freundin da loseisen. Offensichtlich, dass sie zu viel Champagner intus hat. Ich strebe mit einem breiten Lächeln auf die beiden zu.

»Ich heiße Hans«, sagt Tobler zu mir, und Vesna kichert schon wieder. Dann eilt er davon, um mir ein Glas zu holen, damit wir Bruderschaft trinken können. Ganz nüchtern bin ich auch nicht mehr. Probiert er uns irgendwie einzukaufen? Ruhigzustellen? Er zahlt dafür, dass Vesna die Ursache für den Tod von Evelyn klärt. Aber vielleicht ist ihm nicht jedes Ergebnis recht.

»Ist wirklich netter Mann«, flüstert Vesna mir ins Ohr. »Passt wahrscheinlich viel besser in meine Welt.«

Ich schüttle bloß den Kopf und meine, vor Kurzem habe sie das von dem Baumschneider gesagt. Außerdem sei es Zeit, zu gehen. Vorher aber muss auch ich noch Bruderschaft trinken. »Mira ist ein großartiger Name«, sagt Hans. »Irgendwie ... besonders.«

»Der Pfarrer hat sich verschrieben«, antworte ich wahrheitsgemäß. Ich hätte Maria heißen sollen, und so haben mich auch alle genannt, bis ich zu meiner Freude draufgekommen bin, dass in meiner Taufurkunde etwas anderes steht.

»Ihr seid beide großartig«, sagt Tobler. Er kann nur vom Fest berauscht sein, in seinem Glas ist Cola, das hab ich beim Bruderschafttrinken deutlich gerochen. Vielleicht hat er ein geheimes Whiskylager, aus dem er sich zwischendurch bedient. Jedenfalls besser, auf dem Teppich zu bleiben. Tobler war Teil der »Three Friends«. Er hat Evelyn geliebt, aber sie hat sich für Hubert entschieden. Und der ist ums Leben gekommen. Tobler hätte ein Motiv gehabt. Und falls Evelyn endlich darüber reden wollte, hätte er, auch was ihren Tod angeht, ein Motiv.

»Ich habe heute übrigens Osthof getroffen«, sage ich zum Autohändler Hans.

Er sieht mich erschrocken an. Oder verblüfft? Ist ja auch ein ganz schöner Themensprung.

»Den Minister?«, will er wissen.

»Seinen älteren Sohn. Den Wirtschaftsmeinungsforscher.«

Er scheint sich zu entspannen. Oder bilde ich mir das nur ein?

Tobler dreht sein Glas, ist mit einem Mal ernst geworden. Ich bin eine Spielverderberin, ich geniere mich. Dann sagt Tobler langsam: »Den habe ich kaum gekannt. Er hat auf uns herabgesehen, auf Evelyn und mich. Er war auch schon ein paar Jahre älter. Er hat Hubert versucht klarzumachen, dass wir kein Umgang für ihn seien. Und dass wir dem Image seines Vaters schaden könnten.« Hans verzieht das Gesicht zu einem halben Lächeln. »Wir haben ihn einfach nicht ernst genommen. Wir waren die ›Three Friends‹. Und er war ein Streber, der auf der Uni nur die besten Noten bekam und nichts im Kopf hatte als seine Karriere. Arm, im Verhältnis zu uns und unseren Plänen.«

»Hat der Ministervater versucht, Hubert von der Band wegzubringen?«, fragt Vesna. Sie hat ihr halb volles Glas neben die Litfasssäule gestellt.

»Sicher. Er hat als ziemlich harter Knochen gegolten damals, voll auf Wirtschaftskurs. Nachdem er dann aber wegen seiner Aussagen über Proletenkinder, die es nie zu etwas bringen könnten, öffentlich unter Beschuss gekommen war, wollte er unsere Band sogar bei Wahlpartys auftreten lassen. Sozusagen als Zeichen für seine Aufgeschlossenheit der arbeitenden Klasse gegenüber. Aber Hubert hat da nicht mitgemacht. Ich weiß noch, wie Evelyn und er darüber gestritten haben. Sie wollte jede Chance nützen.«

[8]

Redaktionsschluss. Ich habe meine Reportage ja schon gestern abgegeben, komme daher mit gutem Gewissen erst gegen Mittag in die Redaktion. War auch notwendig, dass ich mich ausschlafe. Ich habe zwar kein Kopfweh, aber das seltsame Gefühl, ich hätte ein Vakuum im Schädel. Ist das die Folge von zu viel Champagner? Ich sollte Vesna anrufen und fragen, wie es ihr geht. Irgendwann muss ich auch noch mein Auto abholen. Wir haben es sinnvollerweise bei »US-Speed« stehen lassen. Zumal uns der Autohändler geflüstert hatte, dass es für ganz spezielle Freunde nach seinen Partys immer einen Taxidienst gebe. Ein junger Mann hat uns mit einem blauen Dodge heimgefahren. Gar nicht übel, zu den speziellen Freunden von Hans, dem Autohändler, zu gehören.

Titelstory im »Magazin« wird diesmal eine mehrseitige Reportage über Gerichtsvollzieher. Bin nicht ich es, die für die großen Reportagen zuständig ist? Der Chronikchef hat sie bei zweien seiner Lieblinge in Auftrag gegeben. Dass meine Radladengeschichte nicht auf die Seite eins kommt, leuchtet mir ein. Aber der Chronikchef arbeitet ganz gezielt daran, mich auszubooten. Er hat es nie verkraftet, dass ich dem »Magazin« die viel brisanteren Storys gebracht habe als sein gesamtes Ressort. Und dass das Gerücht ging, wenn er sich um den Posten als Chefredakteur bewerbe, dann träte ich gegen ihn an. Aber da kam ohnehin alles anders, und die Eigentümer haben einen vom Fernsehen zum Chefredakteur gemacht. Ich mag ihn. Und ich hätte mich nie im Leben um den Job beworben. Eine Wochenzeitung zu verwalten, einen Haufen Irrer und Halbirrer zu dirigieren, das wäre nicht mein Ding. Ich will schreiben. Ich will herausfinden, was läuft. Da und dort. Ab und zu. In erster Linie will ich einen netten Job und zwischendurch meine Ruhe. Zeit für Abendessen mit Oskar. Zeit, um wieder einmal ein paar Tage ins Veneto zu fahren. Oder vielleicht gar in die Karibik.

Ich rufe Vesna an. Sie behauptet, dass ihr Hirn ganz in Ordnung sei, keinerlei Vakuum. Wie sich das denn anfühle. Dabei hat sie mindestens so viel Champagner getrunken wie ich. Und sie ist schon wieder auf der Jagd nach denen, die ihren Mann aus den Bäumen holen wollen. Sie sei nah dran, flüstert sie. Und wenn ich heute nichts zu tun habe, dann wäre es total nett, wenn ich mich um Evelyn kümmern könnte. Klingt so, als ob sie lebte.

»Dein Hans will wohl Ergebnisse, was?«, säusle ich ins Telefon.

»Ist nicht ›mein Hans‹. Aber ist netter Mann. Auch wenn er ein paar Jahre jünger ist als ich.«

»Wer weiß, was der mit seiner Charmeoffensive bezweckt?«, gebe ich zu bedenken.

»Mache ich praktisch. Nehme ich Charme, und denke ich über Offensive nach«, kontert Vesna. »Wobei ich nicht glaube, dass er was mit Tod von Evelyn zu tun hat.«

»Ich war mir gestern ziemlich sicher, dass er etwas verschweigt.«

Stille in der Leitung. »Haben wir beide Champagner getrunken. Aber ich gebe zu, den Eindruck habe ich auch gehabt.«

Droch arbeitet noch an einem bösen Leitartikel über die Regierungsklausur. Da darf ich ihn nicht stören. Ich greife vorsichtig an meine Beule. Sie ist kaum noch zu spüren. Und ihr Grünblau ist einem dezenteren Gelb gewichen. Lässt sich inzwischen ziemlich gut überdecken.

Gerichtsvollzieher: Mit ihm hat Evelyn sicher öfter zu tun gehabt. Aber auch in letzter Zeit? Ein Kontakt, an den wir nicht gedacht haben? Sie haben Evelyn den Strom abgedreht. Kommt da der Gerichtsvollzieher? Erstaunlich, wie wenig ich über solche Sachen weiß. Ich bin ein Wohlstandskind, behütet aufgewachsen, danach ausreichend ausgebrochen, und wenn ich zwischendurch nur ganz wenig Geld zum Leben hatte, so war das meine freie Entscheidung. Ich konnte davon ausgehen, dass es nicht so bleiben würde. Jedenfalls hätte ich mich, wenn es hart auf hart gekommen wäre, immer auf meine Eltern verlassen können. – Ich sollte sie dringend wieder einmal anrufen. Wer sagt, dass man sich um seine Eltern nur kümmern sollte, wenn es ihnen schlecht geht? Ich werde sie besuchen fahren. Dieses Wochenende schon. Nein, besser nächstes. Oder nach dem Geburtstag von Vesna. Dann bleibt uns allen ein wenig Zeit, zu planen.

Ich rufe Céline an. Sie ist gerade auf dem Weg zu einer Schauspielstunde. Es sei wichtig, auch Theater spielen zu können, es reiche nicht mehr, bloß zu singen und dabei zum Bühnenrand zu starren. Auch wenn sie sich mehr für die Sparte Lied als für die Sparte Oper interessiere.

»Kommt der Gerichtsvollzieher, wenn einem der Strom abgeschaltet wird?«, frage ich sie.

»Hast du nicht rechtzeitig gezahlt?«, kommt es erschrocken zurück.

Ich lache. Meine Güte, welche Sorgen ich nicht habe. »Wir haben einen Abbuchungsauftrag, soviel ich weiß. Nein, wie war das bei deiner Mutter?«

»Die brauchen keinen Gerichtsvollzieher, um einem den Strom abzudrehen. Aber über die Jahre hinweg war er bei uns ziemlich häufig zu Gast.«

»Könntest du mir seinen Namen geben?«, bitte ich sie.

»Warum? Der weiß nichts über Mama, dem war alles egal, außer was er wegtragen durfte. Außerdem kenne ich nur den aus Wien, in Niederösterreich sind andere zuständig. Keine Ahnung, ob sie es dort bei ihr probiert haben. Schulden gehabt hat sie schon noch, soviel ich weiß. Von der Wohnungseinrichtung in Wien. Und bei einem Versandhaus.«

Oskar hilft mir, den Namen des Gerichtsvollziehers herauszufinden, der für den Fall Evelyn Maier zuständig gewesen ist. Ob er für die Nachbarin auch unter »Männerbesuch« gefallen ist? Sicherlich. Ich erreiche Karl Wojta bei Gericht. Ja, er habe gehört, dass Evelyn Maier tot sei. Die Akte wandere in so einem Fall weiter, zur Verlassenschaft. »Unwahrscheinlich, dass wir da noch Geld sehen.«

»Hat sich die Frau doch bösartigerweise durch einen Sturz auf den Ofen dem Geier entzogen«, fauche ich.

»Entschuldigen Sie, so habe ich das nicht gemeint. Sie sind eine Verwandte? Kann ich Ihnen irgendwie helfen?«

Das klingt eigentlich einigermaßen menschlich, und so erzähle ich ihm ganz kurz vom Zweifel am Unfalltod und dass wir eben den wenigen Sozialkontakten nachgehen, die Evelyn in letzter Zeit noch hatte.

»›Sozialkontakt‹, so nennt man uns selten«, murmelt der Gerichtsvollzieher. »Ich habe sie nicht gut gekannt.« Trotzdem hat er nichts dagegen, mich nach Dienstschluss zu treffen. Wir verabreden uns bei einem Heurigen in der Nähe von Korneuburg.

Ich nütze die Zeit und rufe wieder einmal bei der Polizeidienststelle an, die mein Mobiltelefon hat. Wenn sie mir nicht bald sagen, welche Spuren sie gefunden haben, wenn sie das Gerät nicht bald rausrücken, dann schalte ich Zuckerbrot ein. Ich höre ihn allerdings schon, wie er spottet, dass zu viel telefonieren ohnehin schädlich sei.

Erstaunlicherweise erreiche ich heute einen der beiden Beamten, die damals bei Evelyns Haus Spuren genommen haben. Mein Mobiltelefon? Das werde noch dauern ... das habe man weitergeschickt ... das behandle eine andere Einheit.

»Das bedeutet, man hat Spuren gefunden«, schließe ich messerscharf.

»Man hat noch gar nichts gefunden. Zumindest habe ich noch keine Nachricht, dass es spurentechnisch behandelt wurde.«

»Wie bitte?«

»Seit der neue Erlass draußen ist, nach dem wir auch bei kleineren Einbrüchen Spuren nehmen müssen, gibt es einen ziemlichen Rückstau. Tut mir leid.«

»Und dass die Täter inzwischen in Timbuktu sein könnten, nimmt man in Kauf?«

Schweigen in der Leitung. Ich verabschiede mich trotzdem einigermaßen höflich und rufe dann Zuckerbrot an. Er sei in einer Besprechung, teilt mir seine Sekretärin mit Hang zu Chlorophyll mit. Ich schicke ihm eine E-Mail und mache mich auf den Weg Richtung Korneuburg.

Ich hätte den Heurigen beinahe nicht gefunden, bin durch einen Ort, von dem ich noch nie etwas gehört habe, und eine schmale Kellergasse hinauf. Einige der Kellereingänge sind alt und verfallen, eher wie Eingänge zu Höhlen, darüber wölbt sich die Erde, wächst hohes Gras. Andere sind sorgsam in Schuss gehalten, ihre hölzernen Türen gepflegt. Nur wenige Vorbauten, im Weinviertel »Kellerstöckl« genannt. Kopfsteinpflaster. Und ganz am Ende der Gasse einige Autos und das Schild: »Joschi-Keller«. Eine alte Trauerweide steht neben der Straße. Im Sommer muss man darunter wunderbar sitzen können. Vor dem weiß gestrichenen Kellerhäuschen stehen auch jetzt zwei Heurigengarnituren, aber gegen Abend ist es in der zweiten Septemberhälfte schon zu frisch für draußen. Ich gehe hinein. Fünf Tische, eine steile Treppe, die nach unten geht, eine kleine Vitrine, dahinter eine rundliche ältere Frau. Vier Tische sind besetzt. Frauen und Männer, die trinken und reden und lachen. Niemand scheint alleine da zu sein, auf mich zu warten. Man nimmt mich freundlich interessiert wahr. Dieser Heurige ist mit Sicherheit ein Geheimtipp, da verirrt sich keiner aus Wien her. Es gibt ja auch keinerlei Hinweisschilder. Ich setze mich an den leeren Tisch. Ein dünner Mann mit flinken Augen kommt. Ich bestelle einen Gespritzten, stehe auf und beäuge das Buffet. Viel gibt es nicht, dafür sieht alles selbst gemacht aus. Kein Vergleich zu den Monsterheurigen in Grinzing und ähnlichen Wiener Touristenecken, bei denen man inzwischen auch Steak und Meeresgetier bekommt. So wie der hier soll ein Heuriger sein. Für mich jedenfalls. Liptauer, Quargelaufstrich, Bratlfett, Kellergatsch – eine Art köstlicher Fleischsalat zum Aufstreichen – und zu meinem Entzücken auch Nuriaufstrich. Okay, die pikanten Sardinen kommen von weit her und aus der Dose, aber sie hat das Weinviertel irgendwie adoptiert und adaptiert. Den Nurlaufstrich essen sogar Alteingeborene, die sonst alles aus Fisch verweigern. Weiß ich aus Treberndorf von Eva. Leberwurst, Blutwurst in ganz dicken Kringeln, so gibt es sie nur, wenn sie in Naturdarm gefüllt ist. Presswurst und kaltes Schopfbratl vom Schwein. Ich bestelle mir einen gemischten Aufstrichteller, dazu Schwarzbrot, vom großen Laib geschnitten. Sollte der Gerichtsvollzieher nicht kommen, ich kann damit leben. Diesen Heurigen muss ich dringend Oskar zeigen. Und Vesna.

Demnächst einmal mache ich bei uns daheim einen Heurigenabend. Passt nicht perfekt in eine Wiener Dachterrassenwohnung, ich weiß, aber ist mir egal. Mich hat der Ehrgeiz gepackt, so gute Aufstriche hinzukriegen wie diese hier. Ich werde ein paar Freunde und Freundinnen einladen, hundertfünfzig werden es nicht sein, eher zehn, aber dafür wird kein Einziger aus Geschäfts- oder ähnlichen Gründen dabei sein. Droch wird kommen, Vesna sowieso und ihre Zwillinge auch, Eva aus dem Weinviertel, natürlich werden wir Carmen einladen, »Freunde und Familie« heißt es immer, vielleicht auch diesen Autohändler. Nein, der ist kein Freund, der ist so etwas wie ein exotischer Bekannter, allerdings könnte er den Abend sicher durch interessante Anekdoten bereichern. Ein Mann tippt mir auf die Schulter, ich habe ihn gar nicht kommen sehen. Eher etwas kleiner als ich, rundlich, Jeans, blaue Strickjacke, gemütliches Gesicht.

»Klar ist da noch Platz frei«, murmle ich, noch in Gedanken, wie viele Freunde ich nun wirklich habe und wie wenig Zeit ich mit ihnen verbringe.

»Karl Wojta«, sagt der Mann.

Ich schlucke den Bissen hinunter. »Entschuldigung, ich war gerade in Gedanken. Der Heurige ist großartig.«

Der Gerichtsvollzieher, der eher aussieht wie ein niederösterreichischer Bauer, setzt sich und lacht. »Gehört meinem Schwager. Und ist wirklich ein Geheimtipp.« Er deutet auf meinen Aufstrichteller. »Kosten Sie den Kellergatsch. Er ist noch wirklich mit Geselchtem und nicht mit irgendwelchen Wurstresten gemacht. Maria macht alles noch selbst, so wie sie es bei meiner Mutter gelernt hat.«

»Sie stammen aus einer Bauernfamilie?«

»Ja, unser Hof war gar nicht weit von da. Im Nachbarort. Aber er hat zu wenig abgeworfen. Maria hat dann den Joschi Gruber geheiratet, sie haben einen Weinbaubetrieb. Und eben diesen kleinen Heurigen.« Seine Schwester Maria winkt von der kleinen Vitrine aus und deutet auf Blutwurst und Leberwurst. Der Gerichtsvollzieher bäuerlicher Herkunft nickt.

Wenig später stehen ein Gespritzter und ein Teller mit zweierlei Würsten vor ihm. »Sie halten ein paar Schweine. Seit einigen Jahren eine alte Sorte, diese schwarze Mangalitza-Rasse, die im Freien sein kann. Der Heurige hat so lange offen, wie noch etwas von dem da ist, was Maria aus den Schweinen gemacht hat.«

Ich habe eigentlich gar keine Lust, mit ihm über Evelyn zu reden. Viel lieber möchte ich wissen, wie man vom Bauernsohn zum Gerichtsvollzieher wird und ob die Leberwurst so gut schmeckt, wie sie aussieht.

»Evelyn Maier ...«, sagt der Gerichtsvollzieher dann zwischen zwei großen Bissen. »Unwahrscheinlich, dass von ihren Erben was zu holen ist.«

Gemütlichkeit und Brutalität. Liegen die nicht öfter beieinander? »Geschichten aus dem Wienerwald«: Gibt es in dem Stück nicht einen grausam-gemütlichen Fleischhauer? »So ein Pech«, sage ich reichlich patzig.

Gerichtsvollzieher Wojta starrt mich an. »Na ja, ich dachte, das wollten Sie wissen. Ist eben mein Job, mich um solche Dinge zu kümmern. Frau Maier hatte noch Schulden und hatte keinerlei Vermögenswerte, da nimmt niemand das Erbe an, und wir schauen durch die Finger.«

»Wann waren Sie zum letzten Mal bei ihr?«

»Das ist noch nicht so lange her, vielleicht vor einem Monat. Es war eher ein Routinebesuch, ich wusste ja schon, dass sie nichts hatte. Aber wir müssen eben nachsehen.«

Nein, für einen Gerichtsvollzieher hat es bei Evelyn tatsächlich nichts zu holen gegeben. Und für sonst jemanden auch nicht. Außer vielleicht ... »Satellitenschüssel und Fernseher: Wird so etwas gepfändet?«

Wojta mit der bäuerlichen Vergangenheit wiegt den Kopf. »Ein kleiner Fernseher wird inzwischen nicht mehr gepfändet, bei der Satellitenanlage ist das so eine Sache. Steht eigentlich auf unserer Liste, aber mit Billiganlagen können wir keinen sinnvollen Erlös erzielen, also wäre es reine Boshaftigkeit, jemandem so etwas wegzunehmen. Und in diesem Fall hatte ich ohnehin eine schriftliche Erklärung, dass die Anlage der volljährigen Tochter gehörte. Viel mehr Unterhaltung als durch ihren Fernseher hatte Frau Maier ja auch nicht, kam mir vor.«

»Welchen Eindruck hat Evelyn Maier beim letzten Mal auf Sie gemacht?«, frage ich.

Der Gerichtsvollzieher trinkt den Gespritzten aus und bittet um ein Glas Veltliner. »Üblicherweise hat sie mich hineingelassen, hat ruhig irgendwo gesessen, während ich mich umgeschaut habe. Sie hat mich nie beschimpft, Sie haben keine Ahnung, was einem bei dieser Arbeit alles begegnet. Sie hat höchstens gesagt: ›Ich hab ja nix‹, und wenn ich gegangen bin, ist sie mit zur Tür geschlurft, hat sie hinter mir zugemacht und den Riegel vorgelegt. Sie hatte gar kein richtiges Schloss.« Er nimmt zwei große Schlucke aus seinem Weinglas. »Den sollten Sie probieren, ist wirklich gut. Ich gehe nächstes Jahr in Pension, hab bei meiner Arbeit schon viel gesehen, aber wenn jemand mit dem Alter schon so kaputt ist ... Wobei ... beim letzten Mal ...«

»Was war da?«

»Sie war für ihre Verhältnisse richtig aufgekratzt, bald könne sie alles zahlen, hat sie gesagt. Ich habe mir gedacht, jetzt wird sie offenbar wirr.«

Tobler. Ist Tobler womöglich doch bei ihr gewesen? »Hat sie vielleicht einen Freund erwähnt? Einen von früher?«

Der Gerichtsvollzieher schüttelt den Kopf. »Aber sie war wirklich anders beim letzten Mal. Üblicherweise war sie eher dumpf, abgestumpft, hat nicht viel gesagt, hat mich nicht angesehen, hat einfach irgendwohin oder in den Fernseher gestarrt. Allerdings springen mit so einem Gewicht die wenigsten herum. Bei meinem letzten Besuch hat sie gestanden und hat beinahe gelächelt. Ich hab sie gefragt, was los sei.«

»Weil Sie Geld gerochen haben«, stelle ich trocken fest.

»Ich bin kein Unmensch, nur weil ich Gerichtsvollzieher bin. Ich wollte wirklich wissen, was los war mit ihr. Ich hab nicht nachgegeben, und da hat sie etwas von einem Gewinn gesagt, von einem großen Gewinn, den sie aber noch nicht habe.«

Ich sehe Wojta ratlos an. »Von welchem Gewinn?«

»So genau hat sie das nicht erzählt, sie tat sehr geheimnisvoll. Ich habe mich gefreut, dass sie gut drauf war, und habe gar nicht so viel nachgefragt, wie ich eigentlich hätte müssen. Ich hab ihr nicht wirklich geglaubt. Sie haben keine Ahnung, wie viele Klienten erzählen, dass sie bald Geld haben werden. Zuerst hab ich gedacht, dass sie mich einfach nur hinhalten will, wie das häufig passiert. Aber sie hatte ja ohnehin nichts, was ich hätte pfänden können, und ihre gute Laune ... Da habe ich überlegt: Vielleicht redet sie sich ein, dass sie im Lotto gewonnen hat. Oder dass sie demnächst gewinnen wird, weil sie von Zahlen geträumt hat. Die Illusion muss ich ihr nicht auch noch nehmen.«

»Hat sie etwas von Lotto gesagt?«

»Nein, das war nur so ein Gedanke von mir, sie hat ganz allgemein geredet, aber an der Börse wird sie wohl kaum spekuliert haben. Wobei man da heute eh nicht mehr die fetten Gewinne macht.«

»Und wenn sie doch im Lotto gewonnen hat?«, frage ich aufgeregt.

»Das ist doch sehr unwahrscheinlich. Die Sozialhilfeempfängerin, die gesundheitlich am Ende ist und dann einen Lottosechser macht. Ich habe mir trotzdem vorgenommen, in einem Monat wieder vorbeizuschauen und zu klären, ob sich etwas verändert hat.«

»... ob es dann irgendwas zu holen gäbe«, präzisiere ich.

»Das auch. Sie hat Rechnungen nicht bezahlt. Das geht eben nicht.«

Ich sehe den Gerichtsvollzieher an. »Weder Polizei noch wir haben bei ihr einen Lottoschein gefunden. Oder Geld. Was, wenn ihr jemand den Lottoschein weggenommen hat? Sehr viele gibt es nicht, die davon gewusst haben könnten.«

Wojta schüttelt den Kopf. »Bin ich jetzt vielleicht selbst unter Verdacht? Das kommt davon, wenn man sich über seine Klienten Gedanken macht. Wenn ich ihr den Lottoschein weggenommen hätte: Glauben Sie, ich würde Ihnen erzählen, dass sie von einem Gewinn gesprochen hat? Kein Problem, alle meine Kontobewegungen zu überprüfen. Und bei der Lottostelle wird ja auch vermerkt, wer hohe Gewinne einlöst. Auch wenn es unter Verschluss bleibt.«

»Woher wissen Sie das?«

»Randbereich unserer Arbeit.«

»Bekommen Gerichtsvollzieher von der Lottostelle die Namen?«

»So weit sind wir noch nicht. Zum Glück, sage ich dazu.«

Zum Glück für ihn? Wer kann überprüfen, wer im letzten Monat hohe Lottogewinne abgeholt hat? Die Polizei sicher. Bei einem begründeten Verdacht, dass ein Zusammenhang mit einer schweren strafbaren Handlung besteht. Bei Mordverdacht sicher. Aber die Behörden gehen bei Evelyn Maier ja von einem Unfall aus. Ob sie ihre Meinung ändern, nur weil sie bei ihrem letzten Aufeinandertreffen mit dem Gerichtsvollzieher auffallend gut drauf war? Und ganz allgemein von einem Gewinn gesprochen hat?

»Mir tut das sehr leid mit Evelyn Maier, das können Sie mir glauben«, sagt der Gerichtsvollzieher und verputzt den letzten Bissen der Blutwurst.

Wir haben einander dann doch weniger zu sagen, als ich zu Beginn angenommen habe, ich bedanke mich, lasse mir noch etwas von der Blut- und der Leberwurst einpacken, zahle und frage Wojtas Schwester Maria, wie ich die Öffnungszeiten ihres großartigen Heurigen erfahren kann. Die rundliche Frau gegen sechzig sieht mich an: »Am besten übers Internet. Da schreibt sie unser Enkel immer hinein. Unter ›www.joschiheuriger.at‹.«

Ich fahre in die Richtung von Evelyns Haus und überlege. Kann es sein, dass es doch ein Motiv für einen Mord gibt? Ein Motiv, das nichts mit ihrer Vergangenheit zu tun hat? Eines der klassischsten Motive überhaupt: Geld? Aber warum sollte sie ausgerechnet dem Gerichtsvollzieher von einem »Gewinn« erzählen? Hat es Sinn, im Haus nach einem Lottoschein zu suchen? Besser, ich frage die, die mit ihr in letzter Zeit zu tun gehabt haben. Das sind gleichzeitig aber auch die, die verdächtig sind. Und das alles, weil Céline nicht glauben kann, dass ihre Mutter das Mobiltelefon verloren hat. Treibst du es nicht zu weit, Mira? Das kann ich mir später überlegen. Außerdem hat man mich niedergeschlagen. Evelyns Sohn Roger. Laut Nachbarin war er der Letzte, der im Haus war. Sie hat ihm den Lottoschein gezeigt, er wollte ihr den Schein wegnehmen, vielleicht auch bloß, um ihn sicher zu verwahren, sie wollte ihn nicht hergeben, ein Streit, sie fällt mit ihrer ganzen Masse gegen den Ofen. Roger nimmt den Schein und verschwindet. Ist er raffiniert genug, das Geld so auszugeben, dass es keiner merkt? Kann ich mir nicht vorstellen. Er ist eher der Typ, der sofort einen Maserati oder so etwas kauft und gewaltige Lokalrunden schmeißt. Und wenn er ein schlechtes Gewissen hat? Das Geld noch gar nicht angerührt hat? Womöglich den Schein bis jetzt nicht eingelöst hat?

Trotzdem. Roger ist ihr Sohn. Und es gibt natürlich noch andere, zu denen Evelyn Kontakt hatte. Was ist zum Beispiel mit der Postbotin? Die hat kein Wort davon gesagt, dass es Evelyn gegen Ende besser gegangen wäre. Sie war beinahe täglich im Haus. Evelyn hat ihr den Lottoschein gezeigt, irgendjemandem musste sie den Schein einfach zeigen, und die Postbotin hat ihn gestohlen. Nein, geraubt. Das wäre dann Raubmord. Die Postbotin, die sogar auf ihrem Begräbnis war? Tickst du noch richtig, Mira? Dann ist da noch die Cousine. Keine angenehme Person. Der hätte Evelyn nie von einem Gewinn erzählt. Oder doch? In der Vorfreude, bald nicht mehr abhängig von ihr zu sein?

Ich versuche Vesna zu erreichen, aber sie geht nicht an ihr Mobiltelefon. Ich rufe auf dem Festnetzapparat in der Reinigungsfirma an und habe Jana dran. Ihre Mutter sei dem Baumattentäter auf der Spur. »Während ich hier hocken muss und Reinigungsaufträge koordinieren. Ist wirklich das Letzte. Andere machen vor der Uni noch Ferien, und ich schlage mich mit Draga herum, die nicht zu diesem Arzt putzen gehen will, weil sie bei ihm schon als Patientin war. Und Slobo, der darauf besteht, dass er Securitymann ist, dabei ist er nur groß und fett, und er soll ohnehin nur zwei Industriehallen sauber machen. Und das mit einem Reinigungsgerät, auf dem er sogar sitzen kann.«

»Hast ein schweres Leben«, grinse ich.

Jana seufzt. »Geht so.«

Ich erzähle ihr von der Lottosache, bei ihr kann ich sicher sein, dass sie nichts weitersagt. Sie wird richtig aufgeregt: »Stell dir vor, wenn Evelyn wirklich im Lotto gewonnen hätte, dann wäre Céline endlich ihre Geldprobleme los!«

»Und ihr Halbbruder Roger auch«, füge ich hinzu.

»Vielleicht hat er den Schein ohnehin geklaut«, kontert Jana.

»Céline hätte das gleich gute Motiv gehabt.«

»Das kann nicht dein Ernst sein!«, ruft Jana empört. Sie hat eine ziemlich laute Stimme, wenn sie wütend ist. Auch eine Gemeinsamkeit mit ihrer Mutter. Ich halte den Hörer ein Stückchen weg von meinem Ohr. »Wenn sie wirklich im Lotto gewonnen hat, warum ist sie dann einen Tag länger als notwendig in der Bruchbude geblieben?«, fragt Jana wieder in Normallautstärke.

»Wir wissen ja nicht, was sie mit dem ›Gewinn‹ gemeint hat. Vielleicht hat sie auch bloß Zahlen geträumt und war sicher, dass sie damit im Lotto gewinnen würde. Oder sie hat überhaupt nur fantasiert. Unbehandelte Diabetes ...«

»Aber vielleicht hat sie auch gewonnen und konnte es einfach nicht fassen. Sie war langsam, sie war krank, sie war ziemlich antriebslos. Vielleicht hat ihr eine Zeit lang die Vorfreude einfach gereicht«, überlegt die Psychologiestudentin Jana.

»Kann sein«, erwidere ich nachdenklich. »Oder sie hat sich

einfach nicht getraut, den Schein mit nach draußen zu nehmen, wo ihn ihr einer hätte stehlen können.«

Ich bin beim Haus von Evelyn angekommen und parke am Straßenrand. Unter den grauen, schnell ziehenden Wolken, die heute den Himmel verdecken, sieht es noch armseliger, noch einsamer aus. Der schief gewachsene struppige Tannenbaum davor scheint sich wie in Angst vor dem kommenden Winter zu krümmen. »Ich muss mit Céline darüber reden. Vielleicht hat Evelyn ja doch irgendwelche Andeutungen gemacht.«

»Wir sollten bei der Lottogesellschaft nachfragen. Vielleicht gibt es einen Weg, um an Namen zu kommen, offiziell geht das nicht, das ist mir schon klar«, redet Jana weiter.

Ich sehe ein gelbes Auto näher kommen. Die Postbotin. Gute Gelegenheit. »Die Postbotin. Oje, sie bleibt nicht bei der Nachbarin stehen. Ich melde mich.« Kann sein, dass Jana am anderen Ende etwas ratlos ist, aber wenn ich nicht schnell genug starte, dann muss ich sie wohl im ganzen Ort suchen. Ist ja nicht so groß, wäre aber trotzdem mühsam. Ich bringe meinen Honda in Fahrt, das Postauto fährt um eine Ecke, dann um noch eine Ecke. Es ist beinahe finster. Wem bringt sie jetzt noch Post? Was hat sie sonst vor? Ich verlangsame und will mehr Abstand halten. Vielleicht besser, wenn sie nicht merkt, dass ihr jemand folgt. Mira, brems deine Fantasie ein. Warum sollte ausgerechnet die Postbotin Evelyn auf dem Gewissen haben? Jetzt geht es einen steilen Weg bergauf. So eine Postbotin auf dem Land, die trifft auf viele Menschen. Einsame Menschen. Menschen, die, anders als Evelyn, etwas zu vererben haben. Verrenn dich nicht, Mira. Jedenfalls: So eine Postbotin wird ins Haus gelassen. Ihr vertraut man. Sie kann eine Menge auskundschaften. Gab es hier in der Gegend nicht vor Kurzem eine Einbruchserie? Die beiden Polizeibeamten haben davon erzählt. Noch einmal ums Eck. Jetzt ist die Straße nicht mehr asphaltiert. Ein Feldweg. Wo will sie hin? Hier oben sind keine Häuser mehr. Und was, wenn sie einen versteckten Platz braucht, um sich mit jemandem zu treffen? Einem heimlichen Geliebten? Dann drehe ich einfach um. – Und wenn sie dich entdeckt? Peinlich, das wäre peinlich. Es ist so dunkel, dass ich eigentlich die Scheinwerfer einschalten müsste. Einsam ist es hier, kaum ein Licht zu sehen. Sie wird auch ohne Scheinwerferlicht bald merken, dass da jemand hinter ihr dreinschnüffelt. Dreh um, Mira. Aber ich halte und steige aus. Gehe rasch den Weg entlang, sehe ihr Auto nicht mehr, der Feldweg hat eine Biegung gemacht. Obstbäume, die zu einem Haus viel weiter unten gehören dürften, kein Zaun. Auf der anderen Seite ein abgeerntetes Feld. Seltsam ist es schon, was sie um diese Uhrzeit hier will. Ich hetze um die Biegung. Da. Sie hat das Auto abgestellt. Sie sieht sich um. Ich drücke mich an einen Busch und schreie beinahe auf. Dornen. Viele Dornen. Ruhig, Mira. Sie nimmt ein großes Paket aus dem Kofferraum. Was will sie in dieser Einöde damit? Das ist wohl kein klassischer Zustellversuch. Scheint, als hätte mir wieder einmal der Zufall geholfen. Oder meine feine Nase. Ich schleiche ihr in einigem Abstand nach. Herzklopfen. Da geht ein kleiner Weg vom Feldweg ab. Es ist so dunkel, hat sie den genommen? Geradeaus sehe ich niemanden mehr. Ich blinzle, komme am Postauto vorbei, spähe hinein. Was soll ich hier finden? Der Seitenweg ist fast vollständig verwachsen. Ganz weit unten gehen in einem Haus die Lichter an. Durch Büsche und Bäume lässt sich erahnen, dass dort die letzte Gasse mit Häusern ist. Ich mache noch drei Schritte. Lausche. Starre nach vorn. Widerliches Gebüsch. Ich wische mir einen Zweig aus dem Gesicht. Hoffentlich gibt es hier keine Zecken. – Jetzt, Ende September? Plötzlich ein Stoß. Von hinten drückt mir jemand ein Ding in den Rücken. Ein Rohr. Eine Waffe. Sie hat mich überlistet. Sie hat gemerkt, dass ich sie verfolge. »Was tun Sie hier? Keine Bewegung.« Die Stimme der Postlerin, eindeutig. Ich hebe langsam die Arme. Kein weiteres Wort. Nur der Druck im Rücken wird schwächer. Soll ich es wagen? Was habe ich sonst für eine Chance? Es ist Wahnsinn. Sie hat schon einmal getötet. Ich muss den richtigen Zeitpunkt erwischen. Vielleicht ist sie kurz abgelenkt. Gibt es da noch wen? Wie soll ich das sehen? Sie steht hinter mir. Ich werde mich fallen lassen und gleichzeitig nach ihren Beinen greifen. Ja. Ich versuche meinen Körper nicht anzuspannen. Es muss aus dem Nichts geschehen. Dass mir so etwas passiert. Jetzt. Jetzt gleich. Der Druck im Rücken ist weg. Ich falle, ich drehe mich, ich fasse nach ihren Beinen, sie hat irgendetwas gesagt. Was? Ist doch egal, es ist die Waffe, auf die ich mich konzentrieren muss, ich boxe gegen ihr Knie, sie fällt. Wo ist die Pistole? »Frau Valensky«, schreit die Postlerin. »Aufhören! Aufhören!«

Das hätte sie gerne. Die Pistole liegt neben ihr. Es gelingt mir, sie zu fassen. Ist auch nicht schwierig, die Postlerin scheint den Widerstand aufgegeben zu haben. Gut so.

»Ich dachte, Sie sind ein Einbrecher!«, schreit sie.

So ein Unsinn. Ich scheine es laut gedacht zu haben.

»Kein Unsinn. Sie sind da herumgeschlichen.«

Ich halte die Waffe fest in der Hand und stehe auf. Die Postbeamtin sitzt am Boden. »Es hat bei uns erst eine Einbruchserie gegeben«, keucht sie. »Was wollen Sie da?«

»Und was haben Sie hier in der Nacht zu suchen?«, frage ich, ein wenig verunsichert. »Was schleppen Sie da herum? Ist wohl nicht gerade Zeit und Ort, Pakete zuzustellen.«

»Tun Sie bitte die Waffe weg!«, kommt es nahezu autoritär zurück. »Es ist zwar nur eine Schreckschusspistole, aber trotzdem ...«

Ich senke die Pistole, um meinen guten Willen zu zeigen, behalte die Frau aber konzentriert im Auge.

»Sie können nachsehen. Im Paket ist ein Ersatzakku für einen Rasenmäher. Er gehört Dr. Hochleitner, ich habe ihm versprochen, das Paket am Abend einfach in den Schuppen zu stellen. Dr. Hochleitner kommt nur am Wochenende heraus. Und ich bin dieses Wochenende nicht da.«

Wie? Was? Das soll ich ihr glauben?

Sie deutet auf das Paket, das etwas weiter unten neben dem Gebüsch steht. Ich gehe vorsichtig hin, bin immer noch auf einen Angriff gefasst, beuge mich hinunter, lese: »Dr. Franz Hochleitner, Kirschengasse 21«. Auf der einen Seite ist ein Akku abgebildet, auf der anderen ein Rasenmäher.

»Ich konnte im Halbdunkeln nicht erkennen, wer da unterwegs ist. Wir hatten diese Einbruchserie. Von hier aus könnte man einiges auskundschaften. Die meisten Häuser haben Wiesen und Obstgärten, die bis hier heraufreichen.«

»Ich wollte Sie eigentlich nur etwas fragen«, erwidere ich matt. Die Waffe wie einen ekligen Fremdkörper in der Hand. »Dann sind Sie immer weitergefahren und schließlich auf diesen Feldweg. Lange nach Dienstschluss. Und ich habe mir einiges ... Es hat mit dem zu tun, was mir der Gerichtsvollzieher erzählt hat.«

Die Postlerin steht neben mir. »Warum haben Sie nicht einfach gerufen?«

»Ich ... war mir nicht sicher, was Sie hier tun.«

Die Frau lächelt ein wenig. »War wohl ein beiderseitiges Missverständnis. Kommt von den ganzen Geschichten mit Einbrechern und so. Was hat der Gerichtsvollzieher erzählt? Hat es mit Evelyn Maier zu tun?«

Wie habe ich die Postbotin verdächtigen können? Oder ist sie doch verdächtig?

»Ich gebe zu«, meint die Frau, »ich könnte jetzt einen Schnaps vertragen. Ich wohne gleich hier den Hügel bergab. Wir brauchen nur den Weg nach unten zu gehen, dann kommt man von hinten zum Haus.«

»Und warum wollten Sie den Akku dann über den Feldweg herunterschleppen?« Ein Rest Misstrauen ist immer sinnvoll.

»Weil mein Nachbar eine Mauer rund um sein Haus hat und ich keinen Schlüssel habe. Dahinter ist der Hügel mit den Gärten und Obstbäumen, und dort steht auch die Scheune. Kommen Sie mit?«

Eine Viertelstunde später haben wir die Kiste mit dem Akku in der Scheune deponiert und sind durch das hintere Gartentor in das Haus der Postbotin gelangt. Mir ist bei der Vorstellung nicht wohl, noch einmal im Stockfinstern durch den langen Garten hinauf und von dort zum Feldweg zu müssen. Aber da steht mein Auto. Mira, wenn du schon so mutig bist, angeblich hochverdächtige mörderische Postlerinnen zu verfolgen, dann wirst du auch in der Nacht durch einen harmlosen Garten wandern können. Jetzt jedenfalls sitze ich erst einmal in ihrem Wohnzimmer und nehme einen kräftigen Schluck Himbeerbrand.

»Ist noch von meinem Mann«, erklärt sie.

Schon wieder einer, der vorzeitig ums Leben gekommen ist? Ich sollte wachsam bleiben, wenn ich älter werden will.

»Ist er ...«, setze ich vorsichtig an.

Die Frau lacht. »Dem geht es prächtig. Der hat sich eine Jüngere gefunden, die kein Problem damit hat, ihn hinten und vorne zu bedienen. Zumindest noch nicht. Sind ja erst ein Jahr verheiratet. Aber er ist ein hervorragender Schnapsbrenner, das muss man ihm lassen. Sein Hobby, an sich ist er Lehrer.«

Ich erzähle ihr, was ich vom Gerichtsvollzieher erfahren habe. Sie reibt sich hin und wieder die Kniekehle und hört zu. Hoffentlich habe ich sie nicht verletzt. Sie bemerkt meinen Blick und meint: »Ein blauer Fleck, das wird nicht mehr als ein blauer Fleck. Man schaut eben besser genau hin, bevor man jemandem die Pistole in den Rücken drückt.«

»Was hätten Sie getan, wenn ich wirklich ein Einbrecher gewesen wäre?«

»Ich hätte Sie festgehalten und die Polizei gerufen. Und wenn Sie versucht hätten zu fliehen, hätte ich geschossen. Ist nicht tödlich, tut aber ganz schön weh. Zum Stoppen reicht's.«

»Einbrecher arbeiten selten alleine«, gebe ich zu bedenken.

»Ich dachte an einen Kundschafter. Ich wäre einfach nicht auf die Idee gekommen, dass es eine Frau sein könnte. Sie sind groß. Sie haben kurze Haare. Sie tragen Hosen und eine Windjacke. Ich hab Sie nicht erkannt.«

Der Himbeerbrand ist wirklich vorzüglich. Ich merke, wie sich Herz und Nerven beruhigen. »Hat Evelyn Ihnen gegenüber jemals etwas von einem ›Gewinn‹ gesagt?«

Die Postlerin schüttelt den Kopf. »Sehr häufig hab ich nicht mit ihr geredet. Hab gegrüßt, die Post irgendwohin gelegt, sie hat vor dem Fernseher gesessen und hat nicht einmal aufgesehen. Meist hat sie eh nur Reklamesendungen bekommen, die habe ich einfach an die Tür gelehnt. Wenn der Regen nicht von Norden gekommen ist, hat der Türvorsprung gereicht, damit sie nicht nass wurden. Frau Maier hat sich die Reklameprospekte gerne angesehen.«

»Sie war in den letzten Tagen, in den letzten Wochen nicht verändert?«

»Nein, zumindest habe ich nichts davon bemerkt. Vielleicht hatte sie Angst, der Gerichtsvollzieher könnte ihr den Fernseher oder die Satellitenanlage wegnehmen. Das wäre ganz schlimm für sie gewesen. Also hat sie ihm etwas von einem Gewinn erzählt, um ihn hinzuhalten.«

Ja, so könnte es tatsächlich gewesen sein.

»Schon traurig, wenn jemand nur noch vor dem Fernseher lebt«, fügt die Postbeamtin hinzu und schaut nachdenklich auf den großen Flat-TV, der auf einem niedrigen Tischchen vor der Einbauwand steht. Der Platz, der in der weißen Schranklandschaft offensichtlich für den Fernseher vorgesehen war, ist zu klein. »Einmal, es ist noch nicht lange her, ist gerade eine Soap gelaufen, ›Reich und Schön‹ oder so, da hat sie zu mir gesagt: ›Ob ich noch einmal schön werde, weiß ich nicht.‹«

»Hat sie auch etwas von ›reich‹ gesagt?«

Die Postbotin schüttelt den Kopf. »Ganz sicher nicht. Nur dass sich in diesen Soaps total Unglaubliches ereigne. Wie im Leben. Ich war in erster Linie erstaunt, weil sie sonst so gut wie nie etwas gesagt hat. Außer ›danke‹ und ›auf Wiedersehen‹.«

Céline trägt einen Schal. So kalt ist es doch noch gar nicht. Sie bemerkt meinen Blick. »Gesangsstunden zu geben nimmt mich deutlich mehr mit, als wenn ich selbst singe.« Wir stehen an einer Schnellbahnstation, vor dem Kebabstand einige türkische Jugendliche, die laut lachen und Bier trinken. Die Station liegt für mich günstig auf dem Weg in Richtung Wiener Innenstadt, und Céline kann von hier aus heimfahren. Es ist halb elf am Abend.

»Warum tust du es dann?«, frage ich und komme mir im selben Moment dumm vor.

»Weil ich von irgendetwas leben muss. Und es gibt zum Glück genug Menschen, die singen lernen wollen.« Sie seufzt. »Allerdings ganz unabhängig davon, ob sie Talent haben.«

»Als du die letzten Male mit deiner Mutter Kontakt hattest: War sie da irgendwie anders? Fröhlicher?«

Céline sieht mich erstaunt an. »Fröhlicher? Sicher nicht. Sie war wie immer. Ich habe ihr erzählt, was ich mache, und sie hat gesagt, ich soll nur so weitertun, sie sei stolz auf mich.«

»Wann warst du das letzte Mal bei ihr?«

Céline schweigt, dann sagt sie beinahe trotzig: »Im Juli.«

»Aber ... telefoniert habt ihr schon häufiger?«

»Natürlich. Ich habe sie mindestens einmal in der Woche, am Freitag gegen Abend, angerufen. Manchmal auch zwischendurch. Warum hätte sie fröhlicher sein sollen?«

Ich will sie nicht beeinflussen, ich frage weiter: »Hat sie manchmal über eine bessere Zukunft fantasiert? Wie es wäre, reich und schön zu sein?«

Céline lacht traurig. »Sie hat sich alle diese Serien angesehen, sie hatte ja sonst nicht viel zu tun. Früher hat sie manchmal davon erzählt, dass sie schön und das Leben damals ganz wunderbar gewesen war. Als sie in dieser Band gespielt hat. Aber es ist Jahre her, dass sie davon zum letzten Mal geredet hat.« Céline denkt nach. »Hin und wieder hat sie schon fantasiert. ›Line, bald zahle ich dir die besten Gesangsstunden‹, hat sie einmal zu mir gesagt.«

»Wann?«

Céline sieht mich müde an. »Warum? Ist das wichtig? Ist irgendwas nicht in Ordnung?«

»Wann?«, beharre ich.

»Irgendwann in letzter Zeit, glaube ich. Es kann aber auch damals im Juli gewesen sein. Nein, ich glaube, es war am Telefon.«

»Kann es sein, dass du deiner Mutter nicht besonders genau zugehört hast?« Wer bin ich, um solche Fragen zu stellen? Ich habe meiner Mutter mehr als einmal nicht zugehört, wenn sie mir am Telefon alles Mögliche erzählt hat, habe mir gedacht, es reicht, wenn ich sie reden lasse.

»Das kann schon sein«, sagt Céline kleinlaut.

»Und hast du ihr das mit den Gesangsstunden geglaubt?«, frage ich sanft.

»Natürlich nicht. Sie wollte einfach, dass ich weiß, dass sie für mich da wäre, wenn sie es könnte.«

Jetzt erzähle ich von meinem Gespräch mit dem Gerichtsvollzieher, und Céline wird mehr und mehr aufgeregt: »Glaubst du wirklich, sie hat im Lotto gewonnen? Kann das sein? Müsste dann nicht der Schein irgendwo liegen? Sie hat gespielt. Sie hat regelmäßig zwei Quicktipps abgegeben in der Tabaktrafik bei der Schnellbahn, immer nachdem sie bei der Tante putzen war.«

»Du warst dabei, als Vesna das Haus durchsucht hat. Wir haben keinen Lottoschein gefunden. Und es sieht auch nicht so aus, als ob sie plötzlich Geld gehabt hätte.« Evelyn hat also tatsächlich regelmäßig Lotto gespielt.

»Wie fürchterlich«, sagt Céline plötzlich. »Stell dir vor, Mama hätte gewonnen und dann stirbt sie, bevor sie etwas davon hat.«

»Und was, wenn dein Halbbruder am Tag, an dem sie ums Leben gekommen ist, doch bei ihr gewesen ist?«

Die junge Frau schüttelt den Kopf. »Das kann ich nicht glauben. Das trotz allem nicht. Das hat doch bloß diese Nachbarin erzählt. Vielleicht will die nur von sich ablenken. – Na ja, kann ich eigentlich auch nicht glauben. Jedenfalls haben Roger und Mama sich nur zu Weihnachten gesehen. Er hat auch so gut wie nie mit ihr telefoniert. Er wusste nichts von ihr, sie hätte es ihm nicht gesagt, wenn sie im Lotto gewonnen hätte. Sie hätte es mir gesagt.«

»Und was, wenn sie damit warten wollte, bis jemand von euch zu ihr kommt? Wenn sie darüber nicht am Telefon reden wollte?«

Céline starrt mich an. »Ich habe mir oft einen Bruder gewünscht, der anders ist. Aber ein Mörder ist Roger nicht. Das traue ich schon eher der Tante zu. Bei der war Mama ja einmal die Woche. Das soll jetzt natürlich keine Anschuldigung sein. Aber sie ist die gierigste Person, die ich kenne.«

»Hat dir deine Mutter übrigens erzählt, dass sie einen alten Freund wiedergetroffen hat?«

»Nein, ganz sicher nicht. Wer soll das sein?«

»Einer von den beiden, die mit ihr in der Band gespielt haben. Er ist inzwischen ziemlich vermögend.«

Céline überlegt. »Vielleicht hat sie das mit dem ›Gewinn‹ gemeint. Sie konnte sich nicht mehr besonders gut ausdrücken, sie war . . . zu viel allein.«

»Sie sind einander zufällig begegnet, im Supermarkt, in dem deine Mutter auf dem Heimweg von Wien eingekauft hat. Sie wollte nicht mit ihm reden. Er war zweimal bei ihr, sie hat ihn nicht einmal ins Haus gelassen, sagt er.«

Céline schüttelt den Kopf. Durchsage, S-Bahn fährt ein. Céline zuckt zusammen. »Das ist meine. Danke. Wir telefonieren.«

[9]

Vesna hat noch in der Nacht versucht Roger zu finden. Er geht nicht ans Telefon. Er war nicht im Café »End«. Und der Besitzer war nicht bereit, ihr zu sagen, wann er zum letzten Mal da gewesen ist. Jetzt stehen wir vor der Spedition, in der Evelyns Cousine arbeitet. Wir wollen sie abpassen. Vesna hat herausgefunden, dass sie üblicherweise gegen halb zwölf das Büro verlässt und für sich und die Chefs Mittagessen holt. Doris Hampel ist Sekretärin. Die Firma ist nicht besonders eindrucksvoll. Am Stadtrand von Wien, wo der Industriegrund schon einigermaßen günstig zu haben ist. Ein graues zweistöckiges Gebäude, daneben eine breite Einfahrt, das Metalltor ist offen. Auf dem Parkplatz zählen wir sechs Lkw mit der Aufschrift: »Prantner – Wir bringen's schneller«. Ein Lkw hat eine unbeschriftete Plane.

Die Cousine kommt aus der Tür und sieht uns überraschend freundlich an. »Das Haus in Lissenberg gefällt Ihnen, ich habe es gewusst!«, sagt sie zu Vesna. »Wir können den Vertrag gerne verlängern. Bald ist der Monat um.«

»Haus ist Bruchbude«, erwidert Vesna und lächelt. »Aber Ruhe ist einmalig. Ich zahle für Ruhe im Oktober zweihundert Euro. Gibt nicht mehr viele schöne Tage.«

»Vierhundert.«

Vesna hält ihr zweihundertfünfzig Euro hin. Ich starre sie beleidigt an. Davon hat sie mir gar nichts gesagt. Die Cousine sieht auf das Geld, seufzt und nimmt es. »Weil Sie Freunde von der armen Evelyn sind.«

»Apropos Evelyn«, sagt Vesna. »Hat sie in letzter Zeit Pläne gemacht?«

»Evelyn? Ich hab nicht viel mit ihr geredet, aber sicher nicht. Was hätte die für Pläne haben sollen?«

»Hat sie vielleicht etwas von einem Gewinn gesagt? Davon, dass sie bald anders leben würde?«, füge ich an.

Doris Hampel lacht. Es klingt nicht fröhlich. »Das meinen Sie? Woher wissen Sie das? Sie hat doch immer vor sich hingeschwätzt. Manchmal bin ich gekommen und hab sie ertappt, wie sie mit sich selbst gesprochen hat. Statt zu putzen. Sie hat nicht gerne geputzt, sie hat überhaupt nicht gerne gearbeitet, wenn Sie verstehen. Schon deswegen war es meine Pflicht ...«

»Sie hat gesagt, dass sie nicht mehr wird müssen putzen«, fällt Vesna ihr ins Wort.

»Ja, ja. Wenn ihr die Illusion geholfen hat. Sie hat so etwas gesagt wie: ›Bald brauche ich deine Hütte nicht mehr, und du kannst selber putzen. Ich werde wieder singen und tanzen, und Céline, die wird ein Weltstar.‹ Als ob ihre Tochter das draufhätte. Und selbst wenn sie ein Star wird: Ob sie ihre Mutter dann hätte dabeihaben wollen? So wie die beinander war? Ich sage Ihnen eines: Evelyn, die war verrückt. Ich habe weiß Gott viel getan, um ihr zu helfen.«

Wir versuchen es noch eine Weile, aber eigentlich ist uns beiden klar: Mit ihrer Cousine hätte Evelyn keine Geheimnisse und schon gar keinen Lottogewinn geteilt.

»Wofür ist Lkw ohne Aufschrift?«, fragt Vesna dann. Ihr scheint die selbstgerechte Sekretärin ebenso auf den Nerv zu gehen wie mir.

Doris Hampel sieht sie irritiert an. »Wieso fragen Sie?«

»Sieht irgendwie ... grauschwarz aus.«

Der Blick der Sekretärin wird wachsam. »Der gehört nicht uns, mein Chef ist großzügig, er hat jemandem erlaubt, ihn hier abzustellen. – Und ich weiß nicht, was Sie das alles angeht.«

Meint sie jetzt den Tod von Evelyn oder den Lkw? Aber ich

frage es nicht, sondern ziehe Vesna mit mir und verabschiede mich rasch.

Droch weigert sich, mich auch nur auf einen Aperitif zu seinem Mittagessen mit Zuckerbrot mitzunehmen. Ich versuche ihn zu überreden. Diesmal handle es sich ja nicht um polizeiliche Ermittlungen, diesmal könne Zuckerbrot daher auch nicht den Eindruck haben, ich wolle ihm in seine Arbeit pfuschen.

»Warum rufst du ihn nicht an?«, fragt Droch.

»Weil es besser ist, eine Kleinigkeit persönlich zu klären.«

Droch sieht auf die Uhr. »Ich sollte eigentlich schon weg sein.«

»Ich begleite dich, okay?« Ich versuche mein schönstes Lächeln. »Und wenn Zuckerbrot nicht mit mir reden möchte, dann drehe ich sofort um.«

Droch schüttelt dennoch stur den Kopf. »Das ist gegen unsere Abmachung. Ein Essen zu zweit. Keine Redakteure, keine Polizeibeamten, nicht einmal der Polizeichef. Keine Frauen.«

»Was ist schlimmer? Polizeichef oder Frauen?«, fauche ich.

Er sieht mich gelassen von unten an. »Du.« Droch dreht wortlos um, ich denke, jetzt fährt er davon, aber am Ende des Ganges, knapp vor dem Lift, bleibt er stehen und greift zum Telefon. Als er es wieder einsteckt, trabe ich zu ihm hinüber. »Und?«

»Fünf Minuten. Nicht an unserem Tisch.«

»Vielleicht im Gang zum Klo?«, spotte ich. »Oder im Hinterhof? Wusste gar nicht, dass ich so kompromittierend bin.«

»An der Bar. Komm, du Nervensäge.«

Ich stehe mit Zuckerbrot an der kleinen Bar des italienischen Restaurants, in dem die beiden Freunde gerne essen. Man hat das Gefühl, einen Ausflug nach Italien zu machen. Der Besitzer, die beiden Kellner: Sie sind tatsächlich Italiener und tun nicht bloß so, um dem Ganzen etwas Flair zu geben. Wir trinken Espresso aus den richtigen Tassen, vor uns steht wie in italienischen Bars dieses große Edelstahl-Zuckergefäß mit Klappdeckel. »Ein Bauunternehmer wollte seinen Traum vom eigenen Lokal verwirklichen«, erzählt Zuckerbrot. In dieser Atmosphäre wirkt er gelöst, fast locker. Er habe ein ganzes Team aus Italien einfliegen lassen. Samt Original-Pizzaofen und allem, was dazugehört. Dann seien ihm die Personalkosten explodiert, und ein Jahr später wollte er wieder dichtmachen. »Der Kellner hat das Lokal übernommen. Er hat alles ein wenig schlichter angelegt, aber gleich gut. Eine der beiden Köchinnen ist seine Frau. So funktioniert es. Familienbetrieb. Das spart Lohnkosten.«

Meine fünf Minuten sind eigentlich schon um, Droch wartet an einem Tisch im hinteren Teil des Raumes. Aber wenn Zuckerbrot plaudern will, sollte ich ihn wohl lieber nicht unterbrechen.

»Sie wollten mir etwas sagen«, kommt Zuckerbrot nun doch zum Thema.

»Es hat noch einmal mit Evelyn Maier zu tun. Haben Sie ihre Kontobewegungen überprüft?«

»Warum?«, will der Leiter der Mordkommission wissen.

Ich sehe ihn bittend an.

»Information gegen Information«, sagt Zuckerbrot.

»Es könnte sein … dass sie in den letzten Wochen zu Geld gekommen ist.«

»Wer sollte ihr Geld gegeben haben?«

»War irgendetwas Außergewöhnliches auf ihrem Konto festzustellen?«

Der Chef der Mordkommission sieht mich an. »Sie hatte gar kein Konto.«

»Wie bitte? Das geht? Das gibt es?«

»Banken mögen es nicht, wenn Menschen Schulden haben«, sagt Zuckerbrot. »Wo leben Sie eigentlich?«

»Ich dachte ... weil sie ja Sozialhilfe bekommen hat ...«

»Die wird auch bar ausbezahlt. Es gehört zu unseren Routinechecks bei plötzlichen Todesfällen: Wir prüfen, ob jemand ein Konto hatte. Mehr können wir nicht tun ohne konkreten Verdacht. Die Kollegen in Niederösterreich haben es kontrolliert: kein Konto.«

Ich erzähle Zuckerbrot von unserer neuen Spur.

»Ein Lottogewinn? Halte ich für unwahrscheinlich. Es wäre in ihrer Umgebung etwas vom Geld aufgetaucht. Die können alle nicht mit Geld umgehen, also geben sie es aus. Ist nun mal so.«

»Céline ist nicht so«, verteidige ich Evelyns Tochter und mir wird gleichzeitig klar, dass ich sie damit eigentlich in Verdacht bringe. »Ist allerdings absurd, dass sie das Geld haben sollte. – Lässt sich das mit dem Lottogewinn nicht bei der Lottogesellschaft überprüfen? Sie haben die Namen der Großgewinner.«

»Und die sind streng geheim. Auch uns gegenüber.«

»Bei Mord? Wenn, nehmen wir einmal an, der Sohn oder die Cousine mit dem Lottoschein gekommen wäre und sich einen Millionengewinn hätte auszahlen lassen?«

»Um den Namen eines Lottogewinners zu erfahren, brauchen wir einen begründeten Verdacht«, erklärt Zuckerbrot.

»Und? Haben wir den nicht?«

Er schüttelt den Kopf. »Wir können nicht so einfach drauflosermitteln und spekulieren wie Journalistinnen oder ...«, er grinst ein wenig, »... Reinigungsfachkräfte. Da würde sich die Öffentlichkeit zu Recht beschweren. Außerdem: Wenn der Lottogesellschaft etwas verdächtig vorkommt, dann meldet sie das.«

»Die wissen ja nicht, wer den Schein ursprünglich hatte.«

Zuckerbrot sieht mich beinahe sanft an. »Diese Evelyn hat auch in den letzten Wochen nicht so gewirkt, als würde sie in Geld schwimmen, oder?«

»Und wenn ihr jemand den Schein geklaut hat?«, werfe ich ein.

»Dann wäre wohl sogar sie zur Polizei gegangen.«

»Und wenn man sie eben genau deswegen gegen den Eisenofen gestoßen hat? Damit sie nicht zur Polizei gehen kann?«

Zuckerbrot sieht hinüber zu Droch. »Wenn ich recht verstanden habe, dann hat sie nie von einem Lottogewinn gesprochen, nur ganz allgemein von einem Gewinn. Und davon, dass ihre Tochter ein Weltstar würde. Kann doch sein, dass sie auf die Idee gekommen ist, dass ihre Tochter bald den großen Durchbruch schafft und dass dann auch für sie alles anders wird.«

Kann sein. Klingt eigentlich ziemlich logisch. Ach, ehe ich es vergesse: Ich frage Zuckerbrot nach meinem Mobiltelefon, und er sagt: »Zu viel telefonieren soll ohnehin ungesund sein.« Ich habe es gewusst. Immerhin verspricht er mir, nachzufragen, wo es geblieben ist und ob es schon auf Spuren überprüft wurde.

Ich trabe mit knurrendem Magen vom 9. Bezirk zurück in die Innenstadt. Die beiden hätten mich ruhig an ihren Tisch bitten können. Wie wäre es, wenn ich Oskar in seiner Kanzlei überrasche? Vielleicht hat er etwas Zeit, und wir gehen auf ein schnelles Mittagessen. Oder er hat mehr Zeit, und wir gönnen uns einen schönen Nachmittag. Das Wetter hat sich aufgeklärt. Wir könnten ein Picknick auf unserer Terrasse machen. Nachmittagssonne, nur wir zwei, endlich Zeit füreinander ... Ich könnte den flauschigen Teppich aus dem Schlafzimmer auf die Terrasse holen ... Es läutet. Nervtötender Ton. Ich sehe auf das Display. Vesna. Ich trabe weiter in Richtung Oskars Anwaltskanzlei und drücke die Empfangstaste.

»Willst du gute oder schlechte Nachricht zuerst?«, fragt Vesna.

Ich finde, das fängt insgesamt nicht gut an, und schweige.

»Also gute zuerst: Die Baumtäter habe ich überführt. Fall ist jetzt bei der Polizei.«

»Wer war es? Wie hast du das geschafft?« Manchmal vermittelt mir Vesna den Eindruck, als ginge ich ein wenig spazieren, während sie schon wieder drei Dinge gleichzeitig erledigt.

»Ich habe mir schon gedacht, dass da jemand von Stadtverwaltung mitspielen muss. Wie sonst kann Täter immer gewusst haben, wo Baumschneider als Nächstes unterwegs ist? Habe ich also nachgesehen, wer für diese Sachen zuständig ist. Und dann habe ich mit Jana und Slobo überprüft, mit wem sich die Leute in Freizeit treffen. Einer, ich nenne keinen Namen, hat sich letzte Tage jeden Tag mit Besitzer einer Gärtnerei getroffen. Die haben nicht nur Blumen, die machen Landschaftsgestaltung und so. Und sie haben im letzten Jahr zwei große Krane und anderes Zeug für Baumschnitt im verbauten Gebiet angeschafft. Aber viele private Aufträge sind ausgeblieben. In der Krise dürfen Bäume weiterwachsen. Und dann hat ihnen mein Kunde auch noch viel von Geschäft mit der Stadt Wien weggeschnappt. Und weil Drohungen nichts geholfen haben, ist Gärtner mit einem Zweiten in der Nacht ausgerückt und hat Bäume angesägt. Gestern sie haben besonders Böses vorgehabt: Baumschneider sollte hohe Tannen, die vom Sturm schief waren und vielleicht auf ein Wohnhaus fallen, von Wipfel nach unten Stück für Stück abschneiden. Sie haben lockere Wurzeln mit einem ganzen Tank Wasser bespritzt und ein paar angeschnitten. Er steigt hinauf, das Gewicht wird zu schwer, die lockeren Wurzeln kommen aus Erde, der Baum fällt. Aber wir haben sie beobachtet. Und wir haben Fotos. Auch von Treffen zwischen Beamten und Gärtner.«

Ich bin hinreichend beeindruckt und stehe beinahe schon vor Oskars Kanzlei. »Und die schlechte Nachricht?«

»Ich fürchte, Hans Tobler ist verdächtig.«

»Sieht doch jetzt eher so aus, als hätte der Tod von Evelyn nichts mit ihrer Vergangenheit zu tun«, gebe ich zu bedenken.

»Er ruft dauernd an. Er ist nervös. Er will wissen, was wir wissen.«

»Hast du ihm irgendwas von dem Gewinn gesagt?«, frage ich.

»Kein Wort. Ich habe da so eine Idee: Was, wenn sein Geschäft gar nicht so gut läuft, wie es wirkt? Vielleicht kaufen jetzt viel weniger Menschen amerikanische spritfressende Schlitten? Er kann sich ja doch mit Evelyn getroffen haben. Möglich, dass er ihr wirklich helfen wollte. Aber sie lacht ihn aus und sagt, sie hat jetzt Geld genug. Und sie erzählt von Lottoschein. Er sagt, man kann gemeinsame Sache machen, sie kann bei ihm investieren. Sie will nicht. Sie streiten. Er stößt. Sie fällt. Und der Lottoschein gehört ihm.«

Ich überlege. »Was hat Zuckerbrot gesagt? Wenn Evelyns Familie zu Geld gekommen wäre, hätten sie es sicher gleich ausgegeben. Sie haben nichts, also fiele es schnell auf, wenn sie plötzlich etwas hätten. Wenn Tobler, sagen wir einmal, eine Million abstaubt, dann fällt das nicht auf.«

»Eben«, sagt Vesna beinahe traurig.

Der Maybach-Besitzer, der der Sozialhilfeempfängerin den Lottoschein klaut? Sie haben vor langer Zeit gemeinsam bei null angefangen. Sie sind einander nahegestanden. Mit oder ohne Geld. Trotzdem ...

Vesna scheint Ähnliches zu denken. »Jedenfalls bin ich sicher, er verheimlicht was. Er ist selbst schuld, wenn wir solche Ideen haben. Ich habe schon überlegt, wie ich in sein Büro komme ...«

»Vorgestern hast du noch mit ihm geflirtet«, erinnere ich sie.

»Du meinst ... ich sollte ihn einfach ... weiter beflirten?«

»Ich hab eigentlich gemeint, dass er dir vorgestern noch ganz gut gefallen hat.«

Vesna seufzt. »Man muss Realität ins Auge schauen, und gerade weil ich einen Draht habe zu ihm, weiß ich: Der hat Geheimnis. Und er will nicht, dass wir dahinterkommen. Auch wenn er tut, als ob ich aufklären soll.«

»Sein Büro wird mit Sicherheit überwacht. Und du hast gesehen, wie geschult seine Mitarbeiter sind. Man kommt sicher nicht einfach mit einer faulen Ausrede an seinen J. R.-Schreibtisch. Ganz abgesehen davon, dass wir nicht wissen, wonach wir eigentlich suchen.«

»Das ist richtig«, sagt Vesna überraschenderweise. »Es wäre schon viel geholfen, wenn wir mehr über Vermögenssituation wissen. Wenn er genug Geld hat, er braucht Lottoschein nicht.«

Jetzt stehe ich vor dem hohen Innenstadthaus, in dem Oskars Kanzlei untergebracht ist. Peinlich, wenn er gerade rauskommt. Oder sein Sekretärinnendrachen. Das sähe fast so aus, als würde ich ihm nachspionieren. »Vesna, ich habe einen Vorschlag. Wir werden uns mit Tobler treffen und ihn einfach fragen, was er verheimlicht. Wer weiß, ob an der Sache mit dem Lottoschein überhaupt etwas dran ist. Ich stehe jetzt vor Oskars Kanzlei. Ich sollte rein ...«

»Das ist es!«, ruft Vesna. »Hast du nicht gesagt, Oskar findet es gut, wenn man nach Tod von Sozialhilfeempfängerin nicht wegsieht?«

»Er hat da mehr an den sozialen als an den kriminalistischen Aspekt gedacht«, gebe ich zu bedenken.

»Er ist der, der uns kann helfen! Niemand weiß, dass er dein Mann ist. Zumindest Hans Tobler nicht. Ihr habt andere Namen. Und wenn seriöser Wirtschaftsanwalt kommt, dann man traut ihm zu, dass er teures Auto kauft. Man plaudert, Oskar ist geschickt, er kann ihn aushorchen, wie Geschäfte gehen.«

Ich überlege. »Ich glaube nicht ...«

»Ich bin ganz sicher. Carmen kann ihn begleiten. Als junge Freundin.«

Wird ja immer besser. Aber es hat schon was. Der Autohändler wiegt sich in Sicherheit. Oskar wirkt gemütlich und gutmütig, aber er kann ganz schön gerissen sein. Habe ich bei einigen Prozessen schon miterlebt. Wenn er ihn aushorcht ... und sei es nur, damit wir einen Verdächtigen abhaken können. Zumindest was das Geldmotiv angeht. Eigentlich seltsam: Zu Beginn hatten wir keinerlei Motive, keinerlei Verdächtige. Und jetzt sieht es langsam so aus, als hätten wir von beidem mehr als genug. Zumindest wenn unsere Spekulationen einen Sinn ergeben.

Oskar freut sich zwar, dass ich ihn überrasche, aber eigentlich hat er gar keine Zeit. In dreißig Minuten komme ein Klient. Nach ihm müsse er ganz dringend einige Unterlagen für die große Fusion durcharbeiten, und am Abend sei das Meeting der Rechtsanwaltskammer. Davon hat er mir erzählt, ich hab es einfach vergessen. Ich muss so enttäuscht dreinsehen, dass er meint, wie es denn mit Sushi in seinem Büro wäre, zur Not werde er den Klienten zehn Minuten warten lassen. Ich nicke. Gleich ums Eck ist eine wirklich gute Sushi-Bar. Er greift zum Telefon und wählt. Nummer der Sekretärin? Für die hat er wohl eine Kurzwahltaste. Oskar hat ein bewunderungswürdiges Zahlengedächtnis. Er hat die Nummer der Sushi-Bar gewählt und bestellt und bittet, möglichst rasch zu liefern, ausnahmsweise. »Meine Frau ist schrecklich hungrig.« Das klingt, als wäre ich ein Hundertfünfzig-Kilo-Monster.

Es dauert keine zehn Minuten, und die Sushi sind da. Oskar hat in der Zwischenzeit zweimal telefoniert – kann er seinem Drachen nicht sagen, dass sie keine Gespräche durchstellen soll, wenn ich da bin? Aber wahrscheinlich macht sie das gerade extra, sie kann mich nicht leiden – und gleichzeitig zwei Gläser, eine Flasche Mineralwasser und eine Flasche weißen Rioja aus seinem kleinen Kühlschrank auf den Besprechungstisch gezaubert. Wir setzen uns auf die Schwingledersessel, die ich so mag. Wie sage ich es ihm? Aber ich muss. Ich habe es Vesna versprochen. Ich fange viel zu kompliziert an und erzähle ihm, dass mich Vesna, gerade als ich vor seiner Tür stand, angerufen habe. Er soll ja nicht annehmen, ich wäre bloß gekommen, um ihn für unsere Ermittlungen einzusetzen.

»Wenn man nur wüsste, wie es wirklich um die Finanzen von Tobler steht«, sage ich nach einem Sushi mit Garnele und viel Wasabi.

Er sieht mich misstrauisch an. »Das weiß wohl nicht einmal das Finanzamt.«

»Ja, aber jemand, der geschickt und erfahren ist, der könnte schon rausfinden, wie seine Geschäfte momentan laufen. Jemand, dem er auch zutraut, dass er sich eines seiner teuren US-Autos leisten kann. Jemand, den er nicht kennt und von dem er nicht annimmt, dass er mit Vesna und mir in Verbindung steht.«

Oskar sieht mich an. »Nein«, sagt er dann.

»Wir haben doch unterschiedliche Namen«, versuche ich ihn zu überzeugen. »Du brauchtest dich nur für ein Auto zu interessieren und ihn dabei ein wenig auszufragen. Du kannst so was, ich weiß das!«

Ich nehme ein Sushi mit Butterfisch und diesmal zu viel Wasabi. Ich unterdrücke ein Husten. Aber es treibt mir Tränen in die Augen.

Oskar legt seine Hand auf meinen Arm. Mit einem Mal ist er ganz sanft. »Was ist dir daran so wichtig, Mira? Das geht nicht. Ich kann das nicht machen.«

Er glaubt, ich weine wegen Evelyn und weil wir mit unseren Nachforschungen nicht weiterkommen. Ich sollte ihm sagen, dass es nur der Wasabi ist. Stattdessen murmle ich: »Nur weil Evelyn nichts hatte, interessiert sich keiner, wie sie ums Leben gekommen ist.«

Er streichelt mir über die Haare. Ich senke den Kopf, damit er nicht merkt, wie sehr ich mich für meine Heuchelei schäme. Ganz rot bin ich im Gesicht, da bin ich sicher. Und daran ist nicht der Wasabi schuld.

»Na gut«, sagt er dann. »Damit sich ein Wirtschaftsanwalt auch einmal um die kümmert, die am unteren Ende unseres Systems stehen – oder: gestanden haben. Wann?«

Wir sehen Oskar in der glas- und chromblitzenden Eingangstür zu »US-Speed« verschwinden. Es ist zehn Minuten vor sieben, also ganz kurz vor Geschäftsschluss. Oskar hat sich einen persönlichen Termin bei Hans Tobler geben lassen. »Wirtschaftsanwalt«, das hat wohl gewirkt. Und auch dass er zwischen einem neuen Mustang und einem gepflegten Oldtimer, vielleicht einem Chrysler, jedenfalls aber einem Cabrio, schwanke. »Etwas für den Spaß zwischendurch«, hat Oskar in seinem Telefonat mit Tobler gesagt und dabei gelacht, als ob er sich unter »Spaß zwischendurch« nicht nur Kilometerfressen vorstellen könnte. Ich sollte nie vergessen, was er alles so draufhat.

Vesna und ich sitzen in ihrem unauffälligen Wagen am Straßenrand. Obwohl es schon beinahe finster ist, tragen wir Kappe und Sonnenbrille, und ich komme mir ganz schön lächerlich vor.

»Wenn du aussiehst dämlich, erkennt dich Tobler nicht«, hat Vesna versucht mich zu trösten. Oskar ist über sein Mobiltelefon mit uns verbunden, es steckt in der Brusttasche seines Jeanshemdes. So können wir mithören. Es hat einige Zeit gebraucht, ihn davon zu überzeugen.

»Wir kennen Tobler und können vielleicht Seltsames merken, das du nicht siehst«, hat Vesna ihn schließlich überredet. Es ist ihre Nummer, die er gewählt hat, bevor er zum Autohändler gegangen ist. Mein Ersatztelefon ist so ein Ding, das fast keine Zusatzfeatures hat. Mit Vesnas Telefon kann man Gespräche mitschneiden, sie hat extra eine neue, leistungsfähige Speicherkarte gekauft. Und es hat einen relativ guten Lautsprecher. Momentan hören wir es allerdings bloß rumpeln und schaben. Oskar geht. Warum sollte er dabei auch reden? Dann: Von weit weg, aber durchaus verständlich, fragt Oskar nach Hans Tobler. Er habe einen Termin bei ihm. Jetzt steht er wohl am Empfangsdesk. Ob ihm die Mädels gefallen? Etwas für den »Spaß zwischendurch«? Mira, sei nicht kindisch. Wir hören Hintergrundmusik und Stimmen, die nicht zu identifizieren sind. Hoffentlich achtet Oskar darauf, möglichst nah bei Tobler zu stehen, wenn das Gespräch wichtig wird. Ich bin nervöser, als wenn ich selbst mit dem Lauschtelefon bei Tobler wäre.

Tobler kommt. Er begrüßt Oskar. Wir erkennen seine Stimme. Oskar macht auf Wirtschaftsanwalt mit zu viel Geld. »Ich denke mir, es gibt im Leben ja doch auch noch etwas anderes als Arbeit und Erfolg«, sagt er. »Ich hab immer von einem amerikanischen Schlitten geträumt. Warum sollte ich mir diesen Traum nicht endlich erfüllen?«

Tobler stellt Fragen nach Marken und Baujahr und Anzahl der PS. Oskar antwortet erstaunlich versiert. Bislang habe ich immer geglaubt, er habe für Autos nicht viel übrig. Tobler sagt etwas von einem wunderschönen fabrikneuen Ford Mustang GT.

»Ford? Ich kenne nur den Ford Escort. War ein Auto, das gerne von Fahrern mit Hut gelenkt wurde.« Vesna grinst.

»Schlimmer sind nur die mit Hut und gehäkelter Klopapierhülle auf der Ablage hinten«, assistiere ich.

Oskar soll zur Sache kommen, ehe Tobler keine Zeit mehr für ihn hat. Stattdessen redet er weiter über Autos. So ein offener Oldtimer ... ob vielleicht doch der besser zu ihm passen würde ...? Sicher. Ganz sicher, Oskar. – Oder doch nicht? Der Autohändler scheint mit ihm vor so einem alten Modell zu stehen. »Ist der nicht großartig? Ist natürlich eine Grundsatzentscheidung, ob man moderne Technologie und Speed will oder das wunderbare Gefühl, in einem Oldtimer wie diesem durch die Landschaft zu gondeln. Wobei der Motor gar nicht so schwach ist. Das ist ein Chrysler Imperial Hemi Cabrio, Baujahr 1951.« So etwas könnte mir schon eher gefallen. Allerdings braucht der wahrscheinlich viermal so viel Sprit wie mein Honda. Sie reden über erneuerte Sitzbezüge und eine mögliche Alarmanlage, und endlich – es ist das Erste, woraus ich schließen kann, dass Oskar nicht vergessen hat, warum er eigentlich im Autohaus ist: »Wahrscheinlich ist es in Zeiten wie diesen gar nicht mehr so einfach, solche Autos an den Mann zu bringen, oder?«

Wir hören Tobler ein Autoverkäuferlachen lachen. »Sie meinen, die gibt es jetzt billiger? Nein, oder nur im Einzelfall. Wir bekommen das eine oder andere Stück günstiger herein, es gibt Leute, die verkaufen müssen, den Preisvorteil geben wir dann selbstverständlich an unsere Kunden weiter. Der Chrysler Imperial ist genau so ein Fall. Wir verkaufen ihn um dreiunddreißigtausend Euro. Das geht, oder?«

»Für ein Spielzeug immer noch ganz schön teuer«, antwortet Oskar. Und ob er nicht doch noch den Mustang sehen könne? Man hört Schritte, Hintergrundmusik, nicht zuordenbare Geräusche.

»Oskar macht sehr gut«, lobt Vesna. »Ich glaube fast, er kauft wirklich ein Auto.«

»Du liebe Güte, er fährt doch schon mit seinem Volvo fast nie. Außerdem soll er sich nicht so viel Zeit lassen«, erwidere ich.

»Es handelt sich hier um ein Super Sport Coupé der neuesten Generation«, doziert Tobler liebevoll. »Ich hab nur einen Einzigen davon, ich hab schon überlegt, den Wagen selbst zu nehmen. Großartiges Retrodesign und technisch top. 4,9-Liter-Maschine, Achtzylinder, natürlich Einspritzmotor, 305 PS. Fünf-Stufen-Automatikgetriebe mit Overdrive und Wandlersperre, geschwindigkeitsabhängige Servolenkung, Servobremsen mit ABS-System – oder interessieren Sie die technischen Details weniger?«

Oskar dürfte entsprechend dreingesehen haben. »Klingt jedenfalls eindrucksvoll. Von einem Freund habe ich gehört, Sie fahren selbst einen Maybach.«

Wir neigen beide den Kopf näher zu Vesnas Telefon. Ein rascher Blick nach draußen. Nein, wir scheinen keinen zu interessieren. Das Freigelände, auf dem die günstigeren Autos verkauft werden, ist bereits ruhig und verlassen, die wenigen Menschen, die auf dem Gehsteig an uns vorbeikommen, haben anderes zu tun, als sich über zwei mittelalte Frauen mit Schirmkappe und Sonnenbrille zu wundern.

»Tatsächlich?« Tobler geht hörbar auf Distanz.

»Soll großartige Fahreigenschaften haben«, ergänzt Oskar.

»Ich habe einige Autos. Privat. Interessiert Sie der Mustang oder soll ich Ihnen noch etwas anderes zeigen? Unsere Geschäftszeit ist eigentlich seit einer halben Stunde zu Ende ...«

Oskar lacht unsicher. »Ich wollte Ihnen nicht zu nahe treten. Wer einen Maybach fährt, ist keiner, der mit einem Luxusauto protzen will. Tja, ich könnte mir keinen leisten, im Moment. Ich gebe es zu, die Quartalszahlen eines Wirtschaftsanwaltes sind momentan auch nicht die, die sie schon waren.«

Was total gelogen ist. Ich weiß, dass Oskar mit der Fusion deutlich mehr verdient als sonst. Merke, Mira: Wenn es notwendig ist, kann Oskar lügen. – Aber wer nicht? Für einen Heiligen habe ich ihn schon bisher nicht gehalten. Wäre auch ziemlich langweilig, mit so einem zu leben.

»Ich kann nicht klagen«, erwidert Tobler trocken. »Der Mustang kostet, so wie er da steht, übrigens ohnehin nur ein Zehntel von einem Maybach.«

»Fünfzigtausend?«, fragt Oskar.

»Fünfundfünfzigtausend«, kommt es etwas verschwommen,

aber deutlich hörbar zurück. »Wenn Sie etwas wirklich Ausgefallenes wollen, habe ich auch noch einen Manta Mirage Can Am an der Hand, mit Türen, die seitlich nach oben aufgehen. Sammlerstück, fabrikneu, ein 1984er-Baujahr. Um sensationelle vierundvierzigtausend.«

Noch nie von so einem Ding gehört.

»Kenne nur Opel Manta, und das ist ganz sicher ein Auto für Fahrer mit Hut«, zischt mir Vesna zu.

Ich habe den finsteren Verdacht, dass Tobler sich nicht so einfach aushorchen lässt, wie wir uns das vorgestellt haben.

»Ich hatte vor Kurzem mit einem Autohändler in Frankfurt zu tun, da hat meine Partnerkanzlei noch gerade einen Konkurs abwenden können. Das Problem bei diesem Händler war nicht nur, dass er zu viel auf Kredit gekauft hatte, sondern auch, dass er zwei Teilhaber hatte und die ...« »Deswegen kaufe ich auch nie auf Kredit. Und ich habe keine Teilhaber. – Was wollen Sie eigentlich? Ein Auto oder meine Firma?«

Vesna und ich ziehen unwillkürlich den Kopf ein.

Oskar lacht. »Tut mir leid, ist mir nur so eingefallen. Außerdem will man ja kein Auto kaufen, auf dem womöglich Kredite sind.«

»Sie sollten eigentlich wissen, dass Kreditbesicherung anders funktioniert«, antwortet Tobler wenig freundlich. »Ich versichere Ihnen, dass jedes Auto im Besitz meiner Firma und schuldenfrei ist.«

»Wenn Sie zu lange keinen Käufer finden, dann geht das auch ins Geld. Wertberichtigung, Lagerkosten, Platzkosten, Pflegekosten. Wie viele Autos stehen hier bei Ihnen?« Okay, Oskar, das reicht. Komm jetzt, bevor Tobler wütend wird. Wir werden überprüfen, ob Tobler wirklich alle Autos ohne Kredit kauft. Und ob er keine Teilhaber hat.

»Ich schlage vor, Sie überlegen noch einmal in Ruhe, was Sie möchten. Und wenn Ihre Fragen darauf hinauslaufen, dass Sie den Preis herunterhandeln wollen, so sagen Sie das bitte direkt.« Toblers Stimme wird schwächer, er scheint sich vom Telefon zu entfernen.

Oskar sagt: »Also: Um wie viel würden Sie mir diesen Mustang geben?« Er scheint auf die Motorhaube zu klopfen, dumpfe Schläge.

»Ich glaube nicht, dass wir ins Geschäft kommen.« Tobler ist kaum zu verstehen. Dann ein lautes Scheppern, Krachen. Was ist passiert?

»Ist nur mein Telefon«, sagt Oskar. Die Akustik hat sich schlagartig verändert. Wir hören seine Stimme klarer, aber auch von weiter weg. »Muss unter das Auto gefallen sein.«

»Haben wir gleich«, sagt Tobler, jetzt wieder nah und deutlich.

»Danke. Geben Sie her.« Das ist Oskar, merklich gestresst.

»Was ist? Das ist eingeschaltet.« Keine Spur mehr von Autoverkäuferfreundlichkeit.

»Dann muss es sich beim Hinunterfallen eingeschaltet haben«, sagt Oskar von deutlich weiter entfernt als Tobler.

Verdammter Mist. Ich greife zu Vesnas Telefon, sie packt meine Hand und schüttelt wild den Kopf. Wir haben das Mikro mit einem Stückchen Ohropax und Leukoplast verklebt, aber ob das reicht, wenn Tobler sich das Telefon ans Ohr hält? Jedenfalls aber kann er Vesnas Nummer sehen.

»Das Gespräch dauert jetzt siebenunddreißig Minuten – genauso lange, wie wir miteinander geredet haben. Für wen wollen Sie mich aushorchen?« Tobler klingt gefährlich.

»Ich muss vergessen haben, die Beenden-Taste zu drücken. Ich hab telefoniert, als ich zu Ihnen reinkam«, erwidert Oskar möglichst gelassen. »Ich bin Wirtschaftsanwalt, warum sollte ich . . .«

»Was wollen Sie? Ist das wieder so ein dummer Schutzgeldversuch? Wen vertreten Sie? Oder will mein lieber Konkurrent wieder einmal nachsehen, ob er mich aufkaufen kann? Ich mag solche Aktionen nicht, mein Herr!«

Renn, Oskar, renn! Oder sollen wir rein zu ihm? Ja. Ich lege meine Hand auf die Autotürklinke.

»Oskar kann sich sehr gut alleine helfen«, zischt Vesna.

Dann hören wir tatsächlich rasche Schritte, Rennen. Allerdings kommen die Schritte näher, und es scheinen die Schritte von mehreren Personen zu sein.

»Raus mit ihm«, sagt Tobler. Dann hören wir einen lauten, dumpfen Ton, so als ob ein Kopf auf ein Autodach geprallt wäre. Jetzt ist die Verbindung unterbrochen.

»Die schlagen ihn zusammen«, ächze ich. »Wir müssen die Polizei verständigen.«

»Wäre nicht so gut in unserer Situation. Wir warten noch fünf Minuten, dann gehen wir rein«, erwidert Vesna.

»Der Eingang ist zu, wir haben selbst gesehen, wie die vom Empfang abgeschlossen hat«, jammere ich.

»Wir kommen rein von hinten. Wenn ...«

Und in diesem Moment sehen wir Oskar über das Freigelände wanken. Vor ihm ein Kleiderschrank, mindestens so groß wie mein ramponierter Mann, nur mit deutlich mehr Muskeln. Neben ihm einer, der zwar kleiner ist, aber aussieht, als könnte er ein Durchschnittsauto alleine heben. Der Große sperrt das Tor im Gitterzaun auf, der Kleinere gibt Oskar einen Stoß, und er steht auf der Straße, nur zehn Meter von unserem Auto entfernt.

Oskar freilich kommt nicht auf uns zu, sondern geht in die entgegengesetzte Richtung. Er hinkt, er taumelt.

»Ich hole ihn«, sage ich aufgelöst. Wo habe ich ihn da nur hineingehetzt?

»Du bleibst da schön sitzen. Die sehen ihm nach. Deswegen er geht in andere Richtung. Er ist vielleicht angeschlagen, aber nicht dumm«, widerspricht Vesna.

Zwei lange Minuten später läutet mein Telefon. Ich zucke zusammen. Tobler, der wissen will, was der Wirtschaftsanwalt mit uns zu tun hat? Ich schaue aufs Display. Es ist Oskar. Er wartet auf uns in einem Espresso zwei Gassen weiter.

Wir blicken uns um. Werden wir beobachtet? Zumindest ist keiner der Bodyguards zu sehen. Und Tobler auch nicht. Eine Frau kommt aus einem Hauseingang. Sie geht direkt auf uns zu. Hat sie mit Tobler zu tun? Jeans, weite Jacke, gegen dreißig. Auch Vesna scheint nicht zu wissen, was wir tun sollen. Nicht gerade beruhigend. Dann geht die Frau an unserem Auto vorbei, öffnet den Wagen hinter unserem und parkt aus. Vesna nimmt die Sonnenbrille ab. Dann fährt auch sie los.

Oskar sitzt in einer Nische. Braune Kunstlederbezüge, verchromter Tisch. Ich hab für heute genug von Chrom. Besorgt gehe ich auf ihn zu, will eigentlich laufen, aber Vesna hält mich fest. Vor Oskar steht etwas in einem Brandyglas.

»Whisky haben sie da keinen trinkbaren«, murmelt er und versucht ein Grinsen. »Der Cognac ist allerdings auch nicht besonders. Anwalt für Schutzgelderpresser. Darauf ist noch keiner gekommen.«

»Was haben sie dir getan?«, frage ich besorgt. Ich setze mich neben ihn auf die Bank und streichle seinen Arm.

Oskar deutet auf sein Kinn. Nichts zu sehen. »Ein Schlag«, sagt er dann. »Nur einer. Aber der hat ehrlich gesagt gereicht.«

Vesna nickt. »Wenn der auf Punkt sitzt ...«

»Ich bin auf den Wagen gekracht und zu Boden gegangen. Aber ich war klug genug, dabei ganz schnell nach meinem Telefon zu greifen. Tobler hatte es auf den Mustang gelegt. Er hat es nicht bemerkt. Er war schon ein Stück weg, will wohl nicht dabei sein, wenn die Schmutzarbeit erledigt wird. Oder es war ihm egal. – Nette Freunde habt ihr.«

»Er war ein alter Freund von Evelyn«, relativiere ich.

»Glaubst du, er hat Geld oder er tut bloß so?«, fragt Vesna.

Oskar schüttelt den Kopf, zuckt dabei etwas zusammen und reibt sich vorsichtig das Kinn. »Ich glaube, dass er wirklich Geld hat. Und nicht zu knapp. Das eine oder andere, was er gesagt hat, kann ich wohl auch nachprüfen. Nicht ganz legal, aber ... machbar.«

»Was ist, wenn er die Polizei verständigt?«, frage ich.

»Wird er nicht tun«, meint Oskar. »Der regelt seine Angelegenheiten schon selbst. Kann nur sein, dass er mir in nächster Zeit seine Bodyguards oder sonst irgendjemand auf den Hals hetzt. Er will sicher wissen, was ich hätte herausfinden sollen. Immerhin habe ich ihm meine Visitenkarte gegeben.«

»Wie weit er wohl geht?«, murmle ich.

»Der Schlag war nur zur Warnung«, sagt Oskar, mein tapferer Held. »Ich habe übrigens bis zum Schluss behauptet, dass ich nur ein Auto kaufen will.«

»Wenn er etwas mit Evelyns Tod zu tun hat, dann du hast ihn aufgescheucht. Er denkt vielleicht zuerst an Konkurrenten oder Schutzgeld, aber er denkt auch an Sache mit Evelyn. Das ist vielleicht eine Chance«, überlegt Vesna. Dann sieht sie auf die Uhr. »Schon gleich acht«, sagt sie zu Oskar. »Solltest du nicht Vortrag vor Rechtsanwälten halten?«

»Schaffst du das überhaupt?«, frage ich und greife Oskar zärtlich ans Kinn.

Er bewegt es vorsichtig hin und her, es wirkt, als würde er wiederkäuen.

»Wird schon gehen.«

»Soll ich mitkommen?« Er hat mich gestern oder vorgestern gefragt, ich habe mich ziemlich gewunden. In einem Saal mit zu vielen Juristen ... ich kann mir Schöneres vorstellen am Freitagabend.

»Du hast kein passendes Kleid mit«, mischt sich Vesna ein.

»Ich hole Jacke von Oskar aus Kofferraum und dann fahren wir ihn zu Versammlung.«

»Reden helfen kannst du mir ohnehin nicht«, murmelt Oskar.

Vesna geht voraus, ein vorsichtiger Blick rundum, da ist keiner, der auf uns wartet. Dann gehen wir zum Auto, Oskar bindet eine Krawatte locker um sein Jeanshemd, zieht das schwarze Sakko über, und wir starten Richtung Innenstadtpalais.

Als Oskar wieder einmal in einem Eingang verschwunden ist, sagt Vesna: »Ich will zurück zu ›US-Speed‹.«

»Wie bitte?«

»Ich bin sicher: Wenn er uns etwas über Evelyn verschweigt, dann ist Hans Tobler jetzt nervös. Vielleicht er muss etwas verstecken. Oder entfernen. Für alle Fälle. Oder ...«

»Hast du seine Bodyguards nicht gesehen? Die werden heute besonders aufmerksam sein.«

»Oder auch nicht. Immerhin war Oskar da, und sie könnten denken, das war es für heute. Du sollst ohnehin nicht mit, das mache ich alleine. Und wenn etwas passiert und Tobler da ist und mich sieht, dann sage ich einfach, dass ich nur gekommen bin, um ihm Bericht zu geben.«

»Am Abend. Bei verschlossenen Türen. Weil er dir das glauben wird.«

»Detektive sind anders als Pizzadienst. Außerdem: Was ist Oskar schon viel passiert? Was kann mir also passieren? Und wenn ich mich ganz lange bei dir nicht melde, dann du kannst immer noch deinen Polizeifreund anrufen.«

»Es sieht nicht so aus, als hätte Tobler Oskar mit Evelyn in Zusammenhang gebracht. Warum auch?«

»Noch nicht vielleicht«, sagt Vesna. »Zumindest nicht direkt. Das soll man nutzen. Morgen wird Tobler wissen, dass Oskar dein Mann ist.«

»Waaas?«, frage ich entsetzt.

»Etwas nachforschen wird er schon, er muss wissen, was hinter der Aktion steckt. Und deshalb Umfeld von Oskar prüfen. Und da wird er schnell auf deinen Namen kommen.«

Meine Güte, wie peinlich. »Was, wenn Tobler gar nichts zu verbergen hat? Es ist nicht immer alles so, wie es scheint.« Ich denke an mein Zusammentreffen mit der Postbeamtin, ich habe Vesna nur erzählt, was sie mir beim Himbeerschnaps gesagt hat, den Rest habe ich bislang unterschlagen.

»Dann freut mich das«, erwidert Vesna.

Ich weiß, wann ich sie nicht aufhalten kann. »Ich komme mit«, sage ich. Was soll ich auch sonst tun? Wie oft hat sie mir schon geholfen? Und: Vielleicht haben wir ja wirklich Glück und finden etwas über Toblers Beziehung zu Evelyn heraus.

»Hast du irgendeinen Bericht, den du Tobler zur Not geben kannst?«, frage ich, während Vesna wieder in Richtung »US-Speed« kurvt.

»Habe ich mündlichen Bericht für ihn. Wir erzählen ihm von der Sache mit dem ›Gewinn‹ und von dem, was dir Postfrau erzählt hat.«

»Nicht eben üppig.«

»Aber auch nicht schlecht. Und wenn es nicht neu für ihn ist, dann werden wir merken.«

»Vielleicht.«

Vesna parkt in einer Seitengasse. Wie wir auf das Gelände des Autohauses kommen, hat sie auch schon überlegt. Sie habe gesehen, dass einige der Mitarbeiterinnen von »US-Speed« nicht durch das Gittertor vorne heimwärts gegangen sind, sondern durch einen Ausgang auf der hinteren Seite des Geländes. Wo ein Ausgang, da auch ein Eingang, hat Vesna festgestellt. Ich gebe zu, ich habe auf so etwas nicht geachtet.

Wir gehen die schmale Straße hinter dem Autohaus entlang. Da, ein Fußweg zwischen einem niedrigen Gebäude, dessen Auslagenscheiben mit Papier verklebt sind, und einem dreistöckigen Wohnhaus. Vesna eilt mir voraus. Auto kommt da keines durch, also könnte auf diesem Weg auch keines gestohlen werden. Hier gibt es keine Straßenbeleuchtung, aber der Schein von der Gasse und vom Freigelände her ist hell genug. Nach dem niedrigen Gebäude noch niedrigere Nebengebäude, vermutlich Werkstätten. Sie sehen verlassen aus. An das Wohnhaus schließt eine hohe Mauer an, voll mit Graffiti. Die Spraybilder bringen wenigstens etwas Bunt in das Braungrau der Umgebung. Der Fußweg endet an einer Mauer, gleich hoch wie vorne an der Seite zum Wohnhaus. Mindestens drei Meter. Dahinter das Freigelände von »US-Speed«. In der Mauer eine schmale Tür. Sie ist sicher abgeschlossen. Ich gebe zu, ich bin erleichtert. Da kommen wir nicht drüber. Vesna muss die Aktion abblasen.

Meine Freundin sieht sich um. »Man bräuchte Leiter«, murmelt sie.

»Und auf der anderen Seite? Was ist dort? Ein Sprungtuch? Wir haben es versucht, Vesna. Wir könnten uns einen Parkplatz vor dem Freigelände suchen und sehen, ob sich im Bürogebäude etwas Interessantes tut. Ob wo das Licht angeht. Ob jemand kommt. Ob Tobler wegfährt. Wenn er noch da ist.« Vesna geht zur Tür, beäugt das Schloss.

»Wir werden da nicht einbrechen«, sage ich streng. Für alle Fälle.

»Sieht nach Sicherheitsschloss aus«, erwidert Vesna bedauernd. Sie kann einfach nicht aufgeben. Sie drückt die Klinke. Ich fasse es nicht: Die Tür gibt nach. Vesna öffnet sie einen Spalt, späht auf das Freigelände der Autofirma.

Ich packe sie am Ärmel. »Und wenn das eine Falle ist?«

»Die haben nur einfach zusperren vergessen. Das kann ich Tobler auch sagen, für den Fall, er sieht uns.«

»Wer weiß, ob er überhaupt da ist«, murmle ich.

»Wäre sowieso besser, wenn nicht. Könnte ich in Ruhe sein Zimmer durchsuchen.«

»Die haben sicher Hunde. Und Wachpersonal«, jammere ich. Vesna damit zu verunsichern gelingt mir allerdings nicht. Ich mache mich bloß selbst nervös. Ich merke, wie meine Knie zittern.

»Wir bringen nur Bericht«, tröstet Vesna mich ungerührt. Oder ist da doch eine kleine Unsicherheit in ihrer Stimme? Sie öffnet die Tür etwas weiter und betritt das Gelände. Ich hole tief Luft und gehe ihr nach. Der Platz ist durch vier Scheinwerfersäulen beleuchtet, allerdings sind nur wenige der Lichter eingeschaltet. Besonders hell ist es hier nicht. Besser so. Gebrauchte amerikanische Autos, zu jung, um Oldtimer zu sein, zu alt, um in den edlen Hallen ausgestellt zu werden. Sie werfen lange schwarze Schatten. In der Mitte des Geländes der Bohrturm. Wenn da einer hockt ... Ich sage es Vesna. Sie drückt sich an einen Chrysler Geländewagen, ich bin eng neben ihr.

»Ist doch nur Metallgitter. Sieht man doch durch. Da kann keiner sein. Und Hunde gibt es auch nicht, die wären schon da.« Sie zieht ein kleines, aber sehr präzises Fernglas aus der Tasche und späht umher. Sie sucht das Gelände sorgfältig ab. Im Bürogebäude scheint kein Licht mehr zu brennen, ich sehe durch das viele Glas nur einen einheitlich schwachen Schein. Nachtlicht für die teuren Autos.

»Wir werden sehen, wo Nebeneingang zum Haus ist«, flüstert Vesna. »Vielleicht jemand war doppelt vergesslich.«

Ich bin inzwischen etwas weniger panisch. Gemeinsam mit Vesna bewege ich mich von Autoschatten zu Autoschatten, wir bleiben so weit wie möglich von der Straßenseite mit ihrem Gitterzaun entfernt. Aber hier geht am späten Abend sowieso kaum jemand vorbei. Nicht nur Oskar ist mutig, ich bin es auch, denke ich, während ich von einem Cabrio zu einem Pick-up husche. Und Vesna ist es sowieso. Da vorne ist schon die Seitenfront des Bürogebäudes. Daneben ein paar Abfallcontainer. Wir verstecken uns hinter einem roten Kleinbus und starren auf die Fenster des Hauses. Jetzt kann uns keiner mehr von der Straße aus sehen. Und von den Büroräumen aus wohl auch nicht. Scheint ohnehin niemand da zu sein. Seltsam, dass Tobler das Gelände gar nicht bewachen lässt. Ich flüstere es Vesna zu. »Hab ich auch schon überlegt«, sagt sie. »Ist kein gutes Zeichen, muss ich sagen. Entweder es gibt eine Art Automafia und er steht so weit oben, dass sich keiner traut, etwas zu stehlen. Wäre für uns momentan aber egal. Oder er hat einfach nur das Gebäude gesichert. Es wird Alarmanlage geben, ich nehme an.«

»Und wie sollen wir dann reinkommen?«, flüstere ich.

»Durch Hintereingang. Fragt sich, ob im Bürotrakt auch Alarmanlage ist. Außerdem ich habe ein Frequenzgerät mit.«

»Ein was?«, frage ich irritiert.

»Kleines Gerät, das Frequenzen von Alarmanlagen erkennt und dann stört. Kann man im Internet kaufen.«

Ich drücke mich enger an den roten Kleinbus. Ich will da nicht rein und testen, ob Vesnas Internetgerät funktioniert. Vesna lauscht. Ich schweige. Ein Scharren. Gibt es hier Mäuse? Ich denke mit Grauen an die tote Ratte, die ich in Evelyns Schuppen berührt habe. Dabei … – Aus dem Nichts, aus dem schwarzen Schatten gewachsen, eine Hand vor meinem Mund. Eine Hand vor Vesnas Mund. Gleichzeitig und lautlos und fest. Eine weitere Hand dreht meinen linken Arm auf den Rücken. Ein Körper an meinem Körper. Ich rieche Schweiß und Motorenöl und billiges Aftershave. Mein Arm brennt. Hat er mir die Schulter ausgekugelt? Keine Chance, mich auch nur einen Millimeter zu bewegen. Ich versuche mich einfach fallen zu lassen, höllischer Stich in meinem Arm. Ich zapple, stehe wieder auf den Beinen. Den Arm wie im Schraubstock gefangen. Vesnas Angreifer hat sie vom Bus weggezogen. Massiver Schatten, ich höre, dass sie sich zu befreien versucht, ein Ächzen, Scharren, Schaben, ein dumpfer Schlag auf Metall – oder war es Metall gegen Vesnas Kopf? Ich habe den Kampf aufgegeben, er ist sinnlos, wäre mein Mund frei, ich dürfte eigentlich nicht einmal schreien, wir sind es, die hier eingedrungen sind. Durch den Körper hinter mir geht ein Ruck, jetzt werde auch ich vom Kleinbus weggezogen, Kraft wie eine Maschine, ohne jedes Keuchen. Vielleicht ist es das? Überwachungsroboter. Unsinn. Roboter riechen nicht so. Wir werden nebeneinander zum Seiteneingang geschoben. Wenn Vesna es nicht schafft, freizukommen, brauche ich es gar nicht zu probieren. Ganz abgesehen davon, dass das mein Arm nicht aushalten würde. Ich keuche, bekomme kaum noch Luft. Die Tür geht auf. Dahinter ist Licht. Helles Licht. Seltsam, hat man durch die Glasfront gar nicht gesehen. Nur diesen matten Schein. Man stößt uns hinein, Vesna fängt sich, blickt sich gehetzt um. Ich stolpere, falle, merke nur, wie die Tür zugeschlagen wird. Und über mir, mit wütendem Gesicht: Tobler.

Ich rapple mich auf. Die Schulter scheint doch nicht ausgekugelt zu sein. Ich schaue zu Vesna. Die steht da mit verschränkten Armen und starrt Tobler mit ebenso wütenden Blick an. »Da kommt man und will Bericht geben, und dann das.«

»Hast du meine Telefonnummer verloren?«, ätzt Tobler. »Sonst gibt es wohl keinen Grund, sich durch die Hintertür aufs Gelände zu schleichen, oder? Wer sind eure Auftraggeber?«

Vesna sieht gehetzt zur Tür.

»Vergiss es«, höhnt Tobler. »Die ist zu. Und es dauert nur eine halbe Minute, und meine Wachleute sind zurück.«

»Wir haben keine Auftraggeber«, sage ich und merke, wie meine Stimme zittert. »Evelyn ...«

Tobler brüllt: »Vergiss das mit Evelyn! Ich Idiot habe euch geglaubt! Für euch war es wohl der beste Weg, um an mich ranzukommen! Sehr klug, zu merken, dass ich da meine schwache Seite habe!«

Vesna geht auf ihn zu, baut sich keinen Meter vor ihm auf. »Schwache Seite? Ich war zu dumm, um Falle zu merken, aber so dumm bin ich nicht.«

»Wer war der Anwalt am Abend? Wenn er überhaupt Anwalt war. Und sagt nicht, dass ihr ihn nicht kennt.«

»Was weiß ich, welche Leute du kennst. Autogeschäft scheint ziemlich zwielichtig, wenn du zu Bewachung Gangster brauchst!«, schreit Vesna.

Mir wird schwindlig. Es beginnt sich alles zu drehen. Vesna und Tobler und die chromblitzenden Autos, zu denen man vom Eingangsbereich aus sieht, und die Tür und die Lampe, sie spielen Ringelspiel, spielen Ringelspiel.

»He, das nützt dir nichts«, sagt Tobler hart, aber eine Spur leiser. Leiser. Immer leiser. Immer weicher. Weicher. – Hart! Ich bin am Boden aufgeschlagen, versuche mich auf meine Arme zu stützen, bin irgendwie auf allen Vieren. Auf allen Vieren ist man stabiler, da dreht sich nicht alles so. Ein Zwitschern. Nein, es ist Vesna. Zwei überdimensionale Geisterbahnaugen. Nein, es sind die von Tobler. Eine riesige Hand. Sie kommt näher. Ich ducke mich, verliere die Balance, liege da wie ein Käfer.

»Lass sie!«, schreit Vesna.

»Ich wollte sie doch nur tätscheln, damit sie wieder zu sich kommt«, sagt Tobler, deutlich leiser. Oder höre ich auf diesem Ohr nichts mehr? Ich bewege meinen Kopf. Vorsichtig. Er fällt nicht ab. Die Tür bleibt, wo sie hingehört. Die Lampe sitzt fest an der Decke. Zwei Paar Augen starren mich an, ganz ohne Geisterbahn und Ringelspiel. Ich atme vorsichtig durch und rapple mich auf, hocke am Boden.

»Geht's?«, fragt Tobler, und er hört sich tatsächlich besorgt an. Jedenfalls ein bisschen. Ich nicke. Auch das schaffe ich, ohne in größere Turbulenzen zu kommen.

»Der Anwalt ist mein Mann«, flüstere ich und höre Vesna fauchen. Nein, jetzt machen wir es einmal so, wie ich es möchte. Ich habe keine Kraft mehr für weitere wilde Ausreden. Und keine Lust, verprügelt zu werden. Ich bin feige. Kann schon sein. Aber etwas Besseres als die Wahrheit fällt mir momentan einfach nicht ein.

»Kann sein, dass Evelyn ein paar Wochen vor ihrem Tod einen Lottogewinn gemacht hat. Wir haben aber weder den Schein noch Geld bei ihr gefunden«, fahre ich langsam fort.

Tobler starrt mich mit offenem Mund an, glaubt offenbar, dass ich geistig noch nicht ganz auf der Höhe bin, starrt hinüber zu Vesna. Sie nickt langsam. »Du bist Auftraggeber. Aber ich habe Gefühl, du willst nicht jedes Ergebnis. Du sagst nicht alles, was du weißt.«

»So sind wir auf die Idee gekommen, dass es ja um das Autohaus vielleicht schlechter stehen könnte, als man glaubt«, erläutere ich. »Dass du also dringend Geld gebraucht hast und ...«

»... und ich Evelyn den Lottoschein geklaut habe?«, krächzt er. »Meine Güte. Sie hat mich doch nicht einmal reingelassen. Vielleicht deswegen nicht, aber das glaube ich nicht. Nein, das glaube ich alles nicht.« Er keucht. Geht er jetzt zu Boden? Er schüttelt sich. Ein Anfall? Er beginnt zu lachen, lacht immer lauter, bis ihm die Tränen kommen. Wir beide stehen da mit hängenden Armen und schauen ihm zu. Können nicht lachen. »Kommt mit, kommt mit«, sagt er und deutet in einen Nebengang. Was bleibt uns anderes übrig? Außerdem muss ich zugeben, dass er momentan nicht besonders gefährlich wirkt.

»Meine Güte, wie sehr ich ihr einen Lottogewinn gegönnt hätte!« Tobler sperrt eine Tür auf, und wir stehen in einer überdimensionalen Garage mit dem gleichen Marmorfußboden wie in den Schauräumen. Die rückwärtige Wand scheint ein großes weißes Schiebetor zu sein. Der Raum ist penibel aufgeräumt. Vielleicht ist es so etwas wie ein Autoseparee für ganz besondere Kunden? Auf der rechten Seite ein großes knallrotes Cabrio mit weißen Ledersitzen, auf der linken Seite eine elegante Limousine in einem seltsam matt glänzenden Schwarz. Mir wird klar: Das ist der Maybach. Und es scheint sich um Toblers private Garage zu handeln.

Der Autohändler holt einen Schlüssel aus seiner Hosentasche, drückt auf einen Knopf. Ein sattes »Plop« beim Maybach. Er öffnet die beiden hinteren Türen. »Ich Evelyn etwas stehlen«, murmelt er und schüttelt den Kopf. »Setzt euch rein, kommt schon!«

Ich weiß nicht ganz, was das soll, setze mich langsam, die Füße nach draußen, auf den Ledersitz.

Vesna hat schon im Auto Platz genommen und sieht sich interessiert um. Edles Holz und Leder.

»Da«, sagt Tobler und zeigt auf die in die Rückseite der Vordersitze eingelassenen Bildschirme. »Video. Und Fernsehen. Und Computerbildschirm.«

Ich nicke. Was soll ich auch sonst tun? Was will er? Uns das Auto verkaufen? Hach, ich hab gerade leider ein bisschen zu wenig Geld auf der Seite, mein Herr.

»Und da.« Er drückt auf einen Knopf. Lautlos gleitet zwischen Vesna und mir aus der Rücklehne ein edles Abstelltischchen mit polierter Holzoberfläche.

Tobler greift über mich in die Vertiefung hinter dem Abstelltischchen. Er zieht eine silberne Sektflöte heraus. »Kühlschrank ist auch eingebaut.«

Vesna nickt.

Tobler klopft gegen die Türverkleidung, öffnet ein weiteres Fach. »Mobiltelefon. Natürlich für alle Netze. Und Satellitentelefon. Falls alle Netze zusammenbrechen.«

Vesna holt das andere Sektglas heraus. Sie schlägt die Beine übereinander. Dafür ist hier mehr als genug Platz. »Will ich ihn trotzdem nicht nehmen. Mir gefallen silberne Sektgläser nicht. Irgendwie billig.«

Tobler starrt sie an, dann beginnt er wieder zu lachen. »Wisst ihr, dass ich genau das dem Importeur gesagt habe? Und Champagnerkelche aus Kristallglas bestellt habe? Und ein Glas, aus dem man Cola trinken kann. Er hat es in zwei Monaten nicht geschafft, sie zu liefern.«

Er deutet in die Richtung seiner Ausstellungsräume. »Das würde bei mir nicht passieren. Deswegen ist mein Umsatz auch deutlich höher.« Er wird wieder ernst. »Was ich euch damit zeigen will: Ich hab genug Geld. Mehr als genug. Ich wollte Evelyn Geld geben und jede andere Form der Unterstützung.«

»Machst du so etwas öfter, du hast nicht so viel Geld«, sagt Vesna und steigt aus.

Tobler schließt die Tür hinter ihr. »Da ist schon was dran.«

Vesna sieht hinüber zum roten Cabrio. »Ich gebe zu, das gefällt mir besser.«

»Es gehört meiner Exfrau. Sie hat es sich nie abgeholt. Es war der Grund für eine unserer letzten Auseinandersetzungen. Ich hab es ihr zum Geburtstag geschenkt. Ich gebe zu, es ist nicht besonders leistungsstark und auch nicht besonders teuer, aber es hat mir sehr gut gefallen. Sie war wütend. Sie hat gesagt, dass rundherum die tollsten Autos stehen und sie werde mit einem solchen Ding abgespeist. Na ja. Jetzt steht es seit fast zwei Jahren da. Ich werde es ihr irgendwann einmal vor die Tür stellen. Ich brauche den Platz.«

»Wie hast du uns auf dem Gelände entdeckt?«, fragt Vesna und tätschelt die weißen Lederbezüge des Cabrio.

»Wärmebildkameras. Man sieht sie kaum. Sie sind im Bohrturm eingebaut. Ich bin ja nicht verrückt, dass ich das ganze Gelände unüberwacht lasse. Wenn die Kameras etwas Besonderes empfangen, senden sie akustische Signale. Falls die Securityleute schlafen.«

»Die beiden …«, sage ich, »waren das die Gleichen, die vorher Oskar …«

»Oh«, erwidert Tobler. »Ist er übrigens wirklich Anwalt?«

Ich nicke. »Wirtschaftsanwalt. Ein ziemlich bekannter sogar.«

»Aber wenn er sich auf solche Spielchen einlässt ...«, murmelt Tobler. »Ich habe eben gelernt, mich zu wehren.«

»Er hat es gut verkraftet«, sagt Vesna ganz cool, so als ob mein Oskar jeden Abend herumziehen und Kinnhaken einstecken würde. »Wir wollten nur wissen, wie es um deine Finanzen steht.«

»Dass jemand wie er dabei mitmacht ...« Der Autohändler schüttelt den Kopf.

»Ist nicht so abgebrüht wie du«, sagt Vesna. »Wenn Mira schön bittet ... Und er hat ja nicht gewusst, wie das ausgeht. Du kaufst wirklich kein Auto auf Kredit?«

»Ihr habt übers Telefon mitgehört, nicht wahr?«

Ich nicke. Ich bin müde. Mein linker Arm schmerzt. Auch wenn Tobler jetzt wieder ganz auf charmanter Gastgeber macht: Er hat uns hier äußerst uncharmant hereinschleifen lassen. Ist er wirklich der good guy, der durch eigene Tüchtigkeit viel, viel Geld gemacht hat, von dem er zwar nicht allen, aber immerhin Evelyn etwas abgeben wollte? Ich muss mir den Arm gerieben haben. Tobler deutet darauf. »Hat er dich verletzt?«

Ich schüttle den Kopf. Wenn da alle so harte Knochen sind, bin ich es auch.

»Den, der ihr Arm umgebogen hat, habe ich schon gesehen, als wir erstes Mal Autos besichtigt haben. War er hinten in einem Nebenraum«, sagt Vesna.

»Er ist Mechaniker«, erklärt Hans Tobler. »Meine Mechaniker haben auch so ihre Träume. Ich zahle einigen von ihnen eine ordentliche Bodyguardausbildung, und sie sorgen nebenbei dafür, dass mir keiner zu nahe kommt.«

»Passiert das?«, fragt Vesna mit Augenaufschlag.

»Seltener, als alle denken«, erwidert Tobler. »Kommt mit. Wir gehen in mein Büro. Wir müssen überlegen. Wenn Evelyn wirklich einen Lottogewinn gemacht hat – was ist geschehen?«

»Es ist nur eine Hypothese«, versuche ich ihn einzubremsen.

Aber er hört mir gar nicht mehr zu, lässt uns durch die Tür, sperrt die Luxusgarage wieder ab. Geht voran, die Stiegen hinauf, Richtung Chefbüro.

Vesna flüstert mir zu. »Haben uns geirrt. Und trotzdem: Er verschweigt etwas.«

Tobler scheint verdammt gute Ohren zu haben, er dreht sich zu uns um.

»Kannst es ruhig hören«, sagt Vesna kämpferisch. »Du verschweigst etwas. Da bin ich ganz sicher. Vielleicht du hast wirklich Geld wie Heu. Aber dann ist es anderes, das du nicht sagen willst.«

»Trinken wir etwas«, erwidert Tobler.

Wir sitzen auf seiner Garnitur aus amerikanischen Autositzen. Er kommt mit Gläsern und einer Flasche Whisky. »Ich mag das nicht«, sagt Vesna.

Ich sehe aufs Etikett und murmle: »Ich trinke nur irischen Whiskey. Jameson, wenn möglich.« Darauf hätte ich momentan tatsächlich unheimliche Lust.

»Cola?«, fragt der Autohändler in Vesnas Richtung. Sie nickt. Ich verstehe es nicht, aber sie mag Cola wirklich.

»Ich weiß, dass ich irgendwo eine Flasche Jameson habe«, sagt Tobler und beginnt in einem Kasten zu suchen, der sich als Bar entpuppt. »Irgendein Ire hat mir eine seltene Corvette abgekauft, der hat ihn mitgebracht. Da!« Er hält eine Flasche hoch und holt aus dem eingebauten Kühlschrank eine halb volle Colaflasche. Er schenkt mir ein, und das zum Glück nicht zu knapp. »Special Reserve, zwölf Jahre alt«, sagt er und zeigt mir das Etikett. Wusste ich gar nicht, dass es den gibt.

Die beiden trinken Cola, ich nehme einen großen Schluck Whiskey. Er ist etwas rauchiger und voller als der Normal-Jameson. Warm legt er sich in meinen Magen. Ich schließe kurz die Augen. Belohnung pur. – Stopp, Mira, wofür? Dass wir eingedrungen und erwischt worden sind?

»Du trinkst nie Alkohol?«, frage ich Tobler dann, ganz Meisterin im Small Talk.

Er schüttelt den Kopf.

»Seltsam, Evelyn hat auch keinen getrunken«, sagt Vesna und starrt ihn an. »Kann es sein, es gibt einen Zusammenhang?«

Tobler sagt nichts und nimmt noch einen Schluck Cola.

»Hubert Osthof war betrunken, als er in Baumhäcksler gegriffen hat«, fährt Vesna fort. »Es hat damit zu tun?«

Tobler nickt langsam. Ich nehme noch einen Schluck. Mir ist alles recht, solange ich hier nur friedlich sitzen und diesen großartigen Whiskey trinken kann.

»Wir haben gefeiert, dass wir in die engste Wahl für die Talenteshow gekommen sind«, beginnt der Autohändler langsam. »Evelyn war sehr ausgelassen, sie konnte das: total ausgelassen sein, nicht überdreht, sondern einfach überschwänglich vergnügt. Wir waren in unserem Proberaum und haben das Band gehört, das Hubert von einigen unserer Songs aufgenommen hatte. Sie hat abwechselnd mit mir und mit ihm getanzt. Und sie hat gesagt, dass wir es schaffen. Ganz sicher, das sei der Anfang der großen Karriere. Hubert hat dreingesehen, als würde er nicht daran glauben, sie hat ihn geneckt, und dann hat sie ihn geküsst. Hubert hatte diese Stimmungsschwankungen. Er ist plötzlich aufgestanden und hat laut gesagt, dass wir Evelyns Karriere nicht behindern dürfen. Er ziehe sich zurück, und ich solle das auch tun, wir hätten nicht so ein Talent wie Evelyn, sie brauche andere Partner, Profis. Evelyn hat nur gelacht und ihn umarmt. ›Wenn ich berühmt werde, dann mit euch. Oder gar nicht‹, hat sie gesagt.«

Tobler schweigt.

Oder gar nicht, denke ich und nehme noch einen Schluck.

»Und dann?«, fragt Vesna. Ihre Stimme klingt rau.

»Hubert ist grob geworden. Wenn sie nicht wüsste, was gut für sie ist, dann muss eben er das entscheiden. Er werde ihr echte Musiker besorgen. Evelyn hat noch eine Zeit lang versucht, ihn einfach nicht ernst zu nehmen, sich weiter zu freuen, dann aber ist sie wütend geworden und hat ihm vorgeworfen, sich für uns zu genieren. Was ein starkes Stück war, denn das hat er wirklich nie getan. Er hat immer zu uns gestanden, obwohl er in einer ganz anderen Umgebung aufgewachsen ist. ›Geh halt zu deinem Ministerpapa‹, hat sie gerufen, und Hubert ist wirklich hinausgegangen. Der Proberaum, eigentlich war es eine Garage, hat dem Chauffeur von Huberts Vater gehört. Sie war gleich neben dem großen Grundstück der Osthofs. Evelyn hat gesagt: ›Lassen wir ihn spinnen.‹ Sie hat das Band noch einmal gestartet. Ich wollte eigentlich zu ihm. Er hat sehr gern auf dem Hügel hinter der Garage gesessen und hat nachgedacht, vor allem wenn es ihm nicht so gut ging. Ich war mir sicher, dass er dort ist. Aber Evelyn wollte mich nicht gehen lassen. Wahrscheinlich würden wir viel besser zusammenpassen, hat sie gesagt. Ich habe ihr nicht geglaubt. Sie war wütend auf Hubert, weil er ihr den schönen Abend verdorben hat. Wir haben noch ein Glas Rotwein getrunken. Irgendwann bin ich dann doch raus. Und dann habe ich ihn auf dem Hügel hinter der Garage liegen sehen. Ich habe mir gedacht, er schaut in den Nachthimmel, das hat er öfter getan. Aber als ich näher gekommen bin, war mir klar, dass da etwas nicht stimmt. Er hatte sich die Pulsadern aufgeschnitten. Er war tot.«

Ich schaffe es nicht, noch einen Schluck zu nehmen. Ich traue mich kaum zu atmen.

»Ich bin dann durch den Park zum Haus der Osthofs gerannt, habe sie herausgeläutet, habe geheult und erzählt, was passiert ist. Osthof hat mich angesehen. Unmöglich, ein Selbstmord in seiner Familie, das sei unmöglich. Das war seine erste Reaktion.

Er und Christian, Huberts älterer Bruder, sind mit mir zur Garage gelaufen. Evelyn hat neben Hubert gekniet, seinen Kopf in ihrem Schoß, sie hat ihn ununterbrochen gestreichelt, sie hat nicht geweint. Und dann ist mir klar geworden, was Osthof damit gemeint hat, dass ein Selbstmord in seiner Familie unmöglich sei: Er hat verlangt, dass wir ihn vertuschen. Wir haben Hubert durch den Park der Villa getragen, da sind wir an dem großen Häcksler vorbeigekommen. Es war die Idee des Ministers. Er war wie außer sich. Er hat uns alles versprochen. Evelyn hat ihn bloß stumm angesehen. Dann ist sie davongerannt. Ich weiß nicht, warum ich geblieben bin. Ich hab es gemeinsam mit Christian Osthof getan. Wir haben seine Hände in die Maschine gesteckt. Sein Vater war es, der sie eingeschaltet hat. Dann bin ich davongegangen. Es war das letzte Mal, dass ich mich betrunken habe. Ich war überall und nirgends. Und als ich am nächsten Tag irgendwann in einem Hof zwischen Abfalleimern aufgewacht bin, war ich ganz sicher, dass ich alles nur geträumt hatte.«

Ein vertuschter Selbstmord. Mit Hans Tobler ist es von da an bergauf gegangen. Mit Evelyn Maier bergab. Der Autohändler hat uns bis zur Tür gebracht, hat gesagt, er wolle noch ein wenig bleiben. Wir haben die ganze Autofahrt über geschwiegen. Vesnas Wagen hält in der Gasse, in der Oskars, in der unser beider Wohnung ist. Wir sehen einander an. Evelyn war am nächsten Tag verschwunden, hat Tobler gesagt. Es hat eine Zeit gedauert, bis er herausgefunden hat, dass sie mit einer internationalen Tanzband unterwegs war. Sie hatte dort schon früher hin und wieder ausgeholfen, wenn die Sängerin krank war. Hans Tobler hat sich von Minister Osthof helfen lassen. Man könnte auch sagen, der Minister hat ihm Schweigegeld gezahlt. Es war das Startkapital, damit konnte er Ersatzteile für amerikanische Autos kaufen. Zweimal ist Tobler Evelyn nachgereist. Sie hat sich geweigert, mit ihm zu reden. Dann hat er aufgegeben und sie nie wiedergesehen, ist davon ausgegangen, dass sie irgendwo im Ausland geblieben ist. Bis er sie per Zufall nach mehr als zwanzig Jahren im Supermarkt getroffen hat.

Höchste Zeit, auszusteigen und nach oben zu gehen. Gut möglich, dass Oskar schon zurück ist. Kurz vor ihrem Tod hat Evelyn dem Gerichtsvollzieher gegenüber von einem künftigen »Gewinn« gesprochen. Kann es sein, dass wir das ganz falsch interpretiert haben? Dass sie, ausgelöst durch ihre Begegnung mit Hans Tobler, spät, aber doch von Osthof das wollte, was Hans bekommen hatte? Schweigegeld? Um die Ausbildung ihrer Tochter zu sichern? Damit wenigstens sie ein erfülltes Leben hätte? Man könnte so etwas auch Erpressung nennen.

»Was hältst du davon?«, frage ich Vesna. »Was, wenn Osthof sich geweigert hat? Wenn er Angst hatte, dass nun alles ans Tageslicht kommt?«

Vesna schüttelt langsam den Kopf. »Das braucht Planung. Dafür man muss aktiv sein. Ich weiß nicht, ob Evelyn das gekonnt hat. Und wenn es um Geld gegangen ist: Warum hat sie dann nicht das von Hans genommen?«

»Vielleicht ging es auch um so etwas wie Gerechtigkeit. Um so etwas wie Sühne.«

»Du bringst mich auf Idee«, sagt Vesna nach kurzem Überlegen. »Wie wäre es selbst mit kleiner Erpressung? Wir können Exminister anrufen und ihm sagen, dass wir alles über vertuschten Selbstmord wissen. Was glaubst du, wie schnell er plötzlich mit uns redet!«

»Oder uns jemand auf den Hals hetzt.« Ich reibe mir den Arm. Ich habe für die nächste Zeit genug von gefährlichen Aktionen.

»Wir machen es ganz altmodisch«, überlegt Vesna und hat dabei ein leichtes Lächeln im Gesicht. »Wir schicken ihm mit Bote ein Briefchen. Lassen durch seine Haushälterin übergeben. Ich finde, es wird höchste Zeit, dass sich Herr Minister fürchtet.«

[10]

Ich habe mit Oskar noch bis tief in die Nacht geredet, ihm alles erzählt. Das heißt bis auf die Sache mit unserem Eindringen ins Autohaus. Da habe ich lediglich von einem Bericht gesprochen, den wir Tobler doch lieber gleich hatten liefern wollen. Oskar hat lang nachgedacht und dann gemeint, man solle alles ruhen lassen. Schlimm genug, was damals, vor fünfundzwanzig Jahren, geschehen ist.

Jetzt sitzen wir beim Frühstück. Es ist Samstag, Oskar muss wie so oft am Wochenende in die Kanzlei, aber er will den Tag wenigstens mit Schinken und Käse und einem Spiegelei und frischen Weckerln beginnen. Und mit mir. Sein Kinn, sagt er, sei schon wieder ganz in Ordnung. Er halte eben doch noch etwas aus. Und: Vielleicht sollte er sich ja wirklich einen amerikanischen Oldtimer kaufen. Das Cabrio aus den Fünfzigerjahren sei ausgesprochen hübsch gewesen.

»Wo doch schon dein Volvo die meiste Zeit in der Garage herumsteht«, spotte ich mit vollem Mund. An sich bin ich ja keine Frühstückerin, aber von Oskar lasse ich mich doch hin und wieder verleiten. Vor allem, wenn er es vorbereitet, während ich mich noch im Bett rekeln kann. Ich glaube, es ist sein geschäftiges Rumoren in der Küche, das mir am besten an dieser Mahlzeit gefällt.

»Ich hoffe, du hast ein ruhiges Wochenende«, sagt er, als wir das Geschirr in die Spülmaschine geräumt haben.

»Nehme ich einmal an«, murmle ich. Was er nicht weiß: Wenn alles gut geht, ist Jana schon als Fahrradbotin verkleidet unterwegs zur Haushälterin von Osthof. Mit einem kleinen Brief, den wir noch gestern im Auto aufgesetzt haben:

»Sehr geehrter Herr Osthof,

wir bitten Sie, uns morgen um 11.30 Uhr zu empfangen. Evelyn Maier ist vor Kurzem unter ungeklärten Umständen ums Leben gekommen. Da wir über den vertuschten Selbstmord Ihres Sohnes Hubert in vollem Umfang Bescheid wissen, wären wir für ein klärendes Gespräch dankbar.

Mit freundlichen Grüßen

Mira Valensky

Vesna Krajner«

Darunter noch Vesnas Telefonnummer.

»Dass Christian Osthof damals auch mit dabei war ...«, überlegt Oskar, als er einige Akten in seine Tasche packt.

Er kennt ihn, das hat er mir schon gestern Nacht erzählt. Wirtschaftsmeinungsforscher und Wirtschaftsanwalt, ist ja auch naheliegend. Er hat ihn als seriös, ehrgeizig, kompetent beschrieben. Und als einen, der nie sein Freund werden würde. »Er lebt wie für sich«, hat Oskar gemeint. »So als wären wir alle nur eine Art Staffage in seinem Leben.«

Drückt ganz gut aus, wie ich ihn bei dem Interview erlebt habe. Sich vorzustellen, dass er die Arme seines toten Bruders in den Häcksler drückt ... Damals war er Mitte zwanzig. Ob ihn die Bilder dieser Nacht noch manchmal einholen?

Ich stehe gerade mit Oskar im Vorzimmer, als mein Ersatztelefon eine SMS meldet. Wenn ich meines nächste Woche nicht wiederbekomme, kaufe ich mir ein ähnliches. Ganz sicher. Ich küsse Oskar zum Abschied kurz auf den Mund und tue, als hätte ich von der SMS nichts gemerkt.

»Nachricht?«, fragt er und deutet auf mein Telefon in der Hosentasche.

»Kann nichts Wichtiges sein«, antworte ich.

Hab einen schönen Tag. Ja, danke. Arbeite nicht zu viel. Werde ich nicht. Bis später. Beziehungsabschiedsworte. Dann fällt die Tür ins Schloss, und ich ziehe mein Mobiltelefon heraus. SMS von Vesna. »Hat funktioniert. Treffen uns 20 nach 11 am Rand von Osthofgrundstück. LG V.«

Wir sitzen im übergroßen Wohnzimmer von Exminister Osthof. Ob es sich verändert hat, seit Hubert ums Leben gekommen ist? Zeitlose Regale aus Eichenholz, zur Hälfte gefüllt mit Büchern, zur anderen Hälfte gefüllt mit kleinen Skulpturen, dekorativen Gegenständen aus aller Welt und DVDs. Ein Kristallleuchter, zu dem mir nur das Wort »repräsentativ« einfällt. Schwerer dunkler Teppich, der sicher einiges gekostet hat. Am großen Fenster zum Garten, nein zum Park hin, Orchideen, einige davon blühen. Barocktischchen mit vier Barocksesselchen, sicher Originale. Übergroße Fauteuils aus Eiche mit üppiger grüner Seidenpolsterung. Ein ebensolches Sofa, auf dem bequem vier Leute Platz finden. Daneben, der einzige Stilbruch, ein Fernsehsessel aus schwarzem Leder, so ein Ungetüm, das auf Knopfdruck die Lehne neigt und einen zu massieren beginnt. Aber seltsamerweise kein Fernseher. Er könnte allerdings hinter den Schranktüren verborgen sein. Vesna und ich sitzen da wie Alice im Wunderland. Die Fauteuils sind so gewaltig, dass sogar ich mit meinen langen Beinen kaum den Boden berühre. Vesnas Beine baumeln hin und her.

»Kein Ort, wo sich Kinder wohlfühlen«, sagt sie leise.

»Kein Ort, wo sich irgendjemand, der lebt, wohlfühlt«, gebe ich zurück.

»Zimmer ist größer als meine ganze Wohnung«, ergänzt meine Freundin.

Osthof hat uns kühl begrüßt, ohne uns die Hand zu geben, er hat uns in sein Prachtzimmer geleitet und ist verschwunden, um »nach Erfrischungen zu sehen«.

»Vielleicht holt er einen Killer«, scherze ich. Aber es klingt nicht so witzig, wie es sollte.

Osthof kommt tatsächlich nicht alleine zurück. Allerdings ist es kein Killer, sondern die Haushälterin, die uns die Aufwartung macht. Im wahrsten Sinn des Wortes. Sie hält ein großes Tablett mit Teekanne, Kaffeekanne, Zucker, Milch, Tassen, Tellerchen, Servietten, Keksen, kleinen Brötchen. Wo sind wir hier? In einem Gesellschaftsstück? Würde mich gar nicht wundern, wenn die Haushälterin ein Spitzenschürzchen anhätte. Aber ihre Uniform besteht aus einem dezenten schwarzen, überknielangen Rock und weißer Bluse. Osthof selbst lädt die Dinge vom Tablett auf den großen Couchtisch mit der Marmorplatte. »Bedienen Sie sich.«

Vesna schenkt sich ungerührt Tee ein. Wie schafft sie es nur, sich in jeder Umgebung zurechtzufinden? Hat es damit zu tun, dass sie es unter widrigsten Umständen lernen musste, als sie im Krieg mit zwei kleinen Kindern aus Bosnien geflohen war? Ich räuspere mich. Es klingt überlaut. Osthof hat Kaffee genommen. Vesna und er sehen mich an.

»Wie Sie wissen, ist Evelyn Maier vor Kurzem gestorben«, beginne ich hölzern.

Osthof stellt seine Tasse nieder. »Ich habe es nicht gewusst, bis ich Ihr ... Briefchen erhalten habe. Ich hatte mit der Dame nichts zu tun.«

»Sie war Freundin von Ihrem Sohn«, widerspricht Vesna. Sie ist ganz an die Kante des Polstersessels gerutscht, so schafft sie es, mit ihren Beinen den Boden zu berühren.

»Das ist fünfundzwanzig Jahre her«, antwortet der Exminister mit emotionsloser Stimme. »Was wollen Sie von mir? Mich erpressen?«

Ich sehe ihn wütend an. »Sie waren es, der damals Schweigegeld gezahlt hat. Damit keiner erzählt, dass der Unfalltod Ihres Sohnes eigentlich ein Selbstmord war.«

»Das ist doch lächerlich. Ich habe diesem jungen Mechaniker nach dem tragischen Tod meines Sohnes versprochen zu helfen, und ich habe es auch getan.«

»Damit er schweigt«, präzisiert Vesna.

Osthofs Lippen sind nur noch ein Strich. Er wirkt sehr fit für seine beinahe achtzig Jahre. »Ich freue mich, dass er es durch das Startkapital zu etwas gebracht hat. Er ist inzwischen deutlich wohlhabender als ich. Ich kann ihm nicht vorschreiben zu schweigen.«

»Aber Ihrem Sohn haben Sie damals befohlen, die Band zu verlassen, nicht wahr?«, murmle ich.

»Hubert war weich, zu weich. Ich habe ihn immer wieder in psychologische Betreuung geschickt, aber das hat nichts genützt. Diese Band war das falsche Umfeld für ihn. Sie hat alles nur noch schlimmer gemacht.«

»Er hat sich dort wohlgefühlt«, sagt Vesna und nimmt einen Schluck Tee. Eine Wanduhr schlägt von irgendwoher zwölf. Geläut wie von einer Turmuhr. Üppig schwer.

»Was wissen Sie denn schon? Als ob es im Leben ums Wohlfühlen ginge«, kontert Osthof. »Die beiden waren für ihn schlechte Gesellschaft. Niemand darf das heutzutage ja mehr laut sagen, aber es gibt eben Klassen, und es entsteht nichts Gutes, wenn man sie mischt. Das hat man ja dann gesehen. Ich wollte meinen Sohn bloß schützen.«

Vesna nickt. Ich merke, wie es in ihr kocht. »Hauptsache, Klasse und Schein ist gewahrt. So haben Sie auch Idee gehabt, Arme von Sohn zu häckseln.«

Osthofs Augen werden schmal. An seiner hohen Stirn beginnt eine blaue Ader zu pochen. »Es war notwendige Schadensbegrenzung. Nicht ich habe meinen Sohn auf dem Gewissen, das war diese Evelyn. Ich hatte keine Lust, dafür zu büßen. Es haben Wahlen angestanden und parteiinterne Entscheidungen. Ein Selbstmord in der Familie wäre verheerend gewesen.«

»Also ließen Sie Ihren Sohn verstümmeln«, sage ich. »Hat es eigentlich eine Obduktion gegeben?«

»Er war tot«, kommt es zurück, »ein Unfall. Da ist keine Obduktion notwendig. Mein Wort gilt etwas bei den Behörden. Glauben Sie mir, ich mache mir bis heute Vorwürfe. Ich hätte ihn härter anfassen müssen. Durchsetzen müssen, dass er die Band verlässt. Dann wäre er noch am Leben. Ich habe nichts mit dem Tod dieser Evelyn zu tun. Sie war es, die ihn in den Tod getrieben hat.«

»Und jetzt war Zeit für späte Rache«, überlegt Vesna laut.

»Lächerlich. Zwischen meinem Leben und dem Leben dieser Person gab es nur einen einzigen Berührungspunkt. Und der hat sich vor fünfundzwanzig Jahren verloren.«

»Und was ist mit Ihrem anderen Sohn?«, frage ich den Exminister so harmlos wie möglich.

»Der hatte nichts mit dieser Band zu tun. Der war von Anfang an anders. Verantwortungsbewusst. Strebsam. Er hat es ja auch geschafft. Und er hat eine Frau, die zu ihm passt. Claudia kommt aus einer soliden Familie. Sie spielt nicht den Star, sie unterstützt ihn. Sie ist Gymnasialprofessorin, hat allerdings nur eine halbe Lehrverpflichtung, damit sie ihre anderen Pflichten nicht vernachlässigen muss. Ich teile nicht alle Ansichten meines Sohnes. Ich glaube zum Beispiel, dass man zu wenig dereguliert hat, nicht zu viel. Der Markt regelt sich selbst. Die Mischform aus Marktwirtschaft und Sozialismus ist fatal. Und natürlich die Idee, dass Menschen am Wohlstand teilhaben sollen, die ihn nicht erhalten können. Siehe Immobilienkrise in den USA. Mein Sohn denkt manchmal vielleicht zu sozial. Aber er ist einer, der bereit ist anzupacken.«

»Und bereit, aus Händen von kleinem Bruder Mus zu machen«, setzt Vesna nach.

Osthof ist aufgestanden. Vesna hat es übertrieben. Er geht zu ihrem Polstersessel, blickt auf sie herunter. »Sie werden nie verstehen, was es heißt, für eine Familie wie die unsere Verantwortung zu haben. Wie sollten Sie auch?«

Vesna steht auch auf. Sie ist einen Kopf kleiner als der ehemalige Minister. »Natürlich nicht, komm ich doch aus Jugoslawien.«

»Nur aus den falschen Lebensverhältnissen. Es hat immer Jugoslawen gegeben, auf deren Ehre man sich verlassen konnte.«

»Und die daher mit Deutschen gekämpft und eigene Leute verraten haben.«

»Ich war immer gegen Extremismus. Aber gegen alle Formen des Extremismus!«

Ich verfolge den Schlagabtausch und habe das Gefühl, er bringt uns nicht weiter als vor Osthofs gepflegte Eingangstür. Ich kann Vesna verstehen, sehr gut sogar, trotzdem versuche ich die beiden zu bremsen.

»Haben Sie Evelyn nach dem Tod Ihres Sohnes noch einmal gesehen?«, frage ich.

Osthof sieht mich an wie eine Laus. »Nein, das habe ich nicht. Ich habe sie auch vorher nicht gesehen. Ich habe Hubert klargemacht, dass so eine Person in unserem Haus nichts verloren hat.«

»Sie haben ihr kein Geld angeboten?«

Er seufzt und setzt sich wieder hin. »Ich habe diesem Mechaniker hunderttausend Schilling gegeben. Und ich habe ihm gesagt, dass ich diese Sängerin mit fünfzigtausend Schilling unterstützen würde. Aber da hatte sie sich schon ins Ausland abgesetzt.«

»Abgesetzt?« Ich glaube es einfach nicht, dieser Typ verdreht die Wirklichkeit gerade so, wie er es braucht. »Sie war es nicht, die Huberts Selbstmord vertuscht hat. Wie hat eigentlich Ihre Frau ...«

»Lassen Sie meine Frau aus dem Spiel«, kommt es scharf zurück. »Sie ist vor einigen Jahren verstorben. Sie hat den Tod unseres jüngeren Sohnes nie verwunden. Und wenn Sie glauben,

Sie können diese uralte Geschichte in den Medien hochspielen, dann warne ich Sie: Ich habe noch immer einflussreiche Freunde. Und ich kenne hervorragende Anwälte.«

Vesna ist heimgefahren. Sie muss zu einer Versammlung, es geht um den Abbruch des Wohnhauses, in dem sie lebt. Und arbeitet. Und in dem außer ihr noch acht Familien leben. »Ausgerechnet, wo Immobilienpreise in Keller sind, wollen sie das Haus wirklich abreißen«, hat sie gestöhnt. Oskar hat ihr einen engagierten jungen Anwalt vermittelt. Er soll die Bewohner beraten. Nur dumm, dass die wenigsten von ihnen einen ordentlichen Hauptmietvertrag haben. Seit es vor einigen Jahren den ersten Abbruchbescheid gegeben hat, sind die Wohnungen nur noch befristet und in Untermiete vergeben worden. Ich kurve durch die Villengegend am Stadtrand von Wien, noch einmal am weitläufigen Grundstück der Osthofs vorbei. Dort drüben könnte die Garage gewesen sein, in der die »Three Friends« geprobt haben. Zu sehen ist freilich nichts mehr davon. Nun steht da ein relativ neues Einfamilienhaus. Das Grundstück steigt an, hinter dem Haus ein kleiner Hügel. Ob Hubert hier gelegen hat? Was braucht es für einen Zwanzigjährigen, dass er sich umbringt? Osthof hat gesagt, er sei »weich« gewesen. Er hätte ihn härter anfassen müssen. Wenn ich so etwas nur höre. Trotzdem ist es wohl zu einfach, den Vater-Minister allein für den Tod seines Sohnes verantwortlich zu machen. Viel Geborgenheit scheint Hubert allerdings nicht bekommen zu haben. Woran ist eigentlich Frau Osthof gestorben? Im Delikatessenladen hat man Vesna erzählt, dass sie getrunken habe. Ich werde Christian Osthof noch einmal interviewen. Der nächste Teil meiner Serie über die Gewinner der Wirtschaftskrise wird sich mit seinem ÖKO-POP-Institut beschäftigen. Er hat die Arme seines toten Bruders in einen Baumhäcksler gedrückt. Gemeinsam mit Hans Tobler.

Ist der nicht mehr verdächtig, nur weil er uns alles erzählt hat? Der Autohändler würde sich jedenfalls nicht so ohne Weiteres erpressen lassen, da bin ich mir seit gestern ziemlich sicher. Der nimmt Angriffe nicht einfach hin. Der hat gelernt, sich zu wehren. Wie weit würde er dabei gehen? Er scheint damit leben zu können, dass der vertuschte Selbstmord ans Tageslicht kommt. Vielleicht höchste Zeit, dass mit der Heuchelei Schluss gemacht werde, hat er gestern beim Abschied gesagt. Alles nur Show? Ich glaube es eigentlich nicht. Und ich glaube auch nicht, dass Evelyn versucht hat, Osthof zu erpressen. Aber vielleicht ihr Sohn Roger? Dem wäre es zuzutrauen, wenn er einen Weg sieht, wie er schnell zu Geld kommen kann. Vielleicht ist ja alles ganz anders miteinander verbunden: Roger hat versucht Osthof zu erpressen. Der scheint auch in reiferen Jahren sehr erpicht auf die Familienehre zu sein. Statt ihrem Sohn Geld zu geben, redet Osthof mit Evelyn und droht ihr, Roger bei der Polizei anzuzeigen. Evelyn bestellt Roger zu sich. Der kommt. Es gibt einen Streit, und Evelyn stürzt gegen den Ofen. Immer wieder Roger. Nur weil er keine regelmäßige Arbeit hat und vielleicht auch gar keine möchte? Weil er aus jener Klasse kommt, auf die Osthof herabsieht? Gerade, dass er das Wort »minderwertig« nicht in den Mund genommen hat. Die Idee mit Roger hat aber einen Haken: Woher hätte er von Huberts vertuschtem Selbstmord wissen sollen? Er scheint sich nicht besonders für das Leben seiner Mutter interessiert zu haben.

Ich fahre in die Redaktion. Am Samstag ist sie nur spärlich besetzt. Das neue Heft ist erschienen, wer jetzt arbeitet, ist an einer größeren Story für nächste Woche dran. Noch ohne besonderen Druck zu haben. Ich setze mich in meine grünpflanzenbeschirmte Ecke des Großraumbüros und schreibe Fakten zusammen: ein Dokument mit dem, was wir an Motiven und Verdächtigen rund um den Tod von Evelyn Maier haben, ein Dokument mit dem ersten Entwurf zu einer Story über Christian Osthof. Im Vergleich zu seinem Vater ist er ein regelrechter Linker. Aber das sind wohl neunundneunzig Komma fünf Prozent der Bevölkerung. Ich werde Osthof junior in seinem Institut besuchen. Seine ersten Antworten waren mir zu schablonenhaft. Zu wenig persönlich. Ich werde die Reportage über Osthof und sein ÖKO-POP aufteilen: ein Interview mit ihm als Wirtschaftsprofessor. Das kann ich eigentlich schon schreiben. Und ein Bericht über das Institut. Wenn ans Licht käme, dass er daran beteiligt war, den Selbstmord seines Bruders zu vertuschen, wäre das seinem Image nicht gerade förderlich. Ich öffne das Dokument über den Tod von Evelyn und füge einen Verdächtigen hinzu: Christian Osthof. Der immer schon Strebsame mit der passenden Frau. Vielleicht sollte ich auch mit ihr reden? Ob sie Christian damals schon gekannt hat?

Dann nehme ich mein Aufnahmegerät und schreibe eine erste Fassung des Interviews mit Professor Osthof. Ist jemand wie er imstande, eine wehrlose Frau zu töten, nur weil sie seinem Image schaden könnte? Oder gar der Familienehre? Ich schüttle den Kopf. Seine Wirtschaftsanalysen und der einsame Tod von Evelyn Maier. Es scheint einfach nicht zusammenzupassen. Roger. Bei ihm kann ich mir viel eher vorstellen, dass er seine Mutter im Zorn gegen den Ofen stößt. Ich will es aber nicht. Ich glaube nicht, dass diejenigen, die weniger Chancen bekommen haben, häufiger gegen die wichtigste Regel unseres Zusammenlebens verstoßen: nicht zu töten.

Was hat Evelyn mit »Gewinn« gemeint? Hat sie Geld bekommen? Wo ist es geblieben? Ich weiß, dass mir die Lottogesellschaft keine Auskunft über die Gewinner geben darf. Aber vielleicht kann ich etwas anderes herausfinden: Ob ein hoher Gewinn vor circa drei, vier Wochen bisher nicht abgeholt worden ist.

Ich rufe bewusst vom Telefonapparat der Redaktion aus an. Sie werden Privatpersonen noch weniger sagen als Journalistinnen, vermute ich einmal. Wenn am Samstagnachmittag überhaupt jemand da ist, der Auskunft geben kann.

Es läutet fünf Mal. Keiner geht dran. Nicht einmal die übliche Telefonwarteschleife mit Musikfolter scheint eingeschaltet zu sein. Ich will schon auflegen, da meldet sich eine Stimme. »Thomas Oswald, Pressestelle, was kann ich für Sie tun?«

Klingt eher nach Callcenter. Vielleicht sitzt er irgendwo in Indien und hält am Wochenende die Stellung. Unsinn. Wie ein Inder klingt er nicht gerade.

Ich erkläre ihm, dass ich beim »Magazin« arbeite und an einer Story dran bin, bei der es um unerwartete Gewinne geht. Ist mir gerade so eingefallen. Und ich habe Glück. Er kennt meinen Namen, bringt ihn in Verbindung mit meiner Reportage über die Hintergründe des Bombenalarms im Wiener Rathaus, der letztes Jahr Österreichs Gemüter bewegt hat. Schnee von vorgestern, aber in diesem Fall hilfreich. »Ich weiß, dass Sie keine Namen nennen dürfen«, flöte ich ins Telefon. Richtig seltsam, mit so einem Festnetzapparat zu telefonieren, ich hab ihn schon eine Ewigkeit nicht mehr verwendet. »Aber Sie könnten mir mit etwas anderem enorm helfen: Hat es vor rund drei, vier Wochen einen Großgewinn gegeben, der bisher nicht abgeholt wurde?«

Stille am anderen Ende der Leitung. Hat er aufgelegt? Sehe ich bei diesem verdammten Telefon nicht. »Ich fürchte, das darf ich Ihnen auch nicht sagen«, kommt es zurück. »Ich mache bloß Journaldienst. Auskünfte an die Medien müssen mit der Chefin der Öffentlichkeitsabteilung abgesprochen werden.«

»Vielleicht können Sie die ja erreichen? Ist nichts dabei, Sie verraten mir ja keinen Namen. Ich hätte nur gerne gewusst, ob ein Gewinn ...«

»Ich habe Sie schon verstanden«, murmelt der Pressestellenmitarbeiter. Und dann, interessierter: »Sie brauchen das für eine Wirtschaftsstory, oder? Schreiben Sie keine Kriminalstorys mehr?«

Ich beruhige ihn, nein, keine Kriminalstory.

»Schade«, kommt es zurück. »Wie Sie den Guru enttarnt haben und dabei selbst fast ums Leben …«

So arg war's zwar auch wieder nicht, dennoch schaudert mich bei dem Gedanken an die Autobahnbaustelle. Jedenfalls scheint meine Story auf ihn Eindruck gemacht zu haben. Ich habe eine Idee. Vielleicht muss ich die Sache anders angehen. Ich seufze theatralisch. »Na gut, ich gebe es zu. Es ist eine Kriminalstory, hinter der ich her bin. Ich darf aber natürlich noch nichts darüber erzählen.«

»Natürlich«, erwidert Thomas Oswald eilig. »Meinen Sie, dass unser Telefon abgehört wird?«

Oh, du liebe Güte. Als ob so etwas andauernd passieren würde. – Dass die Verbindung von mir zur Pressestelle der Lottogesellschaft samt Uhrzeit eine Zeit lang gespeichert wird, muss ich ihm ja nicht erzählen. »Sicher nicht«, sage ich. »Unsere Telefone sind abhörsicher. Wir brauchen das in einer Redaktion.«

»Na gut.« Wieder Stille in der Leitung.

»Ich hab es«, sagt er dann. »Da war ein Solosechser vor vier Wochen. Er hat etwas über siebenhunderttausend Euro gebracht. Und er wurde bisher nicht abgeholt. Aber so etwas kommt öfter vor, als man denkt. Da ist einer auf Urlaub. Oder er hat seinen Lottoschein einfach in irgendeiner Tasche und denkt nicht mehr daran.«

Ich versuche, ruhig zu bleiben, sage mir, dass es nicht mehr als ein Puzzleteilchen zum angeblichen »Gewinn« von Evelyn Maier ist. »Können Sie mir noch sagen, wo der Lottoschein aufgegeben wurde?«

»In Wien. Wäre super, wenn ich damit zur Klärung eines Mordes beitragen könnte. Ganz anonym natürlich. Ich nehme an, ich werde darüber im ›Magazin‹ lesen. – Es geht doch um Mord, oder?«

Ja, es gehe um Mord, bestätige ich und bedanke mich bei dem

Pressereferenten. Ich glaube es langsam tatsächlich: Es geht um Mord.

Evelyn, die jede Woche, nachdem sie bei ihrer Cousine putzen war, in der Tabaktrafik zwei Quicktipps auf dem Lottoschein ausfüllen ließ. Wie zum Trost. – Mein Telefon läutet. Diesmal ist es das Mobiltelefon. Rückversicherung der Lottozentrale? Anruf der Leiterin der Öffentlichkeitsarbeit, dass ich ja nicht verwenden dürfe, was mir ihr voreiliger Mitarbeiter gesagt habe? Unsinn, die haben wohl kaum meine Handynummer. Es ist Vesna. Genervt von der Sitzung. Die meisten ihrer Mitbewohner wollen nicht kämpfen, haben nicht vor, gegen den Hausabbruch zu protestieren, sie befürchten Repressalien durch die Behörden. Fast alle stammen aus dem Ausland. »Dabei haben sie gültige Aufenthaltspapiere, soviel ich weiß«, faucht Vesna.

»Schon seltsam, dass sie ausgerechnet jetzt das Haus abreißen wollen«, überlege ich.

»Ist mir inzwischen klar«, sagt Vesna. »Der Käufer kann jetzt billiger einkaufen, er spekuliert, dass das Grundstück bald wieder mehr wert ist. Der Verkäufer glaubt nicht, dass Grundstück bald wieder mehr wert ist, und verkauft. Ist also einfach Frage von Glauben oder Nichtglauben.«

Ich verstehe. Wirkt wie die perfekte Erklärung für Spekulationen aller Art. Ich erzähle ihr von dem nicht behobenen Lottogewinn.

»Wir müssen ins Haus. Ich wollte sowieso rausfahren. Habe es doch gemietet. Also kein Problem.« Beim ersten Mal habe sie nicht gezielt nach einem Lottoschein gesucht. Ein kleines Stück Papier. Das kann man leicht übersehen. Und dass die Polizei nicht wirklich gründlich nachgesehen hatte, war uns schon damals klar. »Am schnellsten, ich nehme die U-Bahn, und wir treffen uns beim ›Magazin‹.«

Wir lassen meinen Honda ein Stück die Straße abwärts stehen, die Nachbarin muss ja nicht alles sehen. Dann gehen wir vorbei an dem unbebauten Grundstück zu Evelyns kleinem Haus. Durch hohes Gras und wild aufgegangene Holunderbüsche zum Eingang auf der Rückseite. Vesna ist es, die es zuerst hört. Sie packt mich am Arm. »Drinnen ist wer«, flüstert sie.

»Vielleicht ein Tier?«, flüstere ich zurück. Vielleicht auch derjenige, der mich vor nicht allzu langer Zeit niedergeschlagen hat. Aber jetzt ist es Nachmittag. Und Vesna ist bei mir. Eine Chance, mehr zu klären, als wir gedacht haben. Vesna zeigt zur Tür, sie ist bloß angelehnt. Zur Hofseite hin gibt es kein einziges Fenster. Vesna deutet mir, stehen zu bleiben und die Tür zu bewachen. Sie selbst möchte zur Vorderseite des Hauses und durch die Fenster sehen. Ich will da nicht alleine sein. Wer sagt, dass nur eine Person im Haus ist? Kann es sein, dass wir Osthof aufgescheucht haben? Vesna war mein Kopfschütteln egal, sie ist schon verschwunden. Ich sehe mich nach einer möglichen Waffe um. Wir sollten einfach die Polizei anrufen. – Wenn die so schnell kommt wie beim letzten Mal, dann sind die Einbrecher bis dahin schon Hunderte Kilometer weit weg. Okay, das war damals ja auch kein Notfall. – Im Schuppen war eine Mistgabel. Aber was, wenn der oder die Täter türmen, während ich sie hole? Und was könnte ich dagegen tun? Besser, dann eine Mistgabel in der Hand zu haben als gar nichts. Ich schleiche langsam zur Schuppentür, zucke zusammen. Da ist jemand hinter mir.

»Psst«, sagt Vesna. »Kann ich vorne nicht durch Fenster sehen, ist so viel Gestrüpp, man kommt nicht schnell genug hin. Ich gehe hinein, du wartest draußen.«

»Ich hole die Mistgabel«, flüstere ich zurück und deute auf den Schuppen. Allmählich kenne ich mich hier ja aus. Die Schuppentür lässt sich beinahe geräuschlos öffnen. Die Mistgabel steht genau dort, wo sie das letzte Mal war. Ich, Mira, die überzeugte Städterin, stehe mit einer Mistgabel bewaffnet hinter dem armseligen Haus auf dem Land. Vesna zieht langsam die Eingangstür auf. Vorsicht, da ist kein Vorraum, man steht sofort mitten in der Küche. Ich weiß nicht, ob es zu ihrem oder zu meinem Schutz ist, jedenfalls bleibe ich dicht hinter Vesna. Sie ist jetzt schon im Raum, ich knapp davor. Der Eindringling muss im Schlafzimmer sein. Vesna dreht sich um und deutet mir, doch bitte schön wie ausgemacht stehen zu bleiben und den Eingang zu bewachen. Mira samt Mistgabel verharrt in der Tür. Vesna schleicht in Richtung Schlafzimmer. So ein überschaubares Haus hat schon auch seine Vorteile. In Osthofs Villa könnte man nachmittagelang nach einem Einbrecher suchen.

Ein Schrei. War es Vesna, die geschrien hat? Eine Frauenstimme, das jedenfalls. Nein, es war nicht Vesna. Das jetzt ist Vesna: »Was machen Sie hier? Was soll das?«

»Ist das mein Haus, oder ist das nicht mein Haus?«, kreischt jemand. Die Cousine.

»Ich habe es gemietet. Ich habe gezahlt dafür. Was suchen Sie?«

»Und warum haben Sie das Haus gemietet? Weil Sie unsere Familie bestehlen wollen!«

Poltern. Doris Hampel scheint nicht besonders gefährlich, aber was weiß man? Ich renne ins Haus, bin mit drei Schritten in der Tür zum Schlafzimmer. Die Cousine hat den Kasten in die Mitte des Raumes gerückt, alles ist durchwühlt.

Vesna hält sie mit einem ähnlichen Griff fest, wie Toblers Bodyguards es bei uns getan haben.

»Und die ist auch da?«, schreit die Cousine. »Lassen Sie mich sofort los! Sonst hole ich die Polizei!«

»Wonach suchen Sie?«, frage ich so ruhig wie möglich.

»Wohl nach dem Gleichen wie Sie.«

Kann die Cousine von dem Lottoschein wissen? Ich bin mir sicher, als wir sie vor der Spedition abgepasst haben, ist das Wort nicht gefallen. Wir haben nur gefragt, ob Evelyn in letzter Zeit anders gewesen sei, vielleicht fröhlicher. Dass wir das Wort »Gewinn« ausgesprochen haben, kann ich allerdings nicht ausschließen.

»Sie gehen jetzt. Wir haben Haus gemietet«, wiederholt Vesna.

Die Cousine schaut sie listig an. »Ach so? Das kann jeder behaupten. Wo ist denn Ihr Vertrag?«

Ich sehe die Frau an. »Dr. Zuckerbrot, der Leiter der Mordkommission 1, ist ein Freund von mir. Ich werde ihn anrufen. Und ich kann mir gut vorstellen, dass er mit Ihnen nicht nur über unseriöse Hausvermietung reden möchte.« Ich greife zu meinem Telefon.

»Solltest du jedenfalls machen, Mira Valensky«, assistiert Vesna. »Außer wir erfahren jetzt sofort, was die Cousine nach Lissenberg getrieben hat.« Sie lässt die Frau los.

Doris Hampel schaut verstört von Vesna zu mir und wieder zurück. Ich habe Zuckerbrots Nummer schon auf dem Display. Ich zeige sie der Cousine.

»Warum sollte ich nicht nachsehen, ob in meinem Haus ein Lottoschein liegt?«, sagt sie dann trotzig.

Weil er nicht dir gehört. Aber laut sage ich: »Wie haben Sie von dem Lottoschein erfahren?«

Sie lacht spöttisch auf. »Glaubt ihr, ich kann nicht zwei und zwei zusammenzählen? Ihr kommt und faselt etwas von einem ›Gewinn‹ und wollt von mir wissen, ob Evelyn in letzter Zeit anders war. Was für ein ›Gewinn‹ kann das sein? Na? An der Börse hat sie wohl nicht spekuliert. Im Casino war sie auch eher nicht. Und da Evelyn auf mich nicht gewirkt hat, als wäre sie schon zu Geld gekommen, habe ich eben nachgesehen. Ich kann euch übrigens Arbeit ersparen. Ich bin fertig. Nichts. Es ist so, wie ich immer gesagt habe: Die hat gesponnen.« Doris Hampel stößt Vesna zur Seite und geht knapp an mir vorbei in die Küche, ins Freie, davon.

»Lass sie«, sagt Vesna.

Ich bemerke, dass ich noch immer die Mistgabel festhalte.

»Mit siebenhunderttausend Euro man könnte unser ganzes Abbruchhaus kaufen. Und sanieren«, stöhnt Vesna. Sie liegt auf dem Boden und späht unter den Kunststoffbelag mit dem Parkettmuster. »Ich kann ja woanders hinziehen. Oder zu Valentin. Auch wenn das momentan nicht wahrscheinlich ist. Aber die anderen? Ich weiß nicht, wo sie Wohnung finden, die sie sich leisten können. Und trotzdem wollen sie sich nicht wehren.«

Ich sehe inzwischen die drei Laden der Küchenkredenz durch. Ein paar Löffel und Gabeln. Alte Topfuntersetzer. Ein Küchenmesser, total stumpf. Einige Zeitungsausschnitte, in denen Céline erwähnt wird. Zwei davon stammen vom »Bezirksblatt Floridsdorf«. Es wird über das Siedlungsfest berichtet und über ein Mädchen, dessen Gesang alle begeistert hat. Auf einem kleinen, halb verblichenen Foto ist ein zwölf- oder dreizehnjähriges Mädchen zu sehen, hoch aufgeschossen, entsetzlich dürr. Es trägt ein seltsames langes Kleid. Hinter ihr, kaum noch sichtbar, ein älterer Mann an einem Keyboard, Typ Alleinunterhalter. Evelyn dürfte sich das Foto immer wieder angesehen haben. Die Zeitungsseite ist abgegriffen und hat zwei große Fettflecke. Ich blättere Zeitungsausschnitt für Zeitungsausschnitt konzentriert durch, zwischen den Blättern könnte man einen Lottoschein sehr gut verstecken. Stattdessen stoße ich auf einen Artikel aus dem »Blatt«, der immerhin größten, wenn auch nicht eben seriösesten Tageszeitung im Land. Ein grinsender junger Mann hält vier Medaillen in die Kamera. Die Bildunterschrift lautet: »Roger Maier räumt ab!« Im Text kann ich lesen, dass Roger Maier aus Floridsdorf in seiner Gewichtsklasse alles gewonnen hat, was man im Gewichtheben in Österreich gewinnen kann. Und dass es ganz so aussieht, als würde er in zwei Jahren das Limit für die Olympischen Spiele schaffen. Auch auf diesem Ausschnitt befindet sich ein Fettfleck voll Mutterliebe.

»Was würdest du mit so viel Geld machen, Mira Valensky?«, fragt Vesna vom Schlafzimmer her. – Was würde ich machen?

Momentan fällt mir eigentlich nichts ein. Weil ich so zufrieden bin? Das ist übertrieben. Weil ich ohnehin alles habe? Im Verhältnis zu Evelyn Maier stimmt das sicher. Und was Geld anbelangt, so habe ich zumindest so viel davon, dass ich ordentlich leben kann. Nicht schwierig, dann zu behaupten, dass Geld nicht entscheidend sei. Geld scheint vor allem für die Armen und für die Reichen besonders wichtig zu sein. Und für die Gierigen, für die immer.

»Wir wissen ja gar nicht, ob nicht abgeholter Lottoschein wirklich von Evelyn ist. Jedenfalls: Jemand von meinen Leuten soll nachschauen, ob Roger in letzter Zeit Geld hat«, sagt Vesna. Ich gehe zu ihr hinüber und zeige ihr den Zeitungsausschnitt.

»Hat er Gewichtheben gemacht und wieder damit aufgehört«, ist ihre lapidare Antwort. »Die Frage ist: Kann er Chancen nicht nutzen, will er nicht, oder hat er Pech gehabt? Und: Was hat das mit ihm getan?« Dann schließt sie die Lade am Fuß des Kastens, und Bettzeug, Decke, DVDs sind wieder verwahrt. Für wen? Wie lange? Sieht nicht aus, als ob sich irgendjemand für die paar Habseligkeiten von Evelyn interessieren würde. Vor allem, wenn kein Lottoschein dabei ist.

Zwei Stunden später haben wir auch den Schuppen und das Kellergewölbe, selbst das Plumpsklo gründlich durchsucht. Vesna hat einen spitzen Schrei ausgestoßen, als sie die tote Ratte gesehen hat. Ich habe mich richtig mutig gefühlt, das Tier mit der Mistgabel aufgehoben und ins Gebüsch geworfen. Sieht überhaupt nicht schlimm aus, so eine tote Ratte. Besonders im Vergleich dazu, wie sie sich im Finstern anfühlt. Gefunden haben wir, abgesehen von den wenigen Spuren aus Evelyns Leben, nichts.

Das Institut ÖKO-POP liegt so gut wie auf unserem Weg ins Stadtzentrum. Nicht anzunehmen, dass am späten Samstagnachmittag noch jemand da ist. Aber wir könnten immerhin einen Blick drauf werfen. Ich programmiere mein Navi, und Vesna mokiert sich über die seltsame Computerstimme. Ich nenne sie Susi. Und Susi führt uns sicher zur eingegebenen Adresse. Ein schicker Bau. Weiß und Glas, quadratisch, zweistöckig, sicher noch keine zehn Jahre alt. Ein Parkplatz vor dem Haus, im ersten Stock sind tatsächlich einige Fenster erleuchtet.

»Kann auch eine Putztruppe sein«, sage ich zu Vesna.

»Samstagabend?«, kommt es zurück. »Ist sehr unwahrscheinlich.«

Und bevor ich es noch verhindern kann, läutet sie.

»Ja?«, schnarrt eine Stimme aus der Gegensprechanlage. Ich könnte nicht einmal sagen, ob sie von einer Frau oder von einem Mann stammt.

»Mira Valensky. Vom ›Magazin‹. Ich habe mit Herrn Professor Osthof ein Interview gemacht. Ist er zufällig da?«

»Tut mir leid, er arbeitet am Wochenende zu Hause. Und wahrscheinlich am Montag auch noch. Es geht um eine wichtige Studie, ich fürchte, er wird wenig Zeit haben.«

»Danke vielmals«, sage ich höflich. »Mit wem habe ich gesprochen?«

»Klein. Dr. Klein.« Klingt tatsächlich nicht nach einer Reinigungskraft. Wobei: Was weiß man in Zeiten wie diesen?

[11]

Sonntag. Endlich ein Tag, an dem ich so richtig lange schlafen kann. Neben mir liegt Oskar und schnarcht leise und zufrieden vor sich hin. Ich räkle mich, sehe auf die Uhr. Erst sieben in der Früh. Fünfzig ist er vor gar nicht so langer Zeit geworden, dafür sieht er viel zu jung aus. Finde zumindest ich. Als Liebhaber ist er jedenfalls noch gar nicht alt. Was wohl mit Vesna und Valentin los ist? Ob er wirklich eine Freundin hat? Ich drehe mich schlaftrunken auf die andere Seite. Meine Hand berührt Oskars Oberarm. Stark und zuverlässig. Heute werde ich mich weder um Krisengewinner noch um Lebensverlierer kümmern. Heute habe ich frei. Ich stupse Oskar leicht, aber er grunzt nur irgendetwas Freundliches. Wir haben jede Menge Zeit. Zumindest heute. Zeit. Das Kostbarste. Außer man hat zu viel davon. Evelyn hat immer nur ferngesehen. Seltsam, in der Lade waren DVDs, dabei hatte sie gar keinen Player. Vielleicht hat sie einmal einen gehabt und der Gerichtsvollzieher hat ihn ihr weggenommen. Du kannst das jetzt nicht ändern, Mira. Gutes Leben: Hat es mit Glück und Pech oder mit Tüchtigkeit zu tun? Wohl mit allem. Was wäre, wenn Evelyn wirklich einen Lottosechser gemacht hätte? Wenn sie nicht ums Leben gekommen wäre? Was, wenn sich Hubert damals nicht die Pulsadern aufgeschnitten hätte? Vor fünfundzwanzig Jahren ... da habe ich gerade mein Jus-Studium fertig gemacht. Danach bin ich nach New York. Kann das so lange her sein? Ich gähne. In fünfundzwanzig Jahren bin ich zweiundsiebzig. Wie kurz so ein Leben ist. Vesna ist dann schon fünfundsiebzig. Ich sollte etwas Nettes für ihren Geburtstag planen. Ich drücke mich an Oskar und schlafe wieder ein.

Den Tag über hält Oskar mich davon ab, irgendwas anderes zu tun, als das Leben zu genießen. Wir bleiben bis gegen Mittag im Bett. Wir zelebrieren einen Brunch, der sich bis drei am Nachmittag hinzieht. Um fünf habe ich die Wochenendzeitungen sowie die »Zeit« durch. Und da ich mich nicht darüber ärgern will, dass ich das Kreuzworträtsel nicht ganz lösen kann, versuche ich es erst gar nicht. Sudokus haben bei mir ohnehin keine Chance, ich mag Wörter viel lieber als Zahlen. Oskar überlegt wieder einmal, ob wir nicht einen offenen Kamin einbauen lassen sollen, jetzt, wo es auf den Winter zugeht. So einen, in dem man auch grillen kann.

»Willst du lieber eine Tasse Tee oder ein Glas Prosecco?«, fragt er und streichelt mir sanft über den Rücken. Gismo liegt neben mir auf dem Sofa und schnurrt. Wenn ich wüsste, wie das geht, ich würde es auch tun. »Was machen wir eigentlich heute Abend?«, antworte ich faul.

»Ich bringe uns ein Glas Prosecco«, sagt er etwas rasch.

Ich setze mich auf. Hat seine Fürsorge womöglich nicht nur damit zu tun, dass Sonntag ist und wir seit Langem wieder einmal Zeit haben, einen ganzen Tag miteinander zu verbringen?

Er bringt die Gläser, drückt mir eines in die Hand, prostet mir zu.

»Köstlich«, sagt er und lächelt mich an.

Ich bin alarmiert. Da ist etwas im Busch. Oskar ist ein ganz schön cleverer Typ, ich würde nie ausschließen, dass er mir hin und wieder auch etwas vorspielen kann. Jetzt ist Idylleninflation. Was heißt, dass er irgendwas möchte. Oder sich schwertut, irgendetwas zu erzählen. – Hat er womöglich wirklich einen Oldtimer gekauft? Hielte ich für unvernünftig, aber es ist sein Geld. Außerdem hätte er ihn mir wohl doch sofort gezeigt. Ich ziehe Oskar zu mir auf das Sofa. Er lässt sich mit einem zufriedenen Gurren fallen, das eigentlich zu einer Taube gehört und nicht zu einem Eins-dreiundneunzig-Meter-Mann.

»Was machen wir heute Abend?«, frage ich noch einmal, so sanft wie möglich.

»Überraschung, Miramaus.«

Wenn er mich Miramaus nennt, ist etwas oberfaul. Ich weiß schon, warum ich diesen angeblichen Kosenamen nicht leiden kann.

»Sag schon«, hake ich nach. Es klingt bereits weniger sanft.

Oskar schnauft ein wenig, dann sagt er: »Wir könnten essen gehen, mit Carmen, wenn dir das recht ist.«

Das hat mir wohl recht zu sein. Wobei ich sicher bin, dass ihm diese Idee nicht spontan gekommen ist. »Du hast schon reserviert?«, frage ich.

»Ich, ich habe kurz angerufen, nur auf Verdacht«, murmelt er. »Im Restaurant ›Sensor‹, da ist jetzt ja dieser großartige Koch vom ehemaligen ›Meinl am Graben‹. Und es hat überraschenderweise am Sonntag offen. Ich denke, wir sollten Carmen auch einmal ein Stück Wiener Spitzengastronomie zeigen.«

Seltsam, üblicherweise sind Oskar Wiens Nobellokale ein wenig zu fein. Zu viele perfekte Kellner. Zu anstrengend. Und wenn doch, geht er am liebsten ins »Steirereck«. Das hat Sonntag zu. Na ja, eigentlich ist es eher das Lokal seiner Mutter, wenn etwas ganz Besonderes angesagt ist. Das letzte Mal waren wir dort, als sie ihre Vermögenslage ... Mir kommt ein Verdacht. Und dieser Verdacht würde erklären, warum mich Oskar den ganzen Tag wie ein übergroßer liebeskranker Kater umschlichen hat.

»Ist noch jemand dabei?«, zwitschere ich.

»Ach«, sagt er, »wenn du es schon ansprichst: Ich habe mir gedacht, wir könnten Mutter dazubitten. Damit sie endlich Carmen kennenlernt.« Die arme Carmen soll also der Hofratswitwe zum Fraß vorgeworfen werden. Ich weiß, dass Oskar Monate gebraucht hat, seiner Mutter zu gestehen, dass er eine außereheliche Tochter hat. Dass sie Schweizerin ist, in einem

Nobelinternat erzogen wurde und bereits zwei Studien abgeschlossen hat, dürfte Frau Kellerfreund aber milde gestimmt haben. Trotzdem hat es bis jetzt keine Begegnung der Dritten Art gegeben. Sei nicht boshaft, Mira. Die Hofratswitwe ist nur etwas ... anders. Aber sie ist an sich ein reizender Mensch. Und sie ist Oskars Mutter. Und er hat ohnehin, einmal abgesehen von den monatlichen gemeinsamen Kaffeehausbesuchen, keinen regelmäßigen Kontakt mit ihr. Sie hat ja auch ihren Bridgezirkel. Und ihr Musikvereinsabonnement. Und macht ihre Kuren bei irgendwelchen Klosterschwestern im Burgenland. Ich lächle Oskar, so gut es geht, an. »Warum nicht?«, sage ich und denke bei mir: Arme Carmen, ob sie es schon weiß?

Carmen hat es eindeutig nicht gewusst. Aber sie hat Bildung, ist wohlerzogen und hält sich tapfer. Als sie beim Kalbsrücken mit Morchelschaum gesteht, dass sie nur deshalb ins Internat bei St. Moritz gehen konnte, weil sie so gute Noten hatte, tätschelt ihr Oskars Mutter sogar die Hand.

»Nicht Reichtum ist wichtig, sondern was man im Kopf hat«, sagt sie. »Und dass man es auch zu nützen versteht.«

Der Sonntagabend endet in der »Roten Bar«. Oskar hat seine Mutter, ganz fürsorglicher Sohn, bis an die Wohnungstür begleitet. Jetzt stehen Carmen, Oskar und ich an der Theke und stoßen miteinander an. Oskar trinkt irgend so einen Malt Whisky, der mir viel zu rauchig ist. Ich habe Jameson im Glas und da ich mich jetzt besser auskenne, habe ich nach dem zwölfjährigen verlangt. Carmen trinkt Prosecco. Oskar scheint erleichtert zu sein, dass dieser Abend friedlich und harmonisch verlaufen ist. Was hat er geglaubt? Wir sind doch zivilisierte Menschen. Wenn auch vielleicht nicht ganz so zivilisiert wie seine Mutter. Wir bestellen noch eine Runde. Eine zufriedene, nicht mehr ganz nüchterne kleine Familie.

Am Montagmorgen mache ich mich auf zum Haus von Christian Osthof. Ob sein Vater ihm schon von unserer Begegnung erzählt hat? Oder will der Exminister unseren Besuch einfach vergessen und vertraut darauf, dass er uns ausreichend klargemacht hat, welche Konsequenzen es haben würde, wenn wir fünfundzwanzigjährigen Staub aufwirbelten? Wie nahe stehen sich Vater und Sohn Osthof?

Eine nette, keinesfalls protzige Villa in Hietzing. Hellgelbes einstöckiges Gebäude aus der Zeit der Wende vom neunzehnten zum zwanzigsten Jahrhundert. Grüne hölzerne Fensterläden. Dichte Thujenhecke rund um das Grundstück. Schmiedeeisernes Gartentor. Ich spähe durch das Tor und halte Ausschau nach einem Hund. Hier würde ein Setter oder besser noch ein Golden Retriever herpassen. Vielleicht auch ein Portugiesischer Wasserhund. Ist ja durch sein Herrl, den amerikanischen Präsidenten, ziemlich populär geworden. Kein Bellen zu hören, kein Schweifwedeln zu sehen. Neben der Klingel kein Name. Ich bin verunsichert. Was soll's, wird schon das richtige Haus sein. Professor Wirtschaftsmeinungsforscher Osthof legt eben keinen Wert darauf, dass jeder weiß, wer hier wohnt. Ich läute, und das Gartentor geht mit einem Summen auf. Natursteinweg hin zum Haus, einige Treppen nach oben. Die Eingangstür ist einen Spalt geöffnet. Da steht nicht Osthof, sondern eine jüngere Frau. Sie starrt mich an. Panik im Blick. Oder wirkt das nur so, weil sie über einem Auge einen kaum verheilten Cut hat?

»Ich wollte zu Herrn Professor Osthof«, sage ich entschuldigend. »Offenbar habe ich mich im Haus ...«

Die Frau versucht ein Lächeln. »Das ist mein Mann. Bringen Sie ihm etwas vom Institut?«

Ich schüttle den Kopf. »Nein, ich habe ein Interview mit ihm gemacht und hätte noch ein paar Fragen. Dr. Klein hat mich hergeschickt, er hat gesagt, Professor Osthof arbeite momentan zu Hause.«

Die Frau nickt. Schlank, durchtrainiert, mittelgroß, etwas über dreißig Jahre alt. Blonde Haare, die zu einem kurzen Pferdeschwanz gebunden sind. Keine Schminke. »Das stimmt. Er arbeitet an einer wichtigen Studie. Da will er nicht gestört werden, deshalb ist er hier. Ich fürchte, er wird keine Zeit für Sie haben.«

»Ich glaube doch, dass er für mich Zeit hat«, sage ich bestimmt. »Ich arbeite fürs ›Magazin‹. Ich mache eine Serie über Menschen, die es geschafft haben, die Wirtschaftskrise positiv zu nützen. Bei unserem letzten Gespräch war es noch nicht klar, aber Ihr Mann und sein Institut sollen die Reportage der Woche werden.« Ich sage es, als würde ich Osthof einen Siegerpokal überreichen. Um wie viel er älter ist als sie? Sicher fünfzehn Jahre. Wahrscheinlich mehr. Dann habe ich eine Idee. »Vielleicht können Sie mir ein wenig über sein Erfolgskonzept erzählen?«

»Ich arbeite nicht an seinem Institut«, sagt die Frau unsicher. »Ich bin Lehrerin. Am Gymnasium. Leibesübungen und Geografie.«

Ich nicke verständnisvoll. »Vielleicht könnten Sie Ihren Mann einfach fragen, ob er für mich Zeit hat?«

Sie sieht mich zweifelnd an. Die Panik ist aus ihrem Blick verschwunden. Oder habe ich sie mir ohnehin nur eingebildet? »Ich probier's«, sagt sie dann und verschwindet in einem großzügigen Vorraum. Ich drücke die Eingangstür vorsichtig weiter auf und spähe hinein. Sorgsam gepflegter Holzboden, wunderschöner Schafwollteppich in beigen und braunen Tönen. Ich lausche. Die Tür neben dem lebensgroßen Spiegel mit dem dicken Goldrahmen steht einen Spalt offen. Ich höre Getuschel, Gezische. Die Tür bewegt sich. Ich ziehe meinen Kopf eilig zurück.

Frau Osthof kommt, sieht mich an und schüttelt bedauernd den Kopf.

So leicht wird er mich nicht los. »Da ist noch etwas, eine alte

Geschichte, sie hat mit seinem Bruder zu tun.« Aber ich sage es bewusst so laut, dass Osthof in seinem Arbeitszimmer die Worte hören muss. Und schon rasche Schritte, und Osthof, der so Erfolgreiche, steht hinter seiner Frau in der Tür. Er sieht mich wenig freundlich an. »In Ordnung. Kommen Sie. Mehr als zehn Minuten hab ich aber nicht.«

Wir sitzen in Christian Osthofs Arbeitszimmer. Der Wirtschaftsmeinungsforscher ist ein penibler Mensch. Nichts liegt herum, auch die Zeitschriften sind sorgfältig in Boxen gestapelt. Sogar die Kugelschreiber und Bleistifte auf seinem Schreibtisch sind schnurgerade nebeneinander aufgereiht. Das Zimmer ist groß und hell, die Möbel dürften aus einer besseren IKEA-Serie stammen. Jedenfalls sieht alles so aus, als könnte hier jederzeit für den neuen Katalog des schwedischen Möbelhauses fotografiert werden. »Wenn dein Beruf mehr für dich ist als Arbeit«, stünde dann wohl darunter. Oder: »Arbeitest du noch oder lebst du schon?«

Osthof bietet mir einen Stuhl an, der mit hellem Leder bespannt ist. Er selbst setzt sich auf seinen Schreibtischsessel. Ich fange mit den Fragen zu meiner Reportage an. Will von ihm wissen, was er denn unter Erfolg verstehe, welche Erfolgstipps er für andere Menschen habe, ob er immer schon Wirtschaftsmeinungsforscher werden wollte und schließlich was er meine: Ob für Erfolg die Herkunft oder die persönlichen Fähigkeiten ausschlaggebender seien. Er antwortet, ähnlich wie damals im Universitätsbüro, eher automatisch und wenig interessiert. Allerdings betrachtet er mich heute mit deutlich mehr Aufmerksamkeit, beinahe lauernd. Jetzt nimmt er einen Bleistift in die Hand und klopft damit auf die Tischplatte. »Reden wir endlich Klartext. Ich weiß, warum Sie hier sind.«

Ich lächle. »Ich arbeite an einer Serie über Krisengewinner. Ihnen ist unsere nächste Reportage gewidmet.«

Osthof steht auf, stützt die Hände auf die Tischplatte, sieht mich an: »Ich kann Ihnen nur raten, an dieser alten Sache nicht zu rühren. Mein Vater ist nicht mehr in der besten gesundheitlichen Verfassung, er könnte ...«

Okay, wenn er Klartext will, kann er ihn haben. »Es geht ihm immerhin besser als Hubert. Oder als Evelyn.«

»Das ist fünfundzwanzig Jahre her. Es wird keine Aufdeckergeschichte geben, das sage ich Ihnen. Mein Vater hat gute Verbindungen. Und ich werde ihn schützen.«

»Evelyn Maiers Tod ist erst einige Wochen her«, widerspreche ich sanft.

»Der hat uns nicht zu interessieren«, kommt es zurück. »Ich nehme an, Sie haben auch schon mit dem anderen von dieser Band, mit Hans Tobler, gesprochen. Ich kann Sie nur warnen. Der hat seine Methoden, um Menschen wie Sie zum Schweigen zu bringen.«

»Was ist das? Eine Drohung?«

»Hängt davon ab, wie Sie es verstehen. Man könnte es auch einen gut gemeinten Hinweis nennen.«

Seltsam, dass ich mich vor Tobler gar nicht fürchte. Auf jeden Fall nicht mehr.

»Hat Evelyn versucht, Sie und Ihren Vater zu erpressen?«, frage ich.

»So ein Unsinn. Ich habe sie seit fünfundzwanzig Jahren nicht mehr gesehen. Und ich hätte mich natürlich auch nicht erpressen lassen. Soviel ich weiß, ging es ihr nicht besonders gut. Da hätte es nicht viel gebraucht, um sie zum Schweigen ...«

»Nein, viel hat es nicht gebraucht«, ergänze ich. »Nur einen festen Stoß, durch den sie gegen den Eisenofen gefallen ist.«

»Drehen Sie mir nicht das Wort im Mund um. Wenn man die einmal streng angeschaut hätte, dann hätte sie nichts mehr gesagt. Wenn man ihr einen Hunderter gegeben hätte, dann wäre sie bis ans Lebensende ruhig gewesen.«

»... das ja ziemlich schnell und überraschend gekommen ist.«

»Überraschend? Sicher nicht. Die Frau war am Ende«, widerspricht Osthof junior.

»Sie wissen aber erstaunlich gut über sie Bescheid, dafür dass sie Evelyn fünfundzwanzig Jahre nicht gesehen haben«, stelle ich fest.

Osthof seufzt. »Also gut. Aber es war ganz anders, als Sie sich das zusammenfantasieren: Tobler hat Evelyn per Zufall in einem Supermarkt gesehen. Sie war ein Wrack. Er scheint vergessen zu haben, dass sie zum Tod meines Bruders so einiges beigetragen hat. Er hatte die Idee, ihr zu helfen. Aber sie hat sich geweigert, mit ihm zu reden. Also ist er zu mir gekommen und hat mich gebeten, mit der Frau Kontakt aufzunehmen.«

»Und?«, frage ich gespannt. »Was hat sie gesagt?«

»Ich bin natürlich nicht hingefahren. Ich habe eine Menge zu tun. Ich hatte auch damals kaum Kontakt zu ihr. Ich habe sie immer ... für ein Flittchen gehalten. Sie hat sich ganz gezielt an meinen gutgläubigen Bruder herangemacht. Was für ein Aufstieg: vom Unterschichtmädchen ohne Ausbildung zur Freundin des Ministersohnes. Und das sollte nur der erste Schritt sein. Sie wollte einheiraten. – Aber dieser neureiche Autohändler hat nicht lockergelassen. Er hat sogar damit gedroht, die alte Geschichte ans Licht zu bringen, wenn ich ihm nicht mit dieser Person helfe. Also habe ich meine Frau zu ihr geschickt. Sie passt dafür ohnehin besser. Sie hat eine Menge soziales Engagement. Gut, sie hat auch die Zeit dafür.«

»Sie ist Lehrerin, oder?«, frage ich. Seine Art, alle Menschen rund um sich abzuwerten, geht mir auf die Nerven.

»Sie hat eine halbe Lehrverpflichtung für Turnen und Geografie. Also bitte. Jedenfalls hat Claudia die Frau dann in ihrem Haus besucht und mit ihr geredet. Aber als sie ihr gesagt hat, dass sie mit mir verheiratet sei, hat die Person sie hinausgeworfen.

Okay? Das war es. Ich hoffe, dass Ihnen jetzt klar ist, dass Sie die Sache vergessen können.«

»Hat Ihre Frau von dem, was vor fünfundzwanzig Jahren geschehen ist ...«

»Sie weiß nichts von der traurigen Angelegenheit. Das ist ja viel länger her, als wir uns kennen, sie wäre damals auch erst ... acht Jahre alt gewesen. – Wissen Sie, was? Damit Sie auch noch einen ›recheck‹ haben, ich glaube, so sagt man in Ihrer Branche dazu, hole ich meine Frau. Die kann Ihnen alles bestätigen.«

Er steht auf, eilt aus dem Raum. Warum hat uns Tobler nichts von seinem Gespräch mit Osthof erzählt? Weil er ihn, in alter Loyalität, nicht mit hineinziehen wollte? Irgendwann einmal hat ihm Vater Osthof hunderttausend Schilling gegeben. Fühlt er sich dadurch sein Leben lang verpflichtet? Wozu verpflichtet? Immerhin hat er uns einiges erzählt. Ich stehe auf, vielleicht könnte ich die Abwesenheit von Osthof nützen und ... Da höre ich schon Schritte und lasse mich wieder in meinen lederbespannten Sessel sinken. Er gibt ein unfeines Geräusch von sich.

»Claudia, sag einfach, ob das so stimmt«, fordert Professor Osthof seine Frau auf. Sie steht da wie eine Zeugin, die sehr schnell zur Angeklagten werden könnte. Ich hätte viel lieber mit ihr alleine gesprochen. Osthof wiederholt penibel, und Claudia bestätigt es in vollem Umfang.

»Nur noch etwas«, sagt sie, als eigentlich schon alles gesagt ist. Sie wirft ihrem Mann einen eigenartigen Blick zu. »Ich habe es ein zweites Mal bei Evelyn Maier probiert. Die Frau hat mir ziemlich leidgetan. Wenn man sich angeschaut hat, wie die gelebt hat ...«

»Davon hast du bisher nichts erzählt«, kommt es einigermaßen scharf von Osthof. Er hasst es, die Kontrolle zu verlieren, da bin ich mir sicher.

»Sie hat mir auch nicht geöffnet«, murmelt seine Frau. »Sie hat durch die Tür gesagt, sie kenne keinen mehr von früher und sie wolle auch keinen mehr kennen.« Seitenblick auf mich. »Ich war gerade zufällig in der Gegend. Ich wollte zu diesem Bauernladen zwei Dörfer weiter. Sie haben fantastisches Fleisch vom Galloway-Rind.«

Ich habe mich so höflich für das Gespräch bedankt, als ginge es tatsächlich nur um eine Story über Krisenbewältigung fürs »Magazin«. Wirtschaftskrisenbewältigung, wohlgemerkt, vielleicht wird man ja mit anderen Krisen schwerer fertig. Dann bin ich ins Auto gestiegen, losgefahren, habe in ausreichender Entfernung wieder umgedreht und mir einen Platz gesucht, an dem ich meinen Honda versteckt parken konnte. Sackgasse mit üppig überhängenden Büschen. Ich stehe an einen dicken Baum gelehnt an der Straßenecke. Osthofs Haus ist circa hundert Meter entfernt. Ich überlege, ob ich Vesna anrufen soll. Ich schaue noch einmal genauer hinüber zu Osthofs Haus. Das Garagentor geht auf. Kann schon sein, dass diese Claudia mit dem gehetzten Blick nur wieder einige Qualitätsprodukte heranschaffen möchte, aber ich sollte für alle Fälle an dem Wagen dranbleiben. Ich renne zu meinem Auto, starte es, fahre ums Eck: nichts. Ich war zu langsam. Mist. Ich stelle den Honda wieder ab, gehe zurück zu meiner Straßenecke. Was, wenn sie beide im Auto gesessen haben? Dann kann ich hier warten, bis ich alt bin. Was war es überhaupt für ein Wagen? Ich habe nur das Heck gesehen. Irgendein großer langweiliger Schlitten. Mercedes, BMW, so etwas. Sicher bin ich mir nicht. Die Autos werden einander immer ähnlicher.

Osthofs Vater hat sich also sofort mit seinem Sohn in Verbindung gesetzt, nachdem wir bei ihm gewesen sind. Eigentlich kann ihm der vertuschte Selbstmord nicht mehr viel anhaben. Ein Minister im Ruhestand. Ohne weitere Funktionen, wenn ich richtig informiert bin. Ich könnte meinen Vater anrufen. Der ist auch im Ruhestand. Und er ist in der gleichen Partei wie Osthof. Mein Vater war Landesrat. Und jetzt ist er Pensionistenchef seines Bundeslandes, wie immer die Funktion genau heißt. Ich greife zu meinem Telefon und hoffe, dass die Nummer meines Vaters auf der SIM-Karte gespeichert ist. Ich gebe zu, es ist Wochen her, dass ich zum letzten Mal mit ihm telefoniert habe. Aber er hockt ja auch nicht verlassen in einer Substandardhütte. – Telefoniert man öfter mit Eltern, die in so desolaten Verhältnissen wie Evelyn leben?

Ich starre irritiert auf das Telefon. Es läutet. Dabei wollte ja ich anrufen. Vesna. Ich drücke die Empfangstaste. »Du wirst nicht glauben, aber dieser Roger ist wirklich vor Kurzem zu Geld gekommen. Er hat Schulden zurückgezahlt, er hat sich eine gebrauchte Kawasaki gekauft, er schmeißt Lokalrunden. Jana hat herausgefunden. Aus ihr kann einmal eine großartige Detektivin werden. Nicht wie Abzocker, die untreuen Ehefrauen nachspionieren. Eine, die wirklich was aufklärt.«

Ich erinnere Vesna nicht daran, dass Jana wohl andere Pläne für ihr Leben hat. »Und weiß sie, woher das Geld stammt?«

»Da haben wir keine Chance. Es hat ihn auch keiner von Kumpeln gefragt. Offenbar tut man das nicht in ihren Kreisen. Ich gebe zu, da wäre Polizei nützlich. Du sagst Zuckerbrot, was wir über Roger wissen, und er sieht nach, wo das Geld herkommt, und sagt uns.«

Hört sich alles so einfach an. Ist es aber nicht, ich kenne Zuckerbrot. Ich verspreche Vesna trotzdem, es zu versuchen.

Vesna seufzt. »Da ist noch etwas: Valentin redet mir ein, dass ich ein paar Tage Urlaub mache. Hätte ich dringend nötig, sagt er. Am besten mit dir. Als kleines Vorgeburtstagsgeschenk. Einen netten Städteflug oder so. Er würde gerne zahlen.«

Meine Güte, es hat Zeiten gegeben, da hätten wir uns sofort begeistert in den nächsten Flieger gesetzt und wären weg gewesen. Aber damals war ich noch nicht Chefreporterin, und Vesna hatte kein Reinigungsunternehmen, sondern hat selbst und illegal geputzt. So haben wir einander ja auch kennengelernt. Werden wir alt? – Bei uns wird es langsam kalt. Rom. Madrid. Ein paar Tage baden auf Zypern. Oder in Sizilien.

»Er will nicht, dass ich in der Gegend bin«, redet Vesna weiter. »Er ist dauernd in Amsterdam bei dieser Fernsehfirma. Vielleicht hat er Freundin dort. Und die weiß nichts von mir und will ihn jetzt endlich besuchen kommen. So leicht wird er es aber nicht haben. Ich bleibe da.«

Ich muss sagen, es ist ein verführerischer Gedanke: für einige Tage in die Wärme. Vielleicht genau das, was wir brauchen. »Könnte doch auch sein, dass Valentin wirklich meint, so ein Kurzurlaub täte uns gut«, probiere ich es.

»Mira Valensky, ich wäre gerne naiv wie du. Außerdem wir haben Fall von Evelyn. Da tut sich was.«

Stimmt schon. Und: Dürfen wir überhaupt fröhlich durch Europa jetten, während andere Frauen in den Vierzigern in heruntergekommenen Häusern vegetieren und sterben? Mira, du kannst nicht die Welt retten. Du machst deine Story über Krisengewinner, am besten wirklich über Osthof. Jeder hat eine Leiche im Keller, heißt es. Osthofs Leiche ist eben jene seines Bruders mit den gehäckselten Armen. Und was Evelyn angeht, so hat sie einfach Pech gehabt. Nichts macht sie mehr lebendig. Ich verspreche Vesna noch einmal, dass ich Zuckerbrot anrufe, und lasse mir von ihr versprechen, dass sie über einen Kurzurlaub nachdenkt.

Ich bleibe an der Ecke beim Baum, Herbstsonne auf dem Gesicht. Besser, ich versuche sofort, Zuckerbrot zu erreichen. Erstaunlicherweise geht er selbst an den Apparat.

»Wo ist Ihre Sekretärin?«, frage ich nach der Begrüßung.

»Und deswegen haben Sie angerufen?«, kommt es zurück.

»Hat sie doch zu viele Krimis gelesen?«, necke ich ihn.

Zuckerbrot seufzt. »Sie ist eine hervorragende Kraft. Wenn

auch etwas überbegabt, was kriminalistische Fantasie angeht. – Sie gießt gerade die Pflanzen.« Er sagt es mit derart komischer Verzweiflung, dass ich kichern muss.

»Auf dass sie blühen und gedeihen und Sauerstoff erzeugen«, wünsche ich und erzähle ihm, dass Roger zu Geld gekommen ist. Das fiele jetzt aber wirklich nicht in seine Zuständigkeit, erwidert der Leiter der Mordkommission 1.

»Und wenn das Geld mit dem Tod seiner Mutter zusammenhängt?«

»Dann wären die niederösterreichischen Kollegen zuständig.«

Roger wohne doch in Wien und sei in Wien zu Geld gekommen, bettle ich. Er könne doch wenigstens jemanden zu ihm schicken und nachfragen lassen. Zuckerbrot murmelt etwas Unverständliches.

Ich habe eine Idee. »Vielleicht hat sein plötzliches Geld ja auch nichts mit Evelyn zu tun, sondern es stammt von einem Einbruch. Dann wären Sie eigentlich verpflichtet, die zuständige Abteilung zu informieren, oder? Und wenn sich dann herausstellt, dass das Geld doch mit dem Fall Evelyn zusammenhängt ...«

»Ich bin zu gar nichts verpflichtet. Aber damit ich Ruhe habe, werde ich es tun. Ich sag den zuständigen Kollegen, dass sie diesen Roger unter die Lupe nehmen sollen, zufrieden? Ich nehme an, Sie hätten über die Ergebnisse auch noch gern einen schriftlichen Bericht, oder?«

»Das wäre natürlich wunder ...«, beginne ich, als mir klar wird, dass das natürlich ironisch gemeint ist. »... wunderbar«, sage ich trotzdem und füge hinzu: »Die Polizei, dein Freund und Helfer, wie ich es in der Volksschule gelernt habe.«

Zuckerbrot knurrt. »Ach ja, noch etwas. Ihr Mobiltelefon ist schon untersucht. Sie haben keine brauchbaren Spuren gefunden.«

»Was heißt das? Dass es doch Spuren gibt, die aber nicht gelesen werden können?«

»Wir sind hier nicht bei Winnetou, verehrte Journalistensquaw. Das bedeutet, dass jemand das Telefon mit einem Tuch angefasst hat. Es gibt ein paar verwischte Fingerabdrücke, die von einer oder von zwei Personen stammen könnten. Keine, die so gut sind, dass wir sie zum Vergleich durch unseren Computer jagen könnten.«

»Und wo ist das Telefon jetzt?«, will ich wissen.

»Bei den zuständigen Kollegen in Niederösterreich.«

Na super. Ich sehe die Straße entlang. Da kommt jemand auf dem Gehsteig. Es ist Claudia Osthof.

»Herzlichen Dank«, sage ich rasch zu Zuckerbrot, »und viel Sauerstoff!« Dann lege ich auf. Osthofs Frau kommt direkt auf mich zu. Gleich da ist eine Busstation. Sie war es offenbar nicht, die mit dem Auto weggefahren ist. Hat sie etwa gar keines? Kann ich mir nicht vorstellen. Das Garagentor jedenfalls hat ausgesehen, als böte der Raum dahinter Platz für mindestens zwei Autos. – Meine Chance, mit ihr allein zu reden.

Osthofs Frau erschrickt, als sie mich sieht. Sie will wohl kaum über Dinge ausgefragt werden, die mir ihr Mann nicht erzählen wollte. Ich lächle so beruhigend wie möglich.

»Oh, hallo«, sagt sie und will an mir vorbei.

»Oh, schön, dass ich Sie noch einmal treffe«, erwidere ich.

Misstrauischer Blick. »Haben Sie hier auf mich gewartet?«

»Ich habe telefoniert. Aber ... ich würde sehr gerne wissen, was Evelyn gesagt hat. Möglichst genau.«

»Warum?«

»Weil sie unter ungeklärten Umständen gestorben ist.«

Claudia Osthof schüttelt den Kopf. »Die Polizei sagt, es sei ein Unfall gewesen.«

»Das kann schon sein. Ich interessiere mich nicht nur für den Tod, ich interessiere mich auch für das Leben dieser Frau. Für die sich am Ende keiner mehr interessiert hat.«

»Das ist doch nicht wahr«, widerspricht die junge Frau. »Dieser Autohändler, ich kenne ihn nicht persönlich, wollte ihr helfen. Ich wollte ihr auch helfen. Aber sie hat niemanden zu sich gelassen.«

Ob sie sich jemals gefragt hat, warum das so war? Oder hat ihr Osthof ohnehin alles erzählt, und sie spielt bloß das Unschuldslämmchen? »Hat Evelyn etwas von einem ›Gewinn‹ gesagt? Oder dass sie das Geld von Tobler gar nicht mehr brauche?«

Claudia Osthof schüttelt den Kopf und sieht zu Boden. »Sicher nicht. Zuerst hat sie ja nicht gewusst, wer ich bin. Sie hat geglaubt, ich komme von der Caritas. Ich habe einfach ein wenig mit ihr geredet. Ich weiß, dass die Leute das oft am meisten brauchen: einfach ein wenig reden zu können.«

»Und?«, frage ich.

»Tja. Sie hat gesagt, dass ich ungünstig komme, in ein paar Minuten gehe ihre Lieblingsfernsehserie los. Und sie dürfe einfach nicht versäumen, ob ›sie ihn jetzt kriegt‹ oder so. Ich hab mit ihr ferngesehen. Es war irgend so eine Endlosserie, bei der man sich nicht auskennt, wenn man sie nicht dauernd sieht. Danach haben wir übers Fernsehprogramm geredet. Und über Mobiltelefone. Und über Videos. Dass sie sich eine richtige Videokamera wünsche. Und dass ihre Tochter eine ganz große Karriere als Sängerin machen werde.«

»Hat sie etwas davon gesagt, dass sie ihrer Tochter bald die besten Gesangsstunden bezahlen werde?«

Osthofs Frau schüttelt den Kopf. »Ich hätte es ihr wohl auch nicht geglaubt. Ich habe sie gefragt, ob sie auch einmal Sängerin gewesen sei. Sie hat mich misstrauisch angesehen und etwas von einem ›anderen Leben‹ gesagt. In dem sie jung und glücklich gewesen sei. Da habe ich dann den Fehler gemacht und gesagt, das wisse ich und ich wisse auch, dass sie mit dem Bruder meines Mannes befreundet gewesen sei.«

Claudia schaut auf die Uhr. »Sie hat mich böse angesehen und gemeint, dass mich wohl Hans geschickt habe. Und dass er das bleiben lassen solle. Und dann hat sie mich hinausgeworfen.«

»Und beim zweiten Mal?«

»Da hat sie mich nicht mehr reingelassen.«

»Sollten Sie ihr Geld anbieten?«, will ich wissen.

»Der Autohändler hat ihr Geld angeboten. Ich sollte bloß vermitteln.«

»Warum Sie? Sie haben mit ihr nie etwas zu tun gehabt. Wegen Ihrer ›sozialen Ader‹, wie Ihr Mann gesagt hat?«

»Er wollte sich damit nicht belasten. Wobei mein Mann durchaus sozial eingestellt ist, das können Sie mir glauben. Wir haben uns beim Sozialstaatsvolksbegehren kennengelernt. Christian war im Unterstützungskomitee, ich war eine kleine Aktivistin, die Flugblätter verteilt hat.«

»Verstehen Sie sich eigentlich gut mit Ihrem Schwiegervater?«

Ein wachsamer Blick. »Sie meinen wegen seiner konservativen Ansichten? Ich verstehe mich trotzdem sehr gut mit ihm. Er ist ein reizender alter Herr.«

Das wäre mir zu Exminister Osthof nun wirklich nicht eingefallen.

»Woher haben Sie übrigens die Verletzung über Ihrem Auge?«, frage ich.

Claudia Osthof lächelt. »Ach das, das ist vom Indoor Climbing. Ich liebe solche Sportarten eben. Auch Wildwasserpaddeln und so.« Sie seufzt und lächelt weiter. »Christian schimpft ohnehin immer wieder mit mir. Er hält es für zu gefährlich. Ich solle besser aufpassen auf mich.« Sie sieht auf ihre Uhr, dann die Straße hinunter. Und da kommt der Bus, auf den sie offenkundig schon sehnsüchtig gewartet hat, denn auch endlich.

[12]

Unser interimistischer Chefredakteur steht direkt in der Tür zum Großraumbüro. Ich kann nicht ungesehen an ihm vorbei. Ich weiß, dass ich die heutige Redaktionssitzung geschwänzt habe. So etwas ist mit einer guten Entschuldigung für gewöhnlich kein Problem. Ich habe ohnehin eine E-Mail geschickt: Es sei wichtig, dass ich mich mit Christian Osthof schon heute Vormittag treffe, ich schlage vor, seinem Institut den nächsten Teil meiner Serie zu widmen.

Ich sage also unverbindlich Hallo und will mich an ihm vorbei in meine Dschungelecke drücken.

»Wir müssen reden«, sagt unser interimistischer Chefredakteur so laut, dass es ganz sicher jede und jeder im Großraumbüro hören kann. Natürlich drehen sich einige nach uns um. Es ist allgemein bekannt, dass wir einander nicht leiden können. Und wer will sich schon einen schönen Streit entgehen lassen? Zumal in dieser Branche, die ja doch Neugier zu einer Art Berufsvoraussetzung hat.

»Ich nehme an, es geht in Ordnung, wenn ich fürs nächste Heft Osthof porträtiere.«

Was will der Typ von mir? Ein Exempel wegen Fernbleibens von der Redaktionssitzung statuieren? Das hier ist keine Militärbasis, mein Lieber.

»Osthof hat den Verdacht, dass es nicht um die Firma geht.«

Sieh an, daher weht der Wind. Ich blicke ihn so belämmert wie möglich an. »Waas?«

»Tun Sie nicht so. Sie sind hinter einer unappetitlichen Geschichte her. Der Minister hat Grund zur Annahme, dass Sie den fürchterlichen Tod seines Sohnes neu aufrollen wollen.«

»Erstens ist er Exminister«, sage ich jetzt schon ein wenig lauter, »und zweitens wird es schon einen Grund haben, dass er gleich zu intervenieren versucht. Aber das ›Magazin‹ lässt sich so etwas ja zum Glück nicht gefallen.« Ich dränge mich am Chronikchef vorbei. Ich habe keinerlei Lust, ihm mehr zu erzählen.

Er packt mich am Arm. »Aber ich bin für die Seriosität unserer Zeitung verantwortlich. Und ich werde es nicht dulden, dass ein ehrenwerter alter Herr in den Dreck gezogen wird.«

»Indem ich berichte, dass sein Sohn ein florierendes Unternehmen hat? Kann ich irgendwie nicht ganz nachvollziehen. Vielleicht ist er nicht mehr ganz klar im Kopf, der ehrenwerte alte Herr.«

»Ich kann Sie nur warnen. Osthof ist hoch angesehen. Und er hat beste Kontakte. Allein in der Verbindung ...«

Du liebe Güte, daran habe ich gar nicht gedacht. Der Chronikchef und Osthof sind in derselben Studentenverbindung. Der Dünger, mit dem Freunderlwirtschaft und Haberertum in Österreich noch üppiger blühen und gedeihen.

Vesna erreiche ich nicht, also schicke ich ihr eine ausführliche E-Mail, die ich dann gleich auch im Ordner zum Tod von Evelyn Maier abspeichere. So langsam wird mein Dossier umfangreich.

Da scheint sich ein neuerlicher Tumult im Großraumbüro anzubahnen. Offenbar fordere nicht nur ich die Autorität des zeitweiligen Chefredakteurs heraus. Lächerliches Männchen mit Sonnenstudiobräune. Ich linse durch die Blätter meines Riesenphilodendrons. Leider sehe ich auf die Entfernung nicht besonders gut. Da scheint sich jemand zu beschweren. Fred von der Sportredaktion deutet in meine Richtung. Oje. Nicht schon wieder ich. Ich ducke mich. Pech gehabt. Fred kommt mit jemandem auf mich zu. Ich blinzle. Den kenne ich. Das ist Hans Tobler. Er winkt zu mir herein, bleibt ganz brav vor der Blättersperre stehen. Fred durchdringt den Dschungel und steht neben mir. »Er will mit dir reden und ist einfach am Empfang vorbeigegangen. Die haben wieder einmal nicht aufgepasst. Und als sie ihn da im Büro aufgehalten haben, wollte er nicht noch einmal hinunter und sich anmelden. Ich hab ihn zum Glück erkannt. ›US-Speed‹. Das Autohaus Nummer eins, wenn es um amerikanische Autos geht.« Ich bedanke mich, winke Tobler zu mir herein und schiebe ihm meinen zweiten Sessel hin.

»Hab ja nicht gewusst, dass es hier zugeht wie im Hochsicherheitstrakt«, sagt er. »Ist doch irgendwie übertrieben, oder?«

Ich nicke beschwichtigend. »Aber ab und zu gibt es eben Irre, die dann schwer zu entfernen sind. Wir haben keine Bodyguards.«

Er grinst. »Den jungen Mann, der mich hergebracht hat, den könnte man schon ausbilden.«

Ich werde es Fred ausrichten, der freut sich darüber.

»Ich wollte dich bloß warnen«, sagt Tobler. »Ich glaube, ich weiß jetzt, wer hinter dem Tod von Evelyn steckt.« Kunstpause. »Osthof.« Ich seufze. »Er hat gerade versucht, gegen mich zu intervenieren.«

»Er war bei mir«, setzt Tobler eilig fort. »Er hat mir erzählt, dass ›diese Journalistin‹ alles weiß – ›diese Journalistin‹, das bist natürlich du – und dass ich dich sofort mit meinen ›Kontakten und Methoden‹ einschüchtern soll.«

Offenbar vertraut er doch nicht allein auf die Hilfe der Kommilitonen aus seiner Studentenverbindung. »Wie sehr?«, frage ich nach.

»So sehr ›es notwendig ist‹. Genau so hat er es gesagt.«

»Mit welchen Methoden?«, insistiere ich.

Tobler schüttelt den Kopf. »Da wüsste ich besser Bescheid als er, hat er gesagt. Jedenfalls hätte ich bei allem seine volle Rückendeckung. Der denkt, ich habe irgendwelche Schläger oder gar Killer an der Hand. Ich weiß nicht, wie sich so ein Professor den Autohandel vorstellt.«

Moment mal. »Von welchem Osthof reden wir eigentlich?«

»Na, von Christian Osthof, Huberts Bruder«, erwidert Tobler ungeduldig.

»Vater Osthof hat über den Chefredakteur versucht mich mundtot zu machen.«

»Sohn Osthof scheint der Meinung zu sein, dass besser nicht nur dein Mund tot ist.«

»Und? Verfügst du über solche Kontakte?«

Autohändler Tobler hebt die Hände, wie um sie in Unschuld zu waschen. »Ich habe nur meine Leute. Die sind da, um mich und das Autohaus zu schützen. Nicht um andere anzugreifen. Könnten sie auch nicht, würden sie auch nicht tun, glaube ich. Natürlich ... wenn ich wirklich jemanden brauchen würde ... ich könnte Leute fragen, die vielleicht Leute kennen ...«

»Und du bist sicher, dass du Osthof nicht missverstanden hast?«

»Er wollte jedenfalls, dass du dich nicht mehr um die Angelegenheit kümmerst. Es ist ihm egal, wie ich das schaffe. Und er ist dann der, der am Ende sauber dasteht.«

Natürlich wäre es schlecht für das Ansehen des bekannten Wirtschaftsmeinungsforschers, wenn herauskäme, dass er mit dabei war, als vor fünfundzwanzig Jahren der Selbstmord seines Bruders vertuscht wurde. Aber ob ihm das nachhaltig schaden könnte? Ist ja doch schon sehr lange her. Und keiner könnte behaupten, Osthof habe Schuld am Tod seines Bruders. Zumindest soviel ich bis jetzt weiß. Wenn Evelyn ihm allerdings gedroht hat ... Wenn wir herausfinden könnten, dass er sie ermordet hat ... Aber ich weiß nicht, ob Evelyn zu einer ernsthaften Drohung überhaupt imstande gewesen wäre. Und dann würde sich noch die Fragen stellen: Hat sie ihm persönlich gedroht, oder hat sie seine Frau die Drohung ausrichten lassen? Hat Osthofs Frau mich deswegen voll Panik angesehen? Ach was. Osthof wollte einfach in Ruhe arbeiten. Sie hatte Angst, dass ich ihn stören könnte. Das reicht bei ihr vielleicht für eine Krise.

»Vielleicht war das mit dem Tod von Evelyn auch ganz anders«, sage ich zu Tobler, der durch die grünen Blätter nach draußen späht.

»Nicht besonders eindrucksvoll, diese Redaktion«, sagt er dann.

»Bei uns muss die Zeitung eindrucksvoll sein, nicht die Produktionsstätte. Ist ja kein Schauraum, so wie bei dir. Vesna hat nachgeforscht. Roger hat seit einigen Wochen Geld.«

Ich erwarte einen Ausruf des Erstaunens, jedenfalls ein Zeichen von gespanntem Interesse. Stattdessen wiegt Tobler bloß seinen Kopf.

»Er könnte den Lottoschein gestohlen haben«, füge ich hinzu.

»Wie viel Geld hat er?«, fragt Tobler.

»Weiß Vesna nicht, aber jedenfalls genug, um ein paar Schulden zurückzuzahlen, eine gebrauchte Kawasaki zu kaufen und Lokalrunden auszugeben.«

Tobler kratzt sich nachdenklich am Kinn. »Das könnte er von mir haben«, sagt er dann, ohne mich anzusehen.

Wie bitte? Ich starre ihn an. »Was hast du uns sonst noch alles nicht erzählt? Davon, dass du Christian Osthof gebeten hast, Evelyn zu beschwatzen, damit sie dich zu ihr lässt, habe ich auch erst durch Osthof erfahren!«

Er zuckt mit den Schultern. »Ich bin es nicht gewohnt, alles zu erzählen. War ja auch nicht wichtig. Und es hat leider nichts gebracht. Ich wollte eben alle Möglichkeiten ausschöpfen, Evelyn dazu zu bringen, mit mir zu sprechen und sich von mir helfen zu lassen.«

»Warum warst du eigentlich nach fünfundzwanzig Jahren plötzlich so daran interessiert, sie zu unterstützen?«

»Glaubst du, dass einen das jemals loslässt? Die Nacht damals? Was glaubst du, wie es ist, wenn du Jahrzehnte später einem Wrack begegnest, das einmal eine schöne junge Frau gewesen ist? Eine Frau, in die ich damals verliebt war. Und der ich damals nach dem Tod von Hubert schon nicht helfen konnte.«

Ich nicke. »Du hast Roger also Geld gegeben.«

»Ja. Es war nicht besonders viel. Außerdem war es eine Art Vorschuss. Ich hatte ihn ausfindig machen lassen, was ja nicht schwierig war, Roger lebt seit seiner Geburt in der Siedlung. Ich habe mir gedacht, vielleicht komme ich über ihn an sie heran. Ich wusste, dass er Geld braucht. Er ist Elektriker, auch wenn er seine Ausbildung nicht abgeschlossen hat. Ich kenne mich mit schwierigen Burschen aus. Ich habe ihm gesagt, ich kann ihn in der Firma brauchen.«

»Und? Hast du der Tochter Céline auch Geld gegeben?«

Tobler schüttelt den Kopf. »Daran habe ich seltsamerweise gar nicht gedacht.«

»Aber du warst im Konzert, bei dem sie aufgetreten ist.«

»Ich wollte Evelyns Tochter hören. Ich hab es fast nicht ausgehalten. Ihre Stimme ist sehr ähnlich wie die von ihrer Mutter. Nur natürlich viel besser ausgebildet. – Es sollte so etwas wie eine Starthilfe für Roger sein. Ich hab daran gedacht, dass auch ich damals nur ein wenig Starthilfe gebraucht habe.«

»So gesehen war der Selbstmord von Hubert das Beste, was dir passieren konnte«, sage ich langsam.

Er wird nicht wütend. Er schüttelt nur langsam den Kopf. »Er war mein bester Freund. Er hat sich umgebracht, nach einem lächerlichen Streit. Sein Leben lang macht man sich Vorwürfe ...« Mit einem Mal hebt er das Kinn und sieht mich bestimmt, beinahe wild an: »Es war Osthof. Ich sage es dir, es war Osthof, der Evelyn auf dem Gewissen hat. Schon sein Vater ist über Leichen gegangen. Oder ist es etwa normal, dass man so auf den Selbstmord seines Sohnes reagiert? Hubert hat sich nicht wegen dem Streit umgebracht, er hat den Druck durch seinen Vater nicht mehr ausgehalten. Das ganze vermiefte Elternhaus. Das Getue. Er war labil, das schon, das stimmt, aber es war sein Vater, der es immer schlimmer gemacht hat. Hubert hat immer wieder erzählt, wie diktatorisch sein Vater war, wie er auch seine Mutter unterdrückt hat. Sie hat heimlich getrunken. Wenn sie Gäste hatten, hat Hubert die Mutter den ganzen Tag über bewachen müssen, damit sie zu keinem Tropfen Alkohol kam. Es ist kein Wunder, dass er sich bei uns wohler gefühlt hat.«

»Die Sache mit dem Lottoschein. Warum sollte er . . .«, gebe ich zu bedenken.

»Ich glaube nicht an das mit dem Lottoschein. Evelyns Tod hat mit ihrer Vergangenheit zu tun. Wahrscheinlich war es ohnehin Osthof, der das Gerücht mit dem ›Gewinn‹ gestreut hat, um den Verdacht auf Roger zu lenken. Oder auf sonst jemand aus ihrer Umgebung, der kein Geld hat und daher natürlich alles tun würde, um an welches zu kommen. Ich bin reich, weißt du? Aber ich habe mich nie dafür geniert, wo ich herkomme. Und ich kenne dort ebenso viele ehrliche Leute wie anderswo. Und Gauner, die gibt es auch in den besten Kreisen, das kann ich dir flüstern.«

»Es war nicht Osthof, der das mit dem Lottoschein aufgebracht hat, es war der Gerichtsvollzieher. Evelyn war in den letzten Wochen vor ihrem Tod verändert, das haben einige bestätigt. Nicht sehr, aber spürbar. Und auch wenn es mir nicht gefällt: Roger könnte am Tag ihres Todes bei ihr gewesen sein. Das behauptet zumindest die Nachbarin.« Ich habe eine Idee: »Auf uns hört Roger nicht. Rede du mit ihm. Hat er schon bei dir angefangen?«

Tobler schüttelt den Kopf. »Nächste Woche. Ich hoffe, er kommt.«

»Frag ihn, ob er damals wirklich bei seiner Mutter war und was er dort wollte. Vielleicht gibt es ja eine plausible Erklärung dafür.«

»Kann ich machen«, erwidert Tobler. »Dafür muss sich Vesna mit Christian Osthof beschäftigen. Und du halte dich da sicherheitshalber zurück.«

»Wie wäre es mit der Polizei?«, frage ich. Ich könnte Zuckerbrot einen Tipp geben.

Tobler schüttelt den Kopf. »Ich bin gewohnt, meine Angelegenheiten selbst zu regeln. Oder ich bereite zumindest alles so vor, dass die Polizei nur noch zuzuschlagen braucht. Sonst hast du ein Heer von Beamten am Hals, die alles wissen wollen bis hin zu deiner Schuhgröße. Wenn es dann schnell gehen soll ... Kontakte zu hohen Polizeioffizieren habe ich genug. Einer war sogar auf der Party. Habt ihr nicht sogar miteinander geredet?«

»Der General?«

Der Autohändler nickt. »Mit seiner neuen Frau. Die seiner alten Frau so sehr gleicht, dass man sie verwechseln könnte. Sie ist nicht einmal jünger.«

»Vielleicht geduldiger?«

Hans Tobler lacht und klopft sich auf die Schenkel.

Seltsamerweise wollte Céline nicht, dass wir uns in ihrem Untermietzimmer treffen. Sie müsse ohnehin bald wieder Richtung Innenstadt, besser, gleich dort irgendwo zu reden. Was es denn gebe? – Hat jetzt schon jeder etwas zu verbergen? Warum will sie uns nicht zeigen, wo sie lebt? Vesna und ich waren schon auf dem Weg zu ihr, jetzt wende ich und fahre in Richtung Tiefgarage beim Museumsquartier.

Vesna telefoniert mit ihrer Tochter Jana. Und da die zufällig in der Gegend ist, laden wir sie ein, auch ins Café im Museumsquartier zu kommen.

»Tobler scheint die Wahrheit zu sagen«, überlege ich. »Auch wenn er uns nicht immer alles erzählt hat.«

Vesna nickt. »Wenn die Sache mit dem vertuschten Selbstmord herauskommt, seinem Ruf schadet es nicht besonders. Und falls es doch um den Lottoschein oder einen anderen ›Gewinn‹ geht: Geld hat er genug.«

»Also kein Motiv«, setze ich fort. »Außer Evelyn hat etwas ganz anderes über ihn gewusst.«

Vesna schüttelt den Kopf. »Ist alles schon sehr lange her.«

»Zumindest sieht es so aus. Tobler sagt, dass er sie fünfundzwanzig Jahre nicht gesehen hat. Beweis gibt es dafür keinen«, wende ich ein.

»Seltsam, dass Céline uns nicht will zeigen, wo sie wohnt«, überlegt Vesna. »Ich hoffe, Jana kommt vor ihr ins Café, vielleicht weiß sie, warum.«

Und tatsächlich, gerade als wir einen freien Tisch mit etwas Nachmittagssonne entdeckt haben, kommt Jana. Statur, Gang: Sie ist in vielem Vesna sehr ähnlich. Ich sage es meiner Freundin, und die meint stolz: »Nur viel hübscher und jünger. Dafür noch mehr stur.«

Jana wirft ihre schwarze Lederjacke über die Rückenlehne ihres Stuhls, küsst uns beide. »Dienstlich oder privat?«, fragt sie.

»Mischung«, sagt ihre Mutter.

»Dann also dienstlich. Ich soll was tun, nehme ich an.«

Wir schütteln den Kopf und bestellen Cappuccino.

»Warst du schon einmal in Célines Zimmer?«, frage ich sie.

»Sagt nicht, dass die jetzt auch unter Verdacht steht. Das glaube ich einfach nicht. Sie hat sich vielleicht nicht jeden Tag um ihre Mutter gekümmert, aber sie hat sie sehr gemocht.«

»Warst du in Zimmer?«

Jana schüttelt den Kopf. »Nein, war ich nicht. Aber es soll sehr okay sein, sagt Céline. Der Vermieter war irgendein hohes Tier und hatte immer Sekretärinnen. Jetzt ist er im Ruhestand, und wenn er etwas braucht, macht Céline quasi die Sekretärinnenarbeit.«

»Hat sie eigentlich einen Freund?«, frage ich.

»Was wollt ihr von ihr? Nein, hat sie nicht, zumindest nicht, dass ich wüsste.«

Wir bemerken Céline erst, als sie neben unserem Tisch steht.

»Ich habe keinen Freund. Was wollt ihr sonst noch wissen?«, sagt sie, und ihre Augen blitzen.

Jana deutet auf den leeren Stuhl neben sich. »Reg dich nicht auf, wir versuchen nur rauszufinden, was mit deiner Mutter geschehen ist.«

Céline setzt sich und lächelt entschuldigend. »Sorry. Manchmal steh ich einfach wie unter Strom.«

Die Sache mit dem Untermietzimmer ist dann ziemlich schnell geklärt. Céline seufzt. Klar wohne sie wirklich an der Adresse und nicht unter der Brücke oder im Obdachlosenheim, falls wir so etwas annehmen. Aber die Vermieter wollen nicht, dass sie jemanden mitbringe. Und sie verweigern auch jeden offiziellen Vertrag. »Dafür kann ich im Keller üben, das ist sehr viel wert. Sie wollen mich jeden Tag loswerden können, für den Fall, dass ihr geliebter Sohn wiederkommt. Aber der ist irgendwo in Spanien oder so. Habe ihn nie gesehen.«

»Und wo bist du dann gemeldet?«, will ich wissen.

»Offiziell in Lissenberg.«

»Dort kommt auch deine ganze Post hin?«

»Nur das, was ich mit Unterschrift abholen muss. Den Rest lasse ich mir einfach an meine Untermietadresse nachschicken.«

Wir erzählen Céline in groben Zügen, was wir wissen und was wir vermuten.

»Was? Dieser Tobler hat Roger Geld gegeben?«, sagt sie.

»Sollte wohl so eine Art Wiedereingliederungsmaßnahme sein«, murmle ich beruhigend.

»Würde mich ja freuen, wenn es klappt«, sagt Céline und sieht nicht so drein, als ob sie daran glauben würde. Ja, das mit dem Gewichtheben stimme. Er sei ziemlich gut gewesen und habe auch wirklich trainiert. Dafür habe er im Elektrikerbetrieb, in dem er lernen sollte, meistens gefehlt. Warum er aufgehört habe? Keine Ahnung. Einfach so. Was ihre Mutter dazu gesagt habe? Wie immer: Nichts.

Da fällt mir etwas ein: »Hat deine Mutter eigentlich irgendwann einen DVD-Player gehabt?«

Céline schüttelt erstaunt den Kopf. »Nein, nur einen Videorekorder. Und der ist dann gepfändet worden, er hat ohnehin nicht mehr richtig funktioniert. Aber das haben wir dem Gerichtsvollzieher natürlich nicht gesagt. Warum?«

»Weil bei deiner Mutter einige DVDs liegen.«

»Ach, das ist ganz einfach: Mama hat immer wieder unsinniges Zeug gekauft, von dem sie geglaubt hat, sie wird es irgendwann einmal brauchen. Die waren sicher im Ausverkauf, auf so etwas ist sie gerne hereingefallen.«

»Immer schon?«, frage ich.

»Solang ich denken kann. Nur ist es ihr früher noch besser gegangen, da hatte sie nicht diese Gelenkschmerzen und auch nicht so viel Übergewicht. Damals hat sie wenigstens immer wieder Jobs gehabt, Hilfsarbeiten eben, weil gelernt hat sie ja nichts. Packerin und Regaleinräumerin und Bedienerin. Dann war sie zu krank dazu. Aber sie hat immer noch Sachen gekauft, die sie nicht gebraucht hat.«

»Wer war eigentlich Arzt von deiner Mutter in Wien?«, will Vesna wissen.

Céline rührt in ihrem Kaffee. »Sie hatte schon länger keinen bestimmten mehr. Sie hat sich geschämt. Wenn du Sozialhilfe beziehst, hast du einen anderen Krankenschein. Und alle wissen sofort, mit wem sie es zu tun haben. Also ist sie lieber in die öffentlichen Ambulatorien gefahren, die sind unpersönlicher.«

»Und in Niederösterreich? Jetzt gibt es die E-Card«, sage ich.

Céline schüttelt den Kopf. »Nicht für Sozialhilfeempfängerinnen. Die haben noch immer ihren Extrakrankenschein. Ich wollte sie überreden, sich einen zu holen. Sie hätte so dringend ärztliche Betreuung gebraucht, aber sie wollte nicht. Sie hatte Angst, von der Sprechstundenhilfe schief angeschaut oder hinausgeworfen zu werden. Sie hatte Angst, dass sie die verordneten Medikamente nicht zahlen kann.«

Jana sieht Vesna an. »Ich kann mich erinnern, wie wir als Kinder einmal krank waren und das mit unserer Aufenthaltsbewilligung noch nicht ganz klar war. Mama hat sich in ein Arztwartezimmer gesetzt und gesagt, sie bleibt hier einfach so lange, bis wir behandelt werden, und basta. – Dabei wollten wir viel lieber heim, wir hatten Angst vor dem Arzt.«

Vesna grinst. »Ich habe Glück gehabt, Sprechstundenhilfe war Furie, aber Arzt total nett. Ich habe dann bei ihm geputzt mehrere Jahre. Auch wie alle Papiere da waren.«

Céline schüttelt den Kopf. »Ich hätte meine Mutter zum Sozialamt schleppen müssen. Und zum Arzt. Ich hätte mich mehr um sie kümmern müssen.«

»Sie wollte, dass du eine große Sängerin wirst«, tröste ich sie.

Céline seufzt. »Was hat das für einen Sinn, jetzt wo sie tot ist?«

»Sie wird von Wolke aus mitsingen«, meint Vesna.

»Wenn man nur daran glauben könnte.«

»Muss man nicht«, sagt Vesna. »Nur an Vorstellung davon.«

»Wisst ihr, dass ich an einer Wiener Version des ›September Song‹ arbeite? Das Lied hat ihr so gut gefallen. Als ich ein Kind war, hat sie es manchmal gesungen. Und zwei Sängerinnen, die ich für ganz groß halte, erinnern mich bis heute an ihre Stimme: Marianne Faithfull und Lotte Lenya.«

Ich denke an die Speicherkarte und Evelyns »Mercedes Benz«. Das einzige Mal, dass ich sie singen gehört habe. Und wahrscheinlich das einzige Medium, auf dem ihre Stimme erhalten geblieben ist. »So, Liebling, wir gehen jetzt schlafen.« Daran, wie sie das gesagt hat, erinnere ich mich auch. Verloren.

Céline muss zu einer Gesangsstunde, Jana will shoppen gehen und Jeans für den Herbst finden. Vesna verdreht die Augen, murmelt etwas von: »Hat mehr Hosen, als Kasten groß ist.« Ich zahle, und während ich aufs Wechselgeld warte, rufe ich die zuständige Polizeistation in Niederösterreich an. Ich hätte gehört, dass mein Mobiltelefon schon gecheckt worden sei. Ob ich es mir holen könne? Ich werde dreimal weiterverbunden. Dann die Frage, woher ich das denn wisse, man habe mich ja noch gar nicht informiert.

»Was ich ziemlich ärgerlich finde«, stelle ich klar. Keine Ahnung, ob ich mit einer Sekretärin oder mit einer Polizeibeamtin spreche. Jedenfalls habe es mir der Leiter der Wiener Mordkommission 1, Dr. Zuckerbrot, persönlich gesagt. Stille in der Leitung. Kein Problem, ich könne mir das Telefon abholen.

Ich habe Vesna gefragt, ob sie mich begleiten möchte. »Du traust dich nicht allein zu Polizei?«, hat sie gefragt.

»Musst ja nicht mitfahren. Wir könnten aber danach vielleicht zu Eva.«

»Du weißt, Winzerlandleben hat mir nicht gefallen.«

»Aber ein Glas Wein in ihrem Innenhof?«

»Überredet.«

Mein Mobiltelefon bekomme ich dann erstaunlich unbürokratisch. Ich muss eine Bestätigung unterschreiben, dass ich mein Eigentum unversehrt übernommen habe, lese sie flüchtig durch, setze meinen Namen darunter. Informationen bekomme ich allerdings keine. Nur so viel könne sie mir sagen, meint die Polizeibeamtin: »Delikte wie der Schlag auf den Kopf, den Sie abbekommen haben, werden nie aufgeklärt. Oder so gut wie nie. Der Tathergang ist zu unklar.« Sie sieht mich an, als hätte ich das alles bloß erfunden.

Wir steigen wieder ins Auto, und ich fahre Richtung Lissenberg.

»Was willst du dort?«, fragt Vesna, als sie es bemerkt.

»Ich will die DVDs holen.«

»Ist doch Unsinn. Ich habe sie angesehen. Da ist kein Lottoschein drinnen. Sind ganz normale DVDs. Mit Originalaufklebern. Evelyn wollte Videokamera, hat aber nie eine gehabt. Deswegen die Aufnahmen mit dem Liebling-Telefon.«

Die Herbstsonne scheint golden, als wir uns über den Hügel Lissenberg nähern. Das Laub mancher Weingärten beginnt sich schon orange und rot zu verfärben. Wir sehen drei ältere Leute mit Schiebetruhen bei der Weinlese. Weiter vorne in der Rebzeile steht ein kleiner Traktor mit Lesewagenanhänger. Seit meiner Zeit bei Eva fühle ich bei der Arbeit im Weingarten ganz anders mit. Ein neuer Jahrgang: Was wird er bringen? Ist es gelungen, die ganze Sonne, die Luft, alle Aromen in den Beeren zu sammeln? Wie schmeckt das neue Jahr? Ich öffne das Autofenster und sauge den Duft nach reifen Trauben und grünen Blättern ein.

»Es dauert nur einen Moment«, sage ich zu Vesna, als wir vor dem Häuschen in Lissenberg stehen, und stutze dann. »Vielleicht gehst du doch lieber mit?« Zweimal schon war jemand da, der nicht gesehen werden wollte. Aber diesmal ist alles ruhig und verlassen. Wir öffnen die Tür, holen die DVDs, legen sie auf die Rückbank des Autos. Und dann geht es tatsächlich zu Eva Berthold nach Treberndorf. Zu einem Abend, an dem uns das Weinviertel zeigt, wie schön es sein kann.

[13]

Ich verwöhne Gismo mit einigen Blättern von dieser Kalbspariser, die ich nicht mag. Ich habe im »Magazin« angerufen und mitgeteilt, dass ich leider eine akute Magenverstimmung habe. So sorry, wenn es irgendwie geht, werde ich mich morgen wieder in die Redaktion schleppen. Ich habe einfach keine Lust auf die Angriffe des aufgeblasenen Chronikchefs. Ich bin ja auch nicht angestellt, sondern habe bloß einen sogenannten fixen freien Vertrag. Ich habe Storys zu liefern, nicht Zeit abzusitzen. Und ich weiß: Morgen kommt Klaus, unser richtiger Chefredakteur, aus dem Urlaub zurück. Ich werde mit ihm beraten, wie wir die Sache mit dem Wirtschaftsmeinungsforscher Osthof anlegen. Die Story mit dem vertuschten Selbstmord will ich ohnehin nicht bringen. Oder jedenfalls noch nicht.

Gut, dass sich Tobler um Roger kümmern will. Céline scheint hervorragend auf sich selbst aufpassen zu können. Ob sie einfach egoistisch ist? Sie muss sich um ihre Gesangskarriere kümmern. Ob aus ihrem Halbbruder noch mehr wird als ein Gelegenheitsarbeiter und Gelegenheitstrinker? Er erscheint mir ziemlich antriebslos. In gewissem Sinn seiner Mutter ähnlich. Oder hatte er bloß bisher keine Perspektive? Wird man antriebslos, wenn man keine Aussicht auf eine bessere Zukunft hat? Was sind meine Pläne? Älter zu werden? Sehr witzig. Das werde ich automatisch. Kann es also wohl nicht sein. Was will ich noch tun? Mir fällt nichts Wesentliches ein. Nennt man das Midlife-Crisis? Vor zwei Jahren hatte ich Angst, einen Herzinfarkt zu bekommen. Dieses Jahr hatte ich Angst, ein Melanom zu haben. Nehmen solche Ängste mit dem Alter zu? Ich sollte etwas ganz Verrücktes tun.

Zum Beispiel auf den Mount Everest steigen. Aber ich hasse Bergtouren. Nein, ich sollte etwas Sinnvolles machen: zum Beispiel armen, einsamen Menschen helfen. Ehrlich gesagt ist mir aber momentan nicht besonders danach. – Wie kann es das geben? Einer hat einen Maybach und eine andere keinen DVD-Player? Mira, als ob es um DVD-Player ginge ... Evelyn hat nicht einmal ein WC gehabt. Und ihre alte Tante auch nicht.

Oskar kommt, umarmt mich von hinten, küsst mich. Gismo schleckt sich das Maul und starrt auf das letzte Wurstblatt in meiner Hand. »Das nennst du frühstücken?«, sagt Oskar und grinst. Er muss in die Kanzlei. Es geht wieder um diese Fusion zweier großer Getränkefirmen. Sie stehe kurz vor dem Abschluss. Heute sei ein entscheidender Tag. Ich nicke. »Synergien nützen. So heißt das jetzt. Leute einsparen, die dann keine Perspektive mehr haben.«

Oskar sieht mich erstaunt an.

»Na ja, in gewissem Sinn bist du auch ein Krisengewinner.«

»Wenn die Fusion platzt, gehen deutlich mehr Arbeitsplätze verloren, als wenn sie uns gelingt. Ist eben nicht alles so schwarzweiß, Miramädchen.«

Ich komme mir tatsächlich vor wie ein ungezogenes Kind, aber ich muss noch ein wenig weitersticheln. »Du verdienst durch die Fusion deutlich mehr als sonst, oder?«

Oskar küsst mich auf die Wange. »Kommt darauf an, was nach Steuern und Abgaben übrig bleibt. Ich kümmere mich nicht darum, da musst du meinen Steuerberater fragen, meinen alten Schulfreund Franz.«

Ich lächle und küsse ihn. »Interessiert mich nicht wirklich.«

Er umarmt mich. »Sei ruhig mein soziales Gewissen, kann gar nicht schaden. Wir vergessen viel zu häufig, wie es anderen geht. Aber ich schwöre dir: Ich passe auf, dass die Belegschaft nicht über den Tisch gezogen wird. Scheint in diesem Fall übrigens auch keiner zu wollen. – Wir sehen uns am Abend.«

»Vielleicht koche ich was«, rufe ich ihm nach. »Wenn es später wird, auch kein Problem.«

Sein alter Schulfreund Franz. Meine Kontakte zu Schulfreundinnen sind weitgehend abgerissen. Aber ich habe Freunde. Und Freundinnen. Hatte ich nicht eigentlich vor, demnächst eine Art Heurigenabend in der Dachterrassenwohnung zu veranstalten? Ich könnte alle dazu einladen, die ich mag. Oskars Wohnung, unsere Wohnung, ist groß genug dafür. Und wenn das Wetter mitspielt, könnten wir sogar auf der Terrasse sein, die beiden Infrarotstrahler wärmen gar nicht schlecht.

Gismo döst in einem Sonnenwinkel hinter der Glasschiebetür und verdaut. Ich ziehe die Tür auf, gehe auf die Terrasse, es bläst kalter Westwind. Mich fröstelt, ich gehe wieder hinein. Gismo hat sich auf das Sofa verzogen und sieht mich empört an. Keiner braucht bei solchen Temperaturen Türen aufzureißen und ins Freie zu gehen. Irgendwie weiß ich nicht so recht, was ich mit dem erschwindelten freien Tag anfangen soll. Jedenfalls besser, nicht das Haus zu verlassen. Wenn es dumm hergeht, begegne ich dem Chronikchef oder einem seiner Freunde. Das wäre dann Wasser auf seine Mühlen: Wie bevorzugt und überschätzt diese Mira Valensky doch ständig werde, wo sie in Wirklichkeit doch einfach krank feiere …

Ich könnte mir die DVDs ansehen. Ich glaube zwar nicht, dass sich da etwas Besonderes verbirgt, aber »Der letzte Kaiser« könnte ganz nett sein. Ewig her, dass ich am Vormittag ferngesehen habe. Und ich kann mich nicht daran erinnern, jemals um diese Zeit eine DVD eingelegt zu haben. Aber ist ja quasi dienstlich. Zumindest steht es im Zusammenhang mit den Nachforschungen über Evelyns Tod. Mira, du brauchst keine Ausrede. Zieh dir die DVDs rein!

Wenn schon sandeln am Vormittag, dann aber gleich richtig. Ich hole mir ein Glas DAC vom Weingut Berthold. Bald wird der heurige Veltliner geerntet. Ich habe Eva fest versprochen, dieses Jahr ein, zwei Tage bei der Weinlese zu helfen. Ich freue mich darauf. Klebrige Hände, Traubenduft, Traubensaft und am Abend, am langen Tisch, eine Winzerjause für alle, die bei der Lese mit dabei waren.

Ich mache es mir neben Gismo auf dem Sofa bequem, nehme einen Schluck DAC. Ist es bedenklich, dass er mir auch um diese Uhrzeit so gut schmeckt? Dann drücke ich auf die Fernbedienung.

Oje. Scheint klar zu sein, dass diese Filme wirklich im Supersonderangebot waren. Außer weißen und schwarzen Punkten nichts zu sehen. Ich nehme noch einen Schluck und will gerade wieder abdrehen, als ein Schwarz-Weiß-Bild erscheint. Wirkt wie die Überwachungskameraaufnahmen von Banküberfällen, die manchmal im Fernsehen gezeigt werden. Ein Schatten huscht durch das Bild.

»Du kommst spät. Ich hab gekocht.« Die Stimme ist erstaunlich gut zu verstehen. Ich kenne sie. Ich habe sie vor gar nicht so langer Zeit gehört. Ich kneife die Augen zusammen, jetzt sind zwei Schatten zu sehen. Der Raum ... auch er kommt mir bekannt vor. Schattenfiguren und Schatten der Schattenfiguren in einem großen Spiegel. Der Spiegel ... es ist das Vorzimmer von Christian Osthof. »Aber das ist kein Problem, das ist kein Problem«, sagt sie jetzt.

»Scheint doch eines zu sein.« Das sagt er. Er stellt eine Tasche ab.

»Nein, sicher nicht. Komm essen, die ›Zeit im Bild‹ läuft schon.« Ihr Schatten greift ihm an die Schulter, sein Schatten schüttelt sie ab.

»Hör auf damit, mich herumzukommandieren.« Christian Osthofs Stimme ist jetzt scharf.

»Das tue ich nicht, das weißt du ganz genau. Bitte. Gönn uns einen schönen Abend«, kommt es zurück. Ihr Schatten steht jetzt direkt vor dem Spiegel, ich sehe ihn doppelt. Seitlich davor sein Rücken.

»Was soll das heißen? Dreh nicht alles um, ich komme herein, müde, und du machst mir Vorhaltungen. Ich lass mir wirklich viel gefallen, aber ...« Er tritt direkt vor sie hin, ich sehe seinen schwarz-weißen Schatten groß, er verdeckt sie, nur im Spiegel kann ich schemenhaft Teile ihres Körpers ausnehmen. Einen Arm. Die Hälfte ihres Kopfes. Was ist das? Irgendein seltsamer Experimentalfilm? Wie ist die DVD in Evelyns Haus gekommen? Die Scheibe hat den Originalaufdruck »Der letzte Kaiser«. Gut, man kann wohl die Folie abziehen und auf eine andere DVD kleben. Aber warum? Was soll das alles?

Claudias Schatten scheint sich zu ducken, sie versucht an ihm vorbei in ein anderes Zimmer zu kommen. Der große Schatten gibt ihr einen Stoß, sie taumelt, kann sich gerade noch fangen, beinahe wäre sie in den Spiegel gefallen. Jetzt ist sie außerhalb des Bildes. Er steht immer noch da, Rücken zur Kamera.

»Führ dich nicht so auf!«, herrscht er sie an.

»Aber ... ich wollte ja nur ... essen ...«

»Was ist mit deinem verdammten Essen? Kann es nicht einmal warten, bis ich mich hingesetzt habe?« Jetzt verschwindet auch er aus dem Blickfeld der Kamera. Ein dumpfes Geräusch. Dann ein anderes, schwereres. Keuchen. Diesmal scheint sie zu Boden gegangen zu sein. Auf dem Schafwollteppich, dessen Naturfarben ich vor Kurzem bewundert habe, ist ein Bein zu sehen. »Spielen wir jetzt wieder dieses Spiel?«, keucht er. »Wirf dich nur auf den Boden, irgendwann einmal reicht es.«

Sie rutscht ins Bild, schwarz-weiße Figur auf dem edlen Holzboden, seltsam verzerrt, aber das macht wohl die Kamera, sie kriecht über den Teppich. »Bitte!«

»Tu nicht so, als ob du das Opfer wärst! Alles schlucken, das geht nicht!«

»Ich hab doch nur«, sagt der Bodenschatten.

Der andere, große, kommt ins Bild, er muss jetzt sehr nahe bei der Kamera stehen, füllt das Bild beinahe aus, ein Rücken in

Grau und Schwarz, ein Bein, das nach vorne schnellt, Monsterfußball, Stöhnen. Der große Schatten wird rund, wird selbst zu einem Ball, Christian Osthof scheint sich vornübergebeugt zu haben, ich sehe nur die Bewegungen der Schultern, höre nur die dumpfen Schläge, kein Ton von ihr, erst dann, als er sich wieder aufrichtet, ein Winseln wie von einem Tier.

»Hast du dich jetzt wieder beruhigt?«, sagt er mit einer Stimme wie im Interview. Trocken, sachlich. Dann geht er in sein Arbeitszimmer. Sie kauert auf dem Boden. Wischt sich etwas von der Lippe. Versucht aufzustehen. Fällt nieder. Kriecht aus dem Blickfeld der Kamera. Minutenlang sehe ich nichts anderes als das menschenleere Vorzimmer mit dem großen Spiegel. Dann geht Osthof durch den Raum. Aufrecht und geschäftig. Und wenig später nur noch Schneeflimmern.

Ich habe den Mund offen, atme flach. Kann gar nicht begreifen, was ich da gesehen habe. Der Cut, denke ich dann. Ihr Cut. Sie hat ihn nicht vom Klettern. Wer nimmt so etwas auf? Wie geht das? Alarmanlage. Natürlich. Eine Kamera fürs Vorzimmer. Wer hat sie eingeschaltet? Wer hat die Prügelorgie auf die DVD gebrannt? Wer hat sie zu Evelyn gebracht? Sie hatte nicht einmal ein Gerät, um sie abzuspielen. Vielleicht hat man sie gerade deswegen zu ihr gebracht. Osthof prügelt seine Frau. Ich bin entsetzt, aber mindestens ebenso verwirrt. Und es ist mir peinlich, das gesehen zu haben. Doch ich kann nicht mehr wegschauen und hoffen, dass es nicht so schlimm ist. Warum bleibt sie bei ihm? Warum lässt sie sich das gefallen? – Sollte ich nicht viel eher überlegen, was er für ein Monster ist? Wie es das geben kann, dass einer so etwas tut? Einfach so, nach dem Nachhausekommen.

Ich stehe mit steifen Beinen auf, nehme die DVD aus dem Player. Aufdruck: »Der letzte Kaiser«. Ich sehe mir die Folie genau an. Die Ränder stehen ein wenig ab. Man hat das Etikett von der Original-DVD abgezogen und auf diese Scheibe geklebt.

Ich hole die DVD, auf der angeblich ein Kung-Fu-Film ist, aus ihrer Verpackung und schiebe sie ins Gerät. Diesmal lümmle ich mich nicht bequem ins Sofa, ich bleibe ganz vorne auf der Kante sitzen, nehme einen großen Schluck Wein, drücke die Play-Taste. Wieder Schnee. Wieder das Vorzimmer. Diesmal wollen die beiden ausgehen. Er fordert sie auf, ein anderes Kleid anzuziehen, er könne sich nicht mit einer zeigen, die wie ein Flittchen aussehe. Sie lacht und meint, vor Kurzem habe es ihm doch noch so gut gefallen. »Musst du mir immer widersprechen? Kann es nichts geben, wo du nicht recht hast?«, kommt es von seinem schwarz-weißen Abbild. Ich ducke mich. Ich flehe innerlich: Claudia, duck dich auch, renn davon, bitte, nicht noch einmal. Claudias Schatten dreht sich im Kreis. Ihr Schatten im Spiegel dreht sich mit. »Ich hab doch schöne Beine, oder?« Er holt aus. Unterarm backhand zu ihrem Gesicht. Christian Osthof ist sicher ein guter Tennisspieler, lässt sich für seinen Rückhandschlag von seinen Tennisfreunden nach dem Match bewundern. Wieder gewonnen. Trinken wir darauf. Claudia ist es trotzdem gelungen, ein wenig auszuweichen. Der brutale Schatten hat sie nur gestreift. Er grunzt. Wütend.

»Ich zieh mich doch schon um«, sagt ihr Schatten mit einer Stimme, als ob nichts gewesen wäre.

Der nächste Schlag kommt ganz plötzlich. Diesmal fällt sie. »Dafür, dass es dir gelungen ist, mir auch diesen Abend zu vermiesen«, sagt sein Schatten und verschwindet im Arbeitszimmer. Ihr Schatten bleibt liegen. Neben dem Schafwollteppich. Ohne Bewegung. Rettung! Wir brauchen die Rettung!, schreit es in mir. Dann Flimmern, und der Film ist aus. Das ist kein Film, Mira, das ist ein Stück Leben. Reales Leben. »Wie im Film«, sagen heute alle, wenn sie etwas erleben, das sie nur im Kino vermuten. Verschobene Wirklichkeiten. Eine einsame Frau nennt ihr Telefon Liebling und lässt es teilhaben an ihrem Leben. Damit irgendwer, irgendwas das sieht, was sie sieht. –

Das da ist nicht »wie im Film«, das ist auf DVD gebrannte Realität.

Wie im Fieber lege ich die nächste DVD ein. Diesmal scheint der Anfang in einem anderen Raum stattzufinden. Claudia fliegt förmlich ins und durchs Vorzimmer, rennt direkt auf die Kamera zu, scheint nach draußen zu wollen, fort, ja, flieh, flieh, Claudia, endlich. Eine Schattenhand, die in der Perspektive der Kamera immer länger wird, die sie einholt, sie im letzten Moment an den Haaren zurückreißt, bis sie wieder im Bild ist. Sie strauchelt, schlingt im Fallen beide Arme um ihren Kopf. Er tritt sie zweimal in den Bauch. »Ist ohnehin zu nichts zu gebrauchen«, keucht er.

»Du bist es, der keine Kinder kriegen kann«, heult ihr Schatten und krümmt sich zusammen.

»Du hast wohl nie genug, was?«, brüllt er und tritt noch einmal hin.

Mir ist schlecht. Ich nehme noch einen Schluck Wein, fühle mich wie eine ganz miese Voyeurin. Wie eine Perverse, die sich Gewaltvideos reinzieht, weil ihr das einen Kick gibt. Magensäure steigt die Speiseröhre hoch. Ich weiß, dass es Gewalt in der Familie, dass es Gewalt gegen Frauen gibt. Ich hab sogar vor nicht allzu langer Zeit eine Reportage darüber geschrieben. Aber das ... ist etwas anderes. – Und was, wenn es doch nur gespielt ist?, überlege ich für einen Moment. Wenn es irgendeine perverse Inszenierung ist? Vergiss es. Dazu waren die Schläge zu dumpf, die dunkle Flüssigkeit, die ihrem hellen Schattenkopf übers Gesicht rinnt, zu real. Die vierte DVD sehe ich mir nur noch im Schnelldurchlauf an. Ich kann nicht mehr, ich weiß auch nicht, was ich da noch zu entdecken hoffe. Slapstickschatten. Sie hopsen aufeinander zu, voneinander weg, aufeinander zu, verkeilen sich ineinander, der eine Schatten liegt, der andere Schatten tanzt herum, beugt sich hinunter, richtet sich wieder auf, zieht den einen Schatten hoch, gibt ihm einen Stoß, der

Schatten fällt, rappelt sich wieder auf, der andere Schatten läuft aus dem Raum. Das Vorzimmer ist leer, nur im Spiegel sieht man, dass der eine Schatten grau an einer Wand lehnt. Bewegungslos jetzt.

Ich stehe auf, gehe auf die Terrasse. Der Westwind hat noch zugelegt. Ich hole tief Luft. Ich muss einen klaren Kopf bekommen. Die Schattenbilder zur Seite schieben. Evelyn hatte die DVDs. Wenn die Polizei sie bekommt, wenn sie gar an die Medien gehen, ist es mit Christian Osthofs Karriere vorbei. Aber woher, verdammt, hatte Evelyn diese Aufzeichnungen? Sie hat sie nicht selbst gemacht, das ist klar. Ich weiß nicht einmal, ob sie imstande gewesen wäre, sie gegen Osthof zu verwenden. Kann sein, dass sie ihn seit Huberts Tod gehasst hat. Hans wollte sie bloß nie mehr sehen, aber den älteren Bruder, der immer gegen die Band gewesen war, hat sie gehasst. Die Kamera ist im Vorzimmer montiert. Wer hat es getan? Evelyns Sohn Roger hat eine Elektrikerlehre gemacht. Und immer wieder Gelegenheitsarbeiten. Er könnte eine solche Anlage installieren. Er macht es in Osthofs Auftrag, aber was Osthof nicht weiß, ist, dass Roger eine Vorrichtung einbaut, durch die er mitschneiden kann, was sich im Vorzimmer abspielt. Nur für den Fall der Fälle, dass es etwas gibt, was ihm ein wenig Geld einbringen könnte. Eine Geliebte, die ins Haus kommt. Ein Gespräch über Schwarzgeld. Ein Treffen mit einem dubiosen Geldhai. – Und dann kommt es noch viel dicker: Osthof prügelt seine Frau. Hat Roger gewusst, dass seine Mutter Osthof kannte? Vielleicht hat er durch Zufall davon erfahren. Er erzählt seiner Mutter, dass er diesem Wirtschaftsmeinungsforscher eine Alarmanlage eingebaut hat. Sie erzählt, dass sie ihn von früher her kennt. Er solle von ihm wegbleiben, hätte sie ihrem Sohn wohl geraten. Und vielleicht hat sie ihm dann ein wenig mehr aus ihrer Vergangenheit erzählt. Roger hat die DVDs, seine Mutter soll mit Christian Osthof reden: Geld gegen Beweismittel. Warum hätte sie sich darauf einlassen sollen? Für ihre Kinder. Natürlich. Roger wird gesagt haben, sie soll es für ihn tun. Und für Céline. Céline. Weiß sie von den DVDs? Sie hat nicht gerade ein enges Verhältnis zu ihrem Halbbruder. Vielleicht war die Erpressung bereits im Gang. Evelyn hat Osthof angerufen, etwas von kompromittierenden DVDs und dem vertuschten Selbstmord von Hubert geredet. Osthof schickt daraufhin Claudia, sie soll Evelyn aushorchen. Aber das misslingt. Dann das Treffen, bei dem das Geld übergeben werden soll. Evelyns »Gewinn«. Osthof kommt, aber statt für die DVDs zu zahlen, bedroht er Evelyn, stößt sie schließlich gegen den Ofen. Wo war Roger? Hat er sie allein gelassen? Auf Roger sei nie Verlass, hat Céline einmal gesagt. Vielleicht ist er einfach zu spät gekommen. Hat Osthof dabei überrascht, wie er nach den DVDs gesucht hat. Der flieht. Roger findet seine Mutter. Rennt in Panik davon. Dann kann der, der mich wenige Tage später niedergeschlagen hat, nur Osthof gewesen sein. Oder Roger. Sie wollten die DVDs, mussten die ersten Tage abwarten, bis klar war, dass da keiner mehr ermittelt. Und dann störe ich. Also kriege ich eins über den Kopf. Aber warum sind die DVDs weiter in der Lade im Kasten geblieben? Ich schüttle den Kopf. Ich sollte mich nicht verrennen. Roger hat mit seiner Mutter kaum jemals gesprochen. Und: Ist es nicht etwas viel Zufall, dass ausgerechnet Roger eine Alarmanlage samt Überwachungskamera bei Osthof montiert? Aber wie sonst, durch wen sonst könnten die DVDs zu Evelyn gekommen sein? Ich rufe Vesna an. Besetzt. Ich probiere es noch einmal. Besetzt. Ich fluche, gehe in die Küche, öffne den Kühlschrank, esse vor Aufregung einen halben Camembert, kann nicht klar denken. Ich muss mich beruhigen. Essen hilft. Und mit Vesna telefonieren. Beim dritten Versuch und nach dem vierten Läuten habe ich sie endlich dran.

Sie scheint nach Langem wieder einmal hervorragend aufgelegt zu sein.

»Warum?«, lacht sie. »Es ist Herbst, die Sonne scheint, habe ich netten Ausflug gemacht. Mit meinem Lieblingsmotorrad.«

»Sag nicht, dass du wieder mit deiner Mischmaschine unterwegs bist«, rufe ich erschrocken. Sie ist mit diesem Motorrad damals im Krieg über die Grenze nach Österreich. Das Gefährt, das sie in Bosnien zusammen mit ihren Brüdern gebaut hat, besteht aus Teilen aller möglichen Zweiräder, ich würde aber nicht ausschließen, dass auch Teile von Traktoren oder anderen Maschinen eingebaut wurden. Bevor sie ein Auto hatte, ist sie mit dem bei uns natürlich nie zugelassenen Ding bisweilen in Wien unterwegs gewesen, immer am Rande einer Abschiebung. Ohne gesicherten Aufenthaltsstatus braucht es nicht viel, und du bist zurück in Bosnien. Das jedenfalls kann ihr jetzt nicht mehr passieren, sie ist österreichische Staatsbürgerin. Eine saftige Verwaltungsstrafe ist ihr allerdings gewiss, sollte sie jemand mit diesem monströsen Zweirad erwischen.

»Hab ich endlich jemand, der Liebhaber für solche Sachen ist. Kennt sich eben aus mit guten Motoren!«

»Tobler?«, frage ich bloß.

»Wie hast du erraten! Wir wollen aufs Land fahren, Tobler hat alte Harley, würde mir auch gefallen, aber besser ist trotzdem meine Maschine. Machen wir Picknick.«

Ich räuspere mich. Ich will sie nicht aus ihrer guten Laune reißen. Ich will ihr schon gar keine Vorschriften machen. Könnte ich ja auch gar nicht. Aber ich brauche sie. Jetzt. Ich bitte sie zu kommen. Gleich. Sie scheint an meiner Stimme zu erkennen, dass es wichtig ist. Fragt nicht, sondern sagt nur: »Okay, ich komme.«

Die nächsten zwanzig Minuten tigere ich in Oskars Dachterrassenraum herum. Gismo sieht mich erstaunt an. Warum hat Claudia ihren Mann nicht verlassen? Sie haben keine Kinder. Sie hat einen eigenen Job, von dem sie leben kann. Wenn sie sich nicht traut, ihn anzuzeigen, dann kann sie doch wenigstens gehen. Oder glaubt sie tatsächlich, er ändert sich? Ich könnte keinen Tag, keine Stunde bei einem bleiben, der mich prügelt. – Mira, du warst zum Glück nie in einer vergleichbaren Situation. Vielleicht sieht man sich selbst irgendwann nur noch als Schatten, schwarz-weiß wie auf den Bildern der Kamera. Was bleibt, sind reale Verletzungen und die Hoffnung, dass es besser wird. Nein. Ich würde gehen. – Hat keiner der Nachbarn etwas bemerkt? Die Villa ist von einem Garten umgeben. Drum herum eine dichte Hecke. Und wer würde annehmen, dass so einer wie Osthof gewalttätig ist? Es geht ihnen doch gut. Geht ihnen gut. Was soll das heißen?

Ich höre ein lautes Knattern, renne auf die Terrasse, schaue hinunter. In der Gasse steht Vesna. Mit ihrem Gefährt. Sie ist einfach verrückt. Vielleicht das Beste, um dem Alltag zu entgehen. Vesna trainiert für den Marathon und fährt auf einem nicht zugelassenen Motorrad durch die Wiener Innenstadt. Bin ich zu vernünftig? Hat mir noch keiner gesagt. Und dass ich mich noch nicht so fühle, als wäre ich in fünfundzwanzig Jahren zweiundsiebzig, zeigt auch, dass ich okay bin. Vesna läutet an der Gegensprechanlage, ich öffne. Wie kriegen wir Osthof? Er wollte, dass Tobler mich ruhigstellt. Wegen der alten Sache mit dem vertuschten Selbstmord. Jetzt weiß ich, dass es noch ganz andere Dinge gibt, die ihn ruinieren könnten. Ich gehe ins Vorzimmer, öffne Vesna.

»Tobler sagt, er kann mir vielleicht Zulassung für meine Maschine besorgen«, strahlt Vesna und sieht mich an. »Musst du nicht sauer sein, dass ich einfach so gefahren bin. Strafe kann ich schon zahlen. – Oder ist etwas anderes? Warum sollte ich so schnell herkommen?«

Ich erzähle Vesna, was ich gesehen habe. Ob sie sich die DVDs anschauen wolle? Ich weiß, dass ich sie jedenfalls kein zweites Mal durchstehe. Vesna schüttelt den Kopf. Später vielleicht einmal, wenn es sein muss.

Dass Roger genau bei Osthof eine Alarmanlage samt Videoüberwachung eingebaut haben soll ... Vesna überlegt. »Passt eigentlich gut zusammen. Ich habe nämlich auch Neuigkeiten. Hans Tobler hat mit Roger geredet. Keine Ahnung, wie er es aus Roger hat herausgebracht, aber: Es stimmt. Roger war am Todestag in Lissenberg. Aber als er gekommen ist, war Mutter schon tot, er schwört.«

»Von Osthof hat er nichts gesagt?«

»Nein, jedenfalls nicht zu Tobler. Und auch nichts von DVDs.«

»Vielleicht hofft er, Osthof erpressen zu können«, überlege ich.

»Kann sein. Ist aber alles nur Theorie. Ich werde Hans sagen, dass er noch einmal mit Roger reden muss. Der findet raus, was wirklich war.«

»Was ist eigentlich mit Valentin?«

»Ist für drei Tage nach Amsterdam.«

»So ein Typ wie Tobler war bisher noch nie dein Fall. Niemand kommt einfach so zu so viel Geld. Jana würde ihn Ausbeuter nennen.«

»Ist doch Quatsch. Er nimmt es von den Reichen.«

»Okay, nennen wir ihn Robin Hood«, spotte ich.

»Was ist, wenn Roger häufiger solche Kameras montiert hat?«, fragt Vesna.

»Dann müsste er eigentlich mehr Geld haben.«

Aber darum geht es jetzt nicht. Wir müssen den populären Wirtschaftsmeinungsforscher kriegen. Er hat beste Beziehungen. Er hat Geld. Kann sich die teuersten Anwälte leisten. Ist das vielleicht auch der Grund, warum sich seine Frau nie gewehrt hat? Weil er jedenfalls am längeren Ast zu sitzen scheint? Wir werden einen Weg finden, dir den Ast abzusägen, Herr Professor.

[14]

Ich bin schrecklich nervös, ich gebe es zu. Wir haben gestern einen Plan entwickelt, wie wir Osthof fassen könnten. Hans Tobler ist mit von der Partie. Ich soll der Köder sein. Vesna wollte es nicht, aber es ist die Variante, bei der der Wirtschaftsprofessor und Meinungsforscher am ehesten anbeißt. Momentan ist er in seinem Institut.

Am Vormittag waren Vesna und ich bei seiner Frau Claudia, haben sie gebeten, an einen sicheren Ort zu gehen. Zu einer Freundin. Und wenn es keine gibt, dann in Vesnas Büro. Bald sei alles vorbei.

»Was?«, hat sie gefragt und dreingesehen, als ob sie keine Ahnung hätte, wovon wir sprechen. Und ich muss sagen, auch mir fiel es schwer, den schwarz-weißen Schatten auf der DVD mit der sportlichen Frau vor mir zusammenzubringen. Der Cut auf ihrer Stirn. Er ist inzwischen beinahe verheilt. Aber Realität.

»Wir wissen, dass er Sie verprügelt hat, immer wieder«, habe ich gesagt.

Ach, das. Da sei ihm nur die Hand ausgerutscht. Hätten die Nachbarn etwa getratscht? Typisch.

Vesna und ich haben Claudia Osthof angesehen. Und dann hat Vesna gesagt: »Wir haben DVDs. Da ist alles aufgezeichnet. Von Überwachungskamera im Haus.«

»Was?«, hat Claudia mit ganz weit aufgerissenen Augen geantwortet. Ich hatte Angst, sie kippt uns um.

»Kennen Sie die DVDs? Wissen Sie davon?«, habe ich gefragt.

Claudia hat bloß stumm den Kopf geschüttelt.

»Warum Sie haben sich das gefallen lassen?«, hat Vesna gefragt.

»Was hätte ich denn tun sollen? Alles aufgeben? Das schöne Haus? Unser gemeinsames Leben? Ich habe es mit ihm aufgebaut, so einfach ist das nicht.«

»Sie sind jung. Sie haben eigenen Job«, hat Vesna gesagt.

Claudia Osthof hat bitter gelacht. »Eigenen Job? Es ist eine halbe Lehrverpflichtung in Leibesübungen und Geografie. Davon kann ich nicht leben. Und ich habe keine Chance auf eine Ganztagsverpflichtung. Und die Schande ... unsere Freunde ... wem würden sie glauben? Er würde sagen, ich habe ihn provoziert ... Wo sind diese DVDs?«

Sie seien bei Evelyn gewesen, haben wir ihr gesagt und sie darauf: »Grauenvoll ... das kann es alles nicht geben.« Sie hat den Kopf geschüttelt, immer wieder, dann hat sie mich angesehen und gesagt: »Was wissen Sie denn davon? Es geht Sie gar nichts an.«

Jetzt sitze ich in meinem Dschungelbüro und hoffe, dass ich die nächsten zwei, drei Stunden überstehe und wieder ruhiger werde. Geht es mich wirklich nichts an, wenn Osthof seine Frau prügelt? Jedenfalls geht es mich was an, wenn er Evelyn umgebracht hat. Wie langsam die Zeit vergehen kann. Marion vom Empfang kommt und bringt mir ein Kuvert. Sie bittet um eine Bestätigungsunterschrift, und ich fauche: Was sie noch alles wolle? Marion sieht mich entgeistert an, stammelt etwas und verschwindet. Ich bin unmöglich. – Endlich. Anruf aus dem Sekretariat. Der Chefredakteur ist frei. Seine Sitzung mit dem »Magazin«-Management ist vorbei. »Jetzt hat er Zeit fürs Fußvolk«, knurre ich. Ich schiebe zwei Philodendronblätter zur Seite und stapfe durch das Großraumbüro. Ich kann deutlich hören, was einer der zwei jüngeren Redakteure flüstert: »Die hat heute miese Laune, Vorsicht!« Ich will mich schon umdrehen und ihn zur Rede stellen: Was soll das heißen? »Vorsicht«? Als ob ich sie gleich verprügeln würde, nur weil mir danach wäre! Aber ich habe mich wenigstens so weit unter Kontrolle, dass ich nichts sage und weitergehe. Die Chefsekretärin begrüßt mich freundlich, ich versuche eine passabel klingende Antwort herauszubringen. »Dir geht's noch nicht gut«, stellt sie fest. »Ist eine ziemlich böse Magenverstimmung, oder?« Was? Wie? Magenverstimmung? Ach so. Ja.

Klaus, unser Chefredakteur, steht bei seinem Schreibtisch. Er hat es bereits in den paar Stunden, seitdem er zurück ist, geschafft, ein heilloses Chaos im Büro anzurichten. Ich mag ihn. Er tut nicht so, als wäre er perfekt. Er kommt her zu mir, umarmt mich, küsst mich auf beide Wangen. Freut sich, mich wiederzusehen.

»Ihr seid mir doch ziemlich abgegangen«, sagt er lächelnd.

»Du uns auch«, erwidere ich. »Dieser Idiot von Chronik ...«

Klaus hebt den Zeigefinger. »Mira. Ihr könnt euch nicht ewig ...«

Ich seufze. Aus irgendeinem Grund hält Klaus den Chronikchef für einen guten Journalisten. Hat eben doch nicht den vollen Durchblick.

In der nächsten Viertelstunde erkläre ich ihm, dass die Story über den Krisengewinner Osthof eine Wendung nehmen könnte, über die ich allerdings noch nichts erzählen möchte. Der Chefredakteur warnt mich. Der Chronikchef habe ihm schon von der Intervention des Exministers erzählt. Bevor ich da alte Geschichten aufrühre, solle ich jedenfalls mit ihm darüber reden.

»Das mache ich«, verspreche ich besten Gewissens. Ich habe nicht mehr gebraucht als das Okay, weitermachen zu dürfen. Und bis morgen, bis zum Redaktionsschluss, alles offen lassen zu können. Was, wenn uns Osthof austrickst? Ich traue es ihm zu.

»Wenn irgendetwas schiefgeht, dann weiß ich jemand anderen, den man für die Serie der Gewinner porträtieren kann: einen Baumschneider.«

Der Chefredakteur sieht mich verwirrt an.

»Ich lege auf alle Fälle seine Telefonnummer und seine Verbindungsdaten auf meinen Schreibtisch. Er klettert auf Bäume, die man nur mit großem Aufwand fällen könnte, und schneidet sie einfach von oben nach unten, Stück für Stück, ab. Mit einer Spedition ist er pleitegegangen, jetzt ist er total gefragt.«

»Wenn, dann wirst ohnehin du diese Story schreiben«, meint der Chefredakteur.

»Ich hoffe es«, erwidere ich.

»Mira, gibt es irgendetwas, das ich wissen sollte?«

Ich sehe Klaus an. Auf ihn kann man sich verlassen. Ich bin ganz nahe dran, ihm alles zu erzählen. Nein, von dieser Sache dürfen nicht mehr Menschen als unbedingt notwendig wissen – bis sie vorbei ist. Ich schüttle den Kopf.

»Sei vorsichtig, Mira.«

Hoffentlich reicht Vorsicht aus. Hoffentlich.

Um drei dann der Anruf von Tobler: »Ich glaube, es hat geklappt. Ich habe Osthof erzählt, dass ich versucht habe, dich einzuschüchtern. Fürs Erste mit Drohungen. Aber du hättest nur gelacht und gesagt, du hast inzwischen ganz anderes Material über ihn als den vertuschten Selbstmord. Er ist nervös geworden, ich habe ihm gesagt, ich weiß auch nicht, was diese Journalistin hat. Sie hat irgendwas von DVDs und Hardcore gesagt. Es werden doch keine Kinderpornos sein? Quatsch, hat er gesagt, ob ich ihm denn so etwas Fürchterliches zutrauen würde. Ich hätte ihm für seine Heuchelei fast eine reingeknallt, sage ich dir. Als ob es viel besser wäre, seine Frau zu verprügeln. Ich hab mich zurückgehalten und ihm den Tipp gegeben: Mira Valensky will ins Haus in Lissenberg. Sie sucht offenbar nach mehr. Soll ich ihr etwas deutlicher drohen? Ich könnte zwei Männer aktivieren, habe ich vorgeschlagen. Und er darauf: nein, danke. Er müsse nachdenken. Ob ich denn jemand beim Haus stationiert hätte? Nein, da sei momentan keiner. Soll ich jemanden hinschicken? Nein, nicht notwendig. Danke. Ist doch selbstverständlich, habe ich gesagt. Immerhin war ich damals ja auch bei der Sache mit Hubert dabei. Und ich habe keine Lust, dass das an die Öffentlichkeit kommt.«

»Ist da nicht was dran?«, frage ich nach seinem langen Bericht.

»Nein, nicht mehr. Ich will, dass endlich alles ans Licht kommt. Dann kann ich vielleicht irgendwann einmal vergessen, was damals passiert ist«, antwortet Tobler. »Ich bin bald da. Ist alles so weit okay?«

»Ja«, sage ich möglichst fest und entschlossen.

Ich stehe hinter Evelyns Haus in Lissenberg. Im Schuppen Slobo, Vesnas Kraft für grobe Fälle. Im Eingang zum Weinkeller zwei von Toblers Leuten. Nicht ganz so massig wie Slobo, aber sicher besser ausgebildet. Tobler war zum Glück so feinfühlig, keinen der beiden zu schicken, die Vesna und mich auf dem Gelände hoppgenommen haben. Vesna beschattet sicherheitshalber Roger. Wir wissen nicht genau, wie viel er weiß, in welchem Ausmaß er in den Fall verwickelt ist. Sie will so schnell als möglich kommen. Was, wenn Tobler ein falsches Spiel spielt? Man kommt nicht so ohne Weiteres zu so viel Geld und einem Maybach, denke ich mir auch jetzt wieder. Ach, dann habe ich immer noch Slobo. Und Vesna, die rechtzeitig da sein wird. Hoffentlich. Es muss funktionieren. Es ist unsere einzige Chance. Bei der

Polizei würde sich Christian Osthof herausreden. Er ist intelligent. Er ist ein guter Redner, ein hervorragender Diskutant. Und er hat Beziehungen bis in die höchsten Kreise. Nicht auszuschließen, dass seine Frau Claudia weiter zu ihm hält. Aber es geht nicht bloß um seine Prügelorgien. Es geht um den Mord an Evelyn. Ich betrete das Haus. Keine Ahnung, wie lange Osthof brauchen wird, herzukommen. Wenn er überhaupt kommt. Von meinen Bewachern ist nichts zu sehen. Soll auch so sein. Ich setze mich auf den weißen Plastikgartensessel, auf dem Evelyn gesessen hat, und warte. Ihre beiden Hausschuhe liegen noch immer auf dem Boden. Der eine unter dem Sessel, der andere neben der Kredenz. Ich warte. Plötzlich mein Mobiltelefon. Es ist schon auf Lautlos gestellt. Es vibriert. Ich starre aus dem Fenster. Durch das Gebüsch und wegen des Tannenbaums kann ich nicht viel sehen, aber Auto scheint keines gekommen zu sein. Andererseits: Osthof wird nicht so idiotisch sein und vor dem Haus parken.

Ich fingere das Telefon aus meiner Hosentasche. Vesna.

»Roger hat keine Ahnung, schaut so aus. Er sitzt im Café ›End‹ und trinkt mit Freunden. Hat schon zu viel Alkohol, um noch was zu tun. Aber anderes ist komisch: Ich schaue bei Haus von Osthof vorbei. Claudia Osthof tut hektisch drei Reisetaschen in ihr Auto. Ich fahre hinter ihr her, freue mich, sie hat ihn doch verlassen. Aber dann fahrt sie Richtung Lissenberg, nicht zum Haus, sondern nur in der Gegend von da herum. Macht sie gemeinsame Sache mit Osthof? Obwohl Prügel? Sie wartet, bis er dich erledigt hat, und dann fliehen sie gemeinsam?«

Ich versuche, klare Gedanken zu fassen. Osthof ist nicht der Typ, der einfach abhaut. Sein Institut ist ihm wichtig. Er ist angesehen, wohlhabend. Er wird versuchen dafür zu sorgen, dass nichts rauskommt. »Kann ich mir nicht vorstellen«, antworte ich.

»Ich auch nicht«, erwidert Vesna. »Aber was will sie dann da?

Will sie Rache? Etwa Mann auf frischer Tat ertappen und dann fort?«

»So hat sie heute Vormittag nicht gewirkt«, überlege ich. Was bedeutet das? Was bedeutet es für unseren Plan?

»Soll ich kommen und auf dich aufpassen oder soll ich an ihr dranbleiben?«, fragt Vesna.

Ich brauche Vesna. Mit ihr fühle ich mich sicher. Aber das mit Claudia Osthof ist irritierend. Ich atme kräftig durch. »Bleib dran. Hier sind genug Leute, um mich zu schützen.«

Ich höre, wie die Tür aufgeht. Mir steigt eine Welle Blut ins Gesicht. Ich stopfe das Mobiltelefon in die Tasche und drehe mich langsam um.

Christian Osthof steht im Raum und starrt mich an. Ich stehe langsam auf. Schabendes Geräusch des Plastiksessels am Plastikboden, der Parkett vorgeben soll. Hat er meine letzten Sätze gehört? Weiß er jetzt, dass ich beschützt werde? Ich hoffe, ich werde beschützt.

»Sie planen eine Lügenstory über mich. Sie wollen mich fertigmachen«, sagt er ohne jede Einleitung. »Tobler hat mich gewarnt.«

Ich sehe ihn so fest wie möglich an. Im Auge des Taifuns ist es immer ganz ruhig, denk dran, Mira. Und tatsächlich klingt meine Stimme gelassen. »Sie machen sich ganz allein fertig. Ich tu nur, was meine Aufgabe ist: Ich informiere die Öffentlichkeit.«

»Was soll das für eine DVD sein, die Sie da haben?«

Ich versuche ein Lächeln. »Tun Sie nicht so. Sie kennen die DVDs. Wenn das, was darauf zu sehen ist, an die Öffentlichkeit kommt, ist es mit Ihrer Karriere vorbei.«

»Ich weiß nicht, wovon Sie reden«, probiert er es noch einmal.

»Ich rede von den DVDs, die zeigen, wie Sie Ihre Frau krankenhausreif schlagen. Die DVDs, die hier bei Evelyn waren. Die Sie von ihr wollten.« Ich kann nur hoffen, dass das Mikro, das Vesna in der Lampe montiert hat, funktioniert, dass alles aufgezeichnet wird. »Und wegen denen sie sterben musste.«

Der Wirtschaftsmeinungsforscher starrt mich an. »Sie sind verrückt. Ich war noch nie hier. Ich habe es Ihnen gesagt. Wie sind Sie an die DVD gekommen?«

Ich lächle. »Sie waren hier, bei Evelyn. Die ganze Zeit über. Sie haben sich offenbar nicht getraut, die DVDs zu holen. Das heißt: Einmal haben Sie es probiert. Und mir eins über den Kopf gezogen. Hätte ich auch sterben sollen? Sie hätten es in Kauf genommen, nicht wahr?«

»Das ist doch alles lächerlich«, faucht er und kommt einen Schritt näher.

Keine Angst, Mira, ganz ruhig durchatmen. Du wirst bewacht. Wir wollen ja, dass er mich angreift. In diesem Raum ist kein Eisenofen. »Ach, und die DVDs sind auch lächerlich? Es gibt Menschen, die werden das anders sehen.«

»Ich Idiot wollte unsere Ehe retten. Ich wollte ihr klarmachen, warum unsere Streitigkeiten manchmal eskalieren: Weil sie mich herausfordert, bis ich nicht mehr kann. Ich war es, der die DVD aufgenommen hat. Sie hat nichts davon gemerkt. Meine Frau ... sie hat mich aufs Äußerste provoziert, immer wieder, immer mehr. Sie hat es darauf angelegt, mich zu vernichten. Das weiß ich inzwischen. Ich habe ihr die DVD vorgespielt. Sie hat es nicht kapiert. Hat selbst dann nicht eingesehen, dass sie Schuld hat. Dass sie es herausfordert, es immer wieder so weit treibt, bis ich mich wehren muss, damit ich nicht untergehe. Sie muss die DVD genommen und bei dieser Evelyn versteckt haben.«

Ich versuche ihn möglichst neutral anzusehen. Das Gespräch entwickelt sich irgendwie ganz anders, als wir es uns gedacht haben. Er ist dabei, mich auszutricksen. Das spielt es nicht, Herr

Professor. Prügelprofessor. Zu behaupten, dass sie ihn provoziert habe ... »Und warum sind Sie dann zu Evelyn? Warum haben Sie sie gegen den Ofen gestoßen und ...«

Jetzt brüllt er. Ich ducke mich unwillkürlich. »Können Sie auch nicht zuhören? Ich bin nicht da gewesen! Nie! Natürlich wäre die DVD für Evelyn die perfekte Rache gewesen. Für damals. Aber die wollte sie sich offenbar für später aufheben. Ich habe nicht gewusst, dass die DVD bei ihr war!«

Seltsam. Er redet immer von »der DVD«. Hat er verdrängt, dass er mehrere aufgenommen hat? »Wer hat die Anlage bei Ihnen installiert?«, frage ich mit belegter Stimme und erwarte jeden Augenblick den Angriff. Den Arm, der wie aus dem Nichts nach vorn schnellen kann, ich habe es gesehen. Auf Video. Lang stehe ich das nicht mehr durch. »Roger?«

»Was für ein Roger? Was wird da gespielt? Eine Firma. Es war natürlich eine Firma. Security irgendwas. Was versuchen Sie mir in die Schuhe zu schieben?«

Ich überlege fieberhaft. Wenn Roger tatsächlich nichts damit zu tun hat, wer hat dann die DVDs zu Evelyn gebracht? Er könnte freilich auch einfach bei dieser Firma gearbeitet haben – als Aushilfskraft. Oder so getan haben, als habe er eine Firma. Halte dich an das Näherliegende, Mira. Ich brauche ein Geständnis von Christian Osthof. Er soll mich angreifen, mir nicht zu sehr wehtun, und dann sollen Slobo und Toblers Leute kommen und mich retten. Und die Polizei.

»Warum reden Sie eigentlich immer nur von einer DVD?«, frage ich so spöttisch wie möglich. »Haben Sie vergessen, dass Sie zumindest vier aufgenommen haben? Vielleicht hat es Ihnen ja Spaß gemacht, sich immer wieder anzusehen, wie Sie Ihre Frau zusammenschlagen.«

Osthof starrt mich an. Aber er macht nicht noch einen Schritt, den letzten Schritt, hin zu mir, er macht einen Schritt zurück. »Das ist eine Lüge. Es gibt nur eine DVD.«

»Ich habe meinen Laptop dabei. Ich habe die DVDs dabei. Soll ich sie Ihnen zeigen?«

Erstaunlicherweise nickt er. Er hofft wohl auf ein Überraschungsmoment. Er will mich mit dem ersten Schlag erledigen. Oder hat er eine Waffe? Ich darf nicht zulassen, dass er hinter mir steht. Ich öffne den Laptop, er ist auf Standby. Ich drücke die Einschalttaste, es ist, als spielte auch ich in einem Film. Ich warte, bis die DVD startet. Ich stehe beim Küchentisch, an dem Evelyn gelebt hat. Osthof steht vor dem Computer und starrt auf den Bildschirm.

»Eine andere«, keucht er, nachdem die ersten zwanzig Sekunden jenes Auftritts vorbei sind, bei dem er Claudia in den Bauch getreten hat. Was hat Claudia gesagt? Dass ihm die Hand ausgerutscht sei, dass sie ihn provoziert habe. Hat sie das wirklich geglaubt? Hat sie es glauben wollen? Ich lege die nächste DVD ein. Bleib wachsam, Mira, Osthof ist gefährlich. Ich starte die DVD. Er starrt wieder auf den Bildschirm. Dann hebt er seinen rechten Arm und drischt mit der Hand auf die Tischplatte. Der Schlag ist so kräftig, dass die DVDs auf den Boden fallen.

»Dieses perfide Luder!«, keucht er. »Sie muss alles aufgenommen haben. Hat wahrscheinlich genau überlegt, wie sie mich noch mehr reizen kann, mich zerstören kann, mich als prügelnden Ehemann denunzieren kann!«

Jetzt reicht es. Ich bin es, die ihn am Arm packt. Ich kann nicht anders. »Sie sind der Täter. Sie ist das Opfer! Klar? Sie können das nicht umdrehen! Klar?«

»Sie haben doch keine Ahnung!«, brüllt er. »Sie hat das alles hinter meinem Rücken aufgenommen, um mich zu vernichten! Und ich Idiot habe sie auch noch auf die Idee gebracht!« Er sieht mich wütend an. »Ich lasse nicht zu, dass Sie ihr mieses Spiel mitspielen. Geben Sie mir die DVDs. Sofort!«

Er bückt sich, greift nach den DVDs, ich bücke mich auch, die kriegt er nicht, sicher nicht. Er stößt mich weg, ich knalle gegen die Mauer, aber ich falle nicht, ich mache einen Satz, fühle die DVDs in meiner Hand. In seiner Hand. Und plötzlich Gedränge, Gerenne. Toblers Leute und Slobo. Es scheint nur Sekundenbruchteile zu dauern, und sie haben ihn so fest im Griff, dass es kein Entkommen mehr gibt.

»Ihr seid alle verrückt! Sind da alle verrückt geworden?«, tobt Osthof.

In der Tür steht Tobler, sieht ihn an und sagt ganz ruhig: »Ich hätte es immer wissen müssen. Du warst damals schon wie dein Vater.«

»Nie!«, kreischt Osthof. »Ich bin nicht wie mein Vater!«

Das Mobiltelefon. Es vibriert in meiner Hosentasche. Ich sehe von Osthof zu Tobler, ziehe es heraus, drücke den Empfangsknopf. Momentan kann ich nicht denken, sondern nur tun.

»Alles okay?«, fragt Vesna. »Habe schon Polizei gesehen, ist auf Weg zu euch, diesmal total schnell. Sind in fünf Minuten da. Ihr habt ihn?«

»Wir haben ihn«, antworte ich und bin mit einem Mal völlig erschöpft.

»Claudia Osthof hat Polizeistreife mit Blaulicht gesehen und hat umgedreht. Aber entweder sie kennt sich nicht aus, oder sie will nicht nach Wien. Sieht aus, als ist sie zu Grenze unterwegs.«

Mit voll bepacktem Auto. Was bedeutet das? »Bleib an ihr dran. Wo seid ihr genau?« Haben wir uns getäuscht? Haben wir die Fakten falsch miteinander verbunden? Claudia ist das Opfer. Ich darf nicht auf Osthof hereinfallen. Gleich ist die Polizei da. Dann komme ich nicht mehr weg von hier. Ich renne am erstaunten Tobler vorbei ins Freie, zu meinem Auto. Es steht ein Stück die Straße aufwärts.

»Mira«, schreit Slobo. »Ist was mit Vesna?«

»Alles okay«, brülle ich zurück, dann höre ich nichts mehr, öffne meinen Honda, starte. Was, wenn tatsächlich Claudia die

DVDs bei Evelyn versteckt hat? Einfach weil es das sicherste Versteck war, das sie kannte? Evelyn hat nicht einmal einen DVD-Player gehabt. Und sie war antriebslos. Hat sich nicht mehr über viel gewundert. Wer sagt, dass Evelyn Claudia tatsächlich aus dem Haus geworfen hat? Aber: Claudia ist das Opfer! – Was, wenn Opfer und Opfer miteinander geredet haben? Worüber? Wie viel haben sie einander erzählt? Ich bin schon beinahe auf der Brünner Straße. Ein Stück dieser Nordautobahn, gegen die ich immer war, ist bereits fertig. Heute bin ich froh darüber. Ich rufe Vesna an. Sie hebt nicht ab. Zuckerbrot. Seine Sekretärin geht dran. Er sei nicht da. Ob sie mich zum Journaldienst durchstellen dürfe? Ich brauche eigentlich jemanden, der für Niederösterreich zuständig ist. Dauert zu lange, bis die sich das ausgeschnapst haben. Zuckerbrot schafft so etwas direkt. Was schafft seine krimibegeisterte Sekretärin? Kann sie mehr als Grünpflanzen züchten und tippen? Ich muss es riskieren. Ich überhole zwei tschechische Lkws und erkläre ihr das Wichtigste, lege mein Telefon auf den Beifahrersitz. Es läutet, kaum dass ich es hingelegt habe. Tacho auf hundertsiebzig. Es geht leicht bergauf. Ich drücke das Gaspedal voll durch. Bist du verrückt, Mira? Ich bleibe auf dem Pedal. Nehme das Telefon, Empfangstaste. Tobler will wissen, was los ist. »Claudia Osthof ist zur Grenze unterwegs.«

»Osthof schwört, dass er nie in diesem Haus war«, sagt Tobler. Er klingt verunsichert.

Gelingt es dem Wirtschaftsmeinungsforscher, uns alle zu manipulieren? Oder war es womöglich seine Frau Claudia, die häufiger in Lissenberg war, als wir vermutet haben? Aber ob Evelyn auf die Idee gekommen wäre, sie zu erpressen? Vielleicht war es Roger. Kann schon sein, dass Claudia nicht wollte, dass die DVDs irgendwo auftauchen, dass die Gewalt gegen sie bekannt wird. Und was ist mit dem Lottoschein? Wenn Evelyn ihr davon erzählt hat ... Osthofs Frau ist keine Mörderin.

Vesna. Sie klingt wütend. »Claudia Osthof hat mich abgehängt. Sie fahrt verrückt schnell. Ich glaube, sie ist weiter zu Grenze unterwegs. Ich glaube, sie hat mich nicht gesehen. Weiß es aber nicht.«

»Wo bist du?«

Vesna ist noch ein ganzes Stück vor mir. Mist. Ich kann nur hoffen, dass die Sekretärin jemanden von der Grenzpolizei verständigt hat. Hoffen und Gas geben. Ein Lkw. Überholen, ich schere aus. Was ist das? Der Lkw schert ebenfalls aus, will den Lkw davor überholen, ich bin beinahe auf gleicher Höhe mit ihm, der Fahrer scheint mich nicht zu sehen. Keine Chance, vorbeizukommen, diese Autobahn hat nur zwei Spuren. Ich hupe. Ich bremse. Der Honda ruckt. ABS. Draufbleiben, nicht Angst kriegen. Das Auto verteilt die nötige Bremskraft, so wie es am besten ist. Ich merke, wie der Wagen zu schleudern beginnt. Neben mir ein Lkw, schräg vor mir ein Lkw, dann nur noch die Leitplanke. Von der Bremse, langsam von der Bremse, Mira. Ich fahre dicht auf. So weit wie möglich zur Leitplanke ausweichen. Hat mich der Lkw-Lenker nicht gesehen? Sieht er mich noch immer nicht? Gleich bin ich zwischen ihm und der Leitplanke eingeklemmt. Bremse. Bremse. Rucken. Ich schramme an der Planke. Halte das Lenkrad fest! Und dann sind beide Lkws vor mir. Nebeneinander. Und ich in der zweiten Spur. Mein Honda hat sich gefangen. Der Seitenspiegel ist nach hinten gebogen, doch nicht einmal das Glas ist zerbrochen. Haben die Lkw-Fahrer wirklich nichts bemerkt oder tun sie nur so? Der Typ hat nicht in den Seitenspiegel geschaut, ist einfach ausgeschert. Ich merke, dass ich schweißüberströmt bin. Ich zittere. Ich darf so nicht weiterfahren. Ich muss weiterfahren. Der Lkw ist nun an seinem Kollegen vorbei, reiht sich vor ihm ein. Ich muss mir die Nummer aufschreiben. Muss ihn anzeigen. Eine tschechische Nummer. Mira, vergiss es. Gib Gas. Bleib in der zweiten Spur. Ich zittere so, dass ich kaum an den beiden Lkws vorbeikomme, glaube, dass jede Sekunde einer wieder ausscheren wird. Ich kann weiterfahren. Aber ich kann nicht mehr so schnell fahren. Wenn dir etwas passiert wäre, Mira. Du wärst selbst schuld gewesen. Geschwindigkeitsüberschreitung. Und zwar gleich um vierzig, fünfzig Stundenkilometer. Wäre wohl egal gewesen, wer Schuld gehabt hat, denke ich, und meine Nackenhaare stellen sich auf. Whiskey. Im Handschuhfach sollte noch ein Fläschchen mit Whiskey sein. Ich taste im Fahren danach, finde es, schraube es auf, nehme einen großen Schluck Jameson. Bin mir sicher, er wird mich beruhigen. Warte auf das gute, wärmende Gefühl im Magen. Es kommt nicht. Egal. Ich muss es zur Grenze schaffen. Claudia wird schneller sein. Claudia ... was ist mit der Frau von Osthof? Ich bin jetzt auf der Bundesstraße. Da kann auch sie nicht rasen. Was, wenn sie längst abgebogen ist? Weiter. Richtung Grenze.

Als ich den Ort Drasenhofen verlasse, sehe ich Blaulicht. Straßenkontrolle? Knapp vor dem Grenzübergang, nur einige Meter vom Niemandsland entfernt, in dem sich nur ein seltsamer Duty-free-Laden gehalten hat, stehen ein paar Autos. Davon zwei Polizeiwagen. Ich fahre langsamer. Das ist das Auto von Vesna. Zuckerbrot. Polizeibeamte in Uniform. Claudia Osthof. Ich parke am Straßenrand und springe aus dem Wagen. Renne auf sie zu.

Zuckerbrot zieht mich zur Seite. »Sie hat heute Mittag einen Lottogewinn behoben. Siebenhunderttausend in bar. Sie sagt, sie habe ihn für ihren Mann abgeholt.«

»Ein Glück, dass Sie es rechtzeitig hierhergeschafft haben«, erwidere ich.

Er lächelt. »Wir hatten ohnehin ein Auge auf dem bisher nicht abgeholten Gewinn. Aber die Lottogesellschaft hat fälschlicherweise den Journaldienst verständigt. Und die haben bloß getan, was sie immer tun: Namen aufnehmen. Dienstweg einhalten. Manchmal ist es zum Haare raufen.«

Ich sage ihm, dass seine in den vergangenen Jahren ohnehin reichlich dünn geworden seien. Er stöhnt und meint, das habe mit mir zu tun.

»Darf ich mit ihr reden?«, bitte ich und merke, dass meine Knie noch immer zittern.

Ich gehe zu Claudia Osthof. Sie steht knapp vor einem Polizeiwagen, links und rechts von ihr zwei Beamte in Uniform. Zwei weitere Beamte untersuchen ihren Wagen, einen BMW X3. Um einiges stärker als unsere Autos. Osthof ist also bisweilen großzügig gewesen. Mit ihrem Lehrerinnengehalt hätte sie sich so etwas wohl nicht leisten können.

»Er hat Sie jahrelang geprügelt«, sage ich zu ihr.

Sie sieht mich mit toten Augen an. »Ich habe ihn provoziert.«

Ich schüttle den Kopf. »Er hat diese schreckliche DVD aufgenommen, er hat es uns erzählt.«

»Er wollte mir beweisen, dass ich schuld bin.«

Das ist doch alles krank. »Sie haben ihm nicht geglaubt.«

Sie lächelt ganz leicht. »Ich habe es nicht geglaubt. Aber ich war mir nicht sicher. Ich habe auch eine DVD aufgenommen. Ist mit unserer Anlage ganz einfach. Ich habe versucht zu analysieren. Die Muster zu erkennen, zu begreifen, wann er zuschlägt. Zu verstehen, was ich vermeiden muss. Ich dachte mir, das sei eine Chance. Ich habe mehrere DVDs aufgenommen, schon auch weil ich ihm zeigen wollte, dass er Hilfe braucht. Ich wollte, dass er eine Therapie macht. Und dann habe ich mich begonnen zu fürchten: Was ist, wenn er die DVDs findet?«

»Sie haben sie zu Evelyn gebracht«, fahre ich fort.

»Ich wollte sie wegwerfen. Aber irgendwie konnte ich es nicht. Da war diese Frau. Mein Mann hatte mich gebeten, zu ihr zu fahren. Nachzusehen, was mit ihr los ist. Er hat sie irgendwie von früher gekannt.«

»Sie haben mit Evelyn gesprochen. – Über alles?«

Claudia schüttelt den Kopf. »Das hätte ich nie getan, wir haben eher so allgemein geredet, sie hat geglaubt, ich komme von der Caritas. Sie war nicht wirklich auf der Höhe. Ich habe gedacht, sie trinkt. Aber das stimmte nicht.«

»Sie haben ihr nie gesagt, dass Sie Osthofs Frau sind?«, sage ich fassungslos.

»Nein. Beim zweiten Besuch habe ich mitbekommen, dass dieser früh verstorbene Bruder von Christian mit ihr in einer Band gespielt hat. Es war ein Zufall. Sie hat einen Anruf bekommen, sie hat immer nur ›Nein!‹ geschrien und war ganz außer sich. Ich hab sie gefragt, wer das war. Zuerst hat sie nichts sagen wollen. Aber dann hat sie mir ein paar alte Fotos gezeigt. Und darauf habe ich Christians Bruder erkannt. Es gibt nicht viele Fotos von ihm in der Familie, vielleicht habe ich ihn mir deshalb umso besser eingeprägt. Den früh verstorbenen jüngeren Bruder. Ich habe die DVDs mitgehabt und sie gefragt, ob sie die für mich aufbewahren kann. ›Kein Problem‹, hat sie gesagt. Sie war nett. Sie hat mir leidgetan. In ihrem Leben muss eine Menge schiefgelaufen sein. Ich habe gesehen, wie armselig sie gehaust hat. Ich habe ihr Geld angeboten, habe gesagt, sie solle es als Miete für die DVDs sehen, nicht als Geschenk. Sie hat mir die Hand getätschelt und war ganz gerührt. ›Es gibt noch gute Menschen auf der Welt‹, hat sie gesagt und mich gefragt, woher ich den Bluterguss auf der Wange habe. ›Vom Sport‹, hab ich gesagt. Sie hat den Kopf geschüttelt. ›Gehen Sie fort‹, hat sie gesagt, ›bleiben Sie nicht bei ihm, das bringt nichts.‹«

Ich bemerke, wie alle Claudia anstarren. Sie aber scheint in einem ganz anderen Film zu sein. »Sie hat wieder gelächelt und gesagt: ›Vielleicht kann ich Ihnen helfen. Ich brauche Ihr Geld nicht, ich kann Ihnen welches geben, damit Sie wegkommen von dem Mann.‹ Dann ist sie zur Küchenkredenz gegangen und hat in alten Zeitungsausschnitten gewühlt und einen Lottoschein herausgezogen. Und einen Zeitungsausschnitt mit den Gewinnzahlen. ›Ein Sechser‹, hat sie gesagt. ›Ich muss das Geld nur holen.‹«

Ich schaue Claudia an. »Sie haben ihr den Schein weggenommen.«

Claudia schüttelt wild den Kopf. »Ich wollte ihn ihr nicht wegnehmen. Ich wollte mir die Zahlen ansehen. Hab das einfach nicht glauben können. Dieses Wrack soll einen Sechser gemacht haben? Sie wollte nicht, dass ich den Schein anfasse. Aber irgendjemand musste doch nachsehen, ob die Nummern wirklich übereinstimmten. Sie war nicht kräftig. Ich hab Schein und Zeitungsausschnitt genommen und bin ins Schlafzimmer, damit ich in Ruhe vergleichen konnte. Ich hatte gerade die ersten Zahlen kontrolliert, da war sie plötzlich hinter mir. Ganz außer sich. ›Geben Sie her‹, hat sie gekreischt. Ich wollte nichts anderes, als die letzten Nummern noch überprüfen, hab den Schein festgehalten. Sie ist wie eine Furie auf mich los. Es war einfach eine Reflexbewegung. Ich habe sie weggeschubst. Sie ist gefallen ...«

»Sie ist auf den Eisenofen gefallen, und Sie haben sie verbluten lassen«, ergänzt Zuckerbrot. Wir starren ihn beide an, haben ihn gar nicht wahrgenommen.

Claudia schüttelt stumm den Kopf.

»War es anders?«, frage ich ganz sanft. Das Opfer, das das Opfer tötet. Wegen eines Lottoscheins.

»Ich habe nicht gewollt, dass sie gegen den Ofen fällt. Sie ist auf mich los, und ich habe reagiert. Sie ist ausgerutscht und direkt mit dem Kopf auf den Ofen gekracht. Sie war sofort tot.«

Ich schüttle den Kopf. »Laut Befund hat sie noch eine Stunde gelebt.«

»Ich ... ich konnte nicht denken. Ich bin einfach davongerast.«

»Aber den Lottoschein, den haben Sie mitgenommen.«

Claudia nickt langsam. »Sie selbst hat es mir gesagt. Ich muss weg von ihm. Sie gibt mir Geld. Er war meine Chance. Die letzte Chance. Ich habe mich nicht getraut, den Schein einzulösen. Aber dann waren Sie gemeinsam mit dieser anderen Frau bei mir und haben gesagt, ich soll an einen sicheren Ort, bald sei alles vorbei. Christian ist heimgekommen und hat nach der DVD gefragt. Er war sehr aufgeregt. Ich habe mitbekommen, dass er nach Lissenberg wollte. Ich habe gedacht, er wird nach den DVDs suchen und vielleicht wird man ihn dabei verhaften. Ich hab den Schein eingelöst. Ich bin ihm nachgefahren. Und als ich Polizei gesehen habe, bin ich Richtung Grenze. Ich wollte nach Prag. Von dort nach Südamerika. Irgendwohin. Ich weiß nicht, wohin.«

»Wo ist Evelyns Mobiltelefon?«, will ich wissen.

Sie sieht mir ins Gesicht. Große Augen, der Cut fast verheilt. Aber unter den Spitzen der Stirnfransen schimmert es blaulila.

Ich hebe langsam die Hand und schiebe ihre Haare zur Seite. Sie zuckt nur ganz kurz, lässt es dann geschehen. Ein monströser Bluterguss, offenbar ging es auch, als er sie nach der DVD gefragt hat, nicht ohne Gewalt ab.

»Das Handy?«, fragt sie zurück. »Ich hab Evelyns ›Liebling‹ mitgenommen, ich war mir nicht sicher, ob sie nicht alles aufgenommen hatte. Ich hab das Telefon in Wien in einen Müllcontainer geworfen. Es hat mir alles so leidgetan, aber ...«

Ich darf mich nicht verwirren lassen. Opfer. Täterin. Noch etwas will ich wissen: »Sie waren in Lissenberg und haben die DVDs holen wollen, dabei sind Sie auf mich gestoßen. Sie waren es, die mich niedergeschlagen und eingesperrt hat. Kraft genug haben Sie ja.« Deshalb wohl auch die Panik im Blick, als ich ihren Mann zu Hause interviewen wollte. Wie seltsam, ganz plötzlich hat sich ein Puzzlestück ins andere gefügt. »Warum haben Sie die DVDs damals nicht mitgenommen? Ich war eindeutig außer Gefecht.«

Claudia lächelt verhuscht und schüttelt den Kopf. »Ich bin damals auf die Idee gekommen: Wenn jemand die DVDs findet, könnten sie letztlich vielleicht gut für mich sein. Und fast wäre es ja auch so gekommen.«

[15]

Ich sitze an meinem Schreibtisch, starre in meinen Philodendron und überlege. Was soll ich schreiben? Was soll das für eine Story werden? Interessiert sich jemand für Evelyn und ihr kleines Leben? Zumindest jetzt? Im Nachhinein?

Ob Céline nächste Woche den internationalen Gesangswettbewerb gewinnt? Dann hat sie ihren ersten Plattenvertrag. Und vielleicht auch einige Engagement-Angebote. Sie wird einen Agenten brauchen. Ob sie wirklich die große Karriere macht, von der ihre Mutter geträumt hat? Céline wird alles dafür tun. Zumindest viel, sehr viel. Und sie wird sich nicht von Männern aufhalten lassen, die für sie die Falschen sind. Wird sie erkennen, wenn ein Richtiger dabei ist? Gehört zum Leben nicht immer auch das Risiko, Fehler zu machen? Ob Roger bei Hans Tobler bleibt? Ich habe meine Zweifel. Wird Tobler wirklich kein Problem damit haben, wenn ich über den vertuschten Selbstmord schreibe, der fünfundzwanzig Jahre zurückliegt?

Ich habe bis heute am frühen Nachmittag Zeit. Der Chefredakteur hat mir zwei Seiten Platz gegeben. Zwei Seiten für ein ganzes Leben. Ich kann die Geschichte von Evelyn schreiben. Die Geschichte der »Three Friends« und ihrer Hoffnungen. Die Geschichte eines Vaters, dem Ehre und Disziplin zu wichtig waren. Ich werde über eine geprügelte Frau schreiben, die selbst zur Täterin geworden ist. Muss das so sein? Nein, muss es nicht. Aber es kann so sein. Ein Leben in Abhängigkeit, Angst, Gewalt: Entschuldigt das einen Mord? Oder zumindest unterlassene Hilfeleistung mit Todesfolge? Osthof hat seiner Frau einen der besten Strafanwälte besorgt. Und er hat der Polizei versprochen, voll zu kooperieren – vorausgesetzt, man nehme seine Version der »Streitigkeiten« ernst. Ein diktatorischer Vater: Entschuldigt er die Gewalt des Sohnes? Es gibt Eigenverantwortung. Wir können es besser, anders machen. Daran will ich glauben.

Vielleicht ist es am edelsten, nicht zu kämpfen, sondern zu leiden, zu verlieren. So wie Evelyn verloren hat. Ich schüttle den Kopf. Kann schon sein. Aber es ist nicht mein Spiel. Und ich gebe zu, dass mich nicht nur hehre Motive treiben, jetzt die Geschichte von Evelyn niederzuschreiben. Es ist auch Rache dabei. Rache an einem Exminister, der seine Familie terrorisiert hat. Freude, dass ans Licht kommt, was ein liberaler Wirtschaftsmeinungsforscher privat so treibt, wie brutal er noch heute versucht die Realität zu seinen Gunsten zu verdrehen.

Ich schreibe und beginne in dem Jahr, in dem Evelyn und Hubert und Hans voller Hoffnung waren. »Three Friends«, die es schaffen wollten.

Später, ich weiß nicht, wie viel später, höre ich jemanden mit dem Philodendron kämpfen. Ich habe meinen Kopf auf die Tastatur gelegt. Die Story ist im Layout. Ich muss den Kopf heben. Der Laptop verträgt keine Flüssigkeit. Ich weine weiter. Es ist Droch, der mich von hinten umarmt. Ich erkenne ihn an seinem Geruch. Irgendein dezentes Aftershave. Und etwas Leder. Und Rollstuhl. Er hat seinen Kopf an meinen gelegt, eine Träne rinnt über meine Wange, sie ist nicht aus meinem Auge, sie ist von anderswoher gekommen.

»Weine nur, Mädchen, das ist eine Story . . .« Er reißt sich los, ich hebe den Kopf, er lächelt mich mit feuchten Augen an. ». . . die sich wunderbar verkaufen wird. – Und darum geht's doch, oder? Keine Widerrede!«

[16]

Eine Woche später. Vesnas Geburtstag. Gestern Abend haben wir gefeiert, Vesna wollte einladen, ich wollte kochen. Wir haben dann einen Kompromiss gefunden. Ich habe nicht viel vorbereitet außer den klassischen Heurigenaufstrichen. Und einen Schweinsbraten mit etwas Chili, damit es nicht gar zu traditionell wird. Vesna, ihre Zwillinge, Valentin, Oskar und ich. Carmen war eingeladen, aber sie musste für drei Tage zurück in die Schweiz. Alles Mögliche klären für ihr Postgraduate-Studium in Wien. Am besten hat Vesna der Quargelaufstrich geschmeckt. Und sie war begeistert, wie einfach das Rezept ist: eine Hälfte Quargel, eine Hälfte weiche Butter, Salz, Kümmel, nach Geschmack noch Cayennepfeffer oder Paprika dazu. Stabmixen.

Jetzt flaniere ich mit Vesna über den Wiener Graben. Wir haben beschlossen, uns an ihrem fünfzigsten Geburtstag einfach treiben zu lassen. Zwei, denen es gut geht. Und die das wissen. Trotzdem seltsam, die Sache mit Valentin. Dass er ausgerechnet heute keine Zeit für sie hat? Entscheidende Produktionssitzung? Er hat die Show entwickelt, also kann er ja wohl auch einen anderen Sitzungstermin festlegen. Hinter mir liegen anstrengende Tage voller Interventionen und Klagedrohungen der Familie Osthof und ihrer Freunde. Zum Glück steht Hans Tobler zu allem, was er gesagt hat. Vielleicht sind doch nicht alle Reichen grundsätzlich böse Menschen. Habe ich eigentlich nie angenommen. Nur zu reich eben, das sind sie. Ich hab ihm erzählt, dass Vesna heute Geburtstag hat. Er ist eindeutig in sie vernarrt.

Auch wenn er ein paar Jahre jünger ist als sie. Ach ja, und eine Filmfirma hat sich gemeldet. Sie will das Leben von Evelyn verfilmen. – Ob das denen was nützt, die wie sie am Rand der Gesellschaft stehen? In einem der reichsten Länder der Welt von Ketchup und Reis aus der Mikrowelle leben?

Wir werden essen gehen, ungeplant, einfach dort, wo wir landen wollen. In einer Pizzeria oder in einem Nobelrestaurant. Wir können wählen. Wie viel das wert ist, wählen zu können. Dass Valentin ausgerechnet heute für Vesna keine Zeit hat? Ich finde trotzdem, er passt besser zu ihr als Hans Tobler. Selbst wenn es da eine andere Frau geben sollte: Würde er Vesna an ihrem fünfzigsten Geburtstag allein lassen? Es passt nicht, da ist irgendwas schon wieder ganz anders, als wir es uns zusammenreimen. Ich sage es Vesna. Sie sieht mich an. »Bin ich mir nicht ganz so sicher. Das hat man von Unabhängigkeit.« In der nächsten Viertelstunde halte ich ein Plädoyer für Unabhängigkeit und Freiheit und Bindung in gegenseitigem Respekt und verstricke mich derart, dass Vesna zu kichern beginnt und mich in eine schreckliche Sektbar zieht. Wir trinken auf uns und unsere Inkonsequenz. Und dann läutet das Telefon.

»Was?«, sagt Vesna. »Wirklich?« Sie beginnt zu strahlen. »Ich glaube das nicht. Wie du kannst mich so ... Meine Güte, wie süß von dir.«

Ich sehe sie fragend an. Sie verstaut ihr Telefon umständlich in der Tasche. »Valentin. Er hat gekocht. Für mich. Ist das nicht süß? Er kann gar nicht kochen!«

Na ja. Süß. Vesna muss der Sekt direkt in den Kopf gestiegen sein, das Wort »süß« findet sich sonst ziemlich selten in ihrem Wortschatz. Schade. Ich hab mich auf diesen Abend mit ihr gefreut. Ich gebe es zu. Sei fair, Mira, freu dich mit ihr. Tu ich ja.

»He«, schüttelt mich Vesna. »Du musst mitkommen, hat er gesagt.«

Ich weigere mich kurz, und dann fahren wir in Richtung Valentin.

Als wir in die Straße einbiegen, in der seine Villa liegt, stößt mich Vesna an. »Da ist irgendwas nicht in Ordnung.«

Ich sehe leider nicht so gut wie sie, kneife die Augen zusammen. Da sind ziemlich viele Menschen, ein Tumult. Was ist jetzt schon wieder geschehen? Was, wenn Osthof auf Rachefeldzug ist und ... Aber der hat nun wirklich nichts mit Valentin Freytag zu tun.

»Er wird doch nicht beim Kochen die Küche angezündet haben«, murmelt meine Freundin. Und dann: »Das glaube ich nicht, glaube es einfach nicht!«

Luftballons und eine Band und tatsächlich jede Menge Menschen, die gekommen sind, um Vesna zu feiern. Und ihren fünfzigsten Geburtstag. Wir parken, steigen aus, die vier jungen Musikerinnen spielen einen Tusch. Valentin kommt und küsst Vesna und strahlt und sagt: »Überraschung!«

Vesna schüttelt bloß den Kopf und lacht. Es ist ein befreites Lachen. Ein glückliches.

»Das habe ich schon sehr lange einmal tun wollen«, flüstert Valentin mir zu.

Vesna sieht mich streng an. »Mira Valensky, du hast die ganze Zeit gewusst und nichts gesagt, hast mir böse Zweifel gelassen ... Gut, bin ich selbst schuld daran ...«

Ich schüttle den Kopf. Nichts habe ich gewusst, gar nichts.

»Hat sie nicht«, assistiert mir Valentin. »Wenn sie es weiß, weißt du es auch. Und umgekehrt. Ist bei euch einfach so.«

Die nächste Überraschung: Valentin hat nicht versucht, selbst ein Geburtstagsbuffet zuzubereiten, er hat eines kommen lassen. Meine Güte, wo kommt plötzlich dieser Hunger her? Oskar ist da und natürlich auch die Zwillinge und Slobo und sein Bruder, die Putztruppe, sogar der alte Notar, der Vesna ihre erste Chance gegeben hat. Für gewöhnlich verlässt er sein Haus nicht mehr.

Wir trinken und lachen und essen und reden, und Céline erzählt, dass sie ab und zu bei dieser Band singe. Freundinnen, die alle Musik studieren. So komme ein bisschen Geld ins Haus. Hans Tobler taucht auf, mit geheimnisvollem Gesicht. Er hat ein Päckchen dabei. Ganz dünn. Ganz flach. Vesna sieht ihn fragend an. Er grinst, dass der Schnurrbart vibriert, und wirkt gar nicht wie einer, der sich sicherheitshalber Bodyguards hält. Vesna öffnet das Päckchen, macht einen Luftsprung und fällt Hans Tobler um den Hals. Ich sehe neugierig auf das Stück Papier in ihrer Hand. Oh nein. Es ist ein Zulassungsschein. Für ihre Mischmaschine.

»Ursprünglich wollte ich ihr ja das rote Cabrio schenken«, erzählt Tobler. »Aber dann ist mir was eingefallen, das ihr vielleicht noch mehr Freude macht.« Er grinst und flüstert mir zu: »War leider auch fast gleich teuer.«

Ich nicke. Kann ich mir vorstellen. So einen Zulassungsschein gibt es nicht einfach bei der zuständigen Behörde. Da muss man wohl erst einige überzeugen, bevor sie merken, dass dieses Ding tatsächlich verkehrstauglich ist. Und den allgemein gültigen Normen entspricht.

Als es finster wird, stehen wir in Valentins großem Wohnzimmer. Die Türen zur Terrasse sind offen. Draußen spielt die Band, und Céline sagt, sie habe auch ein Geburtstagsgeschenk. Die Wiener Fassung des »September Song« sei fertig. Sie habe sie ihrer Mutter gewidmet. Und sie singe sie hier zum ersten Mal:

»Es is' a lange Zeit von Mai bis Dezember
und die Tag' wer'n kurz, und dann is' September ...«

Vesna hat Tränen in den Augen, sie umarmt Céline. Und Jana. Und mich. Und Valentin. Und Céline ruft: »Jetzt spielen wir den Mackie Messer!«

»... und Macheath, der hat ein Messer. Doch das Messer sieht man nicht ...«

Und Hans Tobler hüpft herum und fletscht die Zähne, und Vesna ruft: »Mackie! Das ist perfekt! Der Spitzname bleibt dir!«

Mackie verdrängt die Schlagzeugerin, setzt sich an die Drums, spielt mit, zuerst vorsichtig, holprig, nicht immer im Takt, bald selbstbewusster, besser, legt zum Schluss ein Solo hin, und alle klatschen.

Dann bittet Valentin die Band herein, es ist einfach schon zu kalt da draußen, sie spielen im Vorraum weiter, es wird getanzt, wo immer Platz ist. Vesna gibt mir einen Kuss auf die Wange. »Auf weitere fünfzig Jahre mit dir.« Wenn das keine Liebeserklärung ist ... Aber bevor ich noch viel sagen kann, kommt Valentin, streicht seiner so jungen Fünfzigjährigen übers Haar, er hat ein Päckchen in der Hand. Ich ziehe mich zurück und entdecke Hans Tobler. Er lehnt an einem Stehtischchen und sieht nach draußen, hin zum Schlagzeug, das die Mädels als zu sperrig auf der Terrasse zurückgelassen haben. Ich fülle ein Sektglas mit Cola, eines mit Veltliner und gehe damit zu ihm. »Auf Evelyn«, sage ich leise.

[Danke]

An die Frauen und Männer, die sich in der Realität um Menschen kümmern, die aus den unterschiedlichsten Gründen mit ihrem Leben nicht mehr allein fertigwerden. Die Gespräche mit Karin Radon, der Leiterin der Caritas-Sozialberatung Niederösterreich Nord, haben mir nicht nur notwendiges Fachwissen gebracht, sondern auch mehr Zugang zu denen, die es in diesem Land nicht so gut haben wie ich. Ruth Schöffl, die sich in der Caritas um die Öffentlichkeitsarbeit kümmert, hat mir durch ihre Kontakte geholfen und mir das Gefühl vermittelt, dass soziales Engagement ganz abseits von »Mildtätigkeit« oder »High-Society-Charity« eine Menge Freude machen kann.

www.caritas.at

... an Manfred Buchinger vom Gasthaus »Zur Alten Schule«. Ich darf bei ihm nicht nur weiterhin kochen, sondern hab hier auch eine ganz wesentliche Anregung zu »Evelyns Fall« bekommen: Nur ein paar hundert Meter die Straße bergauf gibt es ein verfallenes Häuschen, das man höchstens irgendwo in Rumänien vermuten würde ... Und vor der »Alten Schule« stand eines Nachmittags ein nagelneuer Maybach ... Außerdem ist die Rohfassung des Krimis zum Teil ganz nah bei der »Alten Schule« entstanden. Statt zu kochen, hab ich mich dort in diesen Wochen einfach kulinarisch verwöhnen lassen.

www.buchingers.at

… an Gerda und Joschi Döllinger, unsere Winzerfreunde, für die vielen guten und wichtigen Gespräche, für viele zusammen genossene Gläser Weinviertel DAC und eine Menge Anregungen.

www.doellinger.at

… an Sue und Ray, die liebenswerten Besitzer des »Mule House« auf St. Kitts, die mir auch heuer für die intensive Zeit der Überarbeitung meines Krimis die bestmögliche Atmosphäre geschaffen haben (und wenn Ray zeitig in der Früh an meinem Tisch im Garten so leise vorbeischleicht, dass wir beide lachen müssen, hat der Tag schon wunderbar begonnen).

… an Olivia und Clarissa von der »Sunset Beach Bar«, die inzwischen zu guten Freundinnen geworden sind und mir einfach das Gefühl geben, willkommen zu sein – ganz egal, was mit meinem Krimi ist.

… an Eva Maria Widmair, meine großartige Lektorin – ich kann und will mir einfach keine andere vorstellen! Und es ist enorm, was ich zwischen sprachlichem Feingefühl und Duden-Fachwissen jedes Jahr von ihr lernen kann. So ist mir heuer unter anderem klar geworden, welch großer Unterschied zwischen »Wissen Sie was?« und »Wissen Sie, was?« liegt …

www.widmair-lektorat.at

… an »meinen« Folio Verlag, mit dem mich jetzt schon eine mehr als fünfzehnjährige Geschichte verbindet. Es gibt sie eben doch, die Menschen in Verlagen, die mit Herz und Einsatz und Hirn für Bücher arbeiten und wissen, dass ein Buch nie ein Produkt wie jedes andere sein wird ... Daran, dass Eleonore Littasy, die von Anfang an meine Krimis in Österreich nicht nur vertreten, sondern regelrecht angepriesen hat, nun in Pension geht, will ich gar nicht denken ... DANKE, Eleonore, für alles, was du für Mira, Vesna und mich getan hast!

www.folioverlag.com

... an die vielen anderen Menschen, die sich auf unterschiedlichste Art darum kümmern, dass meine Kriminalromane nicht in irgendwelchen Regalen verstauben: DANKE an die vielen Buchhändlerinnen und Bibliothekarinnen, und da ich nicht alle nennen kann, stellvertretend: Rotraut Schöberl von den genialen Buchhandlungen »Leporello« in Wien, Birgit Schott, mit Kompetenz, Herz, Humor und vollem Einsatz Marketingchefin bei »Thalia«, und natürlich Gabi Madeja, ohne die die Lesefestwoche zur jungen »Buch Wien« einfach undenkbar wäre.

www.leporello.at,www.thalia.at,www.buecher.at
www.lesefestwoche.at

... an Ernest, meinen Mann, der mich nun endlich auf mehr Lesereisen begleiten kann (was ich nicht nur wegen seiner Chauffeurdienste genieße). Er ist Erstleser, Kritiker, aufmerksamer Lektor ... und ich bin mit ihm jetzt schon fünfzehn Jahre glücklich verheiratet ...

... an meine Eltern, die mir vermittelt haben, dass Menschen am Rande der Gesellschaft nicht nur unsere Hilfe, sondern auch unsere Zuneigung brauchen – und dass man gegen soziale Ungerechtigkeiten ankämpfen muss.

2010 ist übrigens das »Europäische Jahr zur Bekämpfung von Armut und sozialer Ausgrenzung« – als ich die Rohfassung dieses Romans geschrieben habe, wusste ich das noch gar nicht. Ich wurde unter anderem durch die Österreichische Armutskonferenz und ihre Berichte animiert, mich mit diesem Thema näher zu beschäftigen.

www.armutskonferenz.at

ENDE

„SPANNUNG PUR!“
NEUES DEUTSCHLAND
Eva Rossmann
Unter Strom
Ein Mira-Valensky-Krimi
Folio Verlag
Foto: Conny Krebs
Im Namen der Umwelt liefern sich Ökoaktivisten und Energiekonzerne einen mörderischen Kampf. Mira Valenskys vierzehnter Fall – ein packender Krimi zur aktuellen Energiediskussion.
Eva Rossmann: Unter Strom
Ein Mira-Valensky-Krimi
Gebunden, ca. 280 S., € 19,90
ISBN 978-3-85256-605-4
folio
WIEN · BOZEN
WWW.FOLIOVERLAG.COM